中公文庫

雨の鎮魂歌《レクイエム》

沢村　鐵

中央公論新社

目次

主な登場人物

仁《に》木《き》徹《てつ》也《や》	渡《わた》里《り》東《ひがし》中３年Ａ組
橘《たちばな》路《みち》子《こ》	渡里東中３年Ｄ組
古《ふる》館《だて》英《ひで》明《あき》	渡里東中３年Ｃ組
一《いち》村《むら》和《かず》人《と》	渡里東中３年Ｄ組
柿《かき》崎《ざき》彰《あきら》	渡里東中３年Ａ組
林《はやし》孝《こう》太《た》	渡里東中３年Ｃ組
八《や》木《ぎ》準《じゅん》	渡里東中３年Ａ組
千《ち》葉《ば》寛《ひろし》	渡里東中３年Ｄ組
島《しま》本《もと》辰《たつ》美《み》	渡里東中３年Ａ組
国《くに》広《ひろ》利《り》一《いち》	渡里東中３年Ｃ組
及《おい》川《かわ》悠《ゆう》子《こ》	渡里東中３年Ｂ組
加《か》藤《とう》友《とも》恵《え》	渡里東中３年Ｂ組
横《よこ》田《た》みき	渡里東中３年Ｂ組
桐《きり》島《しま》由《ゆ》夏《か》	渡里東中２年Ｃ組
古館容《よう》子《こ》	渡里東中２年Ｃ組　古館英明の妹
野《の》々《の》宮《みや》妙《たえ》子《こ》	渡里東中の美術教師
菅《すが》谷《や》紀《のり》男《お》	渡里東中の国語・体育教師　３年Ａ組担任
清《し》水《みず》昭《しょう》治《じ》	渡里東中の理科教師
萩《はぎ》原《わら》郁《いく》郎《お》	渡里東中の校長
桐《きり》島《しま》建《けん》一《いち》郎《ろう》	県警刑事部捜査第一課警部補
一村隆《たか》義《よし》	一村和人の父
一村美《み》代《よ》子《こ》	一村和人の母
一村忠《ただ》征《まさ》	一村和人の祖父
藤《ふじ》原《わら》光《みつ》弘《ひろ》	元・岩切組構成員
橘智《さと》志《し》	橘路子の兄

雨の鎮魂歌《レクイエム》

序――ものがたり

物語を。

この世界のすべてを含んだ物語を、読みたい。

いろんな物語がある。スリル満点、とか、こんなことあるよな、とか。すげえどんでん返しとか、なんて可哀想《かわいそう》なのとか、好き嫌い分かれるけどこういうのもいいかも、とか。タメになるなあ、よく分かんないけど気持ちいい、読みづらいけどたぶんすごい、このキャラクターさえ出てればなんでも許す。よくこんな細かいところすくい上げるよなあ、あらすじみたいで読みやすい、マンネリだけどこうでなくちゃ。そのすべてが物語だ。そう呼ばれている。

でも、きっとどこかにある。これが「すべて」。ほんとうだ、と感じられてしまうような物語が。この世を成り立たせているあらゆる要素を含んでなお悲しく嬉しく美しい。そんな物語が欲しい。いつか出会いたい。ずっとそう思っていた。

ところが、身をもってこの物語に出会ってしまった。いまとなっては、それが自分が夢見ていたものにどれだけ似ているかなんて分からなくなってしまったし、幸か不幸かさえ分からない。だがこの物語は、すべて――とは言わないが、少なくともただ中にいた自分からすれば、すべてに近いほど膨大なものを抱え込んで、なお美しく、恐ろしいように思えた。

舞台となったのは北の田舎《いなか》町だ。ありふれた小さな町に、どうしてあれほどのことが起こったのだろう。町の住人たちは、どんな宿命を、知らずに負わされていたのだろう。世の中にはまだ携帯電話もパソコンもなかった。世紀の数は二十で、次の世紀には「未来」のイメージしかなく、本当に来るかどうかも確信がなかった頃。

ひとが何人か死んだ。いくつかの異様な事実が明るみに出た。それらは、あの当時のこの国の状況に照らしても、規模や異常さで頭抜けていたなんてことはない。この国の人たちの大半は、片田舎でおかしな事件が続いた、くらいにしか思わなかっただろう。事件の裏にいた人々の憎しみや恐れや、絶望や、嬉しさや、だれかを大切に思う気持ちやなんかが伝わるはずもない。語る声もなかったし、当事者ですら、すべての事情を呑《の》み込むことのできた人間はたぶんいないのだから。

自分に語る資格があるかどうかは知らない。たまたまそばにいただけだ。しかし語る者が自分しかいないなら、選ぶ余地はない。

語り手は重要ではない。語られる物語こそがすべてだ。

この町のことをせいいっぱい語るだけ。ある時代に、ここに生きていた人々のことを。

にもかかわらず、そこに世界のすべてを押し込められないだろうか。そんなことを思う。語られるべき地上のあらゆるものがあのとき、あそこにあった。そんな気がふれたような思いに捕らわれる。すると語る声は、あの町を語ることで世界を語ることになりはしないか。耐えられないのに耐えるしかない痛みや、あまりに深いので血が滲《にじ》むような歓《よろこ》びが、価値があると信じるものすべてが、それ自身に値する扱いを受けることになるんじゃないか。そんな馬鹿げた夢を見てしまう。

だめだ。適切な言葉は存在しない。自分には力がなさすぎる。そう何度も挫《くじ》けそうになった。間違いを入れずに思い返すことなんてできない。あんなことにはまるで理解が及ばない。語り尽くすことなんてできるはずがない……だが、それでも。

あまりにも小さすぎる彼の居場所——それはいつだって綺麗《きれい》に磨き上げられていて二十歩先からでも自分の顔が映っているのが分かる墓石で、彼の両親が愛情込めて、丁寧に磨いているのが目に見えるようだ——がふいにはっきりと頭に浮かぶときや、その彼が生きていたときの控えめな、綺麗な笑顔がもうぼんやりとしか頭の中で像を結ばないことに気づいたとき。あるいは夏の砂浜の上で、仲間たちが懲りもせず導火線に火をつけ続けて浜じゅうを花火の煙だらけにしてしまった夜を思い出して笑うときなど、あるいは、激しかろうが優しかろうが、屋根を打つ雨音が耳に忍び込んでくる夜なんかには、また自分を机に向かわせる。あったことをできる限り、あったそのままの形で記しておく、という行為に駆りたてる。俺しかいない、やめようとする権利すら自分にはない、そのことに気づかされる。

思ったよりずっと時間がかかった。でも色褪《いろあ》せることはなかった。そんな心配はしたことがない。特別な輝きを放つあの季節が、自分から離れてゆくなんてことは、信じていなかったから。

ただ、言葉が満ちるのを待たねばならなかった。自分がひどく間違ったりせず、大切なものを損なわずに、あの季節を物語ることのできる力を持てるまで、たぶん、待たねばならなかったのだ。

そうして、ここにかろうじて、初めから最後までがつながっている、形を持った、物語のようなものに辿《たど》り着くことができたと思う。そうであることを、祈っている。

語られるべき、知られるべき物語があった。それだけが確かなことだ。

第一章　雨濯《うたく》

1

分解寸前のボロ傘を昇降口の傘立てに放り込むと、下駄箱の向こうにある空間に目をやる。

だれもいない。それでも俺は慎重に、前方にじっと視線を据えながら、自分の上履きを取り出して履いた。とはいっても踵《かかと》がボロボロにつぶれてスリッパみたいになっているので、つっかけたという方が正しい。

くぐもった雨音が、だだっぴろい昇降口のなかを行き場もなく漂っている。俺の足は膝の辺りまでびっしょりで、はりつく制服のズボンの感触が気持ち悪い。だが気にしている余裕がなかった。

前方にゆらっと影が揺れて、俺は立ちすくむ。

——徹也《てつや》さん！

おお。声を聞いたとたん胸をなで下ろして、ぱたぱたと簀《す》の子《こ》の上を駆けてくる少女を待った。後輩の桐島由夏《きりしまゆか》だった。助かった、この子は味方だ。

「おはようございます！」

元気なあいさつ。俺はおはよ、と言うが早いか、

「きょうの布陣は？」

と訊いた。焦りは消えていた。この子のおかげで俺は危機から脱した。廊下の壁にある時計を見ると八時十八分。始業ベルまであと二分ある。

「それが……」

由夏がいきなり頭を下げた。

「もう教えてあげられないんです。ごめんなさい」

「ええっ？」

顔から血の気がひいた。

「そっ、そりゃ、どういう――」

「あたしがスパイしてること、柿崎《かきざき》さんたちにバレちゃったんです。だから、教えないいって約束させられちゃって」

目の前が真っ暗になった。くそ……連中は一枚上手《うわて》だった。最強にして唯一の切り札を見破られてしまった。

「頑張ってくださいね」

由夏は俺の目を覗き込んでくる。励ましているようで、その顔は間違いなく楽しんでいた。

「人数ぐらいは教えてくれるだろ？」

おあずけを食らって、口を尖らせたガキみたいな顔になっていることは自分で判っていたがどうしようもない。時計を見る。残り一分ちょっとだ。

由夏は何秒か首を傾げて迷っていたが、やがて耳元で囁《ささや》いてくれた。

「三人です。一村《いちむら》さんはきょうも休みだし、古館《ふるだて》さんは参加してません」

するとパッと離れて、

「じゃ、頑張ってください！」

いまにも笑い出しそうな声で言うと、身を翻して廊下の先の階段を駆け上がって行った。ショートカットが綺麗に揺れる。もうすぐホームルームが始まる。彼女のクラス、二年C組は二階にあるのだ。俺は脱力感と闘いながら、後ろ姿をしばし見送った。

やがて階段の向こう側、自分の教室へと至る廊下を見据える。

嘘みたいに人影がない。だが気配はひしひしと感じた。廊下の右手、いま由夏が上って行った階段の下……あるいは左手の、消火栓の陰か。あそこは狭いから、隠れられるとしても八木準《やぎじゅん》ぐらいなものだろう。

廊下は十五メートルほど続き、つきあたりには技術室や家庭科室へと続く鉄製のドアがいつものように閉ざされている。そこを真ん中にして左右に廊下が伸びており、どっちの角も怪しかった。自分が三年A組だということがいつにもまして呪わしい。つきあたりを右に曲がれば三年生の教室が並んでいるが、3Aはよりによっていちばん奥なのだ。すり切れてロゴも見えないスクールバッグを肩にかけ直し、意を決して走りだす。もう三十秒しかない。

消火栓のそばを一気に駆け抜ける。陰に隠れていた八木が手を伸ばしてくるヒマも与えない。バーカ、身動きするのが見えてたんだよ。ちらと振り返ると相手がぽかんと口を開けて俺を見送っていたが、嘲笑《あざわら》っている場合ではなかった。一か八かで正面の鉄のドアに飛びつくとパッと振り返る。案の定、向かって右側の角に一人ひそんでいた。林孝太《はやしこうた》！　メタルフレームの眼鏡《めがね》を鋭く光らせながら手を伸ばしてくる。指が、獲物をねらう蛇さながらに俺の鼻先をかすめたがどうにか逃れて駆け出した。つかまっちゃいない、指一本でも触れられたら終わりだがいまのは間一髪セーフだ、あとは教室めざして一直線だ。踵のない上履きがバタバタ言うのもなんのその、もう3Aまで十秒とかからない。前方にいるのは数人の女子生徒だけ。だが露骨に嫌な予感がした。最も恐るべきやつの姿がないのだ。足は止められない。ベルが鳴る前に教室に滑り込まなければ、やはり俺の負けになってしまう。

いちばん手前、D組の廊下は何事もなく過ぎた。

いける。希望の光が射し込んできた、と思った瞬間——俺は負けを悟った。

C組の後方のドアから、絶妙のタイミングで骨張った手が現れたのだ。まさに死神の手。俺は必死で身をかわす。力強い手がスクールバッグの持ち手を完璧に把握した。だが俺は少しも迷わずバッグを捨てる！　極楽のような軽さを味わいながらホームストレッチに移った。まんまとすべての罠《わな》をくぐり抜けたのだ。ちらと振り返ると、俺のバッグを掲げて呆然《ぼうぜん》としている柿崎彰《あきら》の長身の後ろに、駆けつけてきた八木と林孝太の顔が見えた。俺は思わず品のよくない笑い声を上げた。あえて表記するならブヒャヒャヒャヒャヒャとい うような。

直後、B組から現れた女子生徒に気づいて瞬時に身をよじった。間に合わない。肩がぶつかり、バランスを崩して廊下に倒れ込んだ俺はビタン、という情けない音を聞きながら、ぶつかった女子が誰であるかを悟った。痛みなど感じない。自分の失態に呆然とするだけだ。

「大丈夫？」

逆さの顔が心配げに覗き込んでくる。大の字になった俺は、真上にある綺麗な顔に向かってガクガクと頷く。ほっとした。彼女は大丈夫だ、肩がかすっただけだ。彼女をかばうべく、俺の反射神経は主人だけをこんな目に遭わせてくれた。

すると視界にもうひとつ、見慣れた顔が現れた。

「おれの加勢は要らなかったみたいだな」

やけにクールに言う。古館英明《ひであき》。彼もB組から出てきたようだ。白皙《はくせき》の美少年というのは、逆さに見上げようが少しも遜色がないことが判った。おまけに、彼の言葉は死刑宣告に等しかった。ああっ！　思い出してバネ仕掛けのように身を起こす。

「たっち」

いつの間にか廊下にしゃがんでいた柿崎が、俺の顔のすぐ横で言った。脱力のあまりまたひっくり返りそうになる。ちくしょう、負けた。みんなの勝ちだ。俺は今日、昼休みに余る牛乳を一人で引き受ける。十日ほど前に八本飲んで下痢をして以来はずっと逃げおおせてきた俺だったが、また名誉ある任務をおおせつかることになった。

「お気の毒さま」

彼女がにっこり笑って言うのと、始業のチャイムが鳴るのが同時だった。彼女が自分の教室へ戻って行くのをただ見送る。彼女のD組と俺のA組は五千メートルは離れている。古館もニヤニヤ笑いながら自分のクラスへとひきあげていく。やつはC組……林孝太もだ。そして腐れ縁で結ばれた、同じA組の柿崎彰と八木準は、キリストを求める病人のような熱意を込めて俺に触り続けている。

「いつまでやってんだオラ」

煩わしい手を払いのけると、冷静を装って立ち上がった。廊下の果てに長い髪が輝いている。彼女——橘《たちばな》路子《みちこ》が教室に入って見えなくなったとたん、チャイムがやんだ。

2

教室は騒がしい。外の雨音が聞こえないほどだった。みんな自分の席を離れて好きな相手と喋っている。ホームルームの時間が過ぎ、授業時間に入っているのに担任がやってこないのだ。

教室のいちばん後ろを振り返った。空っぽの机が横一列に並んでいる。ならず者連中の席だ。俗に言えば不良ということになるのだろうが、どうも俺は、彼らを正確に言い表す言葉を知らない。ともかくこのクラスは筋金入りの奴を四人、それに予備軍（林孝太に言わせると、金魚のフン）を五人、あわせて九人の問題児を擁する極めてはた迷惑なクラスだった。

担任は、学校で最も強面《こわもて》のきく体育教師の菅谷《すがや》紀男《のりお》だからなんとか抑えがきいているが、時には公然と逆らう困った奴も何人かいる。

そんなクラスだから、学級委員は並大抵ではない苦労を強いられる。ホームルームに現れない連中を呼びに行くのも、そして連中が決まって昼休みに残す牛乳を処理するのも、学級委員の役目。つまり俺の責任なのだ。

学期初め、保健委員である八木に頼まれて〝牛乳を飲もう〟キャンペーンをやる破目になった。俺たちが直接連中に頼みに行くとうるさがられ小突かれ、あるいは「分かった分かった」と投げやりに受け流されるのがオチで、結果はいつも同じ、残る牛乳の数はまるっきり減らなかった。ところが融通のきかない菅谷さんからのプレッシャーは強まるばかり、これ以上牛乳が残ることはまかりならんと言う。見かねた柿崎も加わって、しばらくは仕方なく、残る牛乳を手分けして飲んでいた。だがさすがにうんざりして、朝いちばん遅く来たやつが罰としてぜんぶ飲む、というふざけた案が浮上したのだった。泡を喰って反対したのは俺だ、学級委員のくせに遅刻常習犯でもあるからだ。必死の抗議の果てに生まれた折衷案が、先程披露した朝の攻防である。遅れて来た人間にもチャンスを与えねばフェアじゃない、というわけだ。

そんなことになっても決して早く学校に出て来られない俺――たぶん、自分はだれより血圧が低いのだからしょうがない、と思うことにしている――が、名誉ある挑戦者を週に五日は務めることになったが、勝率は高かった。後輩をスパイに仕立て上げるなど、考え得る限りの手段を駆使していたからだ。姑息《こそく》とは思わない。自分の胃の無事がかかっているのだ。

だが十日前。強敵・柿崎彰の反則作戦（やつは下駄箱の裏で待ち伏せていて、恐る恐る廊下を進軍しているといきなり後ろから捕まえやがった）にひっかかって、今年度最高の十二本の牛乳を任されたときには仮病を使って帰りかけた。刑に甘んじたら死ぬ。泣きつく俺をさすがに見かねたのか、仲間の何人かは助けてくれた。後輩の桐島由夏ですら、わざわざやってきて二本も飲んでくれたのだった。以来、昇降口付近の待ち伏せもめでたく禁止となった。ウソ泣きも無駄にはならなかったわけだ。

問題児連中がそろって席にいないので、俺は堂々と連中の机に向かってフンと言ってやった。また今日も牛乳残しやがるんだろう。担任が来ないのもどうせ連中が原因だ。

「また旧校舎でごねてんだろ、あいつら」

柿崎彰がニヤニヤ笑いながらやってきた。八木準も柿崎とそっくりの顔つきで寄ってくる。柿崎は長身で骨張った身体つき、八木は小柄で肉付きがいいから見た目はまるっきり対照的なはずなのに、なんでこんなに似た者どうしに見えるんだろう。久しぶりに俺を負かしたことが嬉しくて仕方ないのだ。一度は逃げ切られたと思っただけになおさらだろう。あそこでドジさえ踏まなければ……だが俺は、あの事故を歓んでいる自分に気づいていた。橘路子と間近で言葉を交わすのは本当に久しぶりだったのだ。いや、喋ったのは専ら向こうで、こっちはバカみたいに頷いてただけだが。

「きょうはよ、牛乳すげえ残る気がするよな」

八木が目をキョロキョロさせながら言う。嬉しさがよだれみたいに口から垂れている。

「きょうも目が死んでるなおまえ」

俺は言い返した。こいつの目はいつも落ち着きがなく、どこか虚《うつ》ろなので「死人の目」呼ばわりしている。代わりに八木は俺を若ハゲ呼ばわりした。なにを血迷ったのか、仲間内のだれよりもボサボサで髪の量が多くて困っている俺に向かって「おまえは若いうちに必ずハゲる」と予言したのだ。死人の目、は仲間内でも定着したが、若ハゲの方は不評ですぐに忘れ去られた。俺も内心、苦し紛れの言いがかりだと祈っている。こいつの予言は不気味だ。こんな目でご託宣を垂れられるとだれだって気分はよくない。

「一村、きょうも休みだってさ」

柿崎が顔から笑みを消して言った。思わず柿崎を見返す。

一村というのは、やはり俺たちの仲間の一人。だが先週の土曜日から学校を休んでいた。しかもその土曜日、俺と柿崎と、放課後に河で釣りをするという約束をすっぽかしてだ。今日はもう水曜日。一村は身体が丈夫な方ではないから、ちょっと心配だった。

「学校が終わったら、あいつんち行ってみっか?」

俺が言い、柿崎が頷く。

「徹《てつ》ー、セイロガン持ってきたかあ?」

甲高い声が教室に飛び込んできた。くそっ、居留守を使いたくてももう無理だ。林孝太め……古館英明も一緒だった。担任が現れないのは、やつらのC組も同様らしい。ヒマにあかせて油を売りに来たのか。

「きょうは何本あまるかねえ？」

孝太が愉快そうに俺の肩をバシバシ叩く。きゃしゃなくせに強い力だ。眼鏡のフレームが磨きたてみたいに、普段より光って見えるのは気のせいか。こいつはクラスが違うのに、毎朝待ち伏せ部隊に参加して俺を苦しめるのだ。だが自分が敗れたときは潔く刑に服すという約束をしていて、一度だけひとりで六本の牛乳を飲んでいる。それ以後は妙に早く学校に来るようになった。まあ、俺とは違い、人並みの学習能力があるということだ。

「なあに、また由夏ちゃんが助けに来てくれるさ」

古館が涼しい顔で言う。人の悪いやつだ。だがその冷やかしに笑みで反応したのは柿崎だけで、孝太と八木はわめき始めた。

「由夏ちゃんスパイにしてただろ！」

八木が目をぐるぐる回しながら言い、孝太も反則だー、罰金だーと節をつけて歌い出す。だがいまの俺にとっては、ハエの唸《うな》りにすぎなかった。

「なあ」

努めてなにげなく、そばの机に尻を載せた古館に向かって訊いた。

「路子は、大丈夫だったかな？」

古館がまっすぐに見てくるもんだから、思わず目を伏せる。

「路子？　大丈夫って？」

「いや……ちょっとぶつかっちゃっただろ」

顔を熱くして言うと、

「大丈夫だろ」

と彼はあっさり言い、林孝太の馬鹿話に戻っていった。取り残された俺は、さっきの路子の顔をまた思い浮かべてしまう。

お気の毒さま。そう言った彼女。あの、笑っているのに、どこか泣いてでもいるような笑み。黒い瞳に滲む優しさ。それに気づくたびに、冷たいものが胸を刺す。なんて昔に思えるんだろう……よくいっしょに話をしたあのころが。

「やるか?」

孝太がトランプを取り出した。おうっ、歓声を上げて身を乗り出す仲間たち。時刻はすでに九時半を回っていた。ふだんならだれよりも身を乗り出して興じる俺なのに、たちまちのうちに配られるカードに伸びる手は重かった。

こんなとき。仲間たちと一緒にいるときなら、俺も路子と普通に話し、笑い合える。女子が加わると口数が減ってしまう柿崎や孝太、八木らをよそに、彼らよりも路子と少しだけ昔なじみということで分《ぶ》のいい俺が、ペースメーカーになる。そういうときはすごく楽しい。彼女もよく笑ってくれる。

だがそれ以外では、彼女と話すことはもう、ほとんどない。

「徹！　はやく出せよ」

いつの間にか大貧民が始まっていて、八木がせかす。古館が笑って言った。

「牛乳がそんなに憂鬱《ゆううつ》か？……心配すんな。また由夏ちゃんが来てくれるだろ」

俺はじっと古館の顔に見入った。こいつも路子を思っている。もう二年以上も親友でいて、分からない方がおかしい。俺の路子への気持ちも、知らないはずはないと思う。なのに楽しげに俺を冷やかすのだ。

「一村、きょうも休みだって？」

柿崎が古館に向かって訊いた。古館は目を伏せる。

「そうらしいね」

「学校終わったらあいつんち行こうかって言ってたんだけど、英《ひで》さんも行く？」

仲間の多くは、古館のことを英さん、と呼ぶ。

「いや。おれ、きょうは生徒会があるからさ」

冷めた口調に聞こえて、思わず古館の顔を見直した。

「会長なしの生徒会かぁ？」

孝太がおどけた声を上げる。俺は胸が痛くなった。

そう、一村和人《かずと》は生徒会長。古館は副会長だ。

「しょうがないんだ。あいつがいなくても決められることだけでも、決めておかないと」

俺たちは、もうそれ以上は訊かなかった。この学校で生徒会員を務めるのがどれほどしんどいか知らない生徒はひとりもいない。特に責任の重い一村と古館の苦労を思えば、口出しするのもおこがましかった。孝太が顔を赤くして自分の手札に目を落とす。

そのとき、慌ただしい気配が教室に入ってきた。俺たちは速やかにトランプを隠匿にかかる。

ところが、入ってきたのは担任の萱谷さんのもっさりした背広姿ではなく、よれよれの白衣だった。学年付きの理科教師・清水昭治《しみずしょうじ》だ。心配して損した。清水はだれからも怖がられていない。授業のやり方もテープレコーダーのように一方的で、たまに対話があると思ったら陰湿なお小言だけだったりする。女子からも疎まれていた。ネチネチした性格が災いしているに違いなかった。

それでも、一応は教師のお出ましだ。生徒が自分の席へ戻りはじめた。孝太と古館も自分の教室へ戻ろうと立ち上がる。

清水教師がなにか叫んだ。ふざけるなおまえらいいかげんにしろっ、そう聞こえなくもなかった。見るといつも油で撫《な》でつけている髪の毛が思いっきり乱れて、変な形にひらひらしている。一瞬しんとなったが、生徒たちは驚くというより呆《あき》れていた。きょうは強気だなオイ、思わず小声で言ってしまい柿崎が吹き出す。

沈黙に自分で耐えられなくなったのか、彼は手に持っていたプリントの束をいちばん近くにいた生徒に押しつけると、逃げるように教室を出ていった。

「だいじょぶかあれ？」

林孝太が教室中に聞こえる声で言い、俺は古館と顔を見合わせた。古館は真剣に眉をひそめている。どう見ても、目の前の古館の方が大人の顔をしていた。どっちが先生だよと思った。

結局その日は二限の半ばまで潰れた。申し訳のように配られたプリントは回収すらされなかった。これが俺たちの愛すべき母校、渡里《わたり》東《ひがし》中の現状だ。

3

放課後も、空の色は朝と少しも変わらない灰色だった。

ほとんどが水たまりと呼ぶにふさわしい舗装された道を、俺たちは学校から玉岸《たまぎし》――渡里市方波見《かたなみ》町の北の地域――に向かって言葉少なに歩いていた。

林孝太と八木準の足元を見るたびにため息が出る。黒いゴム長靴がうらやましかった。不精者の俺は、重くて足を通すのが面倒な長靴が嫌いだった。特に今朝は（というか今朝も）遅れそうだったので、迷わず軽いズック靴で飛び出して来たのだ。いまは後悔しきりだった。ズック靴は水を呑み込んだり吐き出したりしてギュウギュウと苦しげな声を上げている。ズボンの下半分も濡れそぼち、股の辺りまで水が侵攻してくるのは時間の問題。ボロ傘の破れ目から雨粒が顔を襲い、角度を変えれば耳や肩が攻撃される。不毛な消耗戦に気分がすこぶる悪い。

慰めといえば、柿崎彰も長靴ではなく、スーパーでよく投げ売りされているようなマジックテープ式のスニーカーで歩いていることぐらいだが、解せないのは機嫌が悪くなさそうなことだった。穏やかな目は変わりなく、薄い唇が楽しげな曲線を描いている。どう考えても俺がいちばん損をしていた。

四人で一村の家へと向かっているところだった。今週一度も顔を見せていない一村和人に見舞いの言葉でも言うつもりだった。彼がどうして休んでいるのかだれも知らなかったが、風邪でもひいたに違いないとみんな思っていた。

朝の出来事が、いまだに俺の頭に浮かんだり消えたりしている。といっても、あの能天気な追いかけっこのことではない。今日は牛乳の残り本数が人間的な方だった。たった六本で、そのうち一本は——古館には隠しておきたいが、あいつの言ったとおり——由夏が飲んでくれたし、なんだかんだで柿崎も一本始末してくれた。そのことはいいのだ、全然。

あの失態が胸をむしばんでいた。ただのガキだった、馬鹿みたいに笑いながら走り回ってしまった。路子の目の前でだ。おまけにぶつかった。ぶざまにひっくり返った。最低だ。

路子が好きだ？　だれが。阿呆がか？　ふさわしくない。彼女にはふさわしくない。ガキが惚《ほ》れてどうする。馬鹿め。馬鹿め。

「あれ？　路子さんは？」

八木が無邪気な声を上げて、俺は思わず傘を下げて顔を隠す。

「呼んでないんだよ」

柿崎の穏やかな声が聞こえた。

「なんで？」

「こんな雨でさ……」

あとは聞こえなかった。聞きたくもなかった。路子の話題が出るだけで俺の心は縮こまる。

二年前はこんなふうではなかった。自分と橘路子はもっと近しかった。初めに親しくなり、仲間に紹介したのは他でもない、俺なのだ。

だが中学三年生のいま、路子は生徒会の書記委員として一村と古館を支える身。彼らの結束は固い。よく遅くまで残って、学校が抱える問題をどうするか真剣に考えている。今日も生徒会だから路子は来られない。いまも古館英明といっしょにいる。

ちなみに、いま見舞いに向かっている一村和人は路子といっしょのクラス。ふたりともD組だ。仲間内で、路子と同じクラスという幸運なやつは一村だけ。まあ、こんなふうにひがんでいる奴はそもそも俺以外にいないが。

雨が身体を這《は》い上ってくるにしたがって、馬鹿な考えがまとわりついてきた。もし柿崎が振り返ったら、ひきつった俺の顔に気づいただろう。

こんなに長い間学校を休んで、一村は路子のことが気にならないのか？　古館と二人きりにしていいのか。戻ったら取り返しのつかないことになってる。そんなふうに不安にならないのか。

一村和人だって橘路子を思っている。確信があった。

もしかすると、なにかあったのか。路子、あるいは古館との間に。それがショックで学校を休んでいるんじゃないか？　妄想は加速する。それは、路子が古館を選んでしまったからではないのか。自分が入り込む余地はない、そう悟ってしまったからでは？

ゲスだ。いくらなんでもひどい。自分のひがみを、一村の身に置き換えただけじゃねえか。背筋が寒かった。こんなゴミみたいな考えを頭の中から追い出したい。どうしたらい い……一村和人の穏やかな顔が思い浮かんだ。狡《ずる》さとか、わがままなところは一切ない。その左のまぶたが少し腫《は》れている。先週の彼の顔だ。旧校舎のそばで、乱暴者たちの誰かに殴られたらしかった。そうだ原因はそっちだ、きっとショックを受けて、いいかげん生徒会長をやっているのがいやになったんだ。

それも違う。一村はそんなやつじゃない。あいつは連中なんか怖がってない。だからやっぱりただの病気で、きっと元気になりかけてる。明日には学校に来る。そうに決まってる。

傘を上げ、一直線に続いている道の果てへ目をやった。道の右手はひたすらに畑、その向こうに堤防が長く並行して走っている。ここからは見えないが、堤防を越えれば海だ。道の左手は一面の田んぼ。道は、一キロぐらい先が上り坂になっていて、雨で緑色が濃くなった山の中へと舗装道路が吸い込まれてゆくのが見える。一村家に行くにはそこまで上る必要はなく、その手前の横道を左に入って行けばいい。晴れている日なら、何度となく自転車で通った道。一村の家は、町の中心からちょっと外れているとはいえ、なにかあれば仲間たちが集まる場所だ。

彼の家が見えてきた。遠くからでも一目瞭然。住宅が少しばかり集まっている一角のなかでも、ひときわ威容を誇っている。黒瓦が見事な曲線を描いて屋根を形作っている。敷地は何坪あるのだろう？　たぶん二百から三百ぐらいか。

家の正面に回り込むと広い庭が現れる。象でも通り抜けられそうなゆったりした門から玄関まで、黒々とした砂利の海が広がっている。水はけがよくてほとんど雨水が溜まっていない上に、平らな敷石が並んでいて玄関まで導いてくれる。

玄関先の屋根の下に入って傘をたたんだ。柿崎が呼び鈴を押す。

誰かが出てくるまでには時間がかかる。それぐらいこの家は広いのだ。

それにしても長すぎた。

「だれもいねえのかな」

林孝太が首を傾げた。八木が頷きながら俺を見る。柿崎がもう一度呼び鈴のボタンを押した。やはり同じだった。

仕方なく帰ることにする。傘をひろげ、また雨の下へと戻る。

門の手前で、なにげなしに家を振り返った。一村は寝込んでいて出て来られないだけだ。そんな気がしたのだった。あいつの部屋は二階の奥にある。一村和人は一人っ子だから、両親が不在なら一人きりということになる。玄関まで出て来られなくて当然だ。

彼の父親は街の工場の部長だから、きっと仕事で家にいない。母親は琴と華道の先生をしていて、毎週何曜日かにこの邸宅の一室に生徒を集めて指南をしている。街の方へ教えに出ることも多いらしい。きっと今日はそんな日なのだろう。あるいは、息子を病院へ連れていっている最中か。

そう考えるとそんな気がしてきた。なのに、駆け戻ってもう一度呼び鈴を鳴らしたい衝動に駆られる。その場でぐずぐずしていると、道の先で仲間がこっちを振り返った。傘をさした三人が三人とも、じっと動かずに俺を待っている。

4

翌朝まで雨が途切れなかった。俺でなくても気が滅入るに違いなかった。ひどい朝だった。そして、学校始まって以来のひどい朝になった。

いつも通り遅れてきたが、待ち伏せで出迎えたのは気が抜けたような八木だけ。なんなく身をかわしてA組に着くと、柿崎彰と林孝太がボーッとした顔で机の上に座っていた。柿崎が、する気もないトランプをけだるげにシャッフルしている。孝太が顔を上げ、今日は見逃してやる、とでも言いたげにニヤッとした。どこかに無理がある。古館の姿はない。それは、今朝も路子と一緒かもしれないということ。

一村はどうしたと思った。今日こそ学校に戻ってきて、あのふたりを二人きりにさせておかないでくれ。ところが柿崎が卑しい望みを打ち砕いてくれた。

「一村、きょうも来てないみたいだぜ」

さすがに心配そうだった。木曜日だから、先週から数えるともう五日も学校を休んでいることになる。生徒会長ということを抜きにしても、生真面目《きまじめ》な性格の彼がこんなに学校に来ないのはよっぽどのことだ。

「きょうも行ってみるか」

言うと、全員が頷いた。妙に嬉しくなる。俺の机の上に尻を乗せていた孝太をぞんざいにどけて席に座った。柿崎からトランプをひったくる。どうせ今日も、授業は時間どおりに始まりそうにない。乱暴者たちはまた揃って席を外していた。大歓迎だ、仲間たちと少しでも一緒にいたかった。憂鬱な一日が始まるのを少しでも遅らせたかった。

この朝を思い返すと少し不思議になる。みんな揃いも揃って、どうしてここまで憂鬱だったのか。長雨のせいだけではなかった。まるで無意識に、最悪の日を迎える心の準備をしていた。そんな気さえする。

どんな準備をしていたところで、なんの意味もなかったが。

カードを配るのに夢中になっているときだった。騒がしかった教室がしん、となった。廊下から、悲鳴を含んだ異様な空気が伝わってくる。予感、としか言いようのないものが俺を突き動かし、気づくと立ち上がってだれよりも早く廊下に出ていた。

廊下の生徒たちの異常な気ぜわしさは、古いモノクロフィルムを連想させた。しかもその光景は向こう端の二クラス、D組とC組の廊下でしか展開されていないことが強烈な失調感をもたらす。その次の展開が決定的だった。C組の男子生徒がB組に入って行って数秒後、爆発するようなどよめきが響いて来た。

俺はただ立ち尽くしていた。肌が粟立《あわだ》ち、自分から動く気にさせない。柿崎たちが背後にやってきた気配がした。

　Ｂ組からだれか出てくる。そしてＡ組になにか伝える。それをただ待った。だが意外にも、俺たちへの伝令役を果たしたのは、上の階にいるはずの後輩だった。視界に現れた桐島由夏は、廊下にあふれる非現実に押し流されるようにして俺の目の前に立った。

「どうしたの？」

「一村さんが」

　同時に言いかけた。そして由夏はすぐに、自分の言葉を続けた。

「殺されたらしいんです」

　一瞬、目の前の顔が奇妙に歪《ゆが》んだ。自分が吐いた言葉があまりに馬鹿げているということ。そして、どうして自分がこんなことを伝えなければならないのか、という心底からの不服さ。そのすべてを瞬く間に呑み込む、圧倒的な感情。そのひとつひとつが確実に伝わってきた。由夏の肩を俺はわれ知らず、両手で強くつかんでいた。

　ほどなく学校中が、全フロアの全教室が、どよめきの渦に呑み込まれたに違いない。しかし俺にはそんな記憶は、あとで思い返してもまるでない。殺された？　一村が？　ほんの短いセンテンスを呑み込むのにこれだけ時間がかかったのは保育園以来だった。いや正確に言えば、その日とうとう、その意味を自分のものにできなかった。もしかするといまに至っても、そうかもしれない。

　だからそこから、柿崎にどやしつけられるまでの記憶がまったくない。

「放送だ、徹」

肩を揺さぶって注意を惹《ひ》こうとしているのは判るのだが、彼の喋る意味がさっぱり判らなかった。ようやく校内放送がなにかがなっているのが耳に入る。しかしこれまた意味が判らない。正直、柿崎に放っておいて欲しかった。だれかを殴りつけたいような、黒くすぶった感情が俺のなかを転げ回っていた。

——3年A組、仁木《にき》徹也。3年C組、古館英明。大至急、会議室まで来てください！繰り返します、3年A組……

だが、いきなり目の前に現れた（ように俺には見えた）古館が瞬時に俺を変えた。動く気のなかった身体を動かした。促されるままに、彼の後についていった。どこへ行くのか判らなかったし考えもしていなかった。古館がどんな顔をしているかすら判らなかった、古館という人間であることすら理解していなかったと思う。

気がついたら職員室の前だった。まだしつこく呼び出しの放送が頭の上に響いている。会議室は職員室の隣にある。その会議室の観音開きのドアがいきなり開き、俺は跳び上がるほどびっくりした。しかも、思いがけない面々がぞろぞろと出て来た。ほとんどがうちのクラスの問題児連中だった。突っ立ったり赤茶けたりしている髪の毛、熊でも足が通りそうな太いズボン。だが珍しく、連中はポケットに手を突っ込んでいなかった。挙動にいつもの荒々しさがない。「ぼくらはよいこです」という苦しいウソがおずおずと歩いてくるのだ。どの顔にも怯《おび》えが滲んでいた。冷や汗に顔をてらてら光らせている奴までいる。すれ違いざまに俺たちを見る目の焦点が合っていない。得意の威嚇の眼差しを忘れている。

あっけにとられて連中の後ろ姿を見送っていると、職員室のドアがいっせいに開いた。非常呼集をかけられた消防隊員みたいに教師たちが飛び出していく。ようやく、それぞれが担任する教室への出動だ。うちの担任の萱谷さんも俺たちに目もくれず駆けていった。ふいに、馬鹿笑いしたい衝動を覚える。

「あら、徹也？」

職員室残留組の一人が、ドアから顔を出して言った。

「あ……先生」

俺は気が抜けたように呟《つぶや》いた。野々宮妙子《ののみやたえこ》先生だった。彼女は美術教師で、どこのクラスの担任でもない。俺たちの仲間と馬が合い（例外はいるが）、よく話す仲だった。年齢は不詳。たぶん三十歳前後だが、それ以上に思えることも、ほんの学生あがりに見えることもある。

「大変なことになったわね……」

彼女はドアから出てくると、腕を組んで眉をひそめた。肩まで届く髪をそのへんにある日玉クリップで後ろに留めているのはよっぽど忙しいか、興奮しているときの癖だった。

俺には返す言葉が見当たらない。

「いままで職員会議してたのよ。きょうは、臨時休校にすることになったの」

「僕たち、会議室に呼ばれたんですが……あそこで、なにが？」

誰かが訊いた。野々宮先生は眼を見開いて答える。誰に向かってかと思ったら、古館だった。いっしょに来たのだから当たり前だが、俺はようやく古館英明を発見したような気分になった。

「刑事が来てるの。一村くんと仲がいい友達の話を聞きたいって言うから、あたしと菅谷先生があなたたちの名前を挙げたわけ」

じゃあ、いま出てった連中はなんなのだろう。なんで呼ばれたのか。あいつらは一村と仲良くもなんともない。初めてまともな疑問が頭に浮かんだが、言葉にならなかった。そのとき会議室から事務員風の、黒縁メガネをかけた男が出て来て、

「古館くんと、仁木くん？」

と俺たちを呼んだ。

「はい」

と応え、古館は会議室に入った。あわてて続く。

会議室には黒縁メガネの男のほかに、もうひとり男がいた。四十代半ばぐらいか。メガネ男の方はこれといった印象がなかったが、それだけにこの男が際だっていた。横にがっしりした屈強な体格で、柔道の全日本代表のコーチに見えた。たくましい腕を組んでつっ

立ち、入って来た俺たちにじっと目をあてる。さっきの連中がすくみあがっていた理由が判った。

「どうぞ、座ってください」

なんで事務員と柔道家がここにいるのか判らなくて、俺はまだボーっとしていた。どちらもあまり刑事には見えなかったのだ。事務員風男の少し上ずった声が耳にひっかかる。もしや俺たちのことを、さっきまでここにいた連中と同類と見なしているんじゃないか。だったら心外だ。会議室の奥に一列に並んだ椅子に座ると、相手は向かい側の机に陣取り、集団面接試験のような格好になった。すこぶる座りが悪い。事務男が自分と、歳上の刑事を紹介したがろくに頭に入って来ない。

「……では、警部」

という声で、腕を組んだ強面が口を開いたのを見て、この男が場を掌握していると辛うじて理解できただけだった。なにせ刑事と警部の違いも知らない。

「もう知ってると思うけど、確認します」

野太い声。親身な調子だった。

「一村和人くんが、殺された。たいへん、残念なことです。お悔やみを言います」

そう言うと、彼は俺たちに頭を下げた。

「ほんとにびっくりしてるところだと思うので気の毒だけど、ぜひ、協力してもらいたいんだ。遺体が発見されたのは今朝」

「いやちょっと待ってください」

悲鳴のような声が聞こえた。俺の声だった。

「殺されるわけない。違います」

声はみるみる落ち着いていった。当然だ、と思った。俺が間違っているはずがないからだ。

「一村は、ずっと学校を休んでました。それがなんで殺されるんですか」

怒りが勢いをもたらした。みんな頭がおかしいだけだ。間違ってるのはみんなで俺じゃない。馬鹿げたデマなんか訂正してやる、教師たちや刑事がなにを勘違いしてるか知らないが、早く目を覚ませ……

いや、と否定する警部の声が、途切れた。

俺は歓んでもいいはずだった。こっちの勢いに押されてるのだ。なぜなら向こうは自信がなくて、俺の確信とは比べものにならないから。

すぐ胸に亀裂が走る。警部の両目に浮かんでいるのは、深い同情だった。

自分を支えている世界が崩れてゆく。間違ってるのは俺——そんな馬鹿な！

「ほんとうに、残念だが、間違いない」

どんなに動転した相手にも呑み込めるように、警部は噛《か》んで含めるように言った。それから事務男に訊く。

「遺体があったのは、どこだっけ」

「旧校舎です」

素早く答えが返ってくる。

「そう……校庭の端のほうに、あるだろう。古い校舎が」

はあああ？　俺は相手を馬鹿にするような声を上げた。失礼とはこれっぽっちも思わない。あり得なすぎたからだ。だがそこから言葉が出ない。舌が動かない。

「いま出てった連中が見つけた」

警部は、幼児に箸《はし》の使い方を教えるよりも丁寧に、俺に説明した。

「彼は……一村くんは、腹と胸を刺されてた。胸の方が、どうやら致命傷だったようだ」

致命傷、という言葉に燃えるような憎しみを感じた。それはなぜか、さっきの一団にまっすぐに向かっていった。奴らが発見した？　どういうことだ？　頭の中を濁流が渦巻いている。一村和人はずっと学校を休んでいた、なのになぜ旧校舎に……？　なにひとつ納得がいかない。

「解剖の結果を待たないとはっきりは分からないが、死亡推定時刻はゆうべ、真夜中ごろ」

だが警部は待ってくれない。淡々と説明を続けた。

「それ以外は、なんにも分かってない。凶器なし、足跡は、いま調べてるけど望み薄だね。ずっと雨続きだから」

　警部はそこで言葉を切った。

　俺の頭はまだなにも呑み込んでいない。それでも、さっき教室の生徒たちがあれだけどよめいたことは腑《ふ》に落ちた。遺体は学校で見つかった。

　自分が聞く耳を持っていることに気づく。警部の落ち着いた声音が、心に冷たい規律を与えてくれたようだ。

「仁木徹也くんは、どっちだっけ？」

　ところがそんなふうに訊かれて、俺はまた心のハンドルを離しそうになった。

「お、おれ……ぼ僕ですが」

　やっとの思いで言うと、警部は数秒のあいだ俺に目を注ぎ、

「それで、君が古館くんか」

　とひとりごつと横を向いて背筋を伸ばし、また喋りはじめた。

「いまのところ、容疑者も、それから、なぜあんなところに遺体があったのかも、分かっていない。それで、君たちに話を聞きたいんだ。どんなことでも」

　彼は口を結ぶと、目だけで俺たちを交互に見た。

　恐ろしく空虚な沈黙が降ってくる。ここでなにか会話をすることに、意味がある気がし

ない。どんな言葉も空々しい。バカげてる。ここにいる自分がバカげている。そのうちだれかが冗談だと言い出すに違いない、心の一部は頑《かたく》なにそう信じていた。ひっかかるもんか。なにも喋らないぞちきしょう。

うん。警部が小さく頷いた。

「ショックなのは、分かるよ……君たちも、なにがなんだか分からない状態だと思う。気の毒で仕方ない。ほんとうなら、そっとしておいてあげたい。だけどね……時間が経てば経つほど、犯人は遠くへ逃げてゆく。捕まえることが難しくなってゆく。それだけは許せないんだ」

彼の一言一言が、沁《し》み入るように頭のなかに入ってきた。その言葉のピースがぴったりはまるパズルが、すでに用意されていたかのように。

熱いものが胸の芯から噴き出してきた。犯人。イメージすら浮かばない犯人。それが遠くの方で、狡そうにちょこちょこ振り返りながら逃げる姿が思い浮かぶ。そんなことが許されるかくそったれ。激情にのってやろうと思った、自分はまだなにも納得してない。だけど彼の言う通り、だれか逃げてる奴がいるのなら……捕まえなくては。

「あっ、あの」

自分に強いて声を出した。

「……一村の家の人は、なんて言ってるんですか？」

まともな疑問が口を突いて出てくる。

「うむ。まだ話を聞いていないんだ。部下がいま、一村くんの家に行ってる」

「あの……一村は、先週から休んでたんです」

俺は古館を見る。古館は俺を見なかった。なにか言ってくれると期待したが、口を開く様子がない。仕方なく続けた。

「なんで休んでたのか分かれば、なにか分かるんじゃ……」

「そうだね」

もうとっくに考えていたことらしい。警部は気がなさそうに頷いた。少し顔が熱くなるのを感じたが口は止まらない。

「あいつらが……さっき出てった連中が……」

俺はそこで詰まった。恐ろしいことが、口から飛び出してきそうだったからだ。

「……あいつらが、一村を見つけたんですよね？」

「そうだよ」

俺の考えは、見透かされているに違いなかった。

一村は、旧校舎を閉鎖しようと学校に働きかけていた。取り壊しを主張していたのだ。あの乱暴者たちのたまり場になっていたから。そして一村は、その旧校舎から見つかった……あいつらによって。

しかも、一村は生徒会長になってから何度か、あいつらに嫌がらせをされている。教室の机の脚を折られたり、下駄箱の上履きが盗まれたりロッカーの体操着を汚されたり。つい先週も、旧校舎のまん前で顔を殴られているのだ。

警部もそれぐらいのことは、教師のだれかに聞いて知っているのではないか。だがあの連中を短時間で解放した。連中はあくまで遺体の発見者であって、それ以外の価値はない、という判断なのか。だとすると……そこから言葉をつなぐことができない。

「古館くん。君はなにか、思い当たることはないかい」

警部は眩《まぶ》しげな目をしていた。思わず古館を見る。警部の表情の理由が判った。なにかが異常だった。古館の顔はこの場にそぐわない。感情が見えない。なんの表情も浮かんでいなかった。

古館と一村は親友同士だった。路子も含めて、生徒会の活動に熱心に打ち込むようになってからは、俺が入り込む余地がないくらい息が合っていた。

これが、親友の死を知った人間の顔か？　泣きじゃくったり、茫然自失《ぼうぜんじしつ》してほしかったわけじゃない。そんなのは古館に似つかわしくない。だがやはり、もう少し、ふさわしい顔があるのではないか。

俺の動揺をよそに、古館は整った顔をただ前方に向けている。やがてゆっくりと、その口が開《あ》いた。

「はい。それが……」

はっきりした声だが、やはり感情がこもっていない。

「ゆうべ、一村から電話がありました」

まぬけなことに、俺はその意味を完全に聞き流した。事務員刑事が素早く手帳にペンを走らせたことで初めて、古館の言葉の重大さに気づいたのだ。警部は眉ひとつ動かさない。だが、組んでいる腕に力がこもったのが判った。俺はまた古館の秀麗な横顔に目をあてる。湧き出してくる感情が自分で信じられない。それは疑惑だった。

「それは、どんな用件で？」

そう訊く警部の声も張りつめていた。いまこの部屋で冷静なのは、古館ただひとりだった。

5

「あいつは……」

事務男のペンが走り始める。

「ずいぶん久しぶりなのに、あいさつもろくにしないで、いきなり黙り込んでしまったんです。なんでずっと休んでるんだ？　って訊いたんですけど、なんにも答えてくれませんでした。なにか、心配事があるみたいで、それどころじゃないっていう感じで」

俺は眩暈《めまい》を感じる。窓の外の雨音が、突然ヴォリュームをひねり上げたみたいに耳を襲った。

「で、一村は」

古館は、こんな声をしていたんだったか？

「僕に会いたい、と言い出しました」

「ちょっと待った、それはゆうべの何時ごろ？」

警部が訊くと、古館はちょっと考えてから、

「九時半ごろだったと思います」

と答えた。

「その電話は最初、君本人が取ったの？　それとも、家族のだれかが？」

「妹が取って、すぐに僕にかわりました」

妹。俺は彼の妹を思い浮かべた。兄とは年子で、この中学の二年生。名前は容子《ようこ》。俺は正直言って彼女が苦手だった。古館にそっくりなのだ。つまり美少女で、おまけに兄貴と背格好も似ていた。二卵性の双子のような感じで、彼女を目にすると妙に動揺してしまう。だからあまり話したこともない。

警部はひとつ頷いてから、「続けてくれ」と促した。

「それで、これから会ってくれというので、僕はわけを訊きました。夜も遅かったし、雨もひどかったですし。でもあいつは、電話では話せない、の一点張りでした。僕も面倒くさかったし、わけが分からなくて、ちゃんと説明しろよって繰り返してばかりいたんです。そしたら、さじを投げられたらしくて……電話を切られてしまいました」

「それだけかい？」

警部が不服そうに言った。まったく同感だった。

「ええ。ただ、この電話のことはだれにも言わないでくれ、と最後に」

いますぐなにか訊かなければ、と焼けつくように思った。この、事務報告でもしているような古館に。だが俺の唇は異様に震えているだけ。

「どうして一村くんは、ゆうべ、そんなに君に会いたかったんだろう？」

「さあ……」

古館は眉をひそめ、首を傾げた。

「見当もつかない？」

「最初は、休んでた間の授業のノートでも見たいのかと思ったんです。でもそれなら、あいつは自分のクラスのやつに見せてもらったほうが早いし」

古館の声は、とても誠実に響いた。

「生徒会のことかとも思いました。きのうの放課後、会長の一村抜きで生徒会をやったところだったんです。でも、やっぱりなんにも言わなかったので……やっぱり分かりません」

その、疑うことを寄せつけないような毅然《きぜん》とした顔。俺はもうなにがなんだか分からない。

「その電話の内容が、本当に君の言うとおりだと証明できる人はいる？」

「妹が」

古館は即座に言った。

「そばでずっと聞いてました。妹は本当は、僕のあとに一村のお母さんと話したかったんです。妹は琴を習いたがっていたので、月謝とか訊こうとしてたんです。でも一村が切ってしまったので、がっかりしてました」

「なるほど……そのあと、君たちのほうからかけ直さなかった？」

「ええ。妹も、切れちゃったんならいい、ってすぐ引きあげました」

警部が黙った。腕を組んだまま考えている。

俺は一刻も早くここを出たくなった。古館が掛け値ない事実を語っていると確信し、一瞬ののちには、台本通りに喋るそつのない役者に思えた。頭が熱くて自分の判断にまるっきり自信が持てない。この場所のせいだ。なんだここは、空気が悪い。息ができない。光が変だ、雨音がうるさい……

声が聞こえた。そんなはずはないと思ったが、たしかに聞き覚えのある声が廊下の方からここに忍び込んでくる。すぐに判ったのは八木準の甲高い声と、野々宮妙子先生の咎《とが》めるような声。ほかにも何人かの気配がした。仲間たちがいま、扉の向こうにいるのだ。

古館と俺を心配してやってきたに違いなかった。じっとしていられないのだ。彼らのやり場のない気持ちが、扉を通してはっきり感じられた。林孝太の怒鳴り声も聞こえた。どんなときも声を荒らげることのない柿崎彰も、声は聞こえないがそこにいるに違いない。桐島由夏もいるんだろうか。

野々宮先生がみんなを抑えている。彼らは中に入ってこられない。そうだ、入りたくとも、少なくともいまは。古館と俺だけがここにいる。古館はともかく、俺がここにいる資格がはたしてあったのかどうか。だが現にここにいる。

背筋に芯が入ったような気がした。できることをしなくてどうする。俺しかできないのだ。この異常事態を、隣にいる男のすべてを、この目に焼きつけておかないでどうする。何事も取りこぼすな。できる限り注意を払え！……ほんとうに有り難かった。仲間たちの気配が、俺に活を入れてくれた。

彼は廊下の声に気づいているだろうか。仲間たちの思いに、気づいているだろうか。

「信じられません」

分からなかった。古館はなにも耳に入らないかのように、ふっと呟いたのだった。

「一村は……ほんとうに」

俯《うつむ》いた。表情は変わらない。一村は、もう学校に来ないいんですか。一村は、ほんとうに死んだんですか。会いたいと言ってたのに、会ってやらなかったせいで……死んでしまったんですか。

なんと言おうとしたのかは分からない。いくら待っても古館は言葉を続けようとはしなかった。信じられる気がした。彼はこの状況をもてあましているのだ、どんな顔をしたらいいかまったく分からないからこんな顔をしているのだと。

自信はなかった。表面だけですべてを読みとるには、彼は複雑すぎる……無力感に捕らわれた。俺は古館のことをなにも知らない。何年も友達をやってきたつもりだったが、覗くことのできない深みがある。

とにかく憶えていよう。この顔を。古館英明に見えない、この古館英明を。

警部も迷っていた。彼はさっきから古館に目をあてて微動だにしない。おそらくは何百人、何千人という厄介な人間たちを相手にしてきた目が、戸惑いの色を浮かべていた。量りかねている。まだ十五歳にもならない少年を前にして、迷いを隠せないでいる。古館がいまの一言をもらしてからは、なおさらだと俺は感じた。そのことに見当違いな誇らしさを感じてしまったのはどうしてだろう。古館はあまりに遮蔽《しゃへい》が厚い。捉えられない。

気を取り直して警部が質問を再開するまで、ずいぶん長い時間が経ったような気がした。

「じゃあ……そうだね、君の友達のなかで、ほかに、ゆうべ一村くんから電話をもらった人はいないかな。ああ、仁木くん、君はどうだい？」

「あ……」

俺は口ごもる。

「あの……俺のうちには、電話がないんです」

「そうか、失礼」

赤くなっている俺を尻目に、古館がまたやってくれた。

「いまは分からないので、戻ったらみんなに訊いてみます」

警部は気圧《けお》されたような表情をあらわにした。

「うむ。そうしてくれるとありがたいが……」

そこで誰かが入ってきた。見ると、スーツ姿の若い男。これはいかにも刑事らしい風貌だった。俺たちには目もくれず、警部のところまで行ってなにか耳打ちする。警部が頷く。耳に神経を集中するが、なにを言っているかは聞き取れない。

「それじゃあ、二人ともご苦労さん」

刑事の報告を聞き終えると、警部は少し考えてから言った。

「もしなにか思い出したり、気づいたことがあったら、いつでも教えてください」

ちょっと古館を見てからそう締めくくる。警部から名刺を受け取り、きっちりと頭を下げてから会議室を出て行く古館の後ろに俺はくっついていった。激しい衝動に駆られる。古館の目を正面から覗き込みたい。彼の肩に手をかけそうになって引っ込めた。こちらを向かせたところで、なにを言えばいいか分からない。

廊下に出ると仲間たちは姿を消していた。あれは幻聴だったのか。あとで確かめよう。間違いない、確かめる必要なんてないけど、でも確かめよう。

と、目の前の古館が動きを止めた。

彼の向こうを見る。橘路子が立っていた。

鳩尾《みぞおち》を突かれたような気分になった。彼女の顔に、目の焦点がうまく合わない。だが逃げるわけにはいかない。古館の背後から歩み出て、三角形を作ろうとした。

失敗した。トライアングルは存在しなかった。あるのは、俺以外のふたりをつなぐ直線だけ。路子の視界に俺は入っていなかった。黒々とした瞳が、まばたきもせず古館を見つめている。見ていられなくて古館に視線を移し、なおさらショックを受けた。

微笑があった。われ知らず、俺は後ずさっていた。仮面があっさりと脱ぎ捨てられた。これが古館の、ほんとうの顔だ……そして俺は邪魔者。場違いな他人だ。直ちにこの場から去るべきだっただろう。柿崎だったら即座にそうしたかもしれない。しかし俺は、分をわきまえるという潔さとは無縁のようだった。動けない。ふたりを見ていられないのに目をそらせない。立ちすくんだまま、長い苦痛の時が、ゆっくりと刻まれてゆく。

やがて路子が歩き出した。会議室に入ってゆく。一村と同じクラスで、最も親しかった人間として呼ばれた。そんな簡単なことすら、そのときは思い至らなかった。気がついたら古館もいない。探して廊下の先を見ると、細い背中があった。どんどん遠くなる。

俺だけに行き場がなかった。

6

誰もいない教室で、古館が机に突っ伏して泣いている。しばらくの間、なす術《すべ》もなくそれを見守っていた。

学校閉鎖は速やかに行われたようだ。行き場もなく、とにかく古館を追って教室の方へ戻ってきたときには、もう生徒は一人もいなかった。非現実感で頭の芯が痺《しび》れる。まるでたちの悪い魔法だ。

古館はC組に、俺はA組に、荷物を取りに行った。天井の蛍光灯すら消されていて、雨模様の空は教室のなかを照らすにはあまりに力弱かった。教室からそそくさとスクールバッグを取り、しばし立ち止まって息を調えてから、廊下に出、それからC組を覗いた。古館はそこで泣いていた。俺は驚いて立ち尽くした。

するといっぱい古館が顔を上げた。その表情の無防備さ。子供じみた、という表現がいちばんふさわしかった。そしてまた、赤く泣き腫らした目を伏せた。

古館の隣の席に行って腰を下ろした。心のどこかでは、ほっとしていた。さっきまでの古館の顔は忘れられない。表情という表情をまったく削《そ》いだ表情。そして路子の前で見せた、あの微笑《ほほえ》み。だが目の前の古館も疑いようがなかった。彼はいま、一村のために泣いていた。

ふいに見ていられなくなって、窓の外に目を向ける。俺は彼のように泣くことができなかった。実感がまるでない。一村が死んだ、そんなことをどうやって納得したらいいのか。それ以上に、心に暗いものがねとついているのが疎ましい。さっき古館と路子の間にあったもの。俺はいないも同然だった。ふたりの眼差し。ふたりにしか分からない、強い絆《きずな》のようなもの。あの場にいたくなかった。あんなものは見たくなかったのだ。

一村の顔を思い浮かべようとした。心は重く、彼の顔はぼんやりとしか像を結ばない。いまの俺は、窓の外の陰鬱な雨を映す壊れた鏡にすぎなかった。

廊下から声が聞こえたような気がして見ると、桐島由夏が立っていた。白いセーラー服の肩が派手に濡れている。顔に怯えがあった、嗚咽《おえつ》が響いているのでびっくりしたのだろう。だが彼女は近づいてくると、

「古館さん」

といたわるように言った。涙があふれてくる。それを見ていると、俺も泣けるような気がしてきた。目をつぶる。だめだった。俺はまだなにも理解していない。なにひとつ受け止めていない。

「旧校舎に、柿崎さんたちが行ってるんです」

古館の嗚咽が小さくなったころ、由夏が言った。

「徹也さんと古館さんを、待ってます……いまから行きませんか？」

仲間たちが待っているということが、心を動かした。やっぱりみんな一緒に動いていたんだ。古館も素直に頷いたので、俺たちは立ち上がって教室を出た。早くほかの場所へ移りたい。ふたりでこんなところにいてもどうにもならない、由夏ひとり加わったところでなにも変えられない。仲間たちがいなければ。みんながいるところへ、行かなければ。

各々の傘をさし、黙って歩いた。俺は由夏と古館の足の動きに自分の足を合わせることで辛うじて歩みを進めた。ふたりの後ろ姿は、俺にはどうやっても及ばないくらい気高く見える。彼らの後ろについて歩くことは心地よかった。校庭の真ん中で雨に打たれている錆《さび》だらけのサッカーゴールから、俺は意味もなく、長いあいだ目を離さなかった。

築二年ほどの、田舎の学校にしては近代的なデザインの白い体育館の横を過ぎていく。

正直、校舎と不釣り合いで調和を乱していると思う。その向こう側に旧校舎が姿を現した。体育館がいくら調和を乱すといっても、この旧校舎に比べたらかわいいものだった。

　大きさは、そのへんの二階建ての家より少し大きいぐらい。味も素っ気もない箱のような、しなびた木造の建物だった。旧校舎、というその名の通り、いまの校舎ができる前に使われていた校舎で、最後の生き残りの一棟らしい。昔は白かったかもしれない壁もいまでは灰色で、塗料が病気の魚のうろこのようにはがれかかっている。窓という窓に板が打ち付けられているが、二階の板はいくつか壊されて、眼窩《がんか》のようにぽっかりと内部の暗闇を覗かせている。一階はいまも体育用具などの倉庫として使われているが、二階にはなにもない。ゆえに不心得者たちが格好のたまり場にしている。窓の板をとっぱらったのはその連中の仕業だ。

　旧校舎の入り口に〝立入禁止〟という札のかかった縄が張ってあった。警察の仕業だ。魅入られたようにふらふらと近づいていくと、長身の男が目に入る。

「徹。来たか」

　衣替えはとっくに終わっているというのに、なぜか毎日詰め襟を着てくる柿崎彰が、いまはそれをうまくレインコートにして佇《たたず》んでいた。静かに隣に立つ。事情聴取を受けていた俺になんの質問も浴びせない。この雨の中、傘もささずにずっとここにいたらしかった。濡れそぼった短い頭髪が、獣の体毛のようにきれいに模様をつくっている。彼の茫洋《ぼうよう》とした顔はふだんと変わらないように見えた。

古館英明は、林孝太が立っているところまで行って、そこに並んだ。孝太の後ろには八木準がおり、彼も傘をさしていなかった。八木の表情に気づいてはっとした。強く結ばれたへの字口、そして、ふだんからは考えられないほど落ち着いた目。こんな彼は初めて見た。

由夏は旧校舎の入り口の近くまで歩いていったが、すぐ小走りに俺のところまで戻ってきた。俺も驚く。青い作業服のようなものを着た男が二人、建物の中から現れたのだ。彼らの方も、中学生が六人も雨の中に立ち尽くしている光景に面食らったようだったが、終始無言。肩から提げた大きなカバンや、カメラなどの機材を抱えて縄をくぐり、去っていった。奇妙に美しく機能的な姿だった。校門の方に停めてあるパトカーに戻るのだろう。よくよく目を凝らすと、入り口近くの闇の中に、白い線が人型に浮かび上がっているのが見える。

一村和人は、あそこに横たわっていた。

「許せんな」

柿崎が静かに言った。言葉に込められた怒りが速やかに、俺の胸に沁み入ってくる。

林孝太が近づいてきた。

「まさか、あいつらか？　こんなことしやがったのは」

顔を歪めて声を震わせる。あいつらとはもちろん乱暴者たちのこと。

「どうかな？　違うような気がする」

俺は自分でも意外なほどきっぱり答えた。

「どうしてですか？」

由夏が目を上げて訊いてくる。

「うん」

だが、それ以上喋る気が起きなかった。会議室の前ですれ違ったときの、連中の怯えきった顔が浮かぶ。会議室での警部の話、そしてなによりも古館の顔。心に渦巻いている思いはあっても、それを言葉にすることが億劫《おっくう》だった。

古館がゆっくりと近づいてきた。だが傘に隠れて、彼の表情は見えなかった。

全員が輪になるのを待っていたように、柿崎がまた口を開く。

「こんなの許せない」

その瞬間だった。古館が傘を上げ、みんなを見た。俺は惹きつけられた。仲間をいとおしむ眼。同時に、ひどく悲しい眼だった。

「くそ、カタキをとろうぜ」

孝太が激して言った。俺はたじろいでしまう。孝太の台詞《せりふ》に嫌悪感を抑えられない、それは憎しみにすら近かった。古館が気になって仕方ない。まるで胸が薄皮一枚になってしまったようにヒリヒリした。この古館英明の前で、俺たちごときがなにを誓える？　なにを言う資格がある。

古館の顔が、また傘に隠れた。傘をさしていない八木に、由夏が自分の傘をさしかけてやっているのが目に入る。柿崎の詰め襟もそろそろ限界に見えた。

もう、誰もなにも言わないでほしかった。俺は古館の傘ばかり見ていた。彼はいまどんな表情をしているだろう。俺たちを笑っているんじゃないか。そんなはずは絶対ないというのに、自分でもぞっとするような感情が自分をつかんで振り回す。どうしたらいいんだ？　俺はどうしたら？

そのときだった——それが起こったのは。

7

だがその瞬間、なにが起こったか正しく理解できた者はそこにいなかった。

泥水を跳ね上げて、物凄い勢いで駆けてゆく古館英明。彼が放り出していった黒い傘が、ずいぶんと長い間、宙に浮いていたような気がした。

バスケットの試合で見る彼の走りを思い出した。背番号は6、我が校のバスケット部の名ガード。ポイントゲッターの林孝太との息の合ったコンビネーションには定評があった。

古館を追って走り出して行くのではと思い林孝太を見た。だが彼は、ポカンと口を開けて見送っているだけだ。古館に視線を戻すと、もう校庭の端の金網にさしかかっている。金網の向こうには車道が、車道の向こうには雑木林があるばかりだ。

古館は身のこなしも鮮やかに、その高さ一メートルほどの金網をきれいに飛び越えた。

全員がおんなじような顔をしてその光景に見惚《みと》れていた。古館の走って行く先に誰かがいる、と気づいたのはそのときだ。

いっとう最初は彼の知り合いだと思った。事件を聞いて駆けつけてきた知人を見つけて、会いに走ったのだろうと。だが古館のストライドを見ているうちにそんな気は失せてくる。ではあれは近所の物見高いおやじで、テレビのニュースかなんかで事件を知って「おい、こりゃそこの学校だ！」とか言いながら出てきたので、怒りに駆られて成敗しに行ったのか。そりゃ腹立つよな、とのんきに信じかけたのだが、やっぱり現実味がない。目を凝らすと、雑木林の中の人物は透明なビニール傘をさし、黒いズボンにモスグリーンのコートを着込んでいた。顔は蒼白く、目つきが鋭利。あの顔だと思った。古館はあの顔に反応したのだ。あの男はなんであんな場所にひとりで立っているんだ。おかしい、まともじゃない、調子が狂ってしまった世界を古館英明が切り裂いてゆく。

男が背を向けて逃げ出そうとするのが見えた。だが逃げられなかった。古館が勢いもそのままに男の背中に飛びかかったからだ。ああっ、みんな思わず声を上げる。林の入り口はゆるい上り坂になっていて、雨で泥と化しているその斜面に、二人が倒れた。べしゃっ、という一秒ほど遅れて届いたその音が呪縛を解く。まず柿崎が、長い四肢をふりまわすようにして駆け出した。捨てる傘も持たなかった彼の瞬発力は素晴らしかった。俺もボロ傘を放り出して柿崎を追う。

柵の向こうで、二人の男が泥だらけになってもみ合っている。だが体格差は大人と子供だった。身体がかっと熱くなる。もみ合うまでは遠近がつかめず判らなかったが、いまなら一目瞭然。あの男、かなりの巨体の持ち主だ。

柿崎と俺が金網に殺到したとき、ボンといういやな音がして古館の身体が宙に浮いた。男に地面から蹴り上げられたのだ。

古館はたっぷり五秒も滞空して（それくらい長く感じられた）、背中から泥の上に落ちた。俺と柿崎の口からは期せずして、

「うおおおおおっ」

という叫びが飛び出した。柿崎は長い脚を活かし、まるで金網が存在しないみたいにやすやすとクリアしたが、俺の方はあわてすぎて足が引っかかった。やっと駆け寄ったところには、柿崎が古館を抱き起こしていた。

大丈夫か、という言葉を俺は呑み込んだ。古館の白い顔は左の頰を残して泥をかぶっていたが、見たところ外傷はない。気絶していることは柿崎の揺すり方で判った。

「徹っ、早くあいつをっ」

柿崎が林の奥を睨みながら叫ぶ。俺は目を上げた。大きな影が、斜面をよたよたと駆け上っている。俺は後先も考えず走り出した。上背《うわぜい》は一八五センチぐらいか？　挑んで勝つ自信はないが、古館の有り様を見て頭に血が上っている。土は湿っていて柔らかかった、よほど集中しないとすっころびそうだったが、それは向こうも同じだ。男は山の頂を目指しているようだが足は速くない。追いつけそうだ、と思ったとたん怖くなった。だが足は止めない。

この山に登って遊んだことはある。山の向こう側には方波見川の支流があるだけだ。ここしばらく雨が続いているから激しい濁流になっているはず。渡ることはできない。俺は考えた。左側、つまり河が流れ込む方へ行っても、林や藪《やぶ》ばかりが続いていて、一キロほど行くとやがて海に出るだけだ。だが右側へ河を遡って行けば町がある。ということはあの男は、右に曲がるに違いなかった。

そこまでは上出来。回り込んでやろうと思って右へ曲がったとたん、倒木がまとめて積み上げられている場所にぶつかって進めなくなった。くそっ、少し登って迂回《うかい》するために斜面を無理して走り抜けようとして滑った。見事にずるっと。そして倒木の山に突っ込んでしまう。おまけに木の間に片足が挟まる。俺は慎重に、自由な方の左足の下、割に小ぶりの——といってもバレーのネットを張るポールぐらいはあった——倒木に足をかけて身体を浮かせようとした。それがいけなかった。倒木はギュウ、というまぬけな声を上げるとあっさり転がってゆく。連鎖反応でゴロゴロと、倒木の山全体が崩れはじめた。泡を喰って挟まっていた足をひっこ抜く。雪崩《なだれ》に巻き込まれないよう、後ろ手で斜面に必死にしがみつく。握力が保つことを祈った。地響きが林を満たす。立ち木にひっかかったり、泥の中で止まったりして、雪崩がようやくおさまるまで生きた心地がしない。

逃げた男を捜そうと首を巡らして、心臓が止まりかけた。おかしなものが見えたのだ。転がった倒木のひとつが、手みたいなものを生やしてる。

あわてて目を戻すが、見つからない。錯覚だったんだ、なんだ……ほっとした瞬間、もっとおかしなものを見つけた。

泥まみれの人間の頭。

間違いない。崩れた倒木の中から人間の上半身が飛び出していた。まるで難破した船のマストにしがみつく遭難者。頭髪が乱れてめちゃくちゃな模様を描いている。身体全体を泥が覆っていた。だからパッと見分からなかったのだ。顔はよく見えないが、見覚えはない気がした。見覚えなんかあって欲しくなかった。なのに頭が勝手に照合を終えてしまった、おいこの人どっかで見たような服着てる――

「たいへんだっ」

俺は叫んでいた。裏返った声で。

「清水が――」

悪夢が、そのとき起きた。まるで返事でもするかのように、遭難者の頭が持ち上がったのだ。額が破壊されていて、とたんに血だか組織だか、明らかに泥より濃いものがダラっと顔を流れるのが見えた。おまけに彼は、

――ぐうううぅぅぅ………

という、満腹で御満悦の猫のような唸り声を発した。それで充分だった。生き物としての本能が、俺の背骨を強靱《きょうじん》なバネに変えた。跳び上がって闇雲に走り出す。だがさっき挟んだ右足が捻挫していたことに気づいていなかった。いきなりの激痛に思いっきりバランスを崩して、ガン、という衝撃とともに頬の辺りに電流が走った。そこまでは憶えている。

8

河のほとりに立って、思い思いに竿《さお》を傾けている。

方波見川の河口のすぐ近く。ゆうに二十メートルを超える川幅と、底の見えない深さが、町中の釣り少年を惹きつけてやまない場所。

ふたりきりで釣りをしていた。俺の隣にいるのは、一村和人だった。

あり得なかった。実際には、ふたりきりで釣りをしたことなど一度もなかったのだから。必ず柿崎や八木がいっしょだった。

そもそも、俺は一村とふたりきりでいることが苦手だった。どこか気恥ずかしい。一対一で軽口を叩き合うような仲ではなかったのだ。

彼は仲間といっしょに馬鹿話をするときは本当に楽しそうに、声を上げて笑った。ただ、冗談を言うのは苦手で、聞き手に回る方だった。俺は俺で、大勢といるとどんどん突っ走るが、一対一となると途端に口がうまく動かなくなる。一村が相手だとなおさらだった。

一村が俺と同じような気持ちでいたかどうかは分からない。なにも気にしていなかったかもしれない。お互いのことが好きだと分かっていれば、それで充分だと思っていたかもしれない。

小雨の降り注ぐ水面《みなも》に釣り糸を垂らしながら、俺たちは無言だった。雨模様だというのに、ゆったり流れる川面はキラキラと眩しかった。

ひざに穴のあいたジャージズボンと汚い灰色の上っ張りという、野良仕事のついでに来てるみたいな格好の俺とは違い、一村はポケットがたくさん付いたベストと足にぴったりした長靴という正統派のいでたち。竿は濃いブラウンのカーボンロッド、そしてトレードマークの青いキャップ。

とても静かだった。

「あんまり釣れないから、橋のほうに行ってくるよ」

　一村が言った。俺はちょっとびっくりして、

「うん」

と言っただけだった。

　下流の方には丈の高い橋が見える。在来線の列車が通る鉄橋だ。その下の影、セメントで固められた橋脚の辺りには、たしかに魚がたくさん集まっていそうだった。青いキャップが下流へ遠ざかって行くのをなんとなく見守った。

　そうして、ひとりで釣りをしていた。すると上の方から声が漂ってきた。聞き覚えのある声だった。護岸コンクリートの斜面の上から響いてくるようだ。どうやら男がひとりと、女がひとり。楽しげに話しながら歩いている気配がする。だが堤防と道を隔てるコンクリートのおかげで、ふたりの姿を見ることができなかった。ほっとして――そんな自分のことを情けなく思いながら――水面のウキに目を戻す。話し声が遠ざかって行く。静寂が訪れる。

　静かすぎた。俺は不安になって、河から竿を上げ、下流に向かった。

　鉄橋の下は暗い。薄寒かった。目をしばたたかせても、そこには重たい水が揺動しているばかり。そのたゆたいが、胸に冷たさを広げていった。これは、巨大な波紋の名残りか？　なんで一村の姿がないんだ。

彼の行方は、この重たい流れの中にしかない気がした。その証しである波紋は消えかかっている……いや待て、波紋なんかほんとうにあったか？　分からない。水の中になにかが落ちるような、どぼーん、という重い響きが、耳に入った気もする。泣きそうな気分だった。いやだ、だが他にどうしようもない。俺は助けを求めるために、さっき遠ざかっていった声を追う。護岸コンクリートを這いのぼる。

地の果てまで続いているように見える堤防のずっと先を、ふたりが歩いていた。どれくらい走っただろう、俺はようやく追いつく。後ろから覗き込むと、ふたりとも話に夢中になっている。大変だ、と伝えたいのに声をかけるタイミングがつかめなくて、もたもたとふたりの後にくっついて行く。注意を惹くことができない。ふたりはちら、とこちらを振り返りかけるのだが、すぐ話に戻ってしまう。しみじみと悲しくなる。自分なんかこのふたりにとって物の数ではないのだ。親友が死にかけている、と訴えても耳を貸してもくれないのか？　いや、ちゃんと伝われば血相を変えるはずだ。すぐに助けに向かうはずだ。子供みたいに泣いた。悔しくてめそめそ泣いた。

力がないばかりに、俺は一村の親友たちに、危機を知らせることができない。子供みたいに泣いた。悔しくてめそめそ泣いた。

目の前のふたりが手をつないだ。そして、仲良く同時に振り返った。

ふたりには顔がなかった。

きっと、俺の方が見たくなかったのだろう。騒々しい音が耳にあふれ、世界のスウィッチを乱暴に切り替えた。身体がガクガク揺れている。骨張った手が腋《わき》の下を痛いほどつかんでいる。耳にドリルのように切り込んできたのはサイレンだった。暗い空を背景に、柿崎が俺を逆さに見下ろしているのが目に入った。

「おう、気がついたか」

柿崎は何事もなかったような調子で言った。ああ、この骨張った手は柿崎だ。彼以外にだれがいる。足もとの方を見ると、林孝太が俺の両足を抱えて、雑木林の斜面を後ろ向きに下りている最中だった。メガネが雨粒だらけでも、顔が引きつりまくっているのは一目瞭然。孝太に向かって笑いかけた。

「大丈夫だ。下ろしてくれ」

二人に下ろしてもらってから、そう大丈夫でもないことに気づいた。右足首はズキズキ痛むし、顔や額がヒリついている。触れると少し、血が滲んでいた。転んだときに木の幹にぶつかってこすってしまったらしい。

「びっくりさせんなよ、おまえ！」

孝太が怒鳴る。わりい、俺は苦笑いして、あの無残な白衣姿を思い出した。

「見たか？　あの清水……」

俺が言うと、

「ええ⁈　あれ清水か⁈」

孝太が叫び、泣きそうな顔になって林の奥を見やった。メガネのレンズを拭おうともしない。

「本当か？」

と柿崎も訊いた。清水はまた顔を伏せてぐったりしていたようだ。さっき顔を上げたのは、俺への一回きりのサービスだったらしい。

「まだ生きてたぜ」

俺のその一言で、二人は俺をおっぽりだして斜面を下りていった。道路に停まっている救急車を目指して走る。この辺の道はいつもがら空《す》きなのだから、サイレンなんかやかましく鳴らすことはないのに。

みんないる……ここからだとよく見える。ヘルメットをかぶった救急隊員が、案外悠長に担架を取り出して、泥まみれの古館英明を車に運び込んだ。たぶん自分も、いまは似たようなひどい有り様だろう。救急車よりもピッチの速いサイレンがやってきた。地味なシルバーグレーのセダンの屋根に赤い光がのっかっている。おおあれが覆面パトカーってやつか、刑事ドラマだぞおい、思わず独り言を口走る。林孝太が救急隊員に派手なジェスチャーで事態を説明している。孝太と救急隊員が同時にこちらを見上げたとき、俺はよっぽど手を振ってやろうかと思った。パトカーは急ブレーキとともに救急車に横付けし、中から見覚えのある男が飛び出してきた。ああ、あのなんとか警部だ……彼に対しては、柿崎が説明役に回っている。あいつの説明は林孝太よりは確かだが、警部がその悠然たるテンポに我慢できるかどうか心配だった。さっきから、俺の顔には笑みが貼りついたままだ。あとで不謹慎だと咎められなければいいが。由夏が柿崎の隣で、警部に対して口添えしている。いつでも気の利くいい娘だ。八木準はというと、小姓みたいに柿崎と由夏の上に傘をさしかけている。よし、偉いぞ。

やがて警部と救急隊員が、速足で斜面を上がってきた。その後ろに柿崎と孝太もくっついてくる。

「どこだ？」

「あそこに」

俺は指差した。

「倒れた木が、散らばってるところです」

警部たちは登っていったが、柿崎と林孝太はそれ以上先へは行かず、俺に肩を貸してくれた。あんなものは二度と見たくないに違いなかった。俺と同じだ。

9

サイレンの音に驚いて校舎から教師たちが走り出てきた。救急車は、古館のあとに清水昭治を無理やり詰め込んで去っていった。

「君が最初に見つけたんだな？」

柿崎に肩を借り、足を引きずりながら保健室を目指している俺のところに、警部が息を切らせながらやってきた。

「あ、はい」

「あの木の下にいた？」

「はい。積んであったのを、崩してしまって……」

「君は保健室へ？　じゃ、あとでいく」

俺の返事も待たずに、警部は覆面パトカーの方へ走っていった。

柿崎と俺、林孝太、八木そして由夏は、固まって校舎の方へ歩き始めた。教師たちが臆したように道を開ける。同僚が山の中から見つかったと聞いて呆然としていた。これで、頭を割られていたことまで伝わったらどんなことになるんだろう。

「なに、なにがあったの？」

野々宮妙子先生だけが近寄って訊いてきた。みんなで顔を見合わせる。なにがあったのか、俺たちにもさっぱり分からなかった。

辿り着いた保健室で質問を浴びせてくる保健室の先生にも、俺たちは満足な答えを返すことができなかった。泥だらけのワイシャツを脱がせてもらい、タオルで顔と身体を拭って、頬の擦り傷を消毒し右足首に湿布を貼ってもらった。仲間たちは他にすることもないので、俺が介抱されるのをひたすらに見つめている。照れくさくて顔が熱くなった。

「清水先生は、どうしてそんなところにいたのかしら？」

保健室の主《ぬし》、芳本都美子《よしもととみこ》先生は不満げだ。よっぽどこの話が気に入らないらしい。小柄でガリ痩せ、巨大な銀縁メガネをかけた彼女はよく言えば親しみやすいお人好し、悪く言えば子供っぽい人だった。

「清水氏は、きのうはちゃんと学校に来てたわよね？　今朝は、来てないなあとは思ってたけど」

ここまでついてきた野々宮先生が、しかつめらしい顔で口を挟む。俺も憶えていた。昨日の朝。清水はいつもとはまた一味違う理不尽さで、一人で激昂《げっこう》して教室を出て行ってしまった。

「それでその清水氏のケガ、ひどいわけ？」

野々宮先生の口調は、それほど心配そうではなかった。呼び方からも彼女の距離の取り方が窺える。それでもさすがに「死体かと思いました」とは言えない。ところが林孝太が、

「ほんっとに生きてたのか？」

と訊いてきたおかげでひどいことになった。芳本先生が顔面蒼白になったのだ。大丈夫ですか？　由夏が案じて尋ね、芳本先生は頷くものの力なく、見かねた野々宮先生と由夏

がベッドに座らせた。つまり俺の隣に。巨大なメガネの奥の瞳は虚ろだった。ベシッと音がしたので見ると、柿崎が林孝太の頭をはたいていた。孝太は口を尖らせて、誰にともなくすいません、と言った。

「まだ、会議やってるかな？　戻ってみないと」

野々宮先生が身を翻した。そうか、みんな緊急職員会議で残っていたのか。さぞかし新しい話題で紛糾することだろう。同僚が瀕死《ひんし》なのだ。

「みんな気をつけて帰ってね。できればいっしょに帰ったほうがいいわ」

「あ、あの！　もうすぐ、家の車が迎えに来てくれるんで……」

八木が授業で当てられたような顔で言い出した。

「みんなを、ウチまで送れると思います」

先生は安心したようで、手をひらひら振って出ていった。

その途端、林孝太は我慢を解いたように吐き出した。芳本先生に聞こえないようにボソボソと。

「古館はなんであんなことしたんだ？　あ、あのおっさんはだれなんだ？」

答える者はいなかった。

「それでよ、清水はなんであんなとこに埋まってたんだ？　いつから？　一村はいつやられたんだ？　だれに？」

奔流が俺たちを巻き込んでゆく。全員で路頭に迷っていた。この心細さから逃げる方法を、この場の誰ひとりとして知らない。

古館英明はなにか知っている。もしかすると路子も。言うべきだと思ったが、言えなかった。みんなを不安にさせる前に自分自身を傷つけてしまいそうだった。

そういえば路子はどうしただろう？　俺と古館のあとに会議室に入り、そのあとは……無事に家に帰っただろうか？

路子の家は、仲間うちでも最も遠いところ、沓沢《くつざわ》という隣町にあるので、毎日バス通学をしている。しかもバス停は学校から少し遠い。十分ぐらい歩くのだ。

「路子はちゃんと帰ったかな？」

思いのほか大声になってしまい、顔が熱くなる。だが危機感を優先した。立ち上がろうとして顔をしかめる。足首が鈍く痛んだ。

「そうか。電話してみたほうがいいよな」

柿崎が俺を制しながら言った。

「あ、私がしてきます」

由夏が気を利かせて出ていった。入れ替わるようにして、胡麻塩《ごましお》頭の男が保健室を覗く。八木準の父親だった。その息子が言う。

「じゃ、みんな車に乗ってくれよ。徹は？　どうする？」

「これから、警察の人が来るはずなんだ。だから、待ってなきゃいけない」

「俺も残ろうか」

　柿崎の申し出は嬉しかったが、断った。

「いいよ。早く帰って、家の人を安心させてやれ」

　仲間たちの気配が遠ざかっていく。すっかり静かになった。

「あら、みんな帰ったの？」

　ぴくりとも動かなかった芳本先生が、急にベッドから起き上がった。どうやらウトウトしていたらしい。

「私も、きょうは帰らせてもらうわ——あなた、ひとりで帰れる？」

「ええ。うちは近くですし。あ、もしかすると、警察の人が送ってくれるかもしれません」

　気の毒なので、気にしないで早く帰ってもらいたかった。

「刑事が来るの？　ここへ？」

　芳本先生はまた顔を青くした。ふらつきながら、震える手で黒い手提げカバンに荷物を詰め始める。そこでノックの音がして、

「ひゃっ」

　芳本先生はカバンを落としてしまった。

「あの……」

ドアが少しだけ開き、顔が覗いた。見覚えがあった。

「兄がいませんでしょうか……」

消え入りそうな声。

「だれ？」

と芳本先生が訊いた瞬間に、判った。古館容子だ。

「あれ？　あいつを、待ってたの？」

俺が言うと、ドアから半分だけ覗いた顔が頷いた。

「あいつは……病院に運ばれたんだ」

こんなことを伝えなければならないとは。

「どこの病院かな。先生、聞いてます？」

「聞いてないけど……でも、渡里の市民病院じゃないかしら」

「大丈夫だよ、たぶん大したケガじゃないと思う」

俺は少し声を大きくした。心配しているに違いないからだ。古館容子はしばらく黙っていた。事情を詳しく説明しようか、でもどこから話せばいいんだと迷っていると、分かりました、病院へ行ってみます、という声を残して気配が遠ざかっていった。少しだけ開いたままのドアを、芳本先生としばらく見つめる。

言うが早いか、芳本先生は落としたカバンを取り上げると、扉から出て行く。

「怖いことになっちゃったわね……」

「変な子」

去りぎわにため息をついた哀れな姿を、俺は黙って見送った。

あの巨漢の姿が甦《よみがえ》る。泥で汚れた薄手のコートがひらめいていた。山を越えていった。それを、だれも止められなかった……あんなにはっきり見えたのに手が届かなかった。もし追いついていたら。あの男を捕まえられただろうか？　足にしがみついて離さないでいれば、パトカーが来るのに間に合っただろうか。いや無理だ、と思った。俺は相手が何者か知らない。弾丸のようにためらいのなかった古館とは違う、命がけで足止めする理由がない。どのみち逃がしてしまっただろう。

いったい何者だ。まともな奴ではなかった。あの、荒く殺《そ》いだような顔を近くで見たかった。目を覗いてみたかった。

身震いして、俺はベッドから下りた。足首は痛いが、なんとか歩けそうだった。ふと鏡が目に入る。保健室の中には洗面台があって、鏡もついている。近づいていって覗いた。ろくに床屋に行かないので、のび方がでたらめなボサボサ頭が、泥を浴びてまだ乾ききっていない。長い前髪を手でかき上げると、乾いた灰色の泥がぱらぱらと床に落ちる。

自分の顔を見つめた。いつもの冴えない顔が、途方に暮れたような表情を返してくる。

仲間には老けてるとよくからかわれるが、いまの顔はなおさら、中学生らしくないやつれた顔に思えた。頰がこけた気さえする。見ているのが嫌になり、頭をかきむしって洗面台を離れようとしたそのとき。

気配を感じて振り返った。扉から、桐島由夏が音もなく滑り込んでくるところだった。

「八木の車で……帰らなかったの？」

驚いて訊くと、由夏はさらりと答えた。

「あ、みなさんもう帰ったんですね」

気の利かない男どもに腹が立った。女の子ひとり置いていくとは何事だろう。だがほんとうは、自分にいちばん腹が立った。八木たちが出てゆくとき、どうして由夏も忘れるなと言わなかったんだろう。

「大丈夫です。私のお父さんも、迎えに来てくれるんです」

そうか……よかった。

ふと訊きたくなった。

「いま、古館の妹に会わなかった？」

「容子ちゃんですか？」

「うん。あれ知り合い？」

「ええ。いっしょのクラスですから」

「ほんと！　2Cだったっけ」

「そうなんです。でも、いまは見かけませんでしたよ」

由夏は少し首を傾げた。

「教室に戻ったのかな？」

とっくの昔に、生徒は帰ってしまったものと思っていた。二階や三階、つまり下級生たちはまだ何人か残っているのだろうか。由夏がそばへ寄ってくる。

「徹也さん、その髪……たいへんですね」

「ああ、いや」

と言ってる間に、由夏が俺の頭に触れた。残った泥を払ってから、スカートのポケットに手を入れる。なにかと思ったら櫛《くし》だった。

「こっち来てください」

言われるままに、ベッドに戻って座った。由夏は目の前に立ち、俺の頭にゆっくり櫛を入れた。思わず目を閉じる。小さな子供みたいな気分だった。母親にボタンのかけ方やシャツの脱ぎ方を教わるような。

「はい。きれいになりました」

手に負えない強情な俺の髪がきれいになるはずはないのだが、由夏は笑って作業を終えた。礼を言うのも忘れてぽかんと見上げてしまう。彼女は櫛をしまうと、ベッドの横の丸椅子に腰を下ろした。

「それでいま、路子さんち。電話してきました」

「ああ」

大きく息を吐いた。そうだ、この子はそのために席を外していた。

「どうだった？」

「無事に、お宅に着いてました」

胸を撫でおろす。すぐに訊いた。

「なにか言ってた？」

「なにかって？」

「いや……」

たしかに。俺は、路子がなにを言うのを期待したのだろう。

「さっきあったこと、あたし、ひと通り話したんですね」

由夏はそう続けた。

「びっくりしてらっしゃいました。じゃあ、気をつけて帰ってね、とだけ」

「そう……」

「あ、あと、古館さんが運ばれた病院を知らないかと。たぶん、渡里の市民病院だと思います、と答えましたけど」

俺は頷き、ベッドの枕に背をもたせかけた。

古館は傷を負った。彼女は駆けつける。当然だ、ふたりは強く結びついている。ついさっき自分の目で確かめた。俺に入り込む余地はなかった。いつでも路子を取り戻せるつもりでいた、最も彼女の近くにいるのは自分だと頑固に信じ続けていた。いつのまにか手遅れだ。自分が泣き出しやしないかと怖くなった。ありがたいことに、内部の嵐は顔まで伝わっていないようだった。試しに、少しだけ口を開けてみる。

ふたりはなにか知ってる。そんな理性の声も聞こえたが無視し続けていた。路子はいまにも古館のところへ会いに行く、もう家を出ているかもしれない。俺にはどうすることもできない。

いつのまにかベッドの端に座って、由夏が俺の顔を覗き込んでいた。大きな瞳と、綺麗に尖った鼻が目の前にあった。

「ん、どうかした?」

声が空々しく、部屋に広がって消えた。俺の声だった。

「なに考えてたんですか?」

小首を傾げながら、どこかか細い声で由夏は言った。背骨の辺りがうずく。じっと俺にあてられた瞳が、由夏のものに思えなかった。落ち着かなくなって身体を動かし、たちまちつつっ、と言って足首を撫でさする破目になる。由夏は腰を浮かし、

「大丈夫ですか？」

と気遣ってくれた。再び座ったときには、いつもの由夏に戻っていた。俺はまばたきを繰り返す。

「きょうは、たいへんな日でしたね……」

いろんな思いが詰め込まれた由夏の声に、心からの実感を込めて頷く。

「そうだね……」

言葉がない。それは、悔しいことだった。なにも分からない。起こったことを理解できない。語ることもできないのだ。少なくとも、いまはまだ。

窓の外で雨が降り続いている。目を閉じると、闇の中に浮かび上がる人型の白い線が浮かんできた。だがそれと、一村和人の穏やかな笑顔を結びつけることはできなかった。

「あっ、来ましたね」

パトカーのサイレンが響いてきた。由夏がそう言って駆け出ていったことを、俺は少しも不思議に思わなかった。やがて、由夏が警部の手を引いて現れたときにも、ちょっとした違和感を抱いただけだったと思う。

「足はどうだい？」

警部は気遣ってくれた。

「軽い捻挫でした」

　すると警部は頷いて、腕を組んだ。強面で見下ろされる圧迫感は並大抵じゃなかったが、朝の事情聴取で、俺はその表情と仕草の意味をつかんでいる。質問を整理しているのだ。

「座ったら？」

　由夏が警部に言う。警部は頷いて、さっきまで由夏が座っていた丸椅子に腰掛けた。やっとそのときだ、不条理感を覚えたのは。

「君の友達にも、ちょっと聞いたんだが」

　ベッドの端に座り、身体をよじるようにしてこっちを見る由夏と、いかつい警部を、俺は落ち着かない気持ちで見比べた。

「古館くんはあそこにいた男に、いきなり飛びかかっていったってわけだね？」

　ほんの一瞬迷ってから、俺は答えた。

「はい」

「どんな男だった」

　俺は由夏と顔を見合わせた。

「その――身体がずいぶんでかくて、服装は……」

　そうやってひと通り、一生懸命説明したつもりだったが、いくら説明しても足りない気がした。

「その……なんというか……」

思い切って続けるが、うまく言葉にできない。

あの男が怖かった。だが、近くで見たかった。どうしてそんなふうに感じたのだろう？　自分でも解せない。どうしてこう、胸の下の方に引っかかるのだろう。なにがどう引っかかっているのかも分からないもどかしさ。あんな奴は見たことがない。あんな鋭利な空気をまとっていたというのに。無造作に古館を蹴り上げた男なのに。話をしてみたかったんです、なんて言えない。

「目が鋭かったですよね」

由夏が言った。

「なにか、ふてぶてしいっていうか……古館さんが飛びかかってきても、そんなにあわててなかった」

その通りだと思った。あの男は動じた素振りを見せなかった。それは、男の不敵な性格を示すものだ。だがはたしてそれだけだろうか？　なぜ奴はあそこにいた。古館はなにをしたかった？　明確な言葉になる以前の、幾つもの可能性が頭蓋骨の中をぐるぐる回っている。自分の尻尾を追いかける子犬のように。目が回りそうだ。

「なんか、ガキなんか相手じゃねえって感じがしてすっごく憎たらしかった」

由夏はとても素直に怒っている。羨ましくなった。

「どうだろう、筋者という感じはしなかった？」

警部は俺から目を外さない。

「すじもの？」

「これだよ」

頬に斜めに傷をつける仕草。ああ、そうか。

「どうでしょう……ううん」

確信がなかった。

「うん、もしかしたら……」

由夏は迷いながらも、半ば頷いている。そうか、と警部が呟いて由夏と視線を交わしたときに、とうとう我慢できなくなった。どう考えても目の前の二人は息が合いすぎている。

「なんで古館くんは、そんなことしたんだろう？」

だが警部がすぐに次の質問を繰り出してくる。

「心当たりある？」

ない、と結論は出ていたが俺はもう一度考えようとした。

「それが、だれにも分かんないの。古館さん、ほんとどうしちゃったのか」

由夏が言い、俺はたまらず手を挙げた。

「ちょっと待って」

顔を見合わせていた二人が、鏡みたいに同時に俺を見つめる。

「警部さん、あなたは……」

「え？」

警部はきょとんとした。

「由夏の……？」

俺が二人の顔を指差しながら言うと、強面がパッとほころんだ。

「言わなかったかな？」

その笑顔はキュートと言えなくもなかった。横で由夏が口を開けて笑っている。警部はおどけたように襟を正し、声色を変えた。

「じゃあ、改めて。由夏の父の、桐島建一郎《けんいちろう》です。よろしく」

気がついたら俺の手は、彼の手と固い握手を交わしている。痛かった。怖かった。


こうして俺の、生涯で最も長い一日は概《おおむ》ね終わった。

しばらくは、自分の惚《ほう》けた頭を責めることばかりしていた。由夏の親父さんが刑事だということは仲間内でも話題になったことがある。それがいまの今まで、頭をかすめることもなかったのだ。朝は動転していて彼の名前を完璧に聞き逃していた、事情聴取のとき古館はもちろん察しただろう。もしかすると仲間たちも全員、知っていただろうか。ますます脱力感に襲われる。

　このあとも由夏の父親、桐島建一郎（正式役職は県警刑事部捜査第一課強行犯係警部補。俺は、補、さえも聞き逃していたらしい）と話したが、新しいことはなにも分からなかった。謎の男が残していったのは安物のビニール傘ひとつ、どこでだって手に入る物だ。清水がなぜあんな山の中にいたのか見当もついていなかったし、話を聞こうにも、清水本人は生きていたのが奇蹟《きせき》というぐらいのひどい怪我《けが》。なにか知っているに違いない古館にしても、病院で手当てを受けている最中なのだ。

「清水先生は、長くないだろう」

　桐島警部補は事実を淡々と伝えてくれた。家まで送ってもらうことになったが、覆面パトカーに乗せてもらうときには緊張した。後部座席から運転席を観察したが、ごく普通の車に見えて拍子抜けする。助手席には由夏が座った。

　後ろから見る桐島親子は、仲がよかった。建一郎の娘への溺愛ぶりが微笑ましい。おかげで送ってもらう間は胸が暖かかった。

「ここでいいんですか？」

「ここでいいの？」

　学校から三分とかからない、学校通りと国道が交わるところで停めてもらいながら、桐島親子の厚意を俺は固辞した。いいんですほんとに、路地まで入ってもらう必要はないです、ここから歩いてすぐだから……本当は違った。俺は、自分の家を見られたくなかったのだ。

「じゃあ気をつけて」

建一郎が言い、由夏がまた明日、と言った。だが次の日由夏と会うことはなかった。学校は翌日も閉鎖されたからだ。

そして雨も、止む気配はいっこうになかった。

第二章　天泣《てんきゅう》

1

翌日、六月二十六日金曜日は柿崎彰の家で、なんとなく過ごした。ふだんなら三分で行けるのだが、傘を持ち自転車を左足だけで漕《こ》いで行ったから十分近くかかってしまった。

昼過ぎにお邪魔すると、午前中に林孝太から電話があったという。家には電話がないので、いちばん近いところに住んでいる柿崎が連絡係になってくれている。

「伝えてくれって頼まれてたから、ちょうどよかった」

一村和人の葬式の時間が決まったら連絡を回す、という。

葬式。一生縁がない言葉だと思っていた。身の周りのだれかが死ぬなんて考えたこともなかった。俺が接した死といえば、母親の父親、つまり祖父が三歳のとき癌《がん》で、それに小学一年生のとき同級生が海で溺れ死んだ、それだけだった。しかもその同級生はほかのクラスだった。顔もよく思い出せない。

「それと。清水が死んだってさ」

「そうか」

きわめて淡々としたやりとりになった。初めて、清水教師に同情した。

柿崎の両親は共働きで、朝から出払っている。古い平屋の居間に俺たちは陣取っていた。柿崎は木の柱に背をもたせかけ、出しっ放しのコタツに足を入れて（さすがにコタツ布団は取りのけられているが）、ずっとテレビばかり眺めている。俺もすることがなくて、書棚に並んでいる小学生向けのオールカラー図鑑を片っ端から読破していた。何度も読んでいる図鑑だったが、なにかに集中したかったのだ。恐竜図鑑のアンキロサウルスとランフォリンクスを眺めていたとき、

「おい、映ってるぜ」

柿崎がぶっきらぼうに言ったので見ると、テレビ画面に俺たちの学校があった。渡里市立渡里東中学校。地域最悪の問題校。

〝生徒会長と教師、惨殺!!〟

おどろおどろしいテロップ。デデデーン、とショッキングな効果音が流れ出し、俺はあやうく図鑑のページを引き裂くところだった。

『ここが、惨劇の現場です!!』

小太りの中年レポーターが、画面からツバが飛んで来そうな勢いで喋っていた。校門から中へ入っていく間も憑《つ》かれたように喋り続けている。ついに旧校舎が大映しになった。

『こっ、この古い木造の校舎は、いわゆる問題児たちの巣窟になっていた、といったことのようで、なーぜこんな老朽化した建物を放置していたのか、まったく理解に苦しむところではあります』

きのう俺たちが佇んだ場所が、しらじらしいライトを当てられて薄っぺらい光景になっていた。ロープと立入禁止の札、その奥にかすかに浮かぶ白い人型。そのすべてがなんの価値もない電波に無理やり乗せられている。

『生徒会長のA君は、ここで刺されて、倒れていたのです。胸部を一カ所、腹部を一カ所……』

「行ってぶっとばしてくるか」

声が震えてしまった。

「間に合わねえだろ。録画かもしんないし」

柿崎が穏やかに言った。一瞬、彼にまで怒りを感じてしまう。だがその言い分は冷たい水のように正しい。見たところ編集が入っている、今日の午前中にでも収録したのだろう。学校の許可なしに踏み込んだに違いない。

玄関からドタドタと足音が飛び込んできて、木造の柿崎家が居間ごと揺れた。柿崎の弟、武史《たけし》だった。

「おっ、徹也きてんのか？」

『現在のところ容疑者のメドはまったく立っていない、とのことです』

画面がスタジオに切り替わり、キャスターが深刻ぶった顔で言った。年増の女性ゲストが、まあ、ねえ、とか無意味な息を漏らしている。この連中は実在しているのだろうか。テレビの中だけに生息している薄っぺらな生き物じゃないか。

『生徒会長と、教師が同時に殺されるという前代未聞の事件に、地元住民は震撼《しんかん》していました。学校の荒廃が叫ばれて久しい昨今、また、こんな痛ましい事件が起こってしまいました。今日は教育問題に詳しい方々にお越しいただいております、では……』

俺の顔のすぐ横をなにかが飛んでいった。そのときは気にならなかったが、あとで見ると武史のランドセルだった。

あんまりありがたくないケースですなあ、エラそうな顔をしたおやじが言いたいことを言っている。

『こんな地方のね、大変な田舎な土地じゃないんですか、情《じょう》のない都会とは違うわけですから、こんなところでこんな事件が起こるってことはね、まああんまりいいこととは思えませんねえ』

僻地《へきち》で大それた事件を起こすな、素朴な土地らしくぼさっと暮らしてろとでも言いたいらしい。余計なお世話だろ、その撫でつけた頭清水にそっくりだぞ。知らねえだろ、田舎教師とそっくりなんだよあんたは。テレビに向かって毒づきそうになる。

「オレの図鑑読んでんな！　金払えよ！」

身体でテレビが隠れてしまったので、初めて武史の顔に目をやった。武史は歳の離れた弟で、小学四年生。チビのくせに声がばかでかい。

『この中学ではいったいなにが起きたのか。非常に謎だらけのこの事件、地元警察の捜査が待たれます。それでは、現場と中継がつながっていますので』

「おい！　徹也！」

「うるせえぞ、タケシ」

柿崎彰が低い声で言う。

「テレビ見てんだから」

「おお、これかあ‼」

武史は、見慣れた風景を見つけて画面にかぶりつく。

武史の小学校、渡里市立方波見小学校は、俺たちの中学のすぐ隣にある。つまりは、みんなが通った小学校。俺たち全員が通ってきた道だ。武史の歳の頃は実感がなかったが、結局はみんなこの〝問題校〟に進学する。方波見町に中学はひとつしかないから、ほかの学区の中学へ行く発想自体がない。田舎町なんてそれが当然だ。世界は狭かった。

小学校はきのう、中学に倣ってすぐに臨時休校になった。今日も午前授業のみとなったらしい。武史は喜び勇んで帰ってきたわけだ。

きかんぼうで手に負えないので、俺はまともに相手にしないようにしていた。いきなり俺の頭を小突いて、ゲラゲラ笑いながら逃げ去るなんてことはしょっちゅうなのだ。

「アキラ！　ガンダムはどこにある？」

兄貴も平気で呼び捨てにする。ふだんの彼の苦労が偲《しの》ばれる。俺だったら、こんな始末の悪いガキと暮らすなんて無理。柿崎が物に動じない鷹揚《おうよう》な性格になったのは、弟のおかげと言ってもいいくらいだと思う。

「おまえの部屋にあんだろ。とったらさっさと行けよ」

『清水昭治さんは、頭部を鈍器で殴られていましたが凶器が判明しておりません。対して生徒会長のA君は、鋭利な刃物による刺殺。こちらも見つかっていない。あっ、あのなかで刺されて、倒れていたのです。とても、きたない……古い校舎です』

いつまでやってんだこいつらは？　A君ってのはどこのだれだ。一村じゃない、あいつとは関係ない。だっておまえらあいつを知らないだろう？　あいつのことを少しでも知ってたらこんな腐った扱いはできない。

「よぇぇよなー。オレだったらよ、逆にブッ殺してやるぜ」

テレビを見ていた武史が口走った。かっとして顔を上げると、兄はすでに立ち上がって電光石火のビンタを喰らわせていた。一発、二発。武史はなにが起こったのかとっさに分からなかったようで、目を白黒させながらまだなにか言っている。三発。四発。五発——

柿崎は容赦なかった。まるで牛でも殴っているみたいに無造作。武史はとうとう泣き出した。俺は驚いて声も出なかった。

柿崎は何事もなかったように、また柱にもたれて座った。だが唇が少し震えていた。武史は**うおおおおおん！**　と鼓膜が破れるかと思うような声を振り絞り、兄貴の身体めがけて右足を繰り出した。だが柿崎は腕をひょいと上げて身体をカバーし顔色ひとつ変えない。俺はそっと図鑑のページを閉じた。テレビはいつの間にか、老人用オムツのスタジオCMに変わっている。

『漏れない蒸れない、新素材で肌に優しく外出にも最適です』

「ンのー！　死ね‼」

わあああああ、最後の無力な一蹴りを入れると、号泣しながら武史が玄関から飛び出していった。兄貴の方は、オムツが重大事みたいな顔をしてテレビから視線を動かさない。俺もただ座っていた。処置なしだ。成長すれば、武史の性格は変わるだろうか？　もう少しまともな人間になってほしかった。あのままでは、中学へ上がると旧校舎にたむろする一員になるか、逆にそんな連中に標的にされるのがオチだ。

柿崎はテレビを消した。こんなからっぽな電波に耐えられないのは俺も同じだった。

「腹減ったろ。ラーメンでも喰うか」

彼はそう言うと台所に立った。なんとネギを刻み、卵まで入れてくれたのだ。ありがたくご馳走《ちそう》になる。ふたりとも食べ終わって喋ることもなくボーっとしていると林孝太から電話が入り、一村の告別式があさっての午後に行われることを告げた。お通夜の方は明日、ごく内輪のみで営まれる、とのことだった。

暗くなる前に帰ることにした。柿崎も、さっぱり戻ってこない弟が心配になったらしく、あいつの友達の家を回ってみる、と言っていっしょに外へ出た。雨脚はようやく弱まってきたように思えた。

2

告別式の朝には空が晴れ渡った。いったい何日ぶりだろう、空の青さを忘れかけていた。一村和人の力だろうか。ぼんやりと思った。心が慰められるわけではなかった。

柿崎彰と連れ立って、歩いて一村家に向かった。自転車に乗っていくのはなんとなくはばかられたのだ。お昼前に一村家に着いた。焼香は一時からだったのでだいぶ早かったが、できるだけ長くその場にいたい。そんな気分だった。

仲間たちにとって、一村家はなじみの場所だった。隣町に住む橘路子と、後輩の桐島由夏をのぞけば、みんな何度もここへ来ている。

俺たちの仲間のひとりで、二年前に転校していった上野《うえの》正徳《まさのり》という男がいた。気のいいやつではあるがいささか軽薄で、立場が悪くなるときまって姑息な嘘をつく性格だったから、それほど固い友情を結んでいたというわけでもない。だが別れるときののりで、みんなでカセットテープを作って送るということになった。初めはみんなの好きな曲を流しながら近況でも喋るだけのつもりだったのに、だんだん内容が充実しはじめた。イントロクイズ大会だの、ラジオドラマ風のＳＦ劇だのをやって大いに盛り上がり、上野が世話になった先生方に励ましのコメントをもらうコーナーなんかは掛け値なしに感動的な内容になったとは思うのだが、ひどいときは各々が好きな歌を熱唱してるだけのを送りつけたし、挙げ句には上野が好きだった女の子に突撃インタビューを仕掛けるという嫌がらせに近いことまでやってしまい（しかもうるさいわねあっち行ってよっという声しか録れなかった）、なんだかんだで気がついたらカセットの数は十を超えた。上野に送るというのはただの名目になっていた。実際、上野が喜んでいるかどうかなんて二の次だった。みんなで作るのが楽しいから集まっていただけだ。

そのカセットを制作する場所は、立派なオーディオ機器を持ち、みんなを収容できるほど広い自室（十二畳！）を持っている一村の家しかなかったのだ。一村和人はいつだって快く機材と場所を提供してくれた。古館や柿崎までが新企画のアイディアを出したりして、今年度はますます盛り上がると楽しみにしていたのだが……一村が忙しくて時間がとれなくなってしまった。だから、四月にどうにか一度集まったのを最後に、カセット作りはずっと頓挫していた。それまで毎回企画を立て、みんなに号令をかけてきた俺も、場所と機材がなければどうすることもできなかった。

きっと一村は、申し訳ないと思い続けていたに違いなかった。一度など、自分がいないときでもみんなで来て使ってくれと言い出したぐらいだったのだ。もちろん遠慮したが。

もう、あの居心地のいい部屋に行く理由はなくなってしまった。見上げると、漆黒の瓦葺《かわらぶ》きの屋根が、灼熱《しゃくねつ》しているかのように白く眩しかった。まるで小ぶりな武家屋敷のよう。四日前に暗い雨の下で見たときより、その偉容がずっと引き立っている。

庭に足を踏み入れた瞬間、玄関の横に祭壇が設《しつら》えられ、たくさんの弔花が咲き乱れているのが目に入る。祭壇の前に、紛れもない棺《ひつぎ》を見つけたとき、俺の中でなにかがプツンと切れてしまった。ああ、死んだんだ——血流がみるみる撤退していく頭の中で、もうしょうがないんだ、戻ることはできないんだと繰り返す。それでもなお、頭のどこかが執拗に抵抗していた。納得を拒んでいた。

和装の喪服を着た年配の方々が目につく。一村の父、隆義《たかよし》は工場の部長を務めながら武道の師範として町の人に指導を行っており、母の美代子《みよこ》は琴と華道の師匠という家柄だから、手伝いで入っているひとたちはふだんから和服しか着ていないのでは、というぐらい様になっている。醸し出される格式の高さ。柿崎の顔にも緊張が滲んでいた。俺も同じだ。午後からは一般の生徒や教師もやってくるはずだから、ただの詰め襟できょろきょろしている俺たちも場から浮くことはなくなる。そう信じて冷や汗を我慢した。少し遅れて来た林孝太、八木準の顔も強ばっている。桐島由夏も同じだった。彼女など葬式に出ること自体初めてらしいからなおさらだ。

だが、橘路子だけは別だった。黒いワンピースに身を包んだ路子が姿を現した瞬間、俺は「清楚」という語の実例として辞書に載せるべきだと思った。その佇まい、ほんの十五歳にはとても見えない。仲間内で、ちゃんと数珠を持ってきたのも彼女だけだった。長い髪が綺麗に編み上げられて小さな頭を飾っている。小づくりで端整な顔はいつにもまして白い。少しも場違いではなかった。ほかの参列者に比べても遜色のない品。妙に誇らしい気分になってしまう。

直後に、俺の胸に真っ黒な穴が開く。路子のすぐ横に古館英明がいた。

右の頬と顎に絆創膏《ばんそうこう》が貼ってある以外は血色もよく、つい三日前に救急車の世話になった人間には見えなかった。もっとも、あの日は病院で手当てを受けると自分の足で家に帰れたそうだ。たいした怪我でなくて、本当によかった。

ほんとか？

自分に皮肉っぽく問いかけた。よく見れば、頬骨の辺りの腫れがまだひいていない。蹴られて肋骨も痛めているはずで、身体をかばう歩き方をしているように見えた。真っ黒なスーツ姿も見事。この場に似つかわしかった。路子のパートナーとしても。

日が高くなるにつれて気温が上がっている。ふたりが踏みしめる黒い砂利から、陽炎《かげろう》が立ち昇っているように見える。葬儀の席だ、話しかけるのははばかられたが、それでなくとも二人の間には入り込めなかった。この完璧な調和をぶち壊すなんてできない。どう見たって、結ばれるべくして選ばれたふたりだ。胸の冷たさが増す。だが不思議に暖かい部分が、血が滲むようにして、自分の中にあることも意識していた。

あのふたりがいつからこんなに近しくなったか。よく思い出せないが、たぶん去年の秋、生徒会で一緒になってからだろう。そしてそこには、一村和人もいた。

三人が、どんな思いで生徒会という空間で過ごしてきたか。どんな感情に浸されながら互いを見つめ合ってきたのか、分からない。悔しかった。俺は、彼らの間にある気持ちを分かる資格を持たなかった。

路子は泣いただろうか。彼女の顔を盗み見ては、言い訳みたいにそんな問いを繰り返した。路子の芯の強さは表情に刻まれていて、いまは泣くどころか、崩れる気配もなかった。

午後一時になり、司会が告別式の始まりを告げると、袈裟《けさ》を着たお坊さんが入ってきて祭壇の前に正座した。読経が始まり、来場者が列を作り始める。俺もあわてて列の後ろについた。

一村の両親が、祭壇の向かって右側に並んで座っている。喪主の隆義は背筋をのばし、ふだんのようなきりっとした表情で座っているが、よく見ると虚ろなものが宿っているようで、胸が痛んだ。美代子は隣で、座っている、というよりはただいる、という様子で地面を見つめている。二人の後ろには親族らしき姿がある。年輩の方ばかりで見覚えはない。

焼香の順番が回ってきた。目礼すると隆義も礼を返したが、美代子は目を伏せたままだった。祭壇を向き、黒い布がハの字に結ばれた写真枠を見つめる。その顔は、生徒会長として学校の月報に載るときの、正面を向いた表情のない写真だった。控えめな性格がよく表れた写真。だがひっくり返して伏せてしまいたい衝動に駆られる。彼を表現するにはあまりにも淋しかった。彼を伝えるには、まったく充分ではなかった。なんともトチ狂ったことに、もう少しいい写真がなかったのかと両親を責める気持ちすら湧いた……こんなことでいいはずがない。彼はもっと惜しまれるべきだ。このまま儀礼的に流されて、忘れられてしまうなんておかしい！

俺はどうにか写真から目を引きはがした。ぎごちなく焼香を済ませ、震える足に無理やり言うことを聞かせて退出しようとしたとき、足もとになにかがまとわりついた。見下ろすと白い犬。一村が飼っていた中型の秋田犬で、本名は白鳳《はくほう》という。隆義が命名したらしく、見かけにそぐわない格調高くて強そうな名前が、仲間内でよく冗談のネタになった。呼びづらいのが気に入らないのか、一村が簡単にシロー、と呼んでいたことがまたおかしかった。

妙に心をかき乱される。シローは一村の周りをこんなふうによく回っていた。俺に対してこうしたことは、ほとんどなかった気がした。一村を捜しているのだろうか？　するとシローは、祭壇の方へてくてく歩いていった。お坊さんと肩を並べるような格好で棺に鼻面を近づける。胸が詰まった。だがシローはそっぽを向いて祭壇を離れ、今度は俺をまったく無視して、タッタッタッタッタと妙にのどかな足取りで人の列に沿って歩いてゆく。そして、ひとりを捜し当てた。

橘路子は口許にかすかな笑みを浮かべて、やってきたシローの頭を撫でた。やがて、申し合わせたように焼香の列を仲良く並んで進んでくる。

それは不思議な光景のはずだった。シローと路子は初めて会うはず。にもかかわらず、この場にふさわしい光景に思えた。

俺が退出して行くとき、彼女は一村の写真をじっと見つめていて、こちらには目もくれなかった。古館の姿は見えなかった。列を作るとき路子と別々になってしまったらしい。捜す気にはならなかった。

焼香が終わった後はすぐに帰る人もいたが、多くは屋敷に上がり、玄関からすぐのところにある広間——ふだんは仕切ってあるのだが、中の襖《ふすま》を取り払ってあるので三十畳ほどもあるだろうか——に入って、用意されたお寿司だの、お酒だのをいただいていた。俺も柿崎、林孝太、八木準とともにお邪魔して座り込む。最初は遠慮していたが、結局寿司をひとつふたつかじる。こんなときにうまいと感じる後ろめたさを覚えつつ、止まらなくなる。育ち盛りというのはつらい。

　路子は、一村に向かってどんな言葉をかけただろう。

　一村は棺の中でどんな表情をしているだろう。

　古館はいまなにを考えているだろう。なにを知っているのだろう。

　問いが千々に乱れて頭の中を飛び回る。外が明るい分、屋内には薄闇が息をひそめているかのようで、色彩に乏しかった。少し暑い。すうっと外から涼しい風が吹き込んでくる。見ると、玄関の枠の外に見えるのは総天然色の別世界。列をなしている黒装束の人々が、まるで焼きつけられた写真のように鮮明に、そこにあった。

　いまも外にいるであろう路子が、古館が、そして一村和人が遠かった。きっといまも彼らは、俺の与《あずか》り知らない出来事について、俺には聞き取れない言葉で、語り合っている。ため息をつきながら広間を見渡すと、意外な人物を見つけた。目を外せなくなる。すると向こうも気づいて目で頷いた。すぐ素知らぬふりに戻る。

「……由夏ちゃんのお父さん、だな」

「ああ」

　柿崎も気づいて訊いてきたので、俺は応じた。潜入捜査という言葉が浮かんだ。弔問客と考えてもおかしくはない。だが彼がまとう油断のない、張りつめた空気。意識して広間を見回した。そうすると、ほかにも何人か警官が混じっている気がしてくる。

広間に由夏が入ってきた。焼香を終え、俺たちを捜していたようだ。俺が手を挙げるとこちらへやってきた。彼女は、自分の父親がこの場にいることを知っているのか。ちらと建一郎の方に目をやると、テーブルに頬杖をついて顔を隠していた。思わず笑ってしまう。

「すごい列ですよ」

由夏が俺にささやいた。外に目をやると、人の列がさらに増えている。後ろは隠れて見えないが、どこまで続いているのだろう。やはり渡里東中の生徒が多いが、同級生だけでなく下級生もたくさんやってきているようだ。

D組の担任、つまり一村の担任で、生徒会の指導にも当たっていた数学教師の安部淑之《あべよしゆき》もずいぶん早くから来ていた。もともと垂れ眉で悲しげな顔をますますしょんぼりさせて、まるで自分の子供を亡くしたみたいに、広間の奥に座っている。その隣には、学年長でもある菅谷さん。いつもどおりのいかつい顔だが、その眼差しには悲しみと、静かな怒りが滲んでいるように見えた。広間にいる学校関係者は、あとは白髪頭の教頭だけで、校長の姿はなかった。

ほかの教師たちはかわるがわる焼香に現れた。野々宮妙子先生が焼香の列に並んでいるのも見かけた。まとった黒い服は一瞬、喪服よりもドレスに見えた。彼女は常に独特なのだ。広間にも顔を見せずじまいで、焼香を終えるとさっさと帰ってしまった。そしてのちに、彼女はその場にいなかったことを地団駄踏んで悔しがることになる。

「本日はお忙しいところを、ありがとうございました」

午後二時半。広間に穏やかな声が響き渡った。焼香も終わり、一村隆義が正座をして挨拶を始めたときには、広間は弔問客であふれ身動きもままならなかった。

「先生方、そして学校のお友達のみなさんに、これほどたくさん来ていただいて……気持ちのこもったお別れをいただいて、息子も、喜んでいることと思います」

いっせいに嗚咽が始まって、俺は驚いて広間を見回してしまった。同級生や下級生の女子たちだ。男子も何人か、顔を伏せて涙をこらえているように見える。

なんとなく感じてはいた。生徒たちの気持ちを。だがこんなふうに、目に見える形で確かめることができるとは思わなかった。

だれに対しても優しい男だった。乱暴な連中を相手にしてさえ、正面から、言葉を使って交わろうとした。下級生はもちろん、三年生ですら近づくのを嫌がったあの旧校舎をなくすべきだと言い続けた。殴られようが関係なかった、自分のできる限りのことをやろうとした。ごまかしや利己心はなかった。みんなそれが分かっていたのだ。信用できる。あのひとだったら期待できる。そう思わせた男。

学校では気持ちを表に出せなかった者たちが、たくさんここに足を運んだ。遅すぎたかもしれない。彼らの足がもっと早く、はっきりと一村和人の方に向いていれば、なにかが違っていただろうか。それは分からない。いったいなにが一村を奪っていったのかまだ誰も知らない。

　でもきっと、後悔している生徒もいる。並んでいる顔を見てそう思った。一村のためになにもできなかった。ろくに話もできなかった。それがほんとうに悲しいから、悔しいから、ここに来た。来なければ気がすまなかった。

　俺だって、遅かったひとりだ。いつかもっと話せる。ふたりきりでいても照れなくなる。そう思っていた。そうしたかったのだ。仲間と一緒に馬鹿笑いしているとき、彼が笑っていると凄く嬉しかった。彼の邪気のない笑顔を、みんな大好きだった。いなくなるなんて思いもしなかった。もっと笑ってくれると思っていたのに。彼が仲間のことを好きでいてくれて、一緒にいられることが嬉しくて――その彼の気持ちを感じて仲間たちの方が嬉しくなる。そんな幸せなことは、もう二度と起こらない。

　フラッシュが瞬く。場に混じっている不純物がにわかに、灰汁《あく》のように浮かんできた。取材記者が紛れ込んでいる……初めのフラッシュが呼び水になったのか、遠慮をかなぐり捨てるようにあちこちでフラッシュが焚《た》かれる。厚かましいことに、テレビカメラまでが玄関に入り込んできて広間を撮り始めた。ちっ、柿崎が舌打ちした。由夏も近くにいるカメラマンを睨みつける。

　一村隆義は、気にする素振りも見せず喋り続けようとした。そう、こんな連中は物の数ではなかった。もっと非道《ひど》いなにかが俺たちを囲んでいる。一村の父親の心のこもった言葉を止めたのは、こんなどうでもいい奴らではなかった。

3

思うに、彼らのような種類の人間は、相手を瞬時に不快にさせる才能を持っている。たとえばヤニ臭い息、ドスの利いたがなり声、爬虫類《はちゅうるい》じみた酷薄な目、わざとやるガニ股や怒り肩。そんな表面的なことはまだいい。見せようと意識していないのに、どうしようもなく表に染み出てくるものが相手を辟易《へきえき》させる。手の振り方や足の摺《す》り方、首の角度に口の開き加減、呼吸音、目の動き。そんななにげない部分に漂うもの。たとえばこの時は、床の揺れ方。嫌なリズムで揺れたのだ。続いて襖がバンと音を立てた、それだけでもう、どんな種類の人間がこの場に入ってこようとしているのか悟れた。

学校での訓練の賜物《たまもの》だ。いやでも身につくのだ、同級生の中にもこうした才能を持つやつが何人もいる。乱暴者たち全員がそうなのではない。不思議に愛嬌を感じる、悪ぶってもまったく様にならないやつもいる。不思議なものだ、こんなものも天賦の才と呼ぶべきなのか。

まず、襖に肩をぶつけながら登場したのは紫色の袖なしシャツにだぶだぶのジャージズボン。口が鼻を食えそうなくらい下顎がせりだしたチビだった。ウケ狙いかと思うくらい上から下までチンピラだった。広間の入り口に突っ立ってギョロギョロと睨みを利かすのに熱心で、故人と、故人を悼む人々に敬意を払うというわきまえは皆無。「虫酸が走る」という表現をいま使わなかったら、死ぬまで使う機会がないのは間違いなかった。

その後ろから悠然と、中年男が入ってきた。こちらは少し雰囲気が違う。格子柄のジャケットを着てネクタイまで締めている。坊主頭に茶色のおやじ臭いサングラス。いやに落ち着いている。背丈はチンピラと大して変わらない。

このとき場を覆っていた、変にゆったりした空気が、思い返しても苛立《いらだ》たしい。一秒でも早く追い出したかったのに、記憶の中ですら奴らがあの場にいたことを認めたくないのに、みんな虚をつかれてまともに迎えてしまった。中年男の登場を待っていたかのようにフラッシュが瞬き、後ろからテレビカメラが追ってくる。男はもったいつけるように、フラッシュが止むのを待ってから喋り出した。

「よく聞け」

よく聞こえなかった。気づいていなかった人も何事かと振り返り、にわかにしんとする。

「オレが殺したんだ」

声を伴わないどよめきが膨れ上がる。頭をぐわんとやられたように目眩がした。この場でこんな馬鹿なことを言うなんて信じられない、立ち上がろうとするがうまくいかない。

「オレに逆らうと、てめえらみんなこうなるんだっ」

いきなり声を張り上げる。即座に口を塞ぎたい、なのにひどく遠い。広間のあちこちで男が動き出すのが見える。弔問客に溶け込んでいた桐島建一郎とその部下だ。だがその速度は絶望的にゆっくりに感じられる。席が詰まっていて思うように前へ進めないのだ。俺も立ち上がったが、同じことだった。届かない。

スッとだれかが立ち上がった。それはまさに、その席にいられたらあのクソ野郎の首を絞められるのに、と俺が望んだその位置だった。

さすがだ、と妙に納得する。古館英明がいつ広間に入って来ていたか知らなかった。戸口近く、人がいちばん多く溜まっているところに紛れていたのだ。その後ろには橋路子も見える。

静かな動きだったせいか、闖入者《ちんにゅうしゃ》たちは立ち上がった少年に目も向けなかった。それは致命的な失態だった。その少年はよりによって、肋骨を痛め、頬の腫れがひいていないことを少しも気にかけないような男だったのだ。彼はまた自分の体重全部を武器にした。いま喋っている、親玉らしき奴しか眼中にない。

「死にたくねぇ奴は――っ」

ダミ声が床に這いつくばった。思えばほんの三言しか台詞のなかった哀れな奴だが、所詮ぶっとばされる役回りだったのだから本望かもしれない。爽快だったのは――古館が恐るべき機転で、狙ってやったことは疑いない――男の後ろに肉薄していたテレビカメラマンまでがひっくり返ったことだ。あわてた下っ端が親分に覆い被さる古館に手を伸ばした。だがそいつは、古館に指一本触れることができなかった。

えいやっ、と見事な気合が一閃《いっせん》し、チンピラはゴミのように軽々とテーブルに叩きつけられた。不思議に食べ物は周りに飛び散らなかった。チンピラがいままで立っていた場所には、代わって紋付き袴《はかま》を着こなした老人が、掃除でも済ませたようにパンパンと手のほこりを落としている。真に芸術的と呼べる光景だった。臆したようにまばらに、フラッシュが瞬く。

ゴミ――いやチンピラは、夢から覚めたような顔でまばたきを繰り返した。

「このォ……」

それでも向かっていこうとしたチビの気持ちは判らないではなかった。目の前の小さな老人に自分が投げ飛ばされたことが信じられないのだ。俺は正直、もう一度やってほしかった。ほれ、行けチンピラ。

だが警察の出番だった。チビは瞬く間に手をねじり上げられ、いででェッと情けない悲鳴を上げる。親分の方はすでに観念したようにおとなしい。ひっぱり起こすと、桐島建一郎が顔色も変えず、そいつの顔に平手打ちを食わせる。俺は涙が出そうになった。刑事は本来そんなことをやってはいけないはずだ。

俺がその場まで辿り着いたときにはすべてが終わっていた。古館に腕を貸して起き上がらせる以外にやることがない。

「おまえ、無茶すんなよ！」

責めるように言った。古館は目を伏せて呟く。

「すまん」

「よくやったの」

チンピラを投げ飛ばした老人が古館に微笑みかけた。古館より頭ひとつ小さい。笑いジワがきれいで、立派な白い口ひげも一緒に笑みを作っていた。古館が照れたように頭を下げる。一村隆義も近寄ってきてありがとう、大丈夫か？　と訊いた。古館は頷いて、頭をめぐらせた。路子を捜しているのだ。俺もつられて目を向け、路子を見つけて固まってしまった。

「古館くん」

胸を締めつけるような声だった。俺はすぐに、古館と路子の間の障害物であることをやめた。わずかに残した視界に、古館が伸ばした手が路子の手を迎え入れるのが見えた。それに背を向け、目に入った柿崎と由夏にニヤリと笑って見せる。やってからすぐ、やめればよかったと後悔した。

自称犯人が引っ立てられていく音が聞こえる。だが振り返って確かめられない。そのとき目の端に笑顔が引っかかった。胸がざわざわする。

目を向けると、古館の妹の容子だった。喪服を着た人々の中に紛れて、いままで少しも気づかなかった。何度も見直してしまう。彼女はたしかに笑っている……兄の方を見ている。兄貴の活躍を喜んでいるのか？　いやそれはおかしい。危い行動をとったのだから心配するのが普通だろう。なぜ笑う？

目が合ったとたん、笑みは嘘のようにかき消えた。長い髪が俯いた顔を隠す。なんて暗い目だろう。なんて早熟な……大人びた佇まいだろう。路子とは全然違った意味で、彼女は中学生に見えなかった。黒いプリーツスカートから伸びる白い脚。その座り方。うなじの線。細長い指までが色気を帯びている。

力なく立ち尽くした。自分が見ているものの正体が分からない。目の前を黒い羽虫の群れが渦巻いているように感じる。俺は死ぬほど怯えながらふてくされていた。ただ即座に去りたかった。そうでなければ、消滅してしまいたかった。

4

翌日の午後には厚い灰色の雲が舞い戻ってきた。いつまた雨が落ちてくるか知れたものではない。自転車を漕ぐ足も速まった。目指すは桐島家。場所は知っていたが、訪れるのは初めてだった。

「突然ですけど。あした、わたしの家までいらっしゃいません？」

昨日の告別式の帰りにそう由夏に誘われたとき、俺はどこを歩いているのかも判らない状態だった。お呼びでないろくでなしどもがふんづかまったあとは、出棺まで滞りなく済んだのだが、門のそばで鳴き声ひとつ上げず、尻尾さえふらずに霊柩車が遠ざかってゆくのを見つめているシローが目に留まってしまった。もうたまらず、逃げるように一村家を辞してただ黙々と歩いた。気がついたら俺は、由夏と柿崎と三人だけになっていた。

「もしよかったら、ですけど」

「え？　どうして」

「午後から、お父さんが警察を抜けてくるそうです。改めて、いろいろ訊いておきたいって」

「あ……ほんと」

明日は月曜だが、臨時休校が続くらしいので問題はない。俺は親友の方を見た。柿崎は神妙な顔で、俺からも由夏からも視線を外している。

「こいつもいっしょでいい？」

俺が柿崎を指差して言うと、由夏はすぐ頷いた。

「もちろん柿崎さんもお願いします」

柿崎はかすかに頷いてから、俺と由夏を見比べた。

「でも、古館とかは呼ばなくていいの？」

柿崎の問いに少し口ごもったが、

「ええ。古館さんは、できれば別で」

と由夏ははっきり言った。

俺は気を引き締めた。


方波見町の南の地域は、池神《いけがみ》と呼ばれる。古館英明や林孝太の家はここにある。池神から西へ入ると、方波見川の支流沿いに緩やかな上り坂が続いている。延坂《のぶさか》というその区域に桐島家はあった。大きなガレージ付きの、二階建ての洋風家屋で、塀から覗く紫陽花《あじさい》が目を惹く。透明感のある青紫色が壁の白に映えて、よく手入れされているのが判る。

ガレージの横、玄関の真ん前を、由夏の兄がバイクとともに占領していた。赤いオフロードタイプで、シートの横に白く〝250〟と書いてある。後輪が外れていた。タイヤ交換でもしている最中らしい。俺たちに気づいて顔を上げる。

「よ、来たか」

機嫌のよさそうな笑みで迎えてくれた。彼、桐島茂樹《しげき》は俺たちの二年先輩で、中学に入学したときは三年生だったので顔だけは知っていた。どこにいても目立つ、華のある由夏とは似ても似つかない、と言ったら申し訳ないが、地味な印象の青年だった。

「由夏ぁ、来たぞー！」

間延びした声で叫ぶ。その瞬間、茂樹が心底うらやましくなった。彼の親友は誰に殺されたわけでもない。この、消えない胸の重さを気にする必要がない。この人は俺たちの仲間ではない。

当たり前のことだった。どうかしていた。目をつぶって深呼吸する。

こんにちは！　と玄関から由夏が出てきた。

「わざわざすいません」

チェックのスカート、白地のTシャツにはアルファベットでなにか書いてあるが、すぐに目をそらしたせいでよく読めなかった。思えば、由夏の私服姿を見るのは初めてだ。

「あ悪い、ちらかしてて」

茂樹が修理道具や部品を隅にどける。正直言うと、すごく邪魔だった。玄関に近づけなかったのだから。

「もう！　お客さんが来るって言ってたでしょ？」

茂樹は言い返さない。顔が笑ったままだ。

俺たちを玄関に入れると、由夏は兄を閉め出すように扉を閉じた。顔が紅い。ちょっと尖った唇がつややかに輝いていた。身を翻して俺たちをいざなう後ろ姿は、ひざの裏が見えてスカートが短く感じられた。あわてて柿崎に目をやる。彼はいつも通りの涼しい顔だ。

洋間に通された。ログハウスのような落ち着いた雰囲気、小さなヤシが植えられた鉢、ゆったりした肘掛け椅子と木目がきれいな円《まる》いテーブル。こういう、自分の日常とは掛け離れた空間に入ると落ち着かない。自分が小さくなった気がする。玄関の方を向いたベランダから、茂樹がバイクの周りを動いているのが見えた。

「きょうは、清水先生の葬式だね！」

出ていく由夏と入れ替わりに、桐島建一郎が言いながら入ってきた。一息つく時間もくれない。話したいことで頭がいっぱいになっているようだ。

「あ、はい。僕らは、ゆうべのお通夜に、ちょっと顔を出しましたから……」

柿崎も頷いた。あいさつ程度に顔を出すだけでも、重労働に感じた。

「うむ。いや、もう告別式は終わりかけてたよ。ついさっきまで、現場で張ってたもんだからね……一村くんとはえらい違いだ。ぜんぜん人気が違うね」

俺の正面に座る。てらいのない口調で、俺たちの言いにくいことをさらりと言ってくれた。

「きょうは異常なさそうですか？」

訊くと、

「うむ。また変な連中が現れたら、それはそれで面白かったんだが。さすがに、我々も警備を強化してたしね。なにも起こらなかった。異常っていったら、葬式の雰囲気そのものがそうだよ」

「っていうと？」

由夏がジュースの載った盆を手にして戻ってきた。俺たちに振る舞う。建一郎は少し言いよどんだ。

「いや、なんていうか……ほんとに暗いんだよ。先生のお母さんはずっと泣きっぱなしで、親戚もみんな顔伏せてほっといてるし」

「へえ……」

父親の横に腰を下ろしながら、由夏が声をもらす。あまり意外そうではなかった。

「なんか、見てられなくてね。部下に任せてきた」

「それで、あの人たちの取り調べは？」

由夏が待ち切れないように訊く。そう、あの自称犯人。学芸会でも通用しないような連中だ。

「ガキの使いだ。なんの役にも立たん」

建一郎は苛立ちを隠さなかった。生徒会長も先公もオレがやった、の一点張り。あとはひたすら黙秘。身代わりの典型だという。

連中の素性は？　と訊いたが、建一郎は険しい顔のままそれはあとで……と言った。

「身代わりというより、脅しなんですかね、あれは」

訊いてみた。胸をむかつかせながら。

「ああ、そのとおりだと思うよ。時間稼ぎでもある」

それよりも、と建一郎は続けた。雨の山中で蹴り飛ばされ、救急車で運ばれた古館があの日、どんな釈明をしたかを彼は話してくれた。みんな身を乗り出す。

「古館くんが言うにはね。以前その、雨のなか現れた例の男が、学校に来てるのを見たことがある、っていうんだよ」

思いもかけないことを古館は言っていた。思わず柿崎と顔を見合わせる。

「実は、裏も取れてる。先生の何人かも目撃してるんだよ。あの男が、校長に用がある、と言ってやってきたのをね」

「校長？」

気が抜けたような声が出た。

「じゃあ、校長先生はあの男を知ってるわけですか？」

建一郎は頷いてから、写真を取り出した。

「いちおう確認するけど、君たちが見たのはこの男だね？　ちょっと昔の写真だが」

あわてて写真を受け取り、よく眺めたあとテーブルに置く。少し指が震えた。

「この男よ！」

由夏がすかさず言った。

「そうですよね？」

俺は迷わず頷いた。

「誰なんです？　この男は」

写真を裏返しながら訊いた。男の顔を見ていたくなかった。ずいぶん若い、たぶん学生時代のアルバムかなにかの写真をコピーしたものだろうが、見間違えようがない。

「名前は、藤原光弘《ふじわらみつひろ》。うん、どう説明したらいいかな」

建一郎の声に平淡な調子が交じった。刑事ですら、口にしたくない類いの事柄がある。

「岩切《いわきり》の……岩切は知ってるね」

顔から血の気が引いてゆく感じがした。

「え、暴力団……？」

由夏が言った。

「うん、まあ、そんなようなものだ」

建一郎が無表情に言う。岩切組。方波見町を含む、県の沿岸地域に勢力を持つ、いわゆるやくざものの集団。本拠地は渡里市の隣、北澄市《きたすみ》だと聞いたことがある。だが妙な感じだった。彼らの存在を実感することは、日常生活の中ではほとんどない。振り返っても、たとえば渡里の街でベンツを流すそれらしき男たちを見たことはあるが、それ以外では祭りのとき夜店を出す人たち。あれがそうなのだろうか、と想像してみるぐらいのものだ。自分たちとは違う世界に住む人たちだと思っていた。

「組と関係が深いんだけど、組に入ってるわけじゃない。いま調べてるが、たぶん血縁があるんじゃないかと思うんだが。確かなのは、キョウケンだってことだけだ」

ちょっと考えて、その意味するところが「狂犬」だと判った。

「あの告別式にやってきた連中も、岩切の奴らというわけだ」

若い方は十九歳、年上の方は三十八歳。年上の男は、「おれがやった」と名乗り出るのが初めてではないらしく、すでに計十年以上も刑務所に入っていた。さしずめ身代わりのプロ。そんな人生もあるのか……溜め息しか出ない。

ということは、藤原という男は相当に、組では位の高い人間ということになる。

あのとき見た姿を思い浮かべる。その筋の人間、と言われなければ感じないかも知れない。たしかに身体は大きいし、危険な空気は漂わせていた。だが単純にヤクザと呼ぶにはためらいが混じる。歳を訊いたら二十一歳だというので素直に驚いた。もっと年嵩《としかさ》に見えたからだ。

「古館くんの言い分じゃ、一村くんがあの男、藤原を知ってた。憎んでたっていうんだな。なんで憎んでたのか、理由は知らないそうだがね」

降参、という感じで桐島建一郎は両手を上げた。

先月、五月の終わり頃の放課後のこと。一村和人は職員室で、生徒会指導の安部淑之と打ち合わせをしていた。そこへあの藤原光弘がいきなり入ってきて、校長を出せと言った。

「その日、一村くんといっしょに打ち合わせをしていた古館くんも、藤原の姿を見た。だから顔を知ってはいたわけだ」

えっ、と思わず声をもらしてしまった。

「ん、なんだい？」

「その場にいたのは、一村と古館だけ、だったですか」

「ああ。そう言ってたが」

そうか……路子はいなかった。ほっとしてしまう。建一郎が続けた。

「それであの日、その怪しい男の姿を見つけたもんだから、事件に関係があるに違いない、もしかするとあいつがやったんじゃ？　と思って、頭に血が上ってしまって気がついたら飛びかかっていた。というんだね。ふん。古館くんに会うたびに、彼には頭に血が上るなんてことがあるんだろうかと思っちまうんだが」

建一郎は俺を見た。鋭い切り込みに喉が詰まる。頷いてほしいのだろうか。だが俺は頷き返すことができなかった。

「古館くんは、いわばその、一村くんのいちばんの親友だったんだろう？」

建一郎のその言葉は、柿崎と由夏と俺、全員を沈黙させた。

「あの……木曜日の、あの朝のことなんですが」

いままで口を閉ざしていた柿崎が語り出した。その内容は、俺をも驚かすものだった。

「古館が、あの男……藤原ですか、と取っ組み合ってるとき、古館があいつになにか言ってたような気がするんです」

「おい、本当かい?」

建一郎が身を乗り出す。

「はい」

俺は柿崎の言うことを信じた。終始俺の前を走っていたし、彼の五感は異常に鋭い。古館がなにかを言っていたとしたら聞いていても不思議はない。

「おれは知ってるぞ……とか、言ってたような気がします」

由夏が少し笑い、すぐにやめた。由夏らしくないその笑い声は、俺の気分にぴったりはまった。建一郎も眉間のしわがますます深い。

「とにかく、正直言って、彼は苦手でね」

桐島警部補は歯切れよく打ち明けた。

「とても頭が切れる。どこを突いても隙がない。しかしねえ、逮捕して調べるわけにもいかないからね」

彼はゆっくりと、また身を前に乗り出す。

「どうしようかと思っているんだが……」

手を組んで顔を隠し、目だけで俺たちを窺《うかが》う。察しないわけにはいかない。

「……俺たちに、なにか訊き出せと？」

仕方なく言った。

「いや、スパイをしてくれとか言ってるわけじゃない。彼は容疑者じゃないんだし。ただね、なにか知ってるんだったら、なにを知ってるのか。それをどうして誰にも話さないのか。それだけは、知りたい」

それはそのまま、俺たちみんなの気持ちでもあった。

「古館くん自身のためでもある。彼はとても頭がいいが、どこか危ないものも持ってるよ。これからも、自分の身を危険にさらさないとも限らないだろう」

建一郎は正しい。昨日、チンピラどもに見せた彼の憎悪は並外れていた。ふだんは冷静な古館の変わりように圧倒された。俺は嫉妬すら感じた。

「古館がなにを知ってるのか、俺も……気が変になるくらい、知りたいです。でも」

絞り出すような気分で喋った。

「あいつはなにも喋らない。たぶん、訊いても、だめじゃないかと思うんです」

嘘が混じった。おまえには初めから訊く勇気がないじゃないか……柿崎が引き継ぐ。

「ぼくは、あいつになにかを訊く気になれないんです。いやなんです。できれば、待ちたいんです。話してくれるのを」

「そうか。うん、しかし……」

建一郎は考え込んでしまった。いま彼は、刑事ではなく中学生の父親の顔をしていた。

ふだん余計なことは口にしないだけに、柿崎の語りは異様な重みを持つことがある。彼のように思い切ることは、自分にはできないと思った。すぐにでも古館を問い詰めたかった。自分たちと秘密を分け合ってくれと訴えたかった。俺を親友として扱ってくれと頼みたかった。路子を独り占めにしないでくれと泣きつきたかった。ただ、古館の前に立てる気がしないだけだ。

「分かったよ。酷なことを頼んでしまったようだ」

建一郎はあっさり言った。思い切りがいい。きっと部下にも慕われているに違いない。

「そういえば、一村のお父さんとお母さんに、事情を訊いたんですよね」

俺は訊いた。

「どうして、一村が長いあいだ学校を休んでいたのか分かりました？」

「ああ、それだがね。彼はずっとお祖父《じい》さんの家に行っていたそうだ」

言葉を失う。まるで予想もしていないことだった。病気でもなんでもなかった。俺たちと釣りに行く約束を反故《ほご》にして、お祖父さんのところに……どんな用事があったのだろう。

「まもなく、そのひとのところにも事情を訊きに行くよ」

お祖父さんの家はこの町から少し離れているらしい。建一郎は続けた。

「そうそう、清水先生の死因だけどね。脳挫傷だ。凶器は分からないけど、そのへんに転がってる石でも充分。とにかく、一村くんが殺されたやり方とはまったく違う」

そうだ。一村のことばかり考えてしまうが、清水も同じ夜に襲われている。だが傷つき方も違えば、見つかった場所も違う。

「藤原が、清水先生が隠されてた場所の近くにいたってのも偶然とは思えん。犯人と断定するのは早すぎるがね……まあ、必ずつながりはつかんでみせる」

そう、藤原という男は、なぜあそこにいたのか。校長や清水とどんなつながりがある。一村和人はそこに、いったいどんな関わりを持ったというのだろう。

頭を抱えてしまう。この期に及んで、現実のこととは思えなかった。

「そういえば、君たち」

そこで建一郎がなんでもないことのように言い出した。

「きょうの葬式の関係者の名簿を見てたらね……校長の萩原《はぎわら》先生の名前が、親族のところに載ってた。校長先生は清水先生の親戚だってこと、君たちは知ってたか？」

「親戚？」

由夏が怒ったように問い返した。

「ああ。伯父《おじ》さんなんだ。母方の」

建一郎がひるんだように答える。俺の頭は使い物にならなかった。言葉の意味はなんとなく理解しているが、そこからどこへ思いを向けたらいいのか判らない。

「じゃあ、校長先生に訊けば……」

「ああ。きょうこれから、じっくり話を聞くつもりだ」

父娘の会話を聞きながら、俺はただじんわりと怖かった。ヴェールの向こうを覗きたくない。一村和人はひとり、その向こう側で死んでいった。底知れない暗闇に挑み、命を奪われ、謎とともにこちら側に放り出された。

だが古館と路子は、向こう側に踏みとどまっている。

生きて、まだ向こう側にいる。

5

「じゃあおれ、帰るわ」

「ああ？」

驚いて口を開けてしまった。

捜査のために桐島建一郎が慌ただしく出ていったばかりだった。しばし放心状態で座っていた。みんな、頭の整理がつかず呆然としているものだと思っていた。なのに柿崎が当たり前のような顔で言い出したのだ。

「弟が帰ってくるから……面倒みないと」

本当かどうかは知らない。ただ、彼が帰ると言ったら、引き留めることはできなかった。

そうなんですか、と言って由夏は俺を見た。

「徹也さんは？　まだいられるんでしょう？」

うん、と頷いてしまう。

「せっかくだからゆっくりしていってください。柿崎さん、ほんとに帰っちゃうんですか？」

柿崎も残念そうに頷いた。

「じゃ、あした学校でな。学校があったらの話だけど。あるよな？　たぶん」

「あるだろう」

柿崎に言われると、きっとそうなのだろうと思ってしまう。そして出ていった。波紋も起こさず泳ぎ去る魚よりも静かに。

「えーと……」

急にいたたまれなくなった。俺がここに残っても、なにかすることがあるわけではない。

静かすぎた。かすかに雨音が聞こえる。幻聴かと思ったが、窓の外に目を凝らすと……

やっぱり雨だった。柿崎は無事か？　でも彼の性格からして、傘を借りようなんて考えない。一直線に家へ急いでいるだろう。

そういえば、玄関先の茂樹とバイクの姿がない。いつのまに？　エンジン音を聞いた覚えはなかった。しかしいないのだから、みんなで話に夢中になっている間に出ていったに違いない。今日は由夏のお母さんも外出しているそうだから、誰もいない。

喋ることをなにも思いつかない。

「徹也さん」

由夏の声はいつもと変わらない。なのに、うまく顔が上げられなかった。

「お怪我はもう、大丈夫なんですか？」

捻挫のことだ。

「うん。だいぶいいよ、もう」

よかった、と由夏がにっこりする。

「でもさ、きょう、ここに来られてよかったよ」

普通に声が出た。安心する。

「なんか、やることがあってよかった。ひとりで家にいるなんて、我慢できなかったから」

分かります、そう言って悲しそうな笑みになる。この娘はほんとうに表情が豊かだ。どんな場面でもその場にふさわしい顔をする。

「なにかしなくちゃ、いてもたってもいられない。そんな感じですよね……一村さんの顔を思い浮かべるだけで、なんか自然に、身体が前に動いていくような気がします」

この子は、一村のことをこんなに大事に思ってくれていた。彼のきれいな笑顔を愛する人間がここにもいた。返す言葉を見つけられない。ただせいいっぱい、笑いかけるしかなかった。

由夏の言う通りだ。泣き言を言っている暇はない。俺には生きた身体がある。望む通りに身体が動くのだ、ならばやるべきことを、できるだけの力でやらないでどうする。

雨の音が激しくなる。だがいまは、不思議に胸を落ち着かせる、熱を奪う雨だった。由夏も雨音に耳を傾けている。かすかにいい匂いがする。唐突に感謝の気持ちがこみ上げた。この娘がいてよかった。目を向けるだけで微笑みをくれる。そばにいてくれるだけで心が慰められる。

「雨が弱まるまで、ゆっくりしていってください」

静かな声。徹也さん、と名を呼ばれる。

「わたしの部屋に来ません?」

「え?」

なにを訊かれたか分かっていながら、問い返さずにはいられない。そんな問いは確実にある。

「ちょっと、お見せしたいものもあるし」

またにっこりする。この笑顔に逆らえる男がこの世にいるとは思えなかった。

桐島由夏と知り合ったのは去年の秋。俺が二年で由夏が一年生の頃。二年C組だった俺は、文化祭の準備で下級生を指導する係になった。一年C組の文化祭実行委員が由夏だった。

当時から礼儀をわきまえた娘だった。生意気な後輩だったらどうしようと構えていた俺はたちまちほだされて、文化祭が終わる頃には由夏はもちろん、ほかの下級生とも楽しく言葉を交わせる間柄になっていた。ぜんぶ由夏のおかげだ。以来、廊下で会うと話をするようになり、学年が上がると俺のクラスにまで顔を出すようになった。上級生の教室を訪れるのは勇気が要るものだ。初めの頃は微妙に排他的な空気があったことも憶えている。だが可愛いくて人当たりのいい後輩をだれが嫌えるだろう。今や3Aには暖かい黙認しかない。男子には歓迎の空気さえある。

その由夏の部屋を訪れる日が来ようとは。これが女の子の部屋か――生まれて初めてだったので、珍しげに見回してしまう。ぬいぐるみひとつないしスターのポスターもない。

そもそも赤やピンクや黄色や、いわゆる女の子色自体が少なかった。座布団を勧められておとなしく座る。カーテンは水色、勉強机は黒。ただ、ベッドがあること、部屋の灯りが間接照明になっていること、いろんな飾りものがあること、それだけで女の子らしさを醸し出していた。机にはガラス製のクジラの親子、壁にはフクロウの形のレターラックがある。

それにもちろん、ハンガーで壁に掛けてある学校の制服。標準的なセーラー服だ。いつも学校で見ているのに、しばし不思議なものみたいに見上げてしまった。

由夏は本棚に向かってごそごそやっていたが、やがて教科書ぐらいの大きさの写真を差し出してくる。

「これを見てほしかったんです」

いたずらっぽい顔で笑う。受け取って見ると、去年の文化祭の時の集合写真だった。おお、と思わず唸る。懐かしい。未来の世界をテーマにしたクラス展示で、張りぼてのロボットたちや未来都市のジオラマが広がっている。それを背景にして、1年C組の文化祭スタッフが並んでいた。

そうか、由夏の髪はこんなに長かった。写真の中の由夏はまっすぐの髪を肩まで下ろしている。いまはさっぱりしたショートカットで、見慣れてしまったので会った頃もそうだったとばかり思い込んでいた。時は、流れているんだ……そんなようなことを要領悪く口

にすると、

「このあと、すぐ短くしたんです」

と由夏は言った。目がどこかいたずらっぽい。なにかを待っているような様子だ。さっきから写真と俺を見比べている。あっそうか、これか？……仏頂面した男が由夏の隣に写っている。

「ひでー顔してんな、俺」

時は流れていない。くすっ、由夏が笑う。

「でも、すごく徹也さんらしい表情」

「そう？　なに睨んでんだろ俺」

おかげさまで、すごく楽しい文化祭だったから……思い出の写真なんです。そんな嬉しい台詞にうまく答えることができなくて、写真ほかにもあるの？　と訊いたのをきっかけにいろんなものを見せてくれた。彼女の歴史だ。恥ずかしがりながらも、幼いころの写真まで出してきてくれた。見ているうちにどんどん引き込まれた。

物心つくころから、彼女がとびきりの笑顔をもっていたことが分かった。幼稚園時代の、家の中や近所で撮ったとおぼしきスナップ。小学校のクラス写真。運動会（徒競走もリレーも障害物競走も玉入れも押さえてある）、学芸会（ひとつ残らずメインキャストだった。時代劇の主役の若武者までなぜ女の子の由夏がやっているのか。彼女のスター性に頼ったのだろう)。由夏の家族は一人娘を撮ることに命を懸けているらしい。他人から提供された写真も山ほどあるに違いない。見ていてこんなに楽しい成長記録はめったになかった。俺の生い立ちとは桁が違う。彼女は光の当たる道を歩いてきた。たとえば中学一年のときに地区水泳大会で優勝した写真。県大会にも進んだらしい。その笑顔の眩しさ。

運命の方がよろこんで彼女に奉仕する。彼女は世界の中心のひとりで、これからも素晴らしい人生を歩んでいく。間違いなかった。

「あ、これ……容子ちゃんか」

ふと一枚の写真に目をひかれた。

「ええ。去年の運動会のときの。あたし、去年も容子ちゃんといっしょのクラスだったんです」

「ずいぶん、いまと違うね。なんていうか」

「明るい?」

うん、と俺は頷いた。写真の中で由夏とともに満面の笑みをたたえている容子。こんな表情の彼女を、見たことがあっただろうか。

「仲いいの?」

いいえ。由夏の答えははっきりしていた。

「容子ちゃん、なんていうか、だんだん、気軽に話せない感じになっちゃって」

俺の方が強く頷いた。あの艶っぽさはなんなのだろう。肌から発散しているかのような色気を、彼女はいつから身に纏《まと》ったのか。だがそんなことは口に出せなかった。男の俺だからこそ、そんなふうに感じるのだとしたら……由夏に軽蔑されるかも知れない。そんな怖さがあった。

古館の妹だというのがまた不思議だ。顔はそっくりなのに、ああまで印象が違うものか。告別式での古館容子の顔を思い出す。笑っているように見えた、暗く、けだるい笑みだった。目の前では実の兄が身体を投げ出して闘っていた。それなのに——

由夏に訊いてみたかった。だが問いを言葉にしようとすればするほど不確かになる。容子はほんとうに笑っていたのか。由夏は信じてくれるだろうか。容子はなにもかも知っている、そう感じたのはただの思い込みじゃないか？

結局その日、古館容子についてなにも訊けなかった。ろくに口を利いたことがない。彼女のことをなにも知らない……という思いが俺を引き留めてしまった。

気づくと、食い散らかすように写真を見まくっていた。壁の時計を見ると五時近い。びっくりした。

「なんかごめん」

気がとがめた。身内でも親戚でもないのに、人の過去を執拗《しつよう》に眺め回してしまった。建一郎がいまここにいたら眉をひそめるに決まってる。

「こんな、バカみたいに人の写真ばっかり見て」

「とんでもないです。どうしてそんな？　ぜんぜん嫌じゃないですよ」

もどかしそうに笑う。胸の辺りがぎゅうぎゅう軋《きし》んだ。なんだこの怖さは。できるだけ長くここにいたかった。このまま後輩と、よけいな言葉の要らない時を過ごしていたかった。だがどこかに違和感を覚えていて、ここを出て行かねばならないような気分が少しずつ、少しずつ増していた。


次の瞬間息が止まる。一村和人を見つけてしまった。

表情はなかった。だが横にいる俺の辛気くさい顔に比べればずいぶん穏やかだ。そばには由夏もいる。去年の十二月、渡里の街の外れにある身体障害者施設を訪問したときの写真だった。各学年の各クラスから数人の代表者を出して施設を訪れ、いろんなボランティア活動をやった。その帰り、施設の正門の前で撮った十数人の集合写真だ。深刻な障害を負った人たちに会って衝撃を受けた直後だから、明るい雰囲気の写真とは言い難かった。

それにしても俺の顔には気持ちが表れすぎている。

「ああ、このときいっしょだったんだな……」

そうだ、いっしょにマイクロバスに乗って行ったのだ。同行した安部教師が撮ったのだったか。つい半年前のことなのにすっかり忘れていた。

「このとき、初めて一村さんに紹介してもらったんですよ。徹也さん憶えてます？」

「あ、そうだったっけ」

「そうです。あたし、けっこう緊張しちゃって」

「え、どうして……？」

意外に思って訊いた。一村和人は相手を緊張させるような男ではない。

するとと由夏は俯いて、静かに語り出した。

「あたしが一年生のときのことなんですけど……すぐ前の席に、ちょっと変わった男の子がいたんです。口べたで、ほとんど喋らなくて」

喋るときでも声が小さかったり、逆に怒鳴りながらじゃないと喋れないような、不器用な子だったらしい。昔の俺みたいだと思った。だがその子はかなり極端だったようだ。教師たちもどう扱ったらいいか分からなくて放っておいた。だれも味方がいなかった。

「そういう子って、ほかの子からつつかれやすいじゃないですか。やっぱりその子もそうで。ケンカっていうか、いじめっていうか、そんなことがよくあったんですね。でもあたしだってなにもできなくて。やっぱり怖くて、話しかけられなかったし。かといって、いじめっ子たちを注意する勇気もなくて」

黙って頷いた。俺にも経験がある。助けようとしても、相手に感謝されるとは限らない。それどころか、なにが相手を怒らせるか判らない。学校にはいろんなやつがいる。結局は他人の気持ちなんて分からない……そうやって諦めてしまう。後ろめたさを意識しないようにしながら。

「でも、夏休み明けぐらいのことだったと思うんですけど。廊下で、一村さんが話しかけてるのを見かけたんです。その頃はあたし、一村さんの名前も知らなかったんですけどね。あの子は泣きながら一村さんを睨んでた。でも、かまわず話しかけてるんですね。周りに何人か男の子もいたから、たぶん、ケンカになったところに割って入ってくれたのかなって思いました。すごく優しいひとだなあって思って。その子に話しかける顔がすごく、心に残って。そのときが最初だったんです、こんな先輩がいるんだって知ったのは」

そっか、へえ……ひどく新鮮な気持ちだった。まるで知らないところで、一村は由夏に強い印象を残していたのか。

「それからときどき、あの子といっしょにいるのを見かけるようになったんです。でも一村さんはあの子のお兄さんには見えなかったし、親戚か、それとも住んでるところが近所なのかなって思いました。だって、わざわざ一年の教室まで来て話をしてるんですよ？ 窓際のヒーターの上に座ってずっと話してるんです。話しかけるのはもっぱら一村さんのほうだけど、でも、あの子もときどきは頷いたりして」

ふと思い当たって、その子メガネかけてる？ 背は？ 詳しく聞いて確かめた。俺もその子を見かけたことがある。一度は、たしか体育館へ通じる通路だったと思うが、そのときも彼は囲まれて小突かれそうになっていた。だが彼の息は荒かった。やめろぉ！ そう叫んで、分厚いメガネの奥から相手を睨みつけていた。頑張れ、そう思いながらすれ違った記憶がある。いつもああなのだと思っていた。生まれつき気が強いのだと。いじめられそうなものは発散していたが、それを跳ね返すだけの気骨もあるのだと思った。だが……泣いていたこともあったのだ。

そこに一村和人が居合わせた。

「やっぱり、知ってる子じゃなかったんですよね。一村さんはあの子のこと見てられなくて、名前も知らないのに話しかけたんだろうな、って。一村さんと話せるようになってからはますます、そう思うようになりました。でも一村さんにも、あの子にも、直接訊いて確かめることはできなかったんですけど……」

見えるようだった、肩を並べているその子と、一村が。

由夏の言うとおりだと思った。一村はきっとその子を放っておけなかったのだ。

二年のいまはその男の子とは別のクラスになってしまったし、一村といっしょにいるところも見かけなくなった。由夏はそう言った。

「いつか、一村さんに訊きたいなって思ってたんです。だけど、覗き見してたみたいで気がひけたし、いまごろ言っても変な顔されるかもしれないって思ったし、でもなんか、お礼が言いたいような気分で……あたしがお礼言うのも変なんですけどね。でもいつか、あのときのこと、言える機会があるかなって思ってたんですけど」

気がつくと俺は、はーっと深く息をついていた。由夏が仲間たちに溶け込むようになったのは、成り行きではなかった。一村和人がいた、それが大きな動機になっていたのか。

「ごめん、俺ぜんぜん知らなくて……知ってたら、もっと」

「そんな！　いいんです。どうしても話したいとか、そんなんじゃなくて」

由夏は苦しそうに笑った。

「うまく話せるかどうかも分からなかったし、話したからどうなるってものでもないじゃないですか？　一村さんだけじゃないですよ。一村さんも徹也さんもいる、みなさんのいるところが好きだったんです。あこがれだったんです。すごく楽しくて、すごくいいひとたちばっかりで……いつもお邪魔して、ほんとに申し訳ないと思ってるんです」

気遣いにあふれた台詞に、たぶん俺は貧血でも起こしたような顔で応えてしまった。あまりにも一村のことを知らなかった。一村は要《かなめ》だったのだ。多くを語らなくても、彼がいるだけでみんな嬉しかった。ときには仲間同士でケンカしたり気まずくなったりもした。それでも、一村の前だと馬鹿げたことのように感じた。彼の悲しそうな顔を見たくないから進んで仲直りしたくなった。集まるのは、いつも彼の家だった。そして——俺はいったい、彼のためになにをできただろう。

俺は彼の姿を美化しすぎているのか？　そうかもしれない。でも、仲間といるときの柔らかい笑顔とか、相手を煩わせたくないというような一歩退いた佇まい。あるいは生徒会長として振る舞っているときの耐え忍ぶような、ひたむきな眼差し。そんな姿しか甦ってこない。

記憶は意のままに働く。彼の持っていた欠点は、やがてこの世から消えてしまうだろう。それでなにが悪いんだと思った。彼は美しいままであるべきだ。それに値する人間だった。

「ほんとに、淋しいですね……」

言葉少なに涙ぐむ由夏も、どんな言葉がふさわしいか見当もつかなくて、途方に暮れていた。

俺はただ頷く。もう言葉は要らなかった。

6

小さな花瓶から、花があふれ出している。

その朝俺が覗いたD組の光景だ。一村和人の机の上に置かれた花が気に喰わなかった。だれもが彼の机を避けて歩いている気がする。それが事実かどうか知らない、覗き込んだのは一瞬にすぎない。だが俺は一気に不機嫌になった。くそっ、いたたまれずに立ち去ろうとした。目だけが未練がましく路子を探す。彼女はいた。一村の席から二列ほど離れた自分の席につき、ノートになにか書きつけているようで、顔を伏せている。この教室にいなければならない路子が痛かった。あのまま一村の死が型どおりに片づけられるなんてふざけた話があるか。路子の顔を愁《うれ》いに沈んだままにさせておくなんて許されない。だが俺にはなにもできない。

六月三十日、火曜日。学校は再開された。

午前中は、学校全体がおかしな雰囲気に包まれたまま過ぎていった。学校中の厄介者たちでさえ、神妙な顔でおとなしく自分の席に座っていた。教師たちはいつもと変わらない調子で授業をしようとしていた。多少の親切心を持ち合わせた生徒ならば、熱心に授業を聞くフリをしたかもしれない。だが大半は放心していただけだろう。俺もそうだった。

ところがその日の昼休みには牛乳がたくさん残った。三、四限のころにはもう、こらえ性のない奴から授業を抜けはじめたのだ。弁当の時間（この学校には給食制度がないので各自で弁当を持ってくる）に3Aに顔を出したのは林孝太のみ。彼は古館英明を連れてこなかったし——今日は休んだ、と教えてくれて俺は絶句した——、桐島由夏も姿を現さなかった。ごくたまに、一村といっしょに来た橘路子は、エスコート役を失って当然のように現れなかった。それでこの日の昼は、史上最低の三人という記録をうちたてた。なぜか八木準までが教室から消えている。

「牛乳飲んでる場合じゃねえな、こりゃ」

林孝太がまじめくさった顔で言った。いつもなら笑い返すところだが、ため息しか出ない。あとはみんな無言だった。こんなことなら一人で食った方がましだ、と互いに思いながら食い続けていた。

外は相も変わらず、蛇口がいかれたんじゃないかと思うくらいのだらしない雨。今年の梅雨《つゆ》はあと一年は続きそうだ。おとといの晴天は夢だったんだろう。どうせなら、あの告別式まで夢にしてしまいたい。

教室でだれかが笑うたびにカンに障った。なんで笑えるんだ、笑うな！　せめてきょう一日ぐらい、一村を思って静かにしていられんのか。心の中で怒鳴りながら、まずい冷や飯をかっこむ。

ふと出入り口に目を向けた。八木準がふらふらと入ってくる。脚をひきずっているように見えた。また連中に蹴られでもしたのか？　彼はなにかとあの連中の標的になることが多い。学校の外へ、菓子とかジュースを買い出しに行かされることもある。人がいいのと気が弱いのとで、頼まれたら断れないことを連中はよく知っているのだ。俺たちがやめろ、ちゃんと断れ、と何度言っても彼は言いなりになってしまう。

ところが、彼の血相がいつもと違うことに気づく。そばまで来ると目を閉じ、ううと唸る。

「どうした？」

いつもは小馬鹿にしてから喋り出す林孝太が、毒気を抜かれたように訊いた。八木がぽろぽろと涙をこぼし始めたのだ。くそぅ、あいつら……ぶつぶつと言うがなんのことか判らない。

「どうしたんだよ」

俺も訊いた。

「ひでぇんだよ。ゆったんだけど、だめだ。くそっ」

「旧校舎か？」

柿崎の一言が八木の混乱状態を救った。八木は俺たちが分かってくれたと思ったようだ。顔がますます崩れてゆく。

「そう。一村の、あそこで、……」

気がついたら立ち上がっていた。なんとなく判ったのだ。俺の身体は自動的に動いた。一村の友達だったらなすべき事務。必要なら、あの馬鹿どもの前で奴ら以上の馬鹿になってみせる。そのことが決まっていた。燃えるような事務処理だ。足早に教室を出る。柿崎が無言で、林孝太が悪態をつきながらついてきてくれた。

あとで聞いたことだが、八木はまた使いっ走りを頼まれ、勇気を奮って旧校舎まで断りに行ったのだった。立入禁止の札がまだ下げられているそこに厄介者たちがさっそく舞い戻っていた。そして――八木が見て激昂したものが、いま、旧校舎の入り口に着いた俺たちが見ているものだった。

　だれも声を発しなかった。ただ震えていた。二階から粗雑、としか表現しようのない笑い声が響いてくる。奴らの〝人間〟はひたすら粗雑だ。だれのせいであなったのだろう。奴らのせいばかりでないことは同意してもいい、だが奴ら自身に責任がないなんて言わせない。白線で描かれた人型、そこにチョークとおぼしきもので、許されない線がいくつも描き加えられている。一村を困らせ続けた奴ら。一村を殴ったこともある奴ら。一村の葬儀にやってこなかった奴ら。頭に血が上りすぎてくらくらする、俺は立入禁止の縄を飛び越え、二階への階段を駆け上がった。派手に階段をぎしぎしいわせながら、こんな無謀な挙に出たのは一年のときに上級生に追いかけられて、学校の近くの橋にぶら下がってそいつらを巻いたとき以来だと思った。そのときは無事に逃げられたが、今回はどう考えても無事ではすまない。だがそんなことはどうでもよかった。奴らは許されない、それが決定していた。

　充満するタバコの煙が俺を迎えた。奴らといえばタバコだ。美味いからとかいう以前に、なにかそうしないといけないみたいに、奴らは決まって大人の目を盗んでタバコを吹かす。いったいそんなことがなにを証明するというのだろう。俺を生涯にわたって禁煙させてしまう、それが原体験だった。絶対奴らのようにはならないという思いがいつまでも生き続けることになった。

そんなわけで二階は視界が悪かった。怯まなかったと言えば嘘になる。ここからは奴らの領土。踏み入ることはすなわち、宣戦布告と同じだ。だが勢いをゆるめず進んだ。自分の身よりも大切なものがあること、それがいま間違いなく自分の中にあることが嬉しい。

「下で落書きした奴はだれだ」

思ったよりしっかりとした声が出た。ざっと十数人の人影が見える、連中のほとんどがここに集結していた。柿崎と孝太も上がってきて俺の後ろに立ったようだが、むろん事態が好転したわけではなかった。

「だれがあれを書いたんだ？」

俺は繰り返した。顔を背ける奴が少しいた。まだ人間的な奴ら、だろうか。ほかは無視するか、ゆっくりと近づいてくるかのいずれかだ。

煙によって空気の流れが見えた。外の光を取り込む窓のそばにもたれかかって、いまはタバコも吸わず俺に暗い目を向けているのが、島本辰美《しまもとたつみ》。リーダー格の男だ。俺と同じクラスで、席も近い。小さな衝突は何度も経験していて、判っていることがいくつかある。そのひとつは、好んで人を痛めつけること。こいつはあんまり声を上げて笑うことがないが、ほかのクラスの男子を蹴りつけながら笑っているのを見たことがある。

複雑なのは一年のころ、彼が俺をかばおうとした記憶があることだ。なぜだか知らないが目障りだったらしい俺を、上級生が呼び出した。そのころ下っ端をやっていた島本が、俺を呼び出す役目をおおせつかったのだ。もういいだろ——二発ばかり横っ面を張られたとき、島本は先輩にそう言った。すると俺はそれきりで解放された。こいつにもそんな可愛げのある時代があったということだ。最高学年にのぼり詰め、いまの島本に手加減という概念はない。偉大なる先達の真似をして、粗暴さで生徒たちを脅かし、逆らう者を絶やすことに腐心している。柔和なものがまだ彼の内に残っているのだとしても、いまはほとんど見えない。

「や、八木もやったなてめえら」

林孝太が意を奮って言ったが、〝てめえら〟は余計だった。連中がいっせいにいきり立つ。おうおうおう、ダミ声がヤニ臭さとともに顔を襲った。

「おめえらいい度胸してんなァ」

鳥肌が立った。怖かったからではない、台詞が阿呆みたいに紋切り型だったからだ。三下のくせに、弱い者に対してはいちばん質《たち》の悪い国広利一《くにひろりいち》。この中で唯一、俺が殴り合いをしたことのある相手だった。すれ違うたびに意味もなく気の弱い男子を殴るこいつに我慢できなかった。乱闘になったのは去年のことで、以来こいつとは面と向かうことがなかった。クラスが違うし、なんとなく避けあうところがあったのかもしれない。

「だれがやったか訊いてるんだ」

利一の威嚇を無視して声を大きくした。こいつらにも、こいつらなりの〝筋〟の概念がある。そしていま、筋は俺たちにあった。仲間の死を愚弄したのだ。だから連中も多少はおとなしいような気がした。いや——甘すぎるか。筋を最初から履き違えている馬鹿もいて、そういう馬鹿があいう落書きをする。

「おまえか？」

ちょうど俺と同じ高さにある利一の目を見て訊いた。利一は目をそらした。火の点《つ》いたタバコに齧《かじ》りつくようにして、慌ただしく煙を吐き出す。そうだ、一人でタバコを吸ったり、髪を染めたり剃《そ》り込み入れたり太いズボン穿いたりするのは一向にかまわない。ひとを傷つけさえしなければ。てめえ以外の人間を悲しませなければ。

「おまえだな」

俺は決めつけた。

「**るせえんだよ**」

こんなときでなかったら拍手してやりたかった。このドスの利きよう、とても中学生レベルではない。

「おまえかどうかって訊いてんだ！」

鞭《むち》の一撃のような声。柿崎だった。たぶん、利一と同じくらい俺も驚いたと思う。緊張が一気に高まり、連中がいっせいに近づいてくる。俺たちは全方位から囲まれた。

「待てよ」

全員の動きが固まる。突然ワニが喋り出したような驚きがあった。

「消しゃあいいんだろ」

ひとり動かなかった島本の、くぐもった声が宣言する。思わず頷きそうになったが、俺ははっきり言った。

「だれがやったのか訊きたいんだ」

「利一、おまえ消してこい」

島本は俺が言い終わる前に命令した。

「ああ？　消すこたねーだろ……」

利一が泡を喰ってぶつくさ言うが、

「消してこいって言ってんだよ！」

とほかの奴に怒鳴りつけられ、膨れっ面を歪ませて駆け出した。古い階段を踏み抜く勢いでドスドスいわせて降りていく。

「もう用はねえな」

島本が決めた。たぶん、身体を使っての全面対決は避けたかったのだろう。十対三では必ず十が勝つ。だが、三人が背負っているものが予想以上の力で十数人に痛手を与える。そんな計算が働いたのかもしれない。いや、単に面倒だっただけか。立ち上がって身体を動かす気にならなかったか。

ふだんの俺なら——一週間前の俺だったら、もう充分だ、と踵《きびす》を返していたことだろう。現に林孝太はそうしかけた。だが足が勝手に動いて、島本辰美の前まで行った。

「いつまでも、ここで遊んでられると思うなよ」

孝太が跳び上がるようなことを口に出していた。だがこの旧校舎に我慢できなかった。モクばかり吹かして寝てるような目をした奴ら全員の胸ぐらをつかんで怒鳴り散らしたかった。なにを？　こんなクソみたいな場所はぶっ潰してやる、てめえら他に生き方があるんじゃねえのか、一村のことを本気で考えたことがあるのかボケが……どれも違った、もっとずっと大きな言葉があるはずだと思った。まるっきり見つけられない。言葉にしようとするそばから逃げていってしまう。

島本は新しいタバコを取り出して火をつけた。フーッと俺の顔に煙を吹きかける。

「行けよ」

少し迷ってから、俺は島本に背を向けて歩き出した。泣きそうになっている自分に気づく。柿崎が俺の肩を叩いた。林孝太がホッとした顔で階段に向かう。

ところが連中の一人、入れたての剃り込みが血が出そうなほど赤く尖っている男が足を出して、林孝太の足を引っかけた。孝太は転びかけ、階段の手摺りにしがみつく。近くにいた奴らがギャッハッハとわざとらしく笑った。柿崎といっしょに孝太に手を貸しながら振り返ると、島本辰美はもう、沼地でじっとするワニのような状態に戻っていた。あんな目を持つようになったのはいつからだろう。一年生のころの奴の目はもう記憶にない。

「この野郎っ」

林孝太が震えながらもらし、笑っていた連中の顔が瞬時にどす黒くなった。やるかコラ、と迫ってくる奴らを見て林孝太は心底自分の短気を悔やんだことだろう。揉み合いを覚悟したが、柿崎が長身を活かして立ち塞がった。彼の観念したような、しかし鉄が入ったように強靭な表情が連中の勢いを殺いだのだと俺は思う。真空が生まれた。俺も動くタイミングを見つけられなかった。事態はどっちにでも転がることができた。そして間の悪いことに、階段を誰かが上ってくる音が聞こえる。覚悟を固めなければならない。

だが足音は、階段の途中で止まった。

「……なにやってんだ？」

それはこっちの台詞だ。女の声だった。女子がここになんの用がある。声に聞き覚えがあったが誰だか判らなかった。渋滞していて階段の下がよく見えない。たぶん、林孝太と目が合っている最中だ。

「近野《こんの》、ちょっとこいつら借りたいんだ。いいか？」

柿崎の壁の前で固まっていた剃り込み男が、黙って頷いた。

「俺たちに用なのか？」

首を伸ばして下を覗きながら訊いた。思い出しそうだ。

「ああ。ちょっと来てくれよ」

言うなり階段を下りてゆく。俺たちはひきずられるように彼女についていった。おかげで窮地を脱する。階段の下では、ぶーたれた国広利一が雑巾で落書きを消していた。俺たちに気づくと、

「おぼえてろよてめーら」

また頭の悪い決まり文句。

「こりゃおまえが悪いよ」

驚いた。目の前の女子生徒が利一の作業を見ながら言ったのだ。口ぶりが淡々としていることが逆に利いたのか、利一は顔を赤くして黙ってしまう。

ようやく旧校舎を出た。はぁっ、林孝太が安堵の息を吐き出したのを横目で確かめてから、俺は女子生徒のあとを追った。そうだ、B組の……及川悠子《おいかわゆうこ》だ。旧校舎の外で待っていた二人の女子といっしょに、体育館の向こう側へすたすた歩いていく。そういえば彼女たちはよくつるんでいる。いっしょに授業をサボったりしている仲間だ。さして迷惑な存在ではないと俺は思っていた。他の女子生徒たちにとっては脅威かもしれない。下級生の「生意気な」女子が何人か泣かされた、という話は聞いたことがある。旧校舎を根城にする連中と仲は悪くないが、そう親密というわけでもない。服装や態度がどこかしら標準と違うだけだ。及川悠子は小学生のときから知っているが、昔は人より気が強いという程度

で、こうもあからさまに不良っぽくはなかった。中学に入ってからだ。いつのまにやらそういう女子生徒たちの中心にいて、旧校舎にさえ平気で入れる身分になった。

彼女は美人と言ってさしつかえない。鼻っ柱の強さと、なんとはない情緒不安定な性格が、彼女をいまの位置に規定したのか。誰もが一目置く。ただ、集まってくる人間の色に偏りがある気はする。

八木準が泣きそうな顔で走ってきた。俺たちが無事に旧校舎から出てきたことが信じられないらしい。黙って頷いてやると、神妙な顔で後ろからついてきた。及川たちの姿に驚いていないところを見ると、俺たちの居場所を教えたのは八木らしい。

及川たちは体育館の裏を抜け、校舎別棟の裏までやってきた。ここは人気《ひとけ》がない。駐輪場以外はなにもないところだ。駐輪場の柱にもたれかかると、及川悠子はしばし俺たちの顔に眼を当てた。値踏みするように注意深く。まばたきもせず、一人一人に時間をかける。こっちは落ち着かない。おい、いったいなんなんだ。よっぽど問いかけようとしたそのとき。

「あんたら、会長の友達だったよな」

及川は言った。小学校から変わらない整った顔。伏せた目許にはわずかに照れがある。友達、という言葉のせいかもしれない。俺は頷く。学校では一村のことを「会長」と呼ぶ人間の方が多い。

「副会長はなんで休んでる？」

別の女子生徒が訊いた。加藤友恵《かとうともえ》。丸顔で眉の濃い、やはり気の強そうな女の子。副会長、すなわち古館英明のことまで訊いてきた。

「妹も休んでんだよ」

及川がつけ加えた。

「え？　容子ちゃんも休んでんの」

林孝太が気が抜けたような声を出す。古館と家が近い孝太は容子のことをよく知っている。俺や柿崎よりは。小学生のころは容子とも遊んでいたという。いまの容子しか知らない俺は、いったいどんなことをして遊んだのか想像もできない。

「……ケガがひどいのか？」

驚いた。及川の訊き方はぶっきらぼうだが、古館のことを心配しているようだ。俺は笑って言った。

「大丈夫。こないだのは、ケガってほどのケガじゃないし」

葬式での事件をどれくらい知っているのか。そういえば彼女たちは告別式に来ていなかった気がする。俺は続けた。

「容子ちゃんのことは、知らない。いま聞いて知ったんだ」

「古館になんの用なんだ？」

林孝太は直情的なところを発揮した。心底不思議そうな顔で訊いてしまったのだ。かすかに、その場の空気が硬化した。

及川が眼を鋭く細め、俺たちひとりひとりを見つめる。

やがて、ふっと笑った。

「やっぱりな……」

見下すような顔。妙に傷ついた。

「なんでもねえよ」

切り上げることに決めたようだ。もう行け、という感じで手を振ってよこす。

なんだよう、孝太がぼやきながらもそそくさと帰り始める。もうたくさんだという感じで。気持ちはよく判った、俺もどっと疲れた。ちょうどチャイムも鳴り出す。もう五限か……いろいろあった昼休みだった。

足元を見ると、靴も履き替えず飛び出してきたせいで上履きの中まで泥が入りこんでいる。学校裏の土地は長雨のせいで泥だらけなのだ。そういえば、教室の机には食いかけの弁当を広げっぱなしだった。早く片づけなくては。

だが昇降口へ辿り着く前に、俺の足は止まってしまった。目の前では仲間たちが次々に校舎へ消える。なのに進めない。目の前になにかがあった。糸口が、かすかではあっても、あの駐輪場の辺りからひょこっと飛び出していたのだ。はっきり感じたのに退散してきたなんて信じられない。俺は校舎に背を向けて駆け出す。すぐに戻らねば。彼女たちを捕まえなければならない。

いた。いてくれた。及川たちは午後の授業に出るつもりはなさそうだった。三人で額を寄せ合って真剣に話している。戻ってくる俺に気づいて、及川は警戒心を剝き出しにした。

「なんだよっ。なんの用だ」

彼女たちの表情は硬い。ひとかけらの親しみもなかった。それが逆に思い知らせてくれた。どれだけ巨大なものが隠れているかを。どうすればいい。くどくど説明してもどうせ聞いてくれない、でも俺だって本気だもう一歩も退きたくない。それを知らせることのできる言葉があるはずだ。すべてにつながっているような一言が、知っている者が必ず顔色を変えるような単語が。

「藤原のこと、知ってるのか?」

その名を投げつけることしかできなかった。言った瞬間に取り消したくなる。だが、彼女たちがいっせいに息を吞むのが判った。狙いは当たった。いや当たりすぎた。

「やっぱりあいつが」

横田《よこた》みきが声を裏返して叫んだ。三人の中でいちばん背が高いが、いちばん存在感がない娘だった。

「黙ってな!」

及川悠子が俺を睨みつけたまま一喝した。喋ろうとした加藤友恵の口も封じる。

「てめえ……」

にじり寄ってくる。張り飛ばされるのを覚悟した。及川だって、一歩も退く気はないのだ。

背後から足音がした。振り返る余裕はなかったが、心強くなる。柿崎彰だと判っていた。

「なにを知ってるっつうんだ？　言ってみろよ」

目の前で凄む。瞳が激しい火花を放っている。だがかすかに怯えの色もあると思った。挫けそうになる。自分のやってることは大間違いだ、そんな不安に刺し貫かれる。

「別に、たいしたことは知らないよ」

だが俺は喋らねばならなかった。

「校長と、藤原が、つながってたこと。それと、もしかすると清水も。それで、たぶん……一村は、そのどっかに巻き込まれた」

自分の言葉の貧しさに愕然《がくぜん》とした。なにも知らないのといっしょだ。だが加藤友恵と横田みきは固唾《かたず》を呑んでいる。俺は衝動的に振り返った。柿崎は、力強く頷いてくれた。

「おまえそれ、副会長に聞いたのか？」

及川悠子が凄む。

「……いや」

「じゃあだれから」

「警察だよ。刑事さんと話した」

そこで再び、彼女たちが騒ぎ出す。パニックと言ってよかった。

「おまえら、警察とつるんでるのか？」

ひとり、及川悠子だけが激しいほどに冷静だ。

「つるんでやしない。一村を殺した奴を、捕まえたいだけだよ」

柿崎彰が静かに口を挟むと、及川は柿崎の顔をまじまじと見てから言った。

「やっぱ副会長は、あんたらを信用してないんだな……」

行くよっ、及川は号令し、仲間を無理やり動かした。とりつく島もない。あわてて訊くが、自分でも死んだ言葉だと判っていた。

「なにを知ってるんだ？　古館に、なんの話が」

「黙りな」

振り返った眼差しが俺を刺す。

「もう、てめえらと口をきく気ねえからな。話しかけんなよ」

最後通告。

さっきまで俺たちは、物の数ではなかった。彼女たちにとって無害な存在だった。だがいまやはっきり敵に昇格した。立ち枯れた木のようになって、去ってゆく彼女たちを見送るしかできない。

　及川悠子よりもほかの女子たちの表情が印象に残った。怯えと迷い。重りを引きずるような足取り。だが及川悠子の意志の強さが勝っている。彼女はまるで、まつろわぬ放浪部族の長《おさ》だった。

　副会長はあんたらを信用してないんだな……あまりの深手に、ものも言えない。もしいま話しかけられても顔が痙攣《けいれん》して舌がひきつって答えられない。幸い柿崎は無言だったが。きっと同じだ、なにも言えないのだ。

　気がつくと校舎全体が静寂に包まれている。死んだような静けさだ。中に生徒たちがいるなんて、授業が始まっているなんて信じられない。

7

　その日の放課後。俺は校舎別棟の四階に向かった。

　えんえんと階段を上って、目指すは美術室の隣の、美術準備室。ドアをノックするとどうぞー、と声があり、中へ入る。何十回目かの慣れた動作で。

「こんちは、先生」

　あいさつしながら、絵の具や粘土や木材や銅版やらで床から天井まであふれかえった空間をかき分けるように進む。やがて壊れかけの小さな丸椅子に辿り着く。腰掛けると、正面には大きなサッシ窓。外から入り込んでくる光を背に、野々宮妙子女史はいつものように俺を迎えた。彼女の椅子は木組みの背もたれのあるやつだから、少しだけ俺を見下ろす格好になる。

いつもなら軽口でも叩き合って笑うところだ。今日だけは、互いをいたわるような顔。学校再開の初日が終わってほっとしていた。

「ちょっとばかり、こたえる日だったわね」

妙子女史はため息とともに言った。ブラウスとタイトスカートが黒っぽく見えるのは逆光になっているせいかもしれないが、俺にはなんとなく、彼女がまだ喪に服しているように見えた。

ここに呼ばれても、たいして用がないことの方が多い。なんとなく喋っていれば面白く話ができる。妙に気が合うことに気がついたのは、一年生の終わりごろ。自習授業の監視に来てヒマだった彼女と、たまたま一番前の席だった俺が言葉を交わしたのがきっかけだった。どんなことを話したかはもう憶えがない。ただ、なぜだか途切れなく喋り続け、挙げ句にはノートを広げて見せた。ふだん俺が授業中にこっそり書いている絵や文章や物語を披露したのだ。いま思えば、怒られるとも思わずにあっさり見せた自分が信じられない。ところがそれも功を奏したのか、

「徹也っておもしろい」

という言葉を賜り、以後彼女のお気に入りになった。別名〝僕《しもべ》〟だ。たまに関係のない奴らにそうからかわれる。腹が立つが、彼女は女王然としているので気持ちは判らないでもない。俺としては、女史という呼び名がぴったりくる。

今日は五限が美術。つまりさっきまでの授業が彼女の担当だった。だから助かったのだ、どうやら八木準が、うまく説明できないながらも頑張って説明してくれていたおかげもあって、遅れてきてもまったく怒られなかった。授業の終わりごろに「放課後来い」との指令が下ったので仰せのままに、掃除を終えてすぐ舞い戻ってきたわけだ。

「なにかあったみたいじゃない」

少しの時間も惜しいように、先生は身を乗り出してきた。

「きょうは、ほんとに……こたえる日でした」

ときどき黙って考えながら、昼休みにあったことを洗いざらい話した。旧校舎に乗り込んだこと。及川悠子たちとのやりとり。そうだ、先生の後ろの窓から見下ろせば駐輪場がまる見え。思い出すだけで胸が痛い。

そして話の焦点は、学校に現れなかった古館英明に絞られていった。

「彼ね……最近は本当に、なに考えてるか分かんない人になっちゃったもんね」

野々宮女史は俺とのつながりで、仲間たちとも比較的親しくしているのだが、やはり相性というのはどうしてもある。ここによく顔を出すのは、実は八木準だ。ただ、俺と女史が話すのを黙って聞いているか、美術準備室に揃っている美術アイテム――ああいう工作に使う細かい道具が好きな男は多いが、八木もそのひとりだ――を物色している。意外なのは、柿崎彰が彼女を嫌っていることだ。彼女の辛辣さが柿崎の性格に合わないのだろう。たしかに彼女の暴言にはときどき血の気がひくが、基本的には裏表のなさを気持ちよく思っている。女史の方は柿崎のことを嫌いではないとは思うのだが、避けられていることも察している。自分の言動に原因があることも承知のうえで、割り切っているのがまた彼女らしかった。

「清水って、萩原さんの甥《おい》だったの？」

俺が聞いた事実を伝えると、女史は心底びっくりしていた。生前の清水への感情を隠す気がないらしく、呼び捨てだ。

「ぜんぜん知らなかった……なんか関係があるなんて思ったこともなかった」

校長・萩原郁郎《いくお》、五十九歳。頭が禿《は》げ上がっているので、生徒からハゲワラとか呼ばれていることは言うまでもない。小柄で、いつも顔色が悪い。だが野々宮女史の校長観は悪くなかった。同僚思い、生徒思いの善良でまじめな人。誰もが似たような感想を抱いているに違いなかった。俺もそうだったからだ。

「ただ、線が細い感じは、清水氏と似てるかもね。存在感が足りない、っていうかさ」

言いたくて言いづらいことをさらっと口にしてくれる。とにかく、校長と清水は互いの血のつながりを誰にも悟らせなかったし、校長が清水を特別扱いしていたふしはまったくない。彼女もその印象を裏づけた。

「入院しちゃったんだってさ、あのひと。だからきょうは休みなのよ」

「校長先生がですか？」

「うん。心労だって」

「桐島さんが……事情を訊くって、きのう言ってたんですけどね」

「そのせいじゃないの？　刑事なんかに締め上げられてびびっちゃったんでしょ」

「刑事なんか、って」

「ああごめん、由夏ちゃんのお父さんだったっけ」

にやにやしながら続ける。この不謹慎さが彼女の地なわけだ。

「ねえ、路子嬢もなんか知ってそうなんでしょ？」

嬢、という言い回しに違和感を覚えながら俺は頷いた。先生はいつもそう呼ぶわけではない。橘さん、路子ちゃん、その時々によって違う。

「じゃあ、彼女に当たってみればいいじゃない。きょうは学校来てるんでしょ？」

「あの……午前中で早退してしまったみたいなんです」

そうなのだ。それを知ったときの俺の顔を想像してほしい。

「ほえー。それも怪しいわね」

「え？　なにがですか」

内心うろたえまくっていた。余計なことは言えない。路子の話題となるとどうしても神経質になる。悟られてはならない、このひとにだけは……

「路子嬢とは、あんまり話したことないけど」

妙子女史は、ちょっと距離を感じているような物言いだった。

「及川とだったら、授業のたびに話してるから。ちょっと、さぐり入れといてあげようか」

止めたって勝手にやるだろう。俺は哀れっぽく言った。

「でも本当に、慎重にお願いします……みんなえらい気が立ってて、反応が普通じゃないんです。ちょっとやそっとじゃ話してくれませんよ。下手すっと先生も口きいてもらえなくなるかも」

「あたしは大丈夫」

不敵な笑みが浮かんだ。彼女の生徒との距離の取り方は好きだった。馴れ馴れしくはない。だがうまく相手のツボを突く。表面的なやりとりが嫌いで、即座に本題に入る。美術の授業をしながら、自分と向き合うように仕向ける彼女のやり方にもそれは表れている。自画像を描かせることが多いのも実に女史らしい。

「そっくりに描く必要ないの。理想でもいい。男だったら女に描いてもいいし、五十年後の自分でもいいのよ」

鏡を持参させ、学期の初めに必ずそれをやらせる。最初は不満でいっぱいだった。思春期に自分の顔をしげしげ眺めるのが好きなやつはどうかしてる。だが、そんな青さも少しは克服できたかもしれない。鏡が嫌いだったはずなのに、興味深く自分の顔を見つめられるようになっただけでも進歩だと思うし、実際いまの方が自画像の出来はよくなっている。単純に技術が上がったこともあるが、ありのままの自分を描けるようになった気がする。

だが何年経ってもまじめに自分と向き合えない奴もいる。先生がそれを許したのを見たことがない。断固たる処置を下したこともある。あれは旧校舎に出入りしている連中の一人だった、鏡を伏せて仲間と笑ってばかりのそいつに静かに近づいたと思うと、手付かずのスケッチブックを取り上げて振り抜いたのだ。シュパン！　という小気味いい音とともに彼女は踵を返し後も見ず教壇に戻った。片頬が真っ赤な泣きっ面が残されただけだ。反抗したくても、あれではタイミングがない。

近寄りがたいが、静かな尊敬も集めている。それが彼女の立場だ。野々宮女史の存在は俺にとって大きかった。たくさんの教師の中で、俺が抵抗なく「先生」と呼べるただひとりの人物だった。

仲間うちでは柿崎彰が、最も気心の知れた相手といえるだろう。前置きも遠慮もなくいろんなことを喋れて大切な人間だ。ただ、男同士のせいなのか、無用なことは喋ろうとしない彼の性格のせいなのか、深く踏み込んで語り合う、という形にはなりづらい。それに不満があるわけではなくて、柿崎と俺のつきあいの形なのだと納得している。沢山の言葉を必要としない仲というのも、いいものだ。

古館英明ともそうなれると思っていた。そう信じてきた。ちゃんと話せさえすれば、だが。もしかすると「ちゃんと話す」ことはもう、できないのかもしれない。

一村のそばにいた俺たちみんなが、このまま黙っていない。自分たちの力でなんとかしたいと願っていた。だが〝俺たち〟のひとりであるはずの古館が、無言で俺の前に立ち塞がっている。

「古館と話せないんです。怖いんです」

思わず白状していた。疑心暗鬼になっているだけか？　勝手に怯えて、古館を怪物のように扱おうとしている。いやもっと悪い――俺はあいつを悪者に仕立て上げようとしている。路子を独り占めにされた恨み。それがなにもかもを歪めてるんじゃないか？

「とにかく、あんたがやらなきゃ」

見るも哀れな顔で黙り込んでいたのだろう。妙子女史は容赦なく、惨めな生徒をけしかけた。手に余る課題を与えたがっていた。

「でも、俺は古館に」

路子にも。

「見限られたみたいですしね……」

「なに言ってんの」

口調の優しさに面食らう。

「あたしは、あんたのほうが好きよ。弱音はいてるヒマがあったらなにか考えなきゃ。ったく、古館くんに負けたら承知しないからね。頑張りなさい。あたし早くほんとのことが知りたいのよ」

公私混同も彼女の信条のひとつだ。俺は、少しだけ笑うことができた。

「でもさ、急がないと、みんな一村くんのこと忘れちゃうわよ」

彼女に感心するのは、こういうなにげない一太刀を振るうときだ。先生は厳しい現実を指摘した。俺たちはただの、移り気な子供だ。きっと忘れ去る。あいつを好きだという気持ちも、あいつを殺した者への怒りも。学校はすぐに以前の空気を取り戻してしまうだろう。仲間たちだって、いずれ目の前の人生に夢中になる。自分のことで手いっぱいになる。

ひとつだけ、不動の確信があった。古館と路子だけは決して一村のことを忘れないし、彼の死を黙って受け止めてはいない。彼らはもう子供ではなかった。違う世界に立っている。

またため息をついてしまう。俺より、古館が正しい。その事実が俺から力を奪う。なぜなら、彼の傍らには路子がいる。古館が立つ場所の正しさを証明するかのように。

「だめです、先生」

身体から力が抜け出していく。

「古館がなにをしようとしているのかは、分かりません。でも俺には、あいつの邪魔は……できないんです」

「邪魔しなきゃいいでしょ。ひとそれぞれにやり方があるんだから。古館くんがなにを考えてるにせよ、あんたは自分の仕事をしなきゃだめ」

「でも……」

自分の無力感の正体を告げようとして、結局は路子への思いを話さなければならないことに気づいた。それだけはできなかった。

「分かんないの？　あんたに、選択の余地はないのよ」

「え？」

「一村くんを、ほんとに好きだったのか、それとも違うのか。どっちなの？」

「そりゃ、もちろん——」

「じゃあ、やることは決まってるでしょ」

「………」

「勝ちなさい」

挑発だった。凶暴なほどの。

このひとはどこまで分かって言っているんだろう。まさか——このひとが黒幕じゃないのか？　そんな馬鹿なことを本気で信じそうになる。それぐらい彼女の顔は輝いている。邪《よこしま》な笑み……に見える。

いつものことじゃないか。笑い返すことができた。人生を遊ぶ術を知る、はた迷惑な少女がそこにいた。こんな挑発は趣味の範囲だ。

おかげで、静かな闘志が湧いてきた。勝つというのは、どういうことなんだろう。だれに勝てば勝ったことになるんだろう。答えはまるで見えないまま、だが俺はたしかに、勝ちたかった。

8

床を打つボールの音が腹に響く。上履きが床を擦るキュッ、キュッ、という音が耳にあふれている。心地よかった。

放課後の体育館だった。林孝太と八木準が、かわるがわるフリースローの腕前を競い合っている。はっきり言って競争になっていないが。バスケット部のポイントゲッターのフォームは流麗で文句のつけようがない。かたや、八木のフォームはデタラメを超えていた。

ときどき、ボールが手を離れてから無意味に跳び上がる八木を見るたびに、俺と柿崎彰は遠慮なくひっくり返って笑っていた。

柿崎と肩を並べてステージの縁に腰掛けていた俺は、ふと我に返った。けだるさと胸騒ぎが混じり合ったような落ち着かない気分。笑い続けることでやり過ごそうとしていたのだが、ごまかしは長く続かない。

七月一日水曜日、学校が再開して二日目。今日は、何事もなかった。面倒な奴らとの衝突も及川悠子たちとの気まずい遭遇もなかったし、パトカーのサイレンも聞かなければ、おまけに雨も降らなかった。なんて平和な日だったのか。萩原校長はまだ入院していた。昨日と違うことといえば古館英明と、橘路子が朝から学校に来て、放課後までいることぐらいなものだ。

俺はまだ一度もふたりを見かけていない。だがC組の林孝太は、二人と言葉すら交わしたという。

「元気だったぜ」

そう言って平然としていられる彼がうらやましかった。

柿崎の顔を見る。何度も表情を確認せずにはいられなかった。間違いなく、張りつめたものがあった。気が合うにもほどがある。八木がどんなに面白くても覆せない。

「試合やるか？　じゃ、英さん呼んでこようぜ」

ついさっきのことだ。俺や八木の班が体育館の掃除当番に当たっていて、終わるころに柿崎が林孝太を連れてやってきた。そのあと桐島由夏までが現れたのを見て、林孝太はボールを手にしてなんの気なしに言ったのだ。俺と柿崎は思わず顔を見合わせた。

「まだいるかな?」

八木は八木で、えらく素朴に訊いた。

「あ、いると思います。あたしのクラスの友達が、きょう、生徒会があるって言ってましたから」

いましがた顔を出したばかりだというのに、桐島由夏は「ちょっと見てきます」と言ってまた出ていってしまった。向かうは生徒会室、古館と路子の職場だ。今日ばかりは、由夏の気遣いを疎ましく感じてしまった。なんと情けない。悪いのは、古館たちに会うことを怖がっている俺の方なのに。由夏は俺たちを励まそうと気を遣いまくっているだけなのに。

「なあ、徹」

隣の柿崎が、前を向いたまま切り出した。

「古館に、なにか訊くのか?」

それは期待しているようでも、俺にそうしろと言っているようでも、なかった。彼はただ、俺がどうするつもりか知りたがっていた。

柿崎をしばし見返し、またフリースローに目を戻す。

「分からん」

正直に言い、ステージを飛び降りてフリースロー組へと歩み寄った。八木からボールをひったくってリングに向かって構える。そのとき、体育館のドアが開いた。

由夏が戻ってきた。駆け足だ。ああ、やっぱり無理だったか。そりゃそうだよな、久しぶりの生徒会だから仕事はたまってるだろうし、なにより会長がいなくなってしまった。みんなでその不在を埋めなきゃならないんだから……遊んでるヒマなんかあるわけない。

古館英明が入ってきた。

それだけでも充分だったのに、橘路子までが、続いて現れた。

駆けてきながら、由夏がまっすぐに俺を見つめているのに気づいた。その眼は雄弁だ。ああ、この娘も俺に期待してる——思わず目を伏せた。ボールを床に落としてバウンドを受け止める。

「英さん、ケガもういいの?」

八木が無邪気な声をかけた。それに便乗して古館に目をやる。彼は微笑みをたたえながら近づいてくる。その後ろでは林孝太が路子になにか話しかけ、路子は眼を細めて答えていた。俺は数秒間、その顔を食い入るように見つめた。

「みんな聞いてくれ」

古館英明が芝居がかった動作で手を広げた。

「とうとう、旧校舎の取り壊しが決まった」

小さなどよめきが起きた。林孝太が拳《こぶし》を高くかかげ「おおーっ」と叫ぶ。八木が小躍りを始めた。由夏が探るように俺を見る。柿崎が左手を俺の肩に置き、右手を差し出してきた。つられて手を握り合う。笑顔があとからついてくる。彼のユーモアと気遣いが俺を幾分しゃんとさせた。

だが、当の古館の笑顔には苦みが混じっていた。手放しで歓ぶなんてできないが、いまだけは、笑ってもいい。そんな気持ちなのだろうと思った。

そうだ、根城をなくしたところで乱暴者たちがいなくなるわけではない。また適当な場所を見つけるかもしれないし、流浪化して前より厄介なことにならないとは言えない。

だが取り壊しは手放しで祝うべきだった。それが一村和人の悲願であったから。あとで詳しく聞けば、やはり一村の死が、閉鎖を飛び越えて一気に取り壊しを決定させた。学校運営の責任者たちは、旧校舎の存在を重大なことと認識していなかった。問題児のたまり場になっているのは困りものだが、倉庫としては重宝している、まあ取り壊すには及ぶまい。そんな無神経さが取り返しのつかない事態を生んだ。

俺たちからすれば、大人たちを怒鳴りつけたいくらいだ。あそこはなにか、よくない場所だった。生徒だったら誰だって、あの汚い建物があるだけで心に重さを感じていた。すぐにでも無くすべきだ、それは一村の中では、議論の余地すらなかったことなのだ。

顔から笑みが抜け落ちていた。胸が冷たい。なのに目の前では、林孝太が甲高い声で号令をかけている。チーム分けが始まったのだ。

「あ、あたし、見てます」

橘路子がそう言ってコートを出る。路子は吹奏楽部所属だ。フルートを吹いているが、ピアノも学校一の上手さで、クラス合唱のときは必ず弾き手になる。だが運動神経も悪くはないはずだった。去年の球技大会ではバレーチームで堅実にプレーしていた。

路子が抜けたおかげで人数が偶数になった、それが肝要だ。実に彼女らしい。これで六人。女子で唯一由夏が入っていたが、誰もなんの心配もしなかった。

「これは、由夏ちゃんをもらうしかないな」

バスケ部の二人（古館・孝太）が当然別チームになり、柿崎と俺のジャンケンの結果俺が古館と組むことに決まったとき、古館はそう言った。八木よりも由夏が戦力になると踏んだのだ。まったく異存はなかった。由夏は水泳部だが運動神経のよさは並外れていて、陸上部の大会のときだけ臨時部員、球技大会があるときも引っ張りだこらしい。同じ水泳部でカッパの異名をとる八木だが、彼が水泳以外はさっぱりなのとはえらい違いだった。

「いーよ。由夏ちゃんを譲ろう」

林孝太は度量の大きいところを見せた。仲間内で最も身長のある柿崎を獲得して勝ちを確信したのだ。由夏が喜び勇んで俺たちのチームに合流する。古館と軽快にハイタッチ、俺のところにも来たのであわてて真似る。手を叩き合った瞬間の古館と由夏の笑顔の眩しさには、一種異様なものを感じた。二人とも強者《つわもの》だ。生まれながらの輝きを持つ者同士に見えた。俺のひがみ根性はまるで消えておらず、しかも向かう方向が狂っていた。

このチームの中で一番タッパがあるのは俺だったが、最も戦力にならないのも俺だった。孝太もそう分析したからこそ、由夏をこちらによこしたのだ。俺は球技と名のつくものがとにかく苦手だった。ボールがさっぱり手につかずどこへ飛んでいくか判らない。思い出したようにシュートが決まったりすることもないではないが、それをのぞけば、武器になるのはジャンプ力ぐらいのものだった。

ボールを持ってセンターサークルに立つなり孝太が叫ぶ。

「よし、スタート！」

こういっちゃ悪いが、林孝太らしい姑息さでいきなり試合が始まった。ボサッと突っ立っていた俺をドリブルで抜き、あわてて手を出した古館をもかわして、林孝太は早々とジャンプシュートを仕掛けた。つもりだった。

林孝太の持っていたボールは、一瞬のうちに桐島由夏の手に収まっていた。手ぶらでゴール下へ走り込んだ林孝太が目も口もO字型にして振り返ったので、俺は爆笑の発作に襲われた。由夏ちゃんを渡すんじゃなかった……とその顔は言っていた。油断もあっただろうが、それを差し引いても彼女の手並みは鮮やかだった。あわてて由夏のサポートに回ったが、必要なかった。すでに由夏から古館の手に渡っていたボールは、五秒後には反対側のネットへと収まった。コートの外の路子がわーっと景気よく手を叩いている。なにか、それも含めてシュールだった。

　あとは、古館と由夏がコンビで試合をやった。俺はたまに回ってくるボールを、二人に渡すだけでよかった。たいていはどちらかが決めてくれる。林孝太と柿崎彰がリバウンドに強いことに気づいてからは、とにかくゴール下で一生懸命跳び上がることに専念。二本に一本は獲って二人に回したので、点差は面白いように開いていった。

「くそっ！」

　林孝太は己の誤算に歯嚙みしていた。

「八木、もっと動けこら！」

　八木に怒りをぶつけるが、彼は由夏に完全に後れをとっていた。水泳部の先輩としての威厳はみじんもない。俺は笑いが止まらなかった。古館のテクニックはよく知っていたが、由夏がこれほどまでに凄いとは思わなかった。スカートから覗く脚の動きはあくまで美しく無駄がない。軽く勝つ気でいた林孝太のふてくされは頂点に達し、しまいには俺にまでパスをインターセプトされる始末。

「すいません、ちょっとタイム！」

由夏が声を上げた。開始から十五分も経っていただろうか。見ると肩で息をし、ひざに手を当てている。さすがに男相手では少し無理をしたのか。心配になって顔色を確かめた。だが、由夏は急に元気になって速足で動き出した。その先にはひとりしかいない。

「交替してください、路子さん」

とんでもないことを言い出した。路子は手を振って遠慮している。そうだ……断るべきだよきみ。だが由夏が強引に手をつかんでひっぱると、路子は困ったように笑いながらコートに入ってきた！　俺は無理やり押し戻そうか、それとも逃げ出そうかと考えたが、結局ただ固まっていた。

「あたしが入っても、いいですか？」

おずおずと陣に入ってきた路子が言った。こんなつつましい問いに、誰がだめだなんて言えるのか。

「うん、適当にやってよ」

もとより古館が異を唱えるはずもない。

「大量リードしてるから心配ない」

ただ首を縦に振っているだけの俺の横で、古館がなんでもない調子で言う。いや実際なんでもないことなのだ。路子、古館、俺がチームを組む。なんの問題がある？　路子がよろしく、と頭を下げた。俺はギクシャクと礼を返す。

試合再開。交替をチャンスと見て、林孝太はここぞと猛反撃を開始した。八木の足がもたつく。顔が呆れていた。

ここから俺の本領発揮だった。動きが急激に悪化、我がチームはどんどん追い上げられていった。パスミスはもちろんのこと、リバウンド奪取率の低下、しまいには突き指と、敵の柿崎にまで同情めいた顔をされるほどのヘマを連発したのに、古館も路子も少しも怪《け》訝《げん》な顔をしない。俺を責めないのがかえってこたえた。彼らの息が合ったところを際だたせるために、運命は俺を同じチームに入れたに違いなかった。三人では組めない。俺は要らない。それがまたはっきりした。

「徹、由夏ちゃんと代われば？」

すっかり余裕を取り戻した林孝太の侮辱に反応もできない。だがそれが合図になった。

「もうやめよーぜ。疲れた」

柿崎が言い出し、孝太の目ん玉が飛び出そうになった。

「ばっ、ばかもう少しでどっ同点」

言い終わる前に、八木がうああーっとコートの上にひっくり返った。足つるーっ、分かりやすいギヴアップに、孝太は踏んづけに行こうか真剣に悩んでいた。由夏がすかさず入ってきてチームを祝う、古館と手を叩き合い、路子と……握手した。互いに両手で、力を込めて。なんて笑顔だろう、路子がこんなふうに笑うなんて、きっと由夏のことが好きなんだな。錯乱した独り言が頭を駆けめぐっている。それから由夏はこっちに駆けてきた。

「徹也さん、まだ足、治ってなかったんですね？」

俺の足はほぼ完調だった。ああ、いや、生返事するだけでこんなに苦しい。消えたかった。無視してほしかったし、ぜんぶ無かったことにしたかったし、路子の顔を見たくて見たくなかった。孝太と八木が繰り広げている無邪気な世界に行きたかったし、なんだよバスケットなんてくだらねえガキくせえと吐き捨ててこの場を去りたかった。そんなこんなで、ただバカみたいに立ち尽くしていた。柿崎が床に座り込んで俺を見ている。まだなにか期待してるのか？　この俺の無力さ加減が分からんのか。

どうやって体育館を出たのか憶えていない。気がついたら、柿崎と由夏といっしょに帰り道を歩いていた。

ふたりはいつもどおりの顔で、なにげない会話をしていた。気遣いが痛い。なんてバカなのだろう俺は。少しだけ笑えた。するとふたりも、安心してくれたようだった。

「徹、おまえ勝ったんだからいいじゃん」

「またやりましょうね」

嬉しかった。礼は言えなかったが、心底ふたりに感謝した。

第三章　半夏雨《はんげあめ》

1

土曜日の午後は、おとなしくなっていた梅雨前線が懲りもせず北方まで張り出してきて、また町を執拗に洗う気だった。雨はまだ落ちてこないが、重い雲が地上を圧迫して夜が近いかのように見せていた。まだ三時前だというのに。もう、七月も四日だというのに。

門のところで自転車を降りると、一村家の庭の定位置に自転車を運んでゆく。小学生のころから四年以上乗り倒している古いランドナーのスタンドを、ゆっくり立てて停めた。ボルトがゆるんでいて、すぐあさってを向いてしまうのだ。

ちょっとぼうっとすると、いつもどおり一村和人に会いに来たような気になってしまう。思わず深く息を吸った。シローの姿は見えない。きっと裏の小屋にいる。

振り返ると、自転車に乗った林孝太と八木準が門をくぐって滑り込んでくるのが見えた。砂利にスピードを殺されて失速、すぐに降りて手で押してくる。事情は知らないが、ふたりともママチャリだった。仲のいいことだ。

すでに柿崎彰の大柄で黒い自転車も停まっていたから、ほとんどが揃ったことになる。二人が来るのを待って玄関のチャイムを押した。一村のお母さん、美代子がすぐに迎えに出てくれた。

チンピラ騒ぎがあった広間に上がる。もういまは襖で二部屋に仕切られていて、手前の部屋には仏壇が設えられ、その前に正座している人がふたりいた。どちらも老境の男性。どことなく見覚えがあるがチンピラを投げ飛ばした御仁とは違うようだ。作法の本から抜け出したような見事な正座姿だった。

勧められるままに、俺たちはふたりの男性と入れ替わって仏壇の前に座った。正直に言えば線香を上げるのには抵抗があった、自分からわざわざ別れを告げているようで。結局は目を閉じて手を合わせるが、すぐに美代子を探してしまう。早く仏壇の前から去りたかった。

だが美代子は玄関の方で、もうお帰りですか、ありがとうございました、などと言いながら頭を下げていた。老人たちが俺たちに目配せしながら、笑顔で美代子になにか言う。彼女が顔を伏せたので俺は目をそらした。しゃくり上げるような気配が伝わってくる。隣の孝太と八木がおとなしくしてくれていてよかった。彼らも動くに動けない様子だ。

一村美代子は生まれてから一度だって怒ったことがないのでは、と思わせる人だった。いつ俺たちが押しかけて大騒ぎしても文句ひとつ言わない。いつもにこにこ笑って美味しいものを振る舞ってくれる。手間ひまかけてこしらえてくれたホットケーキやアップルパイの味は忘れられない。仲間たちもここへ来るたびに、今度はなにを食べさせてもらえるのか楽しみにしていたに違いなかった。両手で顔を覆ってしまった彼女の背後を摺り足で抜け、俺は居間に入った。

大きな座卓があり、座っていた一村のお父さん、隆義が顔を上げた。かすかに浮かんだ笑みに、俺は気のとがめのようなものを感じる。今日ここに来て、本当によかったのだろうか。柿崎彰が隆義の隣に座って、串に刺さった団子をいままさに口に入れようとしていた。その隣の桐島由夏はすでにほおばっている。ちょっと気が抜けた。

「あの……きょうは、ほかにもまだ、ご焼香にいらっしゃる方が？」

由夏が訊いた。大人びた問いかけなのに、団子が口に残って舌足らずなのが可愛い。

「いやいや、あの方たちだけだよ。たまたま近くに来られたそうでね」

玄関の妻と、来客の方に目を向けながら言う。隆義の笑顔はどうしても痛々しく見えた。

俺たちに座るよう勧める。

「これで全部だったかな」

「ええ」

俺は告げた。古館と路子はいなかったが、ふたりにはもともと、来る意志がなかった。

水曜日に負った痛手をなんとかやり過ごすと、俺は前を向こうとした。古館や路子に話しかけられなくても、他にできることはあるはず。そこでちょうどよく、由夏がこの場を設けようと提案してくれたのだった。すぐ飛びついた。

一村和人の両親に話を聞くことは大事なことに思えた。苦手な電話を取り上げて、両親に頼み込み快諾してもらったのが木曜日の夜のこと。それから翌日の学校で、仲間たちにひとりひとり声をかけた。

悩んだ挙げ句古館にも尋ねた。それぐらいは、できなきゃクズだ。そう自分に言い聞かせて、できるだけ彼の眼を見ながら訊いた。

「明日は用事があって……」

だが古館はそう言って断った。断られたことにホッとしている自分がまた嫌だった。一村の両親と話すとき古館がどう反応するか見てみたかったが、またあの鉄の無表情を見せられるのが怖い。

だが、もっと怖いのはそのあとだった。

「路子も、たぶん行けないと思うよ」

そうか。乾いた俺の声が辛うじて返答したが、胸の中がきれいに砕かれた。彼は路子とともにどこか違う場所を見つめている。ほんとなら俺に、よけいな真似をするなと言いたいんだろう。

自分のねじけた本音に慄然とする。むろん路子には声をかけなかった。かけられるはずがなかった。

そして今日を迎えた。土曜日の午後。午前中の授業が終わり、みんないったん家に帰ってから集まってきた。

隆義の隣に座った八木も、隆義の対面に座った林孝太も、出された団子や和菓子やらを一心不乱に食べるばかり。自分の分を食べ終わった柿崎は視線が落ち着かない。俺は喉を通る気がしなかったので緑茶だけ飲んでとりあえず由夏を見る。由夏の方は、頼りにするように俺を見ていた。そうか、俺が切り出さなければならないのか。

「ええと……きょうは忙しいところすいません」

しまった。『お忙しいところ』と言うべきだった。つまらない失敗に顔を赤くする。沈黙が落ちた。だしぬけに八木が立ち上がった。

「べ、便所に」

出ていくのを待って、かすかな笑いが広がる。おかげで雰囲気が和んだ。とにかく喋ろうと思った。でないと、子供が遊びに来ましたで終わってしまう。美代子がまだ居間に姿を見せていなかったが、待っている気持ちの余裕がなかった。

「きょうは、お話を聞きたいというか。いろんなことを知りたいんです。一村は……いやすいません、和人くんは、なにか、お父さんとお母さんに……話してなかったんですか？」

いきなり質問に入ってしまったが、もう仕方ない。隆義は頷いて話し始めてくれた。

「うん、なにも話してくれなかった。心配事がありそうには見えたけど、あいつは……親によけいなことは言わない子だったからね。言いたくないことは、言わないんだ。だから、こっちも事情を訊いたりはしなかった」

　思っていたとおりだった。息子とそっくりのきりっとした眉を目の前にしているだけで、俺の胸は傷口に触れられたように痛んだ。息子の繊細な柔らかさに比べると、その顔は力強い。だが静かな佇まいや、滲み出る品のようなもの。このひとは紛れもなく一村和人の父親だった。

　チャイムが鳴る。来客らしい。美代子が出るだろう、隆義は動かなかった。

「和人くんが……」

　俺はしばらく言い淀《よど》む。

「……あの、旧校舎で倒れた夜に、和人くんは古館のところへ電話をしたそうなんです。そのことは知ってますか？」

「ああ、あの晩は」

　隆義は宙を睨みながら答えた。

「和人は電話の周りをうろうろしていた。それは憶えてるよ。いま考えたらだれに電話するのか、なにか悩みがあるのか、訊いておくべきだったな」

　俺たちには返す言葉もなかった。間を空けずに続けた隆義に感謝するしかない。

「だけどその晩は、ふつうに晩飯も食ったし、いっしょにテレビを見たりして……あいつが部屋に引き上げたのは、十時半ごろだったと思う。私たちも、そのあとすぐ寝たんだ」

「じゃあ、やっぱり、そのあと彼が家を出たことは知らなかったんですか」

由夏が「あ」と声を漏らした。柿崎が俺を睨んでいる。なにかまずいことでも訊いただろうかと思った。背中に気配を感じて振り返る。そうか。

「橘さんがお見えになったのよ」

美代子の言うとおり。橘路子がいる。襖に背を向けていた俺のうしろに現れたため、由夏と柿崎が反応したわけだ。口を開けて彼女を見上げた。

「あれ、どうしたの」

俺の隣の林孝太が気安く訊いた。

「ごめんなさい、急に……」

それだけ言うと口を結んでしまう。俯いて、誰とも眼を合わせようとしない。よく見ると肩で息をしている。走って来たらしい。学校から、だろうか。あの距離を？

「まあ、座ったら」

隆義が穏やかに勧める。彼にとってはなにも不自然なことではない。みんな息子の同級生。友達。その通りだ、俺も先週まではそう信じていた。だがいまは——なにをしに来た？　そんなふうに考えてしまう。彼女を部外者のように感じた。声をかけたいがかけようがない。おまけに彼女は、美代子の勧めに従ってこともあろうに空いていた八木の席、つまり俺の真正面に座った。

「さっき、古館くんに聞いて」

路子の声は少し掠《かす》れている。

「急に失礼とは思ったんですけど、お話を聞きたくて窺ったんです」

「あ、伝わってなかったんだ？」

柿崎が拍子抜けしたように言う。だが俺のまぬけ面の比ではない。古館は、路子に伝えていなかった？

「徹也くん、いいかしら、あたしここにいても」

真っ正面から、彼女が俺を選んで、答えを求めた。

即座に頷く。不思議に冷静さが戻ってくる。路子が俺だけを見てくれたからかもしれない。他に大切な目的があって、その真っ最中だったからかもしれない。だが、路子がいて、古館がいない。単にそのおかげかもしれなかった。

「橘さんも、生徒会の人だったかしら」

美代子は路子にお茶を出すと、孝太の隣に腰を落ち着けた。眼を細めて路子に見惚れている。路子を嫌いな人間なんていないのだ。ええそうです、路子が頷くと、

「和人がお世話になりました」

泣き笑いの声で頭を下げる。

「いえ、こちらこそ」

はっきり答えたのが印象的だった。路子は彼のためにこそ、ここへ来た。それを誰の目にも納得させるものだった。

「ええと、それで」

俺は質問を再開した。自分の仕事に戻らなくては。

「……あの晩の話でしたね。えー、じゃあ和人くんは」

路子から目をそらし、できるだけ隆義を見る。

「部屋に引き上げてすぐに、こっそり抜け出した。それで、学校へ行ったということなんでしょうか」

「歩いていったのかな」

林孝太が疑問を挟む。

「自転車だったそうです」

由夏が代わりに答える。

「学校の駐輪場で、一村さんの自転車が見つかったって。父が言ってました」

隆義が頷いている。

「雨んなか、自転車で？」

と孝太。

「傘をさしてったようでね。家の傘が一本、なくなってたんだ」

「その傘は見つかってんのかな」

「いちおう、お父さんに訊いといてもらえるかな?」

俺の頼みに、分かりましたと答える由夏。本来なら捜査内容は秘密厳守のはず、頼む方が無茶なのだが、由夏は応えてくれている。もし、これ以上建一郎から情報がもらえないとしても仕方ない。覚悟しておかなくては。目が路子の方へ泳いでしまう。これしきのこと、彼女は知っているのではないか。

路子はまだなにも言わない。じっと耳を傾けている。

「すいません、そういえば」

柿崎が口を開いた。

「あの日の何日か前から、学校を休んでましたよね。お祖父さんの家に行ってたとか」

路子の口許が引き締まった。俺も隆義に注目する。

「うん、私の父の家は、浪越《なみこし》にあってね。そこへ行ってたんだ」

この町から少し離れた町の名前を口にした。渡里市ではなく、隣の北澄市に位置している。

「ほら、葬式のとき、やくざを投げ飛ばした人がいただろう? あれが私の父なんだ」

「えっ」

「そうなんですか？」

みんな口々に驚く。顔が浮かんだ。天真爛漫《てんしんらんまん》な笑顔の老人。名前は忠征《ただまさ》、というそうだ。

「えっ、でもあの日は……」

「うん。なんというか、気ままな人でね……われわれと並んで弔問のお客さんを迎えることもしなかったし、だれにもあいさつしなかった。ただ、自分の友達といただけだったんだ」

あの武道家の老人たちといっしょにいたらしい。一村家の人間に見えるはずもない。ただ、孫の葬式を乱す者は容赦しなかった。

「息子は、私の父が好きでね……ずいぶん慕ってたが、学校を休んで会いに行くのは初めてだった。よっぽど、会いたかったんだろうね」

胸に響く。あの老人の笑顔は汚れなく、強かった。もしかすると一村は、あの人に力をもらいに行ったのかもしれない。そんなことを思う。

「あれは、土曜日からだったかな。土曜日は、六月の二十日？　で、水曜日の昼前には帰って来てたみたいだ。六月二十四日か。その日は、私も女房も勤めに出ていたから、正確には分からないが……学校には行かなかったようだね」

俺と柿崎は顔を見合わせた。土曜日になぜ釣りに来られなかったのかは、分かった。だが水曜の放課後、俺たちはこの家を訪れている。そのときは誰もいなかった。あるいは……一村和人はいたのに、出てこなかった。そうなのだろうか。

思い出す。降りしきる雨の下で、俺は屋敷を振り仰いだ。一村和人は窓からこっそり、俺たちの姿を見ていたのだろうか。なぜ出てこなかったのだろう。あのときが、話をする最後の機会だった。俺たちが早く帰りすぎたのか。もっとしつこく呼び鈴を鳴らすべきだったか。そうすれば彼の顔を見られた。なにかを止められたのか。

つい十日ほど前のことなのに、いまはもう、なにもかもが変わってしまった。

「わたしの父も、いまのお話を聞いて──」

由夏が言い添える。

「その、お祖父さんのお宅まで伺って話を聞いたそうなんですが……ただ遊びに来ただけだ、と言われたそうなんです」

「そういえば、和人くんは武道のほうは？」

俺はふと訊いた。お祖父さんのところで稽古でもつけてもらっていたのかもしれない。

「いや、最近はほとんどやらなかった。小学校のときはまじめに稽古していたんだが。身体が強くなかったこともあってね、無理にはやらせなかった」

そうですか、と言っているうちに八木がトイレから戻ってきた。路子がいることに気づいてギョッとしている。

「お祖父さんちか……」

柿崎が呟いた。おそらく、この場にいる仲間全員（八木をのぞく）の呟きだった。なにか意味があるのか、あるとすればいったいどんな？　そんなもどかしさ。

「あの……」

全員の顔がいっせいに動いた。俺もここぞとばかり、正面から彼女を見つめる。路子が口を開いたのだ。八木が席に戻れずにもじもじしているが助ける余裕なんてない。

「もし分かったら、教えていただきたいんですが」

隆義も美代子も頷いた。

「——和人さんの部屋から、なくなっているものはありませんか？」

両親は考え込んでいた。ううん、思い当たらないなあ、隆義がようやく言う。

「たとえば、どんなもののことを言ってるのかな」

路子は迷っていた。少し黙ったあと、小さく言う。

「たとえば……日記とか」

「日記か」

隆義が美代子の方を見た。

「和人は、つけていたかな？」

美代子は眉根を寄せた。思い当たらないらしい。

路子も俯いて黙っている。沈黙が下りた。俺はこめかみに痺れを感じていた。それでも、なんとか質問をひねり出す。沈黙を止めるために。

「和人くんは、清水……清水先生のことについて、なにか言ったことも、やっぱりなかったわけですか。どんなことでも」

「うん……なかったと思うな。清水先生という人がいることも知らなかったんだ。私は」

この戸惑いもまた、みんなが共有しているものだった。いったいあのふたりになんのつながりがあったというのか。柿崎が由夏に訊いた。警察の方はどうなのか。

「いまのところ、なんのつながりも見つからないようなんです。３Ｄの理科の授業を、受け持ってたんですよね？　でも、それ以外はなにも」

そう、清水は一応、三年生全クラスの理科を受け持っていた。

「一村と清水って、なにか関係があったと思う？」

林孝太が、路子に向かって大直球を投げた。無作法だが不自然な問いではない、路子は一村和人と同じクラスだったのだから。俺は注目した。

「――分からない」

ほんの数瞬、彼女は迷ったように見えた。その顔には後ろめたさが浮かんでいる……俺の思い込みか？　柿崎には、どう見えているだろう。

「校長先生が退院すれば、なにか分かるかもしれません」

明るい材料を提供しようと、由夏が急いで言った。桐島建一郎は萩原校長を本格的に事情聴取できずにいる。逃げるように、心労を理由に入院してしまった校長が、まるで喉に刺さった棘《とげ》だった。

「犯人を捕まえるために、父も一生懸命捜査しています。きっと、近いうちに解決しますので……もう少し待ってください」

そんな必要はないのに、まるで自分の責任のように言った。刑事という父親を持ったがために。俺たちが先輩だったというだけで。いたわりたかったが、俺は路子の顔から目を離さなかった。どうだ？　こんなことしかできないけど、俺たちなりにのろのろ進んでるよ。

皮肉な言葉を並べ立てる自分がいた。路子のさっきの質問はなにを意味するのか。古館が来ず、路子がやってきたことをどう捉えるべきか。すべての材料からなにも見落とすまいと躍起になっている。小ネズミのように立ち回ってやる。狡くなる、前に進めるのならどんなことでもする――自分を加えてくれない二人を絶対に認めたくないから。ただのガキじゃねえ、バカじゃねえってところを見せてやる――

路子はいま、俺の視線を受け流していた。俯いたその顔から苦悩が覗いている。それは一秒ごとに増してゆくように見える。こんな顔をするようになったんだ、知らなかった……路子も歳を重ねている。これほど深く刻むようになった、もう、自分の知っている少女ではない……鼻の奥がつんとした。どれほどのものを背負えばこんな顔になる？　その顔を晴れさせてやれるならどんなことだってしたい。そう願う自分がいる。

　だが路子は俺を見返そうとはしなかった。自分が背負っているものから逃げない。誰にも荷物を預ける気がない。

　いくつかの視線を感じた。俺は顎に手を当てて、わざとらしく考え込むポーズをとった。見透かされてもかまわない。誰かと意味のあることを喋るなんてもう無理だ。隆義が立ち上がって席を外す。有難かった。ここで切り上げても誰も不自然に思わない。

　気づくと、あぶれていた八木準は美代子の後ろで小さくなっていた。美代子に何か訊かれてしどろもどろに答えている。孝太はまだ食っていた。ああ、団子もろくに食えなかった。自分のぼやきにふっと笑う。いちばん健全な声だ。


　俺の腰に細い手が添えられている。小雨空の下を、ひたすらにペダルを漕いでいる。

　重さを増す雲の下を自転車がくぐってゆく。林孝太と八木準はずっと先を行っていて、見えなくなりそうだ。ママチャリのくせに。

　いざ帰る段になって雨がパラパラ落ちてきた。急いだ方がいい。来るときに歩かせてしまった反省が、ふたりの女子を送ることを当然にさせた。由夏の家は学校を挟んで反対側だし、路子のバス停もそうなのだ。かなりの距離がある。

俺が由夏を、柿崎が路子を後ろに乗せると決まった。柿崎なら安心だ。確実な仕事ぶりが期待できる。あの大柄な自転車の荷台なら乗り心地も悪くないだろう。

なのにいざ出発すると、柿崎の腰に白い手が巻きついているのを見るたびに我を失った。できるだけ柿崎チームの前を走ろうと足に力が入る。ときどきよれて、由夏を怖がらせてしまった。いや本当に、柿崎でよかった。もし併走する相手が古館だったら田んぼに突っ込むか、電柱にぶつかるかして由夏をひどい目に遭わせていた。

学校の手前の登り坂で、それぞれ荷台から下りてもらう。四人して、自分の足で上ってゆく。まだ小雨でよかった。

「でも、柿崎くんの家のほうと逆なのに」

路子が懲りもせず遠慮しているのが耳に入る。そんなことはいいんだ気にするなよ、と声をかけられなかった。顔さえ向けなかった。柿崎の賢明なる対処だけに期待する。

「徹也さん、ほんとにいいんですか？　遠回りなのに」

由夏もそっと訊いてくる。俺は黙って頷く。

坂の向こうに学校が見えた。いまは、一村和人の墓標にしか見えなかった。まだ途中だ。もどかしすぎるほど途中にいる。雨が……雨が俺を追い立てる。すべてがあるべきところに辿り着くのはいつだろう。一村を殺した人間が見つかるのは。すべての秘密が白日のもとに曝《さら》されるのは。仲間たちが、どんなことでも、なんのしこりも痛みもなく、素直に話せるようになるのはいつだ。いますぐにでも辿り着きたいのに。

俺にできるだろうか。俺たちに、できるだろうか。

「ありがとうございます」

由夏が笑いかけてくる。それが一瞬でも、すぐ後ろにいる橘路子を忘れさせたことに俺は驚いた。

路子さん、ここは甘えましょう？　由夏が振り返って明るい声を出した。彼女も路子のことが大好きなんだ、とよく伝わってくる声。そう、みんな笑顔で喋り合える。そのはずなんだ。

今度は下り坂が見えてきた。そこで俺はようやく、言葉らしい言葉を吐くことができた。

「じゃあ、一気に下りよう。しっかりつかまってよ」

台詞の半分以上は、路子に向かって言えた。一瞬だけ目が合う、路子はこっちを見ていた……ような気もする。他愛ない嬉しさ。意味のない歓び。はいっ、由夏が元気よく答えて俺の背中にしがみつく。未練がましく振り返ると路子が柿崎の腰に手を回すところで、あわてて目をそらす。

そしてせーので、坂をすべり下りてゆく。

風が、まだ小さな雨粒が、いっせいに俺たちを包み込んだ。

2

翌週、火曜日の五限目は美術の授業で、さっそく、野々宮妙子先生のご下命に従って彼女の真ん前の席に座った。美術室ではどこの席に着こうと自由なのだが、俺だけはたいてい指定席制だった。話し込むことを覚悟して席に着いたが、女史は意外にもしばらく教壇に戻ってこない。これ幸いと自分の作品に取りかかるが同じことだった。さっぱりはかどらない。

いま、我がA組と、C組の二クラス合同の授業でみんなが取り組んでいるのは銅板のレリーフ。四角い銅の皿に、思い思いの絵や模様を彫り込むというもの。ちなみに柿崎は鱒《ます》、八木は帆船に決めて、二週間前からトンテンカンテンと釘と木槌《きづち》を使って模様を打ち込んでいた。だが俺だけは打ちつける絵柄を決められず、今日に至るも銅板に下描きすらしていなかった。

「まーた弱点見つけたぞ」

嬉しそうに野々宮女史が戻ってくる。

「デッサンや水彩は得意なくせに、版画とかこういうのは苦手なのね。紙粘土もだめだったな、そういえば」

美術教師にあるまじき楽しげな口調だった。

「うん……なんでしょうね？　なんかこう、モチーフを一つに絞るってのが、苦手なのかな」

「いや。あんたは、抽象的なものが描けないのよ。デフォルメができないのね」

できないというのは言い過ぎだと思ったが、そうかもしれない。俺には写実主義的な傾向があった。人の顔のスケッチは、その人そっくりにならないと気がすまない（実際にそっくりになるかはまた別の話だが）。風景画でもこれでいい、と満足することができなくて小石だの雑草だのゴミまで事細かに描き込んでしまう。そうしないと、小学生以下の愚かしい落書きに見えて仕方なかった。

「銅板は、デフォルメしないとどうしようもないんだけどね……まあ、方法はあるわ」

「どうしたらいいんですか？」

「おっきなものをやろうとすると、どうしても省略が多くなるわけ。でももともと小さいものなら、デフォルメしないでそのまんま写せるでしょ。たとえばね」

彼女は準備室へ行き、すぐ戻ってきた。

「これなんかどう？」

指につまんで持ってきたのは、白い貝殻だった。丸い巻き貝だが、尻尾のように棒状のものが伸びていて、そこからさらに細い枝が左右に十対ほど伸びている。本体から尻尾の先まで十五センチほど。なるほど、銅板にちょうどよく収まる大きさだ。だがそっと持たないと枝が折れてしまいそうだった。

「綺麗ですね……」

こわごわ受け取ると、意外に頑丈だ。全体が水晶のようにつややかに白い。こんな〝装飾品〟が、生きて動いていたことがあるなんて信じられなかった。

「ほしかったらあげる。日本の海じゃ、そんなのとれないわよ」

野々宮女史の気前のよさにはいつも感謝している。えこひいきと言われかねない恩恵に俺は浴していた。もっとも、毀誉褒貶《きよほうへん》の激しい先生だから、うらやましく思う生徒はそんなにいない気もする。

「今年の夏休みも、海でキャンプするの？」

「あ、ええ、そうですねえ」

作品造りが大幅に遅れている生徒に向かって、しれっと雑談を振ってくる教師。しかも意表を突かれた。

たしかに去年、男六人——柿崎、古館、孝太、八木、一村、俺——で、地元の浜で二泊三日のキャンプを張った。海水浴や釣りや花火に明け暮れて最高に楽しかったと、彼女に話したのを思い出した。

来年もやろう。すんなりそう決まった。特に一村は中耳炎の治療中で海にも入れず、一人だけ一泊で帰ったから、今年のキャンプを心待ちにしていたのだ。

「行くと思います。まだなにも決まってないけど」

少し警戒しながら答えた。

「一村くんも、楽しみにしてたんでしょ？　彼の分まで楽しんでやらなくちゃね」

たまにまじめなことを言うから拍子抜けする。はい、とはっきり返答しておいた。

「ヒマだったら、教師として監視に行くから。悪いことしちゃだめよ」

「先生！　冗談ですよね？」

さっそくこれだ。悪いことなんかするわけあるかよ。内心そう見得を切った途端、あることを思い出してしまった。林孝太と八木準が夜中に、自販機から買ってきた雑誌——まあその、思春期の男子にとっては非常に特別な、神聖ともいうべき響きを持つあの身も蓋もない呼び名を使えば、エロ本——を回し読みしたこと。馬鹿げたタイトルだって思い出せる（割愛するが）。公平を期すれば、それを手にとらなかった男は一人もいなかった。

一人も。

夜もだいぶ更けた浜辺で、あの雑誌を焚き火にくべた光景が甦ってくる。なぜあんなことをしたのだろう。きっときまり悪くなって、だれも持って帰ると言い出さなかったのだ。それにしてもなんでこんな後ろめたい気分にならなきゃならない。貝殻を見つめて考えるフリをしたが、

「やっぱり、悪いことしてたのねェ？」

先生はニヤニヤした。少しの隙でも見せたらこれだ。そのとき生徒がひとり、教壇までやってくる気配を感じた。先生の注意がそれることを期待する。

「先生、なんだか釘が滑っちゃうんですけど」

現れたのは、期待以上の人物だった。

「あ、そう？」

野々宮女史が気安い口調で受けた。喰えない人だ。俺はあいさつもできなくて、結局貝殻を眺めるしかない。

いまはA組とC組の合同授業の最中だ。むろん違う時間に、B組とD組がいっしょに授業を受ける。ちなみに体育はAとB、CとDというふうに分かれる。根拠は判らない。たぶん時間割の都合だけだ。おかげで、路子といっしょに受ける授業は存在しない寸法になっている。だれに文句を言えばいいのだろう。

それは置いておくとしても、俺はまぬけなことに、この古館英明と同じ教室にいることを忘れていた。きわどい話題の最中でなくて運がよかった。

三日前の一村家の集まりに、唯一欠席した男。彼はあの日のことを路子から聞いただろうか。聞いたに決まってる。

先生がなんだかんだと古館にアドバイスをしているが、まだ俺が入ってもいない実技レベルの話なのでさっぱり意味が分からない。ぼうっとしながら、心はまだ去年の夏の浜辺に留まっていた。浜のそばの林の中でバレーをやった。木の幹に跳ね返るビーチボールのむちゃくちゃなバウンドが楽しかった。八木準が大活躍、カッパの本領発揮で素潜りでアワビを密漁しまくったり、頼んでないのに大量の花火を買い込んできて夜通し火をつけたり。近くに女子高生らしき三人組がテントを立てたのに色めき立って、孝太が留守を見計らってそのテントに忍び込んだ。オンナ臭えー!! あいつが叫んだときはどうしようかと思った、俺と古館も頭を突っ込んでたからだ。あのころは……みんな子供だった。互いの間に壁はなかった。自分ひとりの力ではどうにもならない凶暴な出来事に出会う前の、どんなに望んでも得られないものがあるということを知る前の俺たちが、あそこにいた。古館にはいまの近寄りがたさはなかった。生徒会長になる前の一村和人も、仲間内でいちばんおとなしい、少しじれったくなるぐらいの男の子にすぎなかった。たぶん、当時いちばん威張っていたのは俺だろう。ぜんぶ夢みたいだった。ほんの一年前のことだなんてあり得ない。少なくとも十年は前に思える。

「それにしても、仲がいいですね」

古館の茶化すような声が聞こえた。ああ、みんなずいぶん、あそこから離れたところまで来てしまった――

「そうよ。ごめんね、徹也をとっちゃって」

平然と返す女史。

「なんか、キャンプの話してたみたいだけど？」

古館が俺に向かって言った。

「ああ、すまん」

なに謝ってんだ、というような言葉が古館と先生から同時に飛んでくる。くそ、いったいなんだってんだ。この美術室にいる仲間は、俺たちに気がついているだろうか。八木ならまだしも野々宮女史が嫌いな柿崎は近寄ってもこないだろう。おまけに彼は先週の授業中に、ささいなことで先生から怒られている。

「そうだなあ、そろそろ計画たてないとな」

古館の笑顔には蔭がない。去年のキャンプのときとまるで同じ顔だ。瞬時に俺をあの頃に引き戻す。簡単にほだされてしまう。こうも見事に溝を埋めてしまうとは……俺たちの間にあるはずの壁を、無視してしまえるなんて。

「うん。近いうちに集まろうぜ」

自然に笑えたと思う。俺たちはあの頃に戻れる。一瞬でもそう信じられた。野々宮先生が機嫌よさそうな顔で黙っている。教師の前でする話題じゃないはずだが、古館はおかまいなし。女史が普通じゃないことをよく知っている。

「今年は、浪越にしないか？」

古館は提案した。在来線で駅三つほど離れたリゾートで有名な町だ。一瞬戸惑ったが、すぐに名案だと思えてきた。馴染みすぎた地元の浜より盛り上がる。あそこはもってこいだ。大勢の人間が集まって活気があるし、夏祐りもある、花火大会もあった。

「あそこの夏祭りはいつからだったかな？」

にわかに落ち着かなくなった。一刻も早く具体的な計画を立てたい。少しでも多くの仲間を確保したい。

「放課後、ちょっと話さないか」

たまらずに言っていた。古館は笑って頷く。いいわねー若いもんは、と野々宮女史が腐す。たぶんほんとに悔しいのだろう。

「ほんと、犯罪だけはやめてね。それだけはお願いするわ。あ、でも、今年は橘さんも行くのかな」

「ええ？」

声を上げてしまう。古館と顔を見合わせた。なんだこの息の合い方は。

「まだ話してないのね？」

「ええ、そりゃ、まだちゃんと計画も立ててないし……」

と俺。

「男ばっかりですからね」

と古館。いまだけは気持ちが同調《シンクロ》している。

「だから、あたしがついてってあげるって言ってんのに……ちぇっ、ウソよウソ」

凹んだふりは一瞬で、すぐまくし立てた。

「でもほら、由夏ちゃんだっているじゃない。聞いたらあの娘も行きたがるぞー?! 中学生も今年で終わりなんだし、みんなで行けばいいのに」

強硬に主張する。ったくこのひとは何様のつもりなんだ、思いっきりしかめた顔とは裏腹に、俺はその気になり始めていた。誘って断られても、それはそれだ。機嫌を窺うように古館を見る。路子といえば古館、それが染みついている自分が悲しい。

「どうだろう……」

古館は本当に迷っているようだった。

「いちおう、訊いてみるけど」

あとから思えば、彼がキャンプの場所を提案したことも、このときどうしてこんなに迷ったかも納得がいく。俺はすでに、彼の信じがたいほどに辛抱強い計画の中にいた。

「じゃあ徹也は、由夏ちゃんを誘うこと」

野々宮先生が勝手に決めていた。

そんなわけで久しぶりに、放課後まではいい気分だった。古館と昔のように話せたことがこんなにも気持ちを軽くさせるとは。

「おい、帰ろうぜ」

教室の掃除が終わるやいなや柿崎彰がせきたてた。お互い部活に所属していないので、ふたりで帰ることが多かった。

「うん……」

俺はぐずぐずしていた。キャンプのことをまだ柿崎に言っていなかった。古館のところに連れていって、急に切り出して驚かせてやろうと考えていたのだ。ところが柿崎は帰りたくてじれている。仕方なく腰を上げ、古館と密談があるんだ、などともったいぶりながら柿崎を引っぱっていった。C組を覗くと、林孝太がジャージを着てバスケットシューズの紐《ひも》を結んでいるところだった。

「古館は？」

「ああ、もう帰ったよ。路子さんと」

「帰った？」

バカまるだしだと判っていながら、訊かずにはいられなかった。

「帰ったって？」

「帰った帰った」

「路子と？」

「そうそう」

「英さんは、部活出ないのか？」

柿崎が訊くと、

「ああ、あいつしばらく、部活休みたいってさ」

「なんで？」

「さあ。きっとケガが治りきってないんだろ」

バカな。だって先週はあんなに元気に、俺たちと試合を楽しんでたじゃないか。あのときまた痛めたのか？　いや——お人好しはやめだ。馬鹿正直にあいつの言うことを信じるのは止める。きょう俺は、裏切られたのだ。

嫉妬が醜く唸る。あのふたりが、池神のバス停までのたいして長くない距離にしろ、いっしょに帰ってゆく光景が俺を刺した。いや、もっと先までいっしょに行くのかもしれない。池神には古館の家もある。

自分が歩いていることにも気づかないまま昇降口にさしかかったとき、俺はなにかを捜し始めた。いますぐなにかが欲しかった。この衝撃を、少しでも忘れさせてくれるなにかが。

そうだ……顔が思い浮かぶ。今日は一度も会っていない。会いたい。そう思い出すと止まらない。

「ちょっと待っててくれ」

言い捨てると、柿崎がなにか言うのも聞かずに二階への階段を駆け上がった。自分から行ったことはない、いつもは降りてきてくれるから。じゃあたまにはいいじゃないか？見事に筋が通っていた。キャンプの話をするのはもっと先にしようと思っていた、だが話してしまおう、それで計画が動き出す。古館もなかったことにはできないだろう。二年C組の教室を覗きこむ。

教室の一画に七、八人の生徒が集まって笑い合っている。女子はふたりしかいない。その片方が桐島由夏だった。俺の方に背を向けてはいるが、ショートカットの形のいい頭は見間違えようがない。男子の笑顔に囲まれて、明らかに座の中心にいた。由夏が手振りを交えてなにか言い、みんながいっせいに笑う。俺は扉のところで固まって中に入るとも、後戻りするともできなかった。

男子のひとりが、突っ立っている俺に気づいて顔をしかめた。それが隣、その隣へと伝染する。ついに彼らのひとりが、由夏へのご注進に及んだ。

「え？」

と言って由夏が振り返る寸前に、俺は扉を離れた。廊下をダッシュすると階段を一段抜かしで駆け下りる。下駄箱のわきで退屈げな顔で待っていた柿崎に、

「急げ、早く！」

とけしかける。柿崎はあわてて靴を履き、ボロ靴をつっかけるだけの俺を追っかけてきた。砂利の音を盛大に響かせながら、校門を出るまで全力疾走する。

「おいどうしたんだよ？」

追いついた柿崎が深刻さ半分、苛立ち半分で訊いてきた。笑い出しそうになるのをこらえる。

「やっぱり、おまえだけだよ。俺の友達は」

相手は苦虫を噛みつぶしたような顔になった。

「おまえ大丈夫か？」

俺は笑い出した。腹を抱えながら、横目で昇降口を見やる。誰も出てきやしない、俺たちはみんなバラバラなんだ。そもそもひとりで立てもしない奴になにができる？　こんなんじゃ、そのうち柿崎にまで見限られるぞ。泣きそうになっている自分に気づいて全力で抑え込む。こんなかっこ悪い話があるか。

みんなと海の話ができるのはいつのことだろう。夏が来ても、俺たちは仲間同士でいられるのか。そうは思えなかった。まるで思えなかった。

3

気温がぐんぐん上がっている。

翌日は、いきなりうだるような暑さが訪れた。

昼休みだった。弁当を食い終え、柿崎と孝太と八木と腰重く座っていたところだった。すっかりひがみっぽくなっている俺は、梅雨の中休みすらぶつぶつと呪っている。そりゃ雨いいかげんにしろと言いまくってたけど、こうもメリハリをつけることたないだろうに……ワイシャツの長袖をまくり上げて、椅子にふんぞり返るともう動く気がしない。じっとしていても汗が滲んでくる。なにかしなければ。そんな、ここのところずっと俺を生かしてきたはずの思いを、暑さを言い訳に押し殺していた。

こんな日でも柿崎は詰め襟だった。脱ごうともしないところを見ると、中はTシャツなのだろう。暑そうに見えないところはさすがだった。

「バカじゃねえの？　笑わせんなっつーの」

孝太と八木だけは元気で、お決まりの漫才が始まっていた。最近、一本も牛乳を飲もうとしない八木に対する突っ込みが始まりだった。そういえば持参する弁当も、パンとかおにぎりだけとか、妙に質素なものが続いている。

「……ダイエットしてんだよ」

ついに八木が白状したときはさすがに大笑いしてしまった。別に彼は太ってはいない。まあ少々ぷにぷにしている感はあるものの、充分に標準的な体格だと思う。むしろ水泳部としては、いくらか脂肪があった方が都合がいいのではないだろうか。実際にそう言っても八木の反応は鈍かった。なにがきっかけか知らないが、すっかり決意を固めてるらしい。

「柄にもねェ。それでも保健委員かよ？　もうぜってえ、A組の牛乳飲まねえからな」

「いーよもう。菅谷さん最近なんにも言わないし」

その通りだった。牛には申し訳ない話だが、ここのところ残るままに任せている。みんな余力がないのだ。

それにしても暑い。さっきから下敷きをうちわ代わりにしようか迷っていて、結局動かない。死んだような顔でじっとしていた。なにもしない言い訳は山ほどあった。だから連中が現れたとき、俺はなんとなく胸落ちしたのだった。見ろ、怠けの報い。逃げ回ってる罰だ。

わけはすぐ察した。教室ですらこんなに暑いのだから、死せる運命にある旧校舎——といっても、取り壊されるのは夏休みだというから、まだしばらくの余命は残されている——は風通しが悪くてのんびりタバコを吹かせる状況じゃないのだろう。冷たいもんでも飲み、アイスでもなめてェと思うのはたしかに人情だ。だが連中は、自分でそれを手に入れることに慣れていない。学校で手に入れられないものを調達するのは、だれか弱いやつ。脅せば命令に従うやつだ。

ドカン、ドカンと入り口近くの机や椅子が跳ね上がる。連中はそんな人材を徴発しにやってきた。いつも感心するのだが、いろんなものを蹴飛ばしながら入ってくるのはかなりの労力だ。奴らの顔はそんなに楽しそうでもない。ただ習性のようにがなり、でかい音を出す。そういうときの連中を、同じ人間と認めたくないのは人情だろう。

国広利一が先頭だった。おなじみのせっぱ詰まった表情。自分が使いっ走りにさせられることから逃れようとしている。教室内に人は少なかった。天気がいいので外へ出ている生徒が多い。

「やっべ」

八木が呟くのと、利一がこっちを見るのは同時だった。さっそく寄ってくる。八木がつばを呑み込む音が聞こえた。俺は動きかねていた。林孝太も身体を強張らせている。

「八木、買い出し頼む」

利一がいやに親しげに声をかけてきた。ああいいよ、いままで通りそう言わせたいのだ。頷いてしまえば八木は楽になる、それを見越しての言い回し。目眩がするほどの憎しみを覚える。利一は八木の友達ではない。なんの義理もない、貸しがあるだけだ。

そう、こいつには俺たち全員が貸しがあると言ってもいい。この間の旧校舎の一件だけではない、いままでこいつのちょっかいのおかげで、学校の不快指数が高く保たれてきた。日々によけいな暗さが射した。俺に限って言えば、連中のなかでこいつがいちばん嫌いかもしれなかった。

「おい。おめェ聞いてんのか」

語調が変わった。八木が動かないのだ。目だけがキョロキョロ動いている、虚空にSOSを送っている。

「八木！　おめェだよ！」

切れた。利一の辛抱が。戸口にいた奴らも近寄ってくる。うう、と呻《うめ》いた林孝太を笑えない。俺もすくんでいた。

「行くことねえよ」

自分に腹が立って、俺は口走った。利一が目だけで俺を見た。小銭をつかんだ手を八木の目の前に突き出す。

「ジュース十本。アイスは八コでいいからよ」

いつもながら、足りるはずがなかった。足りない分は八木の自腹だ。

「自分で行けよ」

俺はまた言った。

「なんだてめえはよ！」

ものすごい速さで襟首をねじり上げられる。細いくせにあっぱれな力だ。もう後戻りできない、こいつの仲間も勢ぞろいだ。利一の目が俺を覗き込んでいるがいったいどんな言葉だったら通じるんだろうと途方に暮れさせた。どうも哺乳類の目に見えないのだ。なんでこんなに血走ってるんだ？　去年のことを思い出した。こいつと揉み合いながら、激情にまかせて何度も背中を殴った。殴り返すこいつの拳が左の頬を痛めつけ、不覚ながら俺は泣いてしまった。

柿崎が立ち上がるのが目に入って、俺はこっそり手で制した。カッコつけただけだったが、結果的には利一をどけるのになんの苦労も要らなかった。およっ、とか言いながら利一が視界から消えてくれたのだ。

「おまえよ」

そう言いながら、島本辰美が利一を横に突き飛ばしたのが判った。背はもしかすると俺より小さい、だがウェイトはずっと上だし、睨みつけるにはこれ以上ないくらい効果的な位置だ。

「邪魔すんなよ。関係ねえだろ？」

殺気を感じる。この間とは違う。すぐ感知できた。フットワークがいやに軽い、いつでも戦闘モードに入りそうだ。よっぽどアイスが食いたいらしい。八木に向き直って直々に命令しようとした。

おい待て——という俺の言葉が途切れた。気づくと視界がぐらっ、と斜めになっている。島本が振り向きざまに拳を繰り出したのだ。足に力が入らない。左の頬がかっと熱くなる。こいつは家帰ったらパンチの練習ばかりしてるんだろう、藤原が見たらスカウトしてくれるかも知れねえぞ。教室に残っていた女子が悲鳴を上げたようで、えらいことになったと他人事のように思った。柿崎は島本に飛びかかろうとしたらしい。らしい、というのはなにも分からなくなっていたからだ。見たときにはもう、柿崎は他の連中に羽交い締めにされてもがいていた。殴られてはいないようだ、よかった……いまは林孝太が、島本に睨みつけられて立ち上がるか、目を伏せるかの決断に迫られていた。彼はいま境界の上にいる。だがいつのまにか境界を越えた俺は浮かれてすらいた。泣いていない。目に触って確かめさえした、俺は泣いていない！　いまのところは。

「ヘッ、おめェいい気になりすぎなんだよ」

すっかり得意になった利一が、俺の脛《すね》に軽く蹴りを入れながら吹く。凶暴さが爆発しそうになる、だがこいつに殴りかかったら島本まで本気にさせる。その思いが、ぎりぎりで俺を押し止《とど》めた。

八木がいまにも、俺たちのために口を開こうとしていた。分かったよ、行ってくるよ、だから——観念しかけた。柿崎がもがく。何秒か、誰もなにも言わなかった。ふいに島本が顔を伏せる。自分を恥じてのことに思えた、そんなはずはないと知りながら。

「あっ、だめだ」

柿崎が呟いた。なんて悲しい声だったろう。俺には分かった。振り返らなくても、柿崎の声だけで本当に分かったのだ。横目で確かめた。やっぱりそこにいるのは桐島由夏。絶対に危険にさらせない、非常回路がオンになった。由夏は俺たちを放っておけない。掃きだめに鶴だ。金気臭い修羅場に似合わない、いやそんなたいそうなもんじゃなくて、ガキどものくだらない突っ張り合いに巻き込めない。

「来るなっ」

叫んだのに、まるで聞こえなかったような顔で由夏は近づいてきた。動きに迷いがなさすぎて止めるタイミングがない。すっ――と、島本と俺のあいだに開いていた狭い空間に滑り込んでしまう。

「もうやめてください。お願い」

静かな声。俺に向いた小さな背中が、かすかに震えている。こんなに繊細で優しいものがあることが信じられない。次に襲ってきたのは、護《まも》られている、という驚くほどの安堵感と、母親の背中に隠れているような情けない気分だった。

スイッチは入っていた。全細胞が臨戦態勢にあった。俺はいつでも爆発できる、だが……そんな必要はもうない。それが判った。島本に明らかな変化が起こっていた。どうしたらいいのか見当もつかないといった顔が、よろめくように後ろに下がった。目玉を一度、ぐるりと回す。ゆっくり俺たちに背を向けた。次の瞬間には、一目散に教室を出てゆく。すごい勢いだった。利一が呆けたような顔でボスの退場を見送っている。

めくるめく出来事の連続が俺の記憶を混乱させている。どの時点で非常ベルが鳴り出したのか憶えていないのだ。だから島本が引き上げたのはベルに驚いたからか、由夏の願いに従ったからなのか分からない。気がついたら柿崎が俺の腕をつかんで注意を促していた。教室の全員が窓の外を見ている。俺と由夏以外が。煙出てっぞ、林孝太が叫ぶ。知ったことか、俺は由夏から目を外したくなかった。なにか言わねばならなかった。由夏の方も、俺がなにか言うのを待ち受けていた。

「徹。校長室だ」

柿崎の声は、俺の十倍は事態の深刻さを認識していた。だが由夏が俺を見つめている。いまの俺には、目の前の後輩より大切なものは存在しなかった。

「……避難して。急いで」

正しい言葉を吐けたと思った。俺はベランダを指し示し、手を真横に広げて由夏の逃げ道の一部になる。彼女は素直に従ってくれた。つられて林孝太と八木準も続く。おいっ、おまえらのために交通整理してるわけじゃないんだ。すぐにでも由夏のあとを追いたかった、追って護りたかったのだが仕方なく、柿崎といっしょに教室を最後に出た。ああ、そういえば……俺は学級委員だった。結果的にふさわしい行動をとっていたか。

校庭にはほとんどの生徒が集まっているように見える。外で遊んでいた生徒も多かったせいか、避難はスムーズにいったようだ。そして校長室は校庭に面している。いい見世物、としか言いようがなかった。ここのところ主《あるじ》が不在だった部屋が無抵抗に焼かれている。生徒たちの目の前で。

燃えている意味については頭が回らない。由夏のあとを追わなければという気持ちが胸を灼《や》いていたが、彼女はとっくに大勢に紛れて見えない。担任の萱谷さんがやってきて「点呼とれ点呼」と言うものだから仕方なく、はいA組、出席番号順っ！　手を挙げて叫びながら無事を確認していった。ありがたいことに列ができはじめる。お笑いだ、さっきの島本辰美さえ、毒気を抜かれたような顔で列に並んでいた。全員の点呼を終えて萱谷さんのところへ急ぎながら、いままで路子のことを思い出さなかった自分に気づいてうろたえる。あわてて3Dの列を捜すが、ごちゃごちゃしていてさっぱり判らない。

これだけ生徒が集まっているのに、校庭は不思議な静けさに包み込まれていた。生徒たちは驚くことに疲れていた。ただ諦めたような、死んだような眼差しで、火が噴き出す部屋を、あるいは空を見ている。

沁み入るような青い空に、黒い煙がなびいては消えてゆく。

4

校長室はいままで二、三度入ったことがあるだけで、どんな部屋だったのか思い出せなかった。火のあとはさんざっぱら水を浴び、部屋の中は黒か白、その中間色のいずれかの世界に変わっていた。白かった壁はすっかり黒ずみ、大勢の人間の影がそのまま焼きついてしまったみたいに見える。水浸しの床の上に浮いている細かい灰。ひどいきな臭さに、呼吸が小刻みになってしまう。

棚に据え付けられた大型テレビぐらいのサイズの金庫の扉が、大きく開け放たれていた。誰が開けたのかと注意して話を聞いていると、なんのことはない、たったいま開けられたばかりらしい。しっかりした耐火金庫で、あの派手な火の中でもびくともしなかったようだ。

消防隊が引き上げるのを待ってから、俺と柿崎は校長室への接近を試みた。たちまち制服警官に追い払われそうになったが、桐島建一郎が俺たちに気づいて校長室まで入れてくれたのだった。彼は自分の捜査の続きに戻った。ずっとこの金庫を相手にしているらしい。

「金庫の鍵を持ってるのは、校長先生と教頭先生だけだと?」

「ええ、そうです」

答えているのは菅谷さんだ。当の教頭はというと、ここに金庫の鍵だけ置いて、保健室でひっくり返っているらしい。無理もない話だとは思った。事件続発で精神が参ってしまった。

若い刑事が金庫に首を突っ込んで、中にあるものをひとつひとつ取り出して建一郎に渡す。菅谷さんがそれに解説を加える。そういう段取りだった。学年長の菅谷さんだから、金庫の中身については知っているらしい。

「これは？」

「帳簿ですね」

「これは……」

「指導要録、です」

「ふむ。いまの、在校生の分ですか？」

「いや。卒業生の分も、入ってるんではと思いますが――」

「何年前からですかね？」

建一郎が念入りに確認しては、そばの机に積み上げてゆく。俺にも分かりかけてきた。この中にあるものが狙われたのではないか。彼はそう考えている。

「現金も。入ってるわけですねえ」

「ええ、そうですね」

金庫内金庫——小さめの手提げ金庫のなかから、それなりの厚みのある札束をつまみ上げて眺めたあと、無造作に手提げ金庫に戻す。焼け残った校長の机の上にどん、と置いた。帳簿や書類の上に傾いてのっかって、場違いな感じだ。お札が挟まって蓋が閉まりきっていない。これほどの現金を目にするのは生まれて初めてだったが、芝居の小道具のようにしか見えなかった。建一郎が腕を組む。

「どうですか、見慣れないものは入ってませんか」

「いや、どうも私は、特におかしなものは入っていないように思いますが」

菅谷さんはそう答えた。

「なにか、ひっかかるところはありませんか。いつもと違うところとか」

「さあて、どうですか。まあ、帳簿なんかは、中身をじっくり見てみないことにはなんとも言えませんけども」

建一郎は考えている。当てが外れたようだ。腕組みのまましばらくじっとしてから、気を取り直したように菅谷さんを見た。

「それで、そいつらは二人組だったんですね」

「ええ。押し入るとすぐに、油を撒《ま》いたようです。私が来たときにはもう、油臭くてかなわなかったですから」

菅谷さんはさっきから変に落ち着いている。それなりに緊張はしているのだろうが、顔に表れないのだ。

「私に向かって灯油缶を放り投げまして。よけてる間に、ドアを閉めてしまった。でも閉まる直前に、奴らが棚の中をひっかきまわしてるのが見えましたけども」

萱谷さんの言うとおり、ガラス張りの立派な戸棚の中の賞状や盾が残らず床に叩き落とされている。俺は、盾だったらしいものをひとつ拾ってみた。金属のプレートだけが残っている。

第26回
生野球大会準優

と読めた。その他の字は、煤《すす》けてしまって読めない。若い刑事が視線をよこしたのであわてて床に戻す。

「燃やせるものは、みんな燃やしたわけだ……」

呟きながら、建一郎が窓の方へ近づく。床の真ん中の水たまりに浮かぶ白い灰が生き物のように揺れた。

賊は昼すぎに侵入。まだ授業中だったので、校長室の隣の職員室には人も少なく、初めは気づかれなかったらしい。不敵にも白昼堂々、奴らは校長室を荒らしまくった。授業を終えた萱谷さんが気配を感じて校長室を覗かなかったら、盛大に火が燃え盛るまで誰も気づかなかったかもしれない。

「ここから逃げた、と」

窓に近づきながら建一郎が言った。

「そうだと思います」

菅谷さんが世間話のように頷く。そして賊たちは置き土産《みやげ》とばかり、外から火を投げ入れた。**ボンッ**。**メラメラメラ**……俺は思わず目を細めた。藤原光弘本人ではなかったのか。たぶんそうだろう。一村の告別式のときと同様、自らは動かず、下っ端に大騒ぎをさせる。藤原の差し金と決めつけるのは早計か？　いずれにせよ、事態が差し迫っていることは間違いなかった。昼日中にこんなことをやらかすなんてよっぽど追いつめられているか、よっぽど根性が悪いか……きっと両方だ。柿崎が不機嫌に黙っている。焦げ臭いせいだけじゃない、胸くそ悪くて仕方ないのだろう。

建一郎は窓から外へ顔を出し、侵入者たちが飛び降りたであろう地面を見下ろす。そしてこちらを振り返った。

「車で逃げたかな？」

「どうでしょう。外にいた生徒たちが、なにか見たと思いますが」

建一郎は頷くと、目の前の大きなデスクを見下ろす。諦めきれないように、暴かれた金庫の中身をじっと見つめる。俺たちも真似をしたが、やがて机そのものに視線を移した。輸入物に見える豪華な木製のデスクで、抽出《ひきだ》しが引き出されて中身が荒らされている。本体はよほど頑丈にできているのか、比較的延焼が少ない。

「抽出しの中まで、みんな」

建一郎はそこで言葉を切り、

「これか？」

興奮したように身をかがめた。俺たちは彼のそばまで急ぐ。

「鍵がかかってるんですか？」

建一郎が見つめているものを知り、訊いた。

「そうらしいね……連中は、これをぶち壊すヒマがなかった」

それは一番上の段の、鍵付きの抽出しだった。上から二段目と三段目は最大限までひっぱり出されて中身がない。一段目だけは堅く閉じたままだ。

「この机の鍵は、いま学校にはないんですか？　校長だけが持ってる？」

建一郎の問いに、菅谷さんは首を傾げる。

「どうでしょう。ちょっと、事務のほうに訊いてきますか」

「そう願います」

菅谷さんが出ていくと建一郎はまたかがみ込み、俺たちに訊いた。

「この中に、なにが入っていると思う？」

俺と柿崎は顔を見合わせる。

「さあ……まさか、知ってるんですか？」

「知らないよ」

建一郎はあっさり言った。

「だが、必ずなにかある。賭けてもいい。早く捜索令状を取るべきだったよ、あのタヌキめ」

タヌキとは萩原校長のことらしい。タヌキというよりはネズミだ、それもハゲネズミ、と思ったが黙っていた。ゆっくり立ち上がった彼の顔には、ひどくふてぶてしい表情があった。職業警官としての顔を見た気がして怖くなる。

菅谷さんが戻ってきた。

「事務は、机の鍵のことは知りません。たぶん校長が持っとるんでしょう」

「そうですか。そりゃどうも」

建一郎は、見慣れれば愛嬌《あいきょう》があるいつもの顔に戻った。彼のあとに続いて俺たちも校長室を出る。

「ここは立ち入り禁止にして。特にあの机には、だれも近づけないように」

建一郎が若い刑事に指示している間、俺たちは廊下に大量に散らしてある雑巾に、汚れた上履きをこすりつけた。刑事が走って出てゆく。

「ハンマーでぶち壊してもいいんだが……まあ、明日まで待つか」

建一郎の呟きが耳に入る。まだ入院中の校長を締め上げるネタができたわけだ。突破口になるだろうか。事態はますます抜き差しならないところまで来ている。だが俺は妙に麻《ま》痺《ひ》していた。現実感がない。

昇降口の方から由夏がやってきた。それだけで少し元気になった。

「むちゃくちゃだよ」

親指で後ろを差した。他に説明のしようがなかった。こくっ、と由夏は疲れた顔で頷く。目を上げると、右手を上げて俺の頰に触れた。

「痛そう」

小さな呟き。とたんに頰骨の辺りが熱くなった。島本辰美の打撃が、今頃になってずきずきと脈打ち始めていた。

大丈夫、と言おうとしたが、建一郎がこっちを見ているのに気づいた。あわてて顔を向けると目をそらされてしまう。

「ちょっと会議室お借りします」

建一郎が萱谷さんに声を投げ、どうぞ、と返すと萱谷さんは職員室へ戻ってゆく。最後まであわてた素振りがなかった。感心するべきか同情するべきか、よく判らなかった。

「行こう」

建一郎が言ってくれる。嬉しかった。俺も柿崎も捜査の一員として扱ってくれている感じだ。みんなそれぞれパイプ椅子を引いて座ると、建一郎はワイシャツの胸からタバコを取り出した。会議室のテーブルには灰皿もあった。引き寄せると、使い捨てマッチで火をつける。意外だった。

「やめたんじゃなかったの？」

由夏が咎める。

「ああ、あと一本だけ……もうやめるよ」

そう言って齧りついた。沁みる、というように眉間にしわを刻んで、黙って吸い続ける。

俺は同情した。目に見えて憔悴《しょうすい》していると思った。こんなでたらめな事件には初めて出喰わすのかも知れない。次から次へと予測もしないことが降りかかってくる。タバコを吸うのはいつ以来なのだろう。

しばらく、誰もなにも言わなかった。口先の火がじりじり燃えるのが聞こえたぐらいだ。

「申し訳ない」

吸い終えると、残った煙を手で払いながら、建一郎は椅子に座り直した。まだ何本か残っているように見えるタバコの箱を片手で握り潰す。マッチごと、容赦なく。ぽいっとテーブルの上に放った。

「さて、またおかしなことになった……」

頷きを返すのでせいいっぱいだ。また沈黙が降りる。

由夏がずっと、気遣うように父親を見ていた。建一郎は握り潰したタバコをじっと見ている。後悔しているのだろうか。柿崎がぶすっとして貝みたいになっているのも気になった。仕方なしに俺は喋り出す。

「ほんと、入院長いですね。校長……」

どうしても責めるような言い方になる。建一郎は即座に反応した。

「ああ、往生際の悪さでは日本一かもしれん。あんなに煮え切らない男は初めてだ。よく……」

そこで言葉を呑む。よく校長が務まるもんだ、と言いたかったのに思い止まったのか。いっこうにかまわないのに。

「もう容赦しないよ。これ以上、変なことが起こるのは許されん」

自分を鼓舞するように聞こえて、気の毒だった。だがきっとやってくれる。

「いや、実はね……」

言いかけて、建一郎は迷った。みんなが目を向けると結局喋り出す。

「病院も襲われかけたんだ。やっぱり、チンピラが侵入してきてね。校長の病室に押し入られる前に看護婦が気づいたんで、逃げてしまったが」

「そうなんですか?」

さすがに気分が悪くなった。こののんびりした田舎町は、いつからテロ解放区になったのか。うーぬ。そんなふうに柿崎が唸った。

「いまはちゃんと護衛もつけてるから、大丈夫だが」

自信がなさそうだ。なにしろ相手は常識が通用しない。

「また、来ませんか？　あの机んとこに」

「それは、なんとかする。夜通し誰か置いとくから」

すごい労力。おかげで県警も疲弊する。

「……これ、やっぱり藤原の仕業なんでしょうか」

「うん。そうだろうね」

声に力がない。

「あの……奴の居場所とかは」

「分からないんだよ。すまない」

すまないのはこっちだった。建一郎は土下座して謝らんばかりに見えたのだ。みんな参っている。次に起こることを恐れている。明るみに出ていない事実を、恐れている。

これでは敵の思うがままだ。

「——何者なんですか」

深いところから声が出た。知りたいのはそれだった。藤原光弘とは何者なのか。素性とか歳じゃない、いったいどんな人間なのか。

「なんなんですか、藤原って」

建一郎は俺を見た。それは、同じことを何度も考えた人の顔だった。

「藤原って男はね……岩切組の、先代の妾《めかけ》の子なんだ。ちっちゃい頃から先代に可愛がられて……好き勝手に出入りしてた。組に正式に入るでもなく、でも岩切を自分の家みたいにして、育ったんだ。跡目を継ぐなんて話も出たらしいがね」

自分で言っておきながら、それに満足がいかないというように首を捻る。

「とにかくおかしな奴なんだ。奴の周りには人が集まる。話を聞けば聞くほど、そういうことになる。どうもよく分からないんだがね……若い奴が何人も、藤原にくっついてる。いや、若い奴だけじゃない。組から抜けてまで、あいつについた奴がいるらしい」

我知らず鳥肌が立っている。

「そいつらが兵隊として、藤原のために動いてる。アジトもたくさん持ってるようでね、うまく隠れてるんだ。敵ながら天晴《あっぱ》れ、だよ。いまのところは」

「その若い奴らとか……沢山いるんですかね？」

「分からないい。岩切のほうは、そんなに数はいないはずだと言ってたが……あいつらもよく知らないんだ。ずっと前から手を焼いて、藤原を放っておいたらしいからな。情けない話だよまったく」

ちっぽけな池に鮫《さめ》が飛び込んできたようなものじゃないか。こんな怪物は小さな町には似合わない。天災、とでも思うしかないのか。

「藤原って、二十一でしたっけ……」

　建一郎は目を泳がせた。

「うん。それと……うん」

「なんですか？」

　見逃せない。建一郎の顔が引きつっている。この上、まだなにかあるのか。動悸《どうき》が治まらない、俺も限界が近いようだ。

「教えてください」

　言ったのは柿崎だった。その顔は石のようだ。意地でも耐えてやる、そんなふうに見える。

　建一郎も背中を押されたようだ。低い声で言う。

「奴は、ここの中学に通ってたことがある」

「ええっ？　お父さん、そんな」

　非難する口調だった。ショックが大きすぎたのだ。いっぱいに見開かれた眼が痛々しい。由夏にもまったくの初耳だったらしい。

「いや、ぼくも最近知ったんだよ。まあ、一年とちょっとしかいなかった。北澄の中学に二年生の終わりまでいて、最後のほうだけこっちに通ってたんだ」

信じられない。一年ちょっとにせよ、藤原は、この中学にいたというのか？　俺たちはそのころ小学二年か三年だった。ほんの隣の小学校で生活していたのだ。町ですれ違ったことだってあったかもしれない、目が合ったことだって。

「どうしてこっちに来たのか、これは推測だが……六、七年前はちょうど組の勢力争いがあった頃でね。藤原が北澄にいると、ちょっと面倒ってことでもあったんだろう」

隣の北澄市は岩切の本拠地だ。若いころの藤原は抗争に巻き込まれた。それとも、騒動を引き起こした側か。あの男ならなんでもありうる。聞けば聞くほど、藤原光弘という男の途轍《とてつ》もなさが寒気を呼ぶ。気が狂っているだけなのか？　そう決めつけてしまった方が楽だ。一度だけ見た、あの藤原の姿。蒼白い顔。危険な鋭さを感じた。だが……狂ってると表現することに、心のどこかが抵抗する。

いったいなにが奴を駆りたてている？　なんのために、だれのために――

「まあ、明日だ」

淀んだ空気を振り払うように、建一郎が宣言した。

「きょう校長になんとか鍵を出させて、あした。朝一番に、あの抽出しを開ける。それで、きっと」

そのあとは続かなかった。

由夏が俺を見る。だれかにひどく傷つけられたような顔。俺は頷いてみせる。もうそんな顔は見たくない。


「なあ」

柿崎が、いやに静かな声で始める。俺は思わず身構えた。

由夏を自宅まで送ってから、校長の入院している病院へ向かうという桐島建一郎と別れて、俺たちは帰り道を歩いている。学校のそばを流れる方波見川の本流にかかる橋を越え、坂を下りて、道の左側には見渡す限り田んぼが広がっている。太陽の位置はピークを過ぎていたが、気温は最高潮。だいぶ汗をかいていた。

「まだ放っておくつもりか？」

逃げるように歩道の端のブロックに飛び乗り、綱渡りのように歩いた。左側にバランスを崩せば田んぼにドボンだ。小学校へも同じ道を通るから、この道を八年以上歩いているが、田んぼに落ちるなんてヘマをやらかしたことは一度しかない。クマンバチの奇襲を受けた一度だけ。

「徹がやらないんだったら、おれがやるぜ」

「お、おい待てよ」

あわてて歩道に飛び降りた。紛れもない柿崎の本気が、俺を田んぼに落としかけたのだ。

「分かってるよ……でもよ、あいつもう帰っちゃっただろ？　ほいで、あしたはまた学校閉めるかもな」

「やる気ねえんだな」

「冗談だよ！　電話でもかけてみるさ」

「今日中にか？」

「あぁ?!」

　道を斜め右、細い枝道に入っていった。二階建ての賃貸アパートが密集している地区だ。俺のいちばん古い幼なじみ、千葉寛《ちばひろし》の住んでいるアパートもある。柿崎はいつもそこに自転車を置かせてもらっていた。渡里東中では自転車通学が認められていたが、一定の範囲《エリア》より遠いところに住んでいる、という条件が満たされていなければならない。不幸にも、柿崎の家はその境界線のすぐ内側に位置していて、学校まで乗り入れられない。それで毎朝こっそり、学校に近い千葉寛の家までやってきて自転車を置くというわけだった。千葉寛はちょうどアパートの庭に出て、自分の愛車を整備しているところだった。後輪を浮かせて勢いよく回し、チェーンに油を差している。俺も時々やってもらっていた。

「よう」

　彼は人のいい笑顔で手を挙げた。俺たちもよっ、と最低限のあいさつで返す。彼は機嫌がよさそうだった。学校が予期せぬ休みをしばしば提供してくれるからかもしれない。今日も午後の授業が飛んだ。煙とともに、青い空へと消えていった。

「柿崎のにも、油差してやろうか？」

庭先の自転車を指差して言う。うん、たのむ、と柿崎は愛車をひっぱってくる。七段変則式で、ライトも切り替えが利くこの黒い自転車が新品だった当時は俺もうらやましかったものだが、今はもうチェーンが錆だらけで、前に油を差したのがいつなのか見当もつかなかった。もしかすると買ってから一度も差していないかもしれない。柿崎はこういうところは恐ろしくずぼらだった。

寛は涼しい顔で、手際よく油を垂らしていく。俺は感心して眺めた。彼はとっくに制服を脱ぎ、Tシャツに半ズボンといういで立ちだった。まるっこい身体つきで、小学生のときから穿いているズボンに無理やり足を通しているから太股の辺りがパンパンだ。黒い機械油の染みがあちこちについているが、よく捜せば、小さい頃の鼻血の染みも残っているはず。千葉寛と俺は、幼稚園から小学校までずっと親友同士だった。兄弟のようにいつも一緒だった。自分たちは「生まれたときからの友達」だと周りに宣言していた。だから俺は彼をヒロシと呼ぶが、他の仲間たちはチバとかチバカンとか呼びかける。

だが、彼が俺にとって「一番の親友」だったのは小学校を卒業するまでだった。中学に入ってからは柿崎や古館や、いまの仲間たちの存在が大きくなった。三年生に至るまで一度も千葉寛と同じクラスにならなかったせいもあるかもしれない。いま彼は、路子と同じ

D組だ。

　登下校がいっしょになることもあるし、彼のアパートを基点にしてみんなで遊ぶことはいまも多かった。かくれんぼも陣取りもカンケリも、この区画に敷き詰められた粗い石砂利を盛大に踏み鳴らして行われる。その音は、カンケリのときは警戒を促す前触れだったし、見通しの利かなくなった宵闇の中では、仲間の存在を知らせる妙に嬉しい響きだった。

「すっごいサビ！」

　言いながら、にこにこ笑って作業する千葉寛の顔を、懐かしいもののように見つめている自分に気づく。彼は昔いじめられっ子だった。小学校時代、彼をかばっていっしょになっていじめられたことが何度もあった。俺自身にもいじめられる兆しはあった。なのに標的になるのはいつも千葉寛の方だった。それだけ弱々しい、なにかされるとすぐ泣いてしまうような子供だった。

　千葉寛が、中学に入ってろくでなしどもに使いっ走りに徴用されなかった理由は、八木ほどには機敏に見えなかった、その一点に尽きるだろう。それは幸運と呼べると思った。小学校とは段違いに物騒な中学で、暴力の洗礼を受けずにすんだのだ。

「チバは、自転車屋ひらけるよなあ」

　手際にすっかり感心した柿崎が誉める。照れ笑いする寛の、幼い頃そのままの童顔。俺はちょっとだけ泣きそうになった。どうして、彼は俺の中で過去の人なのだろう？　みんなどいっしょになって遊ぶことはあるが、二人きりで遊ぶことはなくなった。話がもたないのだ。昔と同じように彼はいろいろ話しかけてくれるのだが、俺の中に返す言葉がない。いまの仲間たちと話せることが、寛の前ではしぼんでしまう。一村が死んでからはますますそうだった。彼に向かって一村の話をする気は湧いてこない。見ていると、柿崎もそうなのだと思う。千葉寛は友達だが、「仲間」ではないのだった。

寛は柿崎の自転車の後輪を浮かせて手でペダルを回して具合を確かめたあと、立ち上がって告げた。

「写真できたって、言ったっけ?」

「なんの写真」

柿崎が訊く。

「ほら、冬にさ、あそこで撮ったじゃん、連続写真。おまえが死体やってさ……」

「ああ!」

俺は手を打った。この近くに線路がある。田舎の単線だ。まだ雪の残る冬の終わり頃、千葉寛が通信販売で買ったばかりのポケットカメラで何を撮ろうか思案して、線路が走る土手の辺りで連続活劇写真を撮ることにしたのだ。俺が即興で、勝手な筋立てをやった。凶悪犯と刑事の追跡劇を描くことにし、気が向かない様子の千葉寛も拝み倒されて渋々、親父さんのサングラスやおもちゃのビニール製の刀、絵の具やなんかを家から持ってきた。

寛が差し出した写真の束を俺は興奮して引ったくった。一枚目、死体のクローズアップ。被写体は、ジャンケンで負けて顔を雪の中まで埋める破目になった柿崎だ。虚ろに見開かれた目があまりに見事で、いきなり腹を抱えて笑ってしまう。土手に倒れたその手と足の角度、力の抜け方が尋常ではない。そこらじゅうに撒いて血に見せかけようとした赤の絵の具は、雪に解けていちごのかき氷のようにしか見えないのがインチキ臭くて逆にいい。横っ腹を押さえながらなんとか写真を渡すと、柿崎の腰も瞬時に砕けた。砂利の上にひっくり返って、ひきつけを起こしたようにヒッ、ヒッと笑っている。おかげで俺の笑いにもターボがかかって過呼吸になる。千葉寛といえば、嬉しそうな、しかしそんなに面白いか？　という素朴な表情だ。

二枚目の写真。画面はぐっと引き、死体の横、土手を駆け上がってゆく賊の姿が写っている。可哀想に、柿崎はどれくらい雪の上に寝かされていたのだろう？　賊は二人で、一人は刀を持ち人質の首の辺りに突きつけている。だが手ブレを起こしていて誰がだれやら判らなかった。急いで次の写真をめくる。

三枚目。賊の顔がはっきり写っている。サングラスできめた親分が八木準、子分が林孝太。普段とは逆の構図だ。二人とも迫真の演技、八木はなけなしの威厳を集めて強面を作っているし、小心者の子分を演じる林孝太も、情けない表情がなりきっている……これは演技ではなく地かもしれない。だが八木に刀を突きつけられている一村和人は、ニコニコ笑っていてどう見ても人質には見えなかった。

四枚目。死体の柿崎はフレームアウトし、土手の上で凄んでいる賊を追う二人の刑事が土手を登っている。だがその二人——俺と古館——はマヌケにも後頭部のみ。一村はやはり、首を絞められながら嬉しそうに笑っていた。演技をつけていた俺がなぜそれでＯＫを出したのかまったく解せない。

五枚目。そのとき頭の中を、変な肌色の塗装を施された古いディーゼル車が四両ばかり、ガタガタと不器量な音を立てて通り過ぎて行った——八木の刀になぎ倒され、俺がひっくり返って土手を滑り落ちるというハードアクションに挑戦したときのこと。重量級の不穏な気配が近づいてきたのだ。線路の続く先には鉄橋があるのだが、いつのまにか列車が鉄橋の真ん中にのっかっていた。無感情なライトの眼をこちらに向けてのろのろ進んでくる。林孝太が泡を喰って土手を下り始めた。八木も続く。俺も諦めようと思った。もし学校に通報されでもしたら事だ、というみんなと同じ怯えに襲われたのだ。

「このまま撮ろうよ！」

ところがひとり、一村だけが土手の上で跳びはねていた。

「いい場面になる！　汽車がこう、ずーっと流れてきてさ！」

列車の音に負けないように彼は声を張り上げた。両手を代わるがわる横に流して懸命に説明する。

「……よぉし、続けっぞ！」

俺はすぐに乗った。一村は冴えてる。もはや、流れる列車をバックに展開するアクションシーンの誘惑に耐えられない。戻れコラ、俺の怒鳴り声に八木は下りかけていた足を止め、古館に促されてへっぴり腰で土手の上へ戻っていった。もう一人の賊の方も、笑顔の人質に手招きされてしぶしぶ脅しに戻っていく。

「ヒロシ、たのむぞ！」

振り返って寛に指を突きつけたが、彼の顔色はこの場の誰よりも蒼かった。そこに登った方がよく撮れんじゃん、と誰かが言い出したおかげで、ちょうどいい場所に停まっていたステーションワゴン――あずき色のごついアメ車みたいなやつだから、足場としては申し分ない――のボンネットにいやいや登らされていつ見つかるか気が気でない千葉寛にとっては、これ以上人目につくことなど言語道断だった。彼の家はすぐそばなわけだし、なにかあったら自分が真っ先に疑われる。親父さんのサングラスも勝手に持ち出しているしあとでぶん殴られるかもしれない、そう怯えていた。信じがたいことに、車の屋根に靴跡が残ったらヤバいからとスニーカーを脱いで屋根に登っていたぐらいなのだ。その肝っ玉の小ささには同情しかない。

だが、いまだけは。もう少しだけ踏ん張ってもらわなければすべてが水の泡。チャンスは一度しかないのだ。

「頼む!」

俺は目にあらん限りの力を込めて睨みつけて、どうにか従わせることに成功した。千葉寛はほとんど鬼気迫る表情で、震えながらカメラを構えた。よしっ! みんなに合図を出す。

古館が林孝太に飛びつき――孝太は実にいい表情をしていた、つまり本当に縮み上がっているのだ――八木が俺をなぎ倒す。列車が通る！

「あ、ごめん。失敗した」

千葉寛がいやにあっさり言い、カメラをいじくりながら車の屋根から下りようとした。信じられない。全員が呆気にとられて口々に怒鳴る、死体役を終えて下で見ていた柿崎が血相を変えて押し戻している。俺も力の限り声を張り上げた。

「汽車が行っちまう！　もう一回っ」

寛は顔中をひきつらせながら、カメラを目の位置まで上げた。うわごとのようになにかブツブツ言い続けているが構っていられない、もう一度八木に斬られる。いいかげんに腰が痛い、しかも斜面に顔から落ちて鼻に雪が入ってきた。

そして列車は、俺たちを気に留める様子もなく、悠然と通り過ぎていった……

いま、あのときの成果が、結果的に三枚の写真として手の中に収まっている。失敗した、との件《くだん》のカットはたしかにピンぼけな上に斜めになっており、出番を終えた柿崎がギョッとした顔で写り込んでいた。一村と八木も足しか写っていない。だがリテイク、俺が派手に斬り捨てられ、次の瞬間に撮ったカット（どうやら千葉寛はやけくそでもう一度シャッターを切ったようだ）で見事に頭を下にして滑り落ちている。ピカいちはやはり背景の列車だ。かすかに横にブレているのが絶妙なスピード感を醸し出して、見惚れてしまうほどだった。一村の見立てはズバリ当たった。

九枚目以降、連続活劇は大団円へとなだれ込んでいく。土手の向こう側から、謎の変質者がクギの飛び出した木材を振りかざして現れたのだ。彼は意味もなく八木に襲いかかって倒してしまい、林孝太相手に苦戦していた古館をあっさり助け出す。この役は誰あろう、柿崎彰だった。すっかりアドレナリンが出まくっていた俺たちは、彼ほどのいい役者を死体役で終わらせるのは惜しすぎると、正義の変質者として復活させてしまったのだった。ついにエンディング、殉職して倒れている俺を前に、救出された一村と、任務を果たした古館が感動的な握手を交わして笑っている。後ろの方には木材を振り上げて変態的に笑っている柿崎もしっかりと写っていた。

「一村、結局最後まで笑ってやがる」

さんざん悶絶《もんぜつ》し、ようやく笑いの発作が治まったころ、柿崎がしみじみと言った。腹を抱えて砂利の上を転げ回ったせいで、黒い詰め襟がところどころ白く光っている。

「ほんとだな……」

俺も感慨を込めて言った。一村にも見せてやりたかった。写真よりもずっといい笑顔を見せてくれたに違いなかった。

早く仲間たちに見せたい。孝太と八木が文句を言いながら我先に写真をめくるのが目に見えるようだ。

古館に見せたい。誰よりも早く。我慢できなくて震えが来た。一村の親友である彼には、誰にも増してこれを見る権利がある。一村の素晴らしい笑顔が閉じ込められたこの連続写真が、古館の表情をどう変えるのか見たい。

俺は写真を借り受けた。素直に千葉寛に感謝した。なんの得にもならない酔狂につきあってくれた上に、現像までしてくれたのだ。半年かかったことは責められない。いまになって俺の手に渡ったことが、意味のあることに思えた。

柿崎の自転車は劇的に健康を回復していた。寛の手入れのおかげで耳慣れたキーキー音が消えたことに、妙な物足りなさを感じているのが表情から判った。

「おまえ、もう少し嬉しそうな顔したら?」

「今日中に、だぞ」

別れ際、柿崎は俺の茶々を無視して言った。黙って頷くしかない。柿崎はなおも疑わしげな目を向けて去っていったが、俺の心は決まっていた。

日が落ちてきた。暑さは少しも和らぐ気配がなかった。古い扇風機が一台あるだけの家に帰るのが憂鬱になる。夜になったらひとり、自転車で海辺に涼みに出かけよう。それから、柿崎との約束を果たそう。

5

暗闇の中、顔に、身体に、とろけるような優しい潮風が押しよせている。骨の奥から本能的な歓びがあふれ出してくるようだった。少し身震いしてみる。夏だ……間違いなく。毎年、最初の夏の風が訪れるたびにえもいわれぬ幸福感に満たされる。今年の感覚はいつにも増して切なかった。また少し、震えてみる。自転車を駆って、ここまで俺を運んできた自分の身体がいとおしい。昼間に島本の拳を受けた頬が、少しだけ疼《うず》いた。

堤防の上から海を望んでいる。長いあいだ目を閉じ、ようやく開くと、実はすぐ前にあるのは河だ。方波見川に沿って、町の方からこの河口までえんえんと堤防が延びている。いま俺の目の前を、河は右から左にゆっくり流れている。いつもそうとは限らない。満潮時には逆流することもある。河幅は広く、雄大だった。

本当の海はその向こうにあった。この河は、海辺の砂浜のすぐそばを流れていることになる。ちょっと妙な眺めだった。河を越えて、潮風はここまで届いているのに。河よりも遥かに雄大な水面が、暗闇の向こうに果てても知れず、広がっている。

浜の端に立っている水銀灯が精力的な光を放っていた。眩《まばゆ》い直線がこちら目がけて川面を走っている。その光をもってしても、海を水平線まで照らし出すことはかなわない。空と海は彼方で溶け合い、いくら目を凝らしても境目は判然としない。だがこの風は確かに、あの辺りから運ばれてくるのだ。ズボンのポケットいっぱいに詰まった十円玉を握り締めた。さっき貯金箱をひっくり返して集めてきた。他の手段はない。この硬貨の山しか俺にはなかった。

いま、俺はひとりだった。誰からも遠く離れていることで、仲間たちの存在を、一緒にいるときよりも強く感じられた。ときには言葉すら邪魔になる。姿形すら妨げになる。だがここからなら、純粋に彼らを感じられる。町のあちこちに、自分の家族と一緒の屋根の下にいる。穏やかな夕餉《ゆうげ》だっただろうか。昼間の学校の火事は、どんなふうに話題になっているだろう。みんななにを感じ、どうやって親に説明しているだろうか。なんて大切な連中だろう、なんて……

そこには古館も確かに含まれていた。いつもは別格扱いの路子ですら、いとおしさはいま、他の仲間たちと同列に並んでいた。一村和人だけがどこにいるのか分からなかった。俺には、分からなかった。

いままでも何度となく、気が向くと自転車を飛ばしてこの玉岸の堤防のコンクリートに座って、海を眺めた。こうしていることが好きだった。ここからの眺めが、好きだった。潮風と波音に包まれながらいろんなことに思いを馳せる。いちばん多く浮かぶのはどうしても、路子と仲がよかった頃にふたりで話したこと。そうでなければ、いま路子に向かって話したいことなのだった。そうして決まって、いまこの瞬間、隣に路子がいてくれたら。大好きな場所に彼女を招待できたなら。そう考えては溜め息をつく。

ところが、今夜は違った。仲間たちと過ごしたかった。路子も含めて、等しくみんなと、この夏を誰よりも幸せに過ごしたかった。俺たちにはその価値がある。誰かにそう認めてほしかった。俺たちは苦しんでいる。自分の大切な一部を失ってしまった。どうしてもそれを埋める必要があった。自らを慰める必要があった。俺たち全員がだ。

そのためには真実が必要だった。なにが一村を殺したのか。なぜ、死なねばならなかったのか。それを知る以外には、俺たちが芯から癒やされることはない。

この堤防は、あの日見た堤防でもある。忘れもしない、清水昭治の身体を泥の中から見つけて、すっ転んで気を失っている間に見た堤防だ。男と女が歩いていた。俺はふたりを追いかけた。

現実の堤防の先に目を凝らす。いまもあのふたりが、あの闇の辺りを歩いている。そう思ってみる。古館と路子なのか、そうでないのか分からないふたり。顔のないふたり。でももう言葉が届かないなんて泣き言を吐いてる場合じゃない。どんなことをしてでも振り向かせる。

水銀灯の光に真っ向から目を当てた。ふたりがどうして遠くへ行ってしまったのか、そんなことはもうどうでもいい。これ以上は待てないんだ、我慢できるか！　弾かれたように腰を上げ、自転車に飛び乗った。全速力で飛んでゆく。ポケットの硬貨が騒々しい音を立てた。

海から遠ざかると蛙《かえる》の声が耳に届いた。田んぼに挟まれた、舗装された農道を走り抜けていく。蛙たちも夏の訪れを歓んで唄っていた。スピードは緩まない。街灯の真下にある箱型の光が見えてきた。周りに民家が少なく、俺の家からも距離がある場所。自転車を停めてその電話ボックスに踏み入った。三人の俺が俺を迎える。厳密には四人だが、一人は俺と背中合わせなのでいないも同然。

三人とも、青ざめた顔をしている気がした。光線の具合のせいに違いなかった。俺はメモ帳を取り出して広げ、受話器を取って十円玉を続けざまに押し込んだ。プッシュボタンを押す。

三度の呼び出し音のあと、つながった。

『――はい』

女の声だった。

『古館です』

あの、仁木といいますが。俺は名乗り、

「英明くんはいますか」

と訊いた。

『ちょっと待ってください』

声が消える。しばらく、受話器はなんの音も伝えてこなかった。

『──すみません、兄はいま家を出ております』

ようやく、古館容子の平淡な声が戻ってくる。

「えっ、どこへいったんですか？」

『さあ……』

しばらくいらえがなかった。俺の平静さはもろくも瓦解を始めていた。人間とは違う生き物と話をしている気がする。

『母に買い物でも頼まれたのかも知れません』

そう言いつつ、彼女は母親に尋ねる気もなさそうだった。あわてて訊く。

「いつごろ戻るか分かりますか？」

『いえ、申し訳ないんですが』

ちょっと話しただけで、彼女がきちんと敬語を扱えるのが判る。兄貴と同じ利発さを感じさせた。ただし、感情を消したときの近寄り難さまでまるで一緒だった。

「あ、それじゃあ、また後で、でで電話します」

はい。では失礼します。そう言って容子は電話を切った。終始丁寧だったのに、罵倒でもされたかのように俺は傷ついた。もう一度古館の家にかける気力など残っていない。

苦し紛れに電話番号メモの字を目で追った。さっき家中を探して引っぱり出してきた古い手帳だが、そう多くの人間は載っていなかった。一番上に記されているのが千葉寛のものであることからも、その古さは知れる。千葉寛の次が柿崎彰。その下には上野正徳の、転校してゆく前のもう通じない番号も残っていた。

柿崎と上野の間にあるいくつかの名前を、おそるおそる辿ってゆく。

橘路子。

さあ、もう逃げ道はない。彼女にかけない理由はなくなってしまった。見るとずいぶん幼い字、しかも「橘」の字を間違えたらしく、上から強引に正しい文字が書き込まれていた。いつ書いたのか記憶がまったくない。二年前、中学一年のときなのは確かだが、どんな気分でこれを書いたのかも思い出せない。筆致が丁寧だとか、他の名前と差別しているとか、特別扱いしたふしはない。

あのころ、俺は路子とよく一緒にいた。当時に限って言えば、仲間の誰よりも一緒にいる時間は長かったかもしれない。そのころを思い出そうとしても、変にぼやけていて細かいところまで浮かんでこないことが多い。たぶん、一緒にいるのが自然なことだったのだ。

出会いの日のことはよく思い出せる。中学一年、四月の新入生歓迎祭の夜。校庭には、初めて制服というものを着て日の浅い、はしゃいだ声が満ちていた。思い思いに固まって、PTAが用意したカレーだの豚汁だのに舌鼓を打ちながら騒いでいる生徒たちから少し離れて、居場所を探してうろついていたときだった。

校庭にはいくつか篝火《かがりび》が焚かれていた。そのそばに彼女は居た。火に照らされて佇んでいる路子は当時から大人っぽい、凜とした美しさを持っていたように思う。見覚えはなかった。隣町に住んでいるため、小学生時代は分校に通っていたのだと、のちに本人に聞くことになる。

篝火の周りにいた父兄と生徒たちが動き始めたので、つられて一緒に移動した。校庭の端まで来て休む彼らに混じって喋っているうちに、彼女と言葉を交わした。どうやって話し始めたのかは憶えていないが、夢中になるまではあっという間だった。気がついたら、草の上に座り込んでいるのは彼女と俺だけになっていた。他の人たちが帰っていくのにも気づかずに喋り合っていたのだ。

会った瞬間から彼女に惹きつけられた。そして、どうにか信じていただくより他にしようがないのだが、彼女も会った瞬間から、俺に興味を持ってくれた。

しかも、その日限りのことではなかった。同じクラスでもないのに、放課後はよくお互いを探して一緒に帰る。彼女をバス停まで送っていく。それが習慣になった。たいした距離ではない、普通に歩けば十分とかからない。だがいつも三十分以上かかった。小さな公園に寄り道して、ベンチにかけたりブランコで揺れたりしながら、日が暮れるまで話をしたこともある。話すことは山ほどあった。

いまからすると信じられないが、好きだとか「恋」だとか、考えたことはほとんどなかった。周りから冷やかされることはあった。たしかに仲がよく見えただろう、だが囃《はや》し立てられると腹が立った。そんなんじゃない、どうしてそんなふうにしか見られないんだ。「つきあう」だの「彼氏彼女」だのとありふれた呼ばれ方をしなけりゃいけないんだ。

懐かしい。たしかに幼かった。視野も狭いし思い込みも激しかった。だが間違いなくあの頃の方が自分は澄んでいて、しかも強かった。そんな気がする。

あの頃のことを話したい。あの頃のように、話したい。いま俺が思い出せないことを、路子の口から聞きたい。彼女があの頃を忘れてしまったなら、素晴らしいなにかがあったことを思い出さないなら、改めて伝えたい。

ふいに、どうしても訊きたくなった。どうしてきみはあの頃を忘れられるんだ？　受話器を取り上げてポケットに手を突っ込んだ。

十円玉がくぐもった音を立てる。恐ろしい予感が手を止めてしまった。もし路子も家にいなかったらどうする。いまこの瞬間も、どこかで古館と会っているのだとしたら？

確かめなくては。だが古館容子の応対がまだ胸に刺さっている。あの素っ気なさも、古館と路子の逢瀬《おうせ》を裏づけている気がしてくる。いま電話したら決定的に思い知らされてしまう。自分がただの邪魔者だと。縮みあがって、また大急ぎで柿崎や由夏のところへ駆け戻っていくのがオチだ。

息を大きく、ひとつ吐いた。十円玉を電話機に押し込み、あえて感触を確かめるように、路子の家の番号を押していく。孤独に酔いしれるつもりだった。やってやろうじゃねえか。彼女の不在を確かめることで、路子と古館を俺の方から断罪するつもりだった。仲間ではないと決めつけてしまうつもりだった。そのくせ、路子がいま家にいることを狂おしいほどに欲した。最後の望み。そんな言葉が浮かんだ。

『――はい、橘です』

視界がホワイトアウトする。一回目の呼び出し音の途中で、もう声が聞こえたのだ。ぎゅっと目を閉じる。誰の声か。答えは明瞭だった。なのにその答えを信用できなかった。

『どちらさまですか?』

あくまでも優しい声が問いかけてくる。対して、俺は言葉という言葉を忘れ去っていた。路子本人が出た、という事実だけが頭蓋の中を反響している。彼女は、古館のために家を空けてはいなかった。俺のために家にいてくれた。

「あ、あの……」

『――徹也くん?』

冷たさのかけらもない声が、俺をどっと感動させた。どうしてそんな優しい声が出せるんだ？　俺なんかを相手に。彼女は相手を間違えている。

『徹也くんでしょう？』

「うん」

自分の喉から出た実感がない声で答える。

『こんばんは』

「こんばんは」

間の抜けたあいさつを返したが、次の言葉が出てこない。

『土曜日は、ありがとうございました』

なんのことだかぜんぜん思い出せない。

『わざわざ送ってもらって……』

ああ、そうだった。実際に自転車に乗せたのは柿崎だし、そもそも礼を言うには及ばない、当たり前のことをしただけだ……そう思ったが言葉にならない。なにか答えなければ。そんな焦りで血迷った。

「柿崎のチャリ、うるさくなかった？」

深刻な声で尋ねてしまう。

『え？』

「キーカーキーカーいってさ」

『あ……』

　笑ったようだ。

『ちょっとだけ』

　ふっ、笑いの息を受話器にぶつけてしまい口から離す。相手と笑い声が合ったことが信じられない。俺の口は勝手に喋り出す。

「あっ、でもあいつのチャリ、きょう復活してさ。ヒロシが油さしてくれて。あ、千葉寛のこと」

　なんと馬鹿なことを喋っているんだろう。クソガキどもの自転車なんか知ったことか、いま思いつく限りで一番くだらない話題だ。あっ、あの話をしよう！　飛びつく。少しはマシと信じて。

「あのさ、昔、写真撮ったんだ。土手で、みんなで……それで」

　こんな説明で理解できるとしたら、テレパシーでも持っているに決まっていた。なのに路子は辛抱強く聞いてくれる。おかげでどうにか続けられた。つっかえつっかえ、相手の都合などお構いなしに、記憶の限りに連続活劇写真の描写をする。どんどん調子に乗ってきた。

「……それで、ヒロシのバカが、あ、失敗した、かなんか言ったときゃもうみんなで怒鳴ったね、ぶっとばすとこだった、でも結局なんとかなった。一村の言うとおりになったんだ、すげえいい写真になったんだよ」

ほんとに――。路子の合いの手にいちいち胸が暖かくなる。俺はとろけそうな顔をしてるんじゃないだろうか。ガラスに映る顔を見たくなくて目を閉じた。

「柿崎の、謎の変質者がもう完璧でさ！　なんでだかいつもカメラ目線で笑ってんだよ、いいかげんにしろっつーぐらい」

ああ、声を上げて笑ってる！　俺は路子を笑わせている！

「だから最後のカットは、一村と古館なんだ。みんなに見せなきゃと思って、早く見せたくてさ」

うん……という滲むような声。まるで、俺が電話したのを嬉しく思ってくれているみたいじゃないか。実際は、信じがたい深みをもつ彼女の優しさにすぎない。冷静になりたくなかった。ただ彼女を笑わせることだけに熱中した。この幸福が一秒でも長く続くことだけを望んだ。こんなに笑ってくれたことだけでもう俺の幸せ度メーターは振り切れていた。もし彼女の狙いが、真剣な話を避ける、というところにあったのだとすれば完全に成功していた。

『わたしにも――』

「え？」

『わたしにも、見せてもらえる？』

なんて控えめな声だろう。

「もちろん」

いくら強調しても足りない。

「もちろん！　あした持ってくよ。学校に」

ふと、疑問が口をついて出る。

「あ、でも、あしたは学校あるのかな？」

言った直後に、考えなしのガキを殺したくなった。そんなことさえ言わなかったら、路子との会話は雑談で終わっていた。俺は喜んで、それを望んでいたのに。

『あるそうよ』

路子は言った。

『朝から。さっき、電話連絡が回ってきたの』

「あ、ほんと」

『うん。授業がもう、何日も遅れてるから。これ以上休むわけにはいかないってことらしいの。だから警察の人に、いつも学校にいてもらうことにしたらしくて』

「ああ、そうか」

そういえば建一郎がそんなことを言っていた。もう、夜っぴて警官が学校にいるのだろう。そしてあの机を守っている――校長室の惨状が甦ってくる。灰。汚れた水。桐島建一郎の吐くタバコの煙。藤原光弘という男の巨大な影。桐島由夏の、ひどく傷ついたかのような顔。まだ放っておくつもりか？　徹がやらないんだったらおれがやるぜ。そう言った柿崎の、思い詰めたような眼差し。俺は自転車に乗った。そしてここへやってきた。

「そういえば、古館が」

言ってから、身体が急激に冷えていった。もう後戻りできない。おまえはさっきだれに電話をした。なんのために電話ボックスにいる？

「さっき、古館に電話したら………留守だったんだ」

息を詰めた気配が返ってきた。

「どこへ行ったのか分からない」

俺が続けると、かすかに、息遣いのような声が聞こえた。

「きみはもしや……」

知ってるの？　という言葉を呑み込む。彼女には伝わるはずだった。

言葉は返ってこなかった。電話を切られるかもしれない。反射的に十円玉を補給する。これだけ入れれば来週までだって話し続けられる。彼女の動作ひとつで、電話機はスロットマシーンさながらに吐き出すしかなくなるが。正面にいる自分を見つめる。意外にも、目の前の俺は頼もしく見えた。

静寂が続く。受話器を持つ手が熱い。

『て……』

なんだろう。

『てっ……』

彼女の声は震えて消えた。なんだ？　俺の名前を呼ぼうとしたのか。瞬間、目が回るほど動転した。それはすがるような声に聞こえた。助けを求める声に聞こえた。俺を求める声に聞こえた。

「……路子？」

俺は今日初めて――いや、たぶんここ一年ほどで初めて、彼女の名前を呼んだ。昔のように。いや昔、俺は彼女の名前を呼んでいただろうか？　呼ばずにすませていたかもしれない。もう思い出せない。

「どうか、した？」

きっとこのとき、かけるべき適切な言葉があったに違いない。もっともその言葉がなんだったのか、いまでも答えられはしないのだが。

路子はまだ黙っていた。汗で滑って、受話器を落としてしまわないか不安になる。拍動が聞こえる、自分のものなのに受話器から聞こえてくる。

『古館くんに、どんな用事？』

硬い声が俺を打った。

今度は俺が黙る番だった。路子は自分の態度を決めたのだ。絶望が網のように、俺の身体を包み込んでくる。

だが岩のように動かない自分がいた。探るように、ゆっくりと言葉を手繰った。否も応もない真剣勝負が始まっていた。

「きょう、校長室があんなことになって……由夏のお父さんが、校長を締め上げるって言ってた。でもたしかに、これ以上ひどいことは我慢できない。どうにかして、終わらせることはできないのかって考えてたんだ。もしまた、人が死んだりしたら……もう」

自分の声が強く、揺らぎがなくなってゆくのが判る。

「もしかしたら、校長がなにか喋ってたら、もうなにか分かってるかもしれない。もし喋らなくても、焼け残った机の抽出しを開ける。あしたの朝一番に。きっと、なにか分かる」

そんなに簡単なことではないかもしれない。校長がすべてを知っているかどうかも判らなかった。だが俺は言い切った。

「今日こそ古館に訊きたかった。なにを隠してるのか。なんで、俺たちに打ち明けてくれないのか。どうして、俺たちとの間に……壁をつくるようになったのか」

路子はまだ無言だった。頭に血が上る。反応を引き出さずにはいられなくなった。

「きみは、古館がなにを隠してるのか、知ってる」

　断定した。もちろん路子は答えない。

「俺たちはみんな、仲間だった。そうだろ？　そりゃ、きみら二人ほどじゃなかったかもしれないけど、俺だって、柿崎だって、みんな一村が好きだった。ほんとに、好きだったんだぜ？」

『分かってる』

　路子は声を震わせた。

『分かってる……』

「じゃあ、どうして俺たちをのけ者にするんだ？」

　自分でもなにを言っているのか判らなくなった。一瞬にしてすり替わっている。生きているのと死んでいるのにかかわらず、仲間のために動いていたはずの自分が、惨めな愚痴野郎に。けっきょく嫉妬か？「仲間」を盾にとって立派なことを言っても、相手に恨みをぶつけたいだけか。

　だが路子は言葉どおりに受け取っていた。こっちが思ったよりもずっと正面から。路子は路子だった。

『のけ者になんか……するつもりないの』

　胸が凍る。その声は泣き出しそうだった。

『でも、これだけは信じてほしい』

　声にあふれる真心が、胸を打ち砕いてゆく。

『古館くんは、みんなのことを本当に好きだし、信頼してる。だから……古館くんは、みんなから離れようとしてるんじゃないってこと。ほんとは……逆よ。彼も、苦しんでる』

　頭がぐるぐる回っている。俺は別の人間になってしまいそうだった。ついに路子が、古館と秘密を共有していることを認めた。ふたりは同じ地平に立っている。ふたりだけが特別で、俺は、そうではない。

「だったら、どうして俺たちに打ち明けてくれないんだ？」

　攻撃的に切り返していた。

『打ち明けることができないから、苦しんでるのよ』

「じゃあきみは、なにもかも知ってるんだね？」

　少し間を空けてから、路子は答えた。

『そんなこと……ないわ』

　くそっ！　危うく叫びそうになった。路子は誠実に答えている。彼女は古館との秘密を守る。そして、秘密にするには理由があることを、俺にしっかりと伝えたのだ。そこから先へ進ませるつもりはない。

『古館くんを、信じてあげて』

路子の願いを、柿崎だったら受け入れるかもしれない。由夏も、他のみんなも。分かった、待つよ。そう素直に返せるのかもしれない。こんな気持ちになるのは俺だけに違いなかった。気力が、穴でも開《あ》いたようにこぼれ出ていく。自分は適任者ではなかった。柿崎に任せるべきだったのだ。

「……でも、あしたには、校長のおかげでなにもかも分かってるかも知れないんだぜ」

負け惜しみを絞り出す。このままでは切りたくない、それだけだった。

「野々宮先生も、及川悠子に探りを入れてくれてるはずだし……」

『野々宮先生が？』

声に緊張がみなぎった。

『どうしてそんなことを……徹也くんが、先生に頼んだの？』

死にかけていた好奇心がひきずられた。苦し紛れの台詞にすぎなかったのに。及川悠子のことなんか、それほど重要なことだとも思っていなかったのに。

「頼んだわけじゃないけど」

いや。俺は先生に任せきりにしてしまった。及川に仇《かたき》を見るみたいな眼で睨まれるのが嫌で、また傷つけられるのが怖くて。目の前に転がっている鍵から目をそらしてきた。

「及川たちは、そんなに深い関わりがあるのか」

路子が押し黙った。俺は、無感動に続ける。

「分からなかったよ……じゃあ、意外に大勢のやつが、ほんとのことを知ってるんだ」

力ない呟きが、路子の同情を誘ったのかもしれない。

『あのひとたちは、少し、巻き込まれただけ……』

涙声だ。

『おねがい。及川さんたちを、そっとしておいてあげて』

路子の正直さが哀れになった。ついにつけ入る隙を手に入れた。俺次第だ。

『野々宮先生にも、伝えて。おねがい！　徹也くん。及川さんに触れないで……』

「ひとつだけ教えてくれ」

俺は遮った。路子は黙ってくれる。こんなときにも、俺は信じられないほどの愛情を感じる。

「きみは、一村を殺した人間を、知ってるのか？」

永遠に思える沈黙があった。

ぽつり、と言葉が落ちた。

『さようなら』

かすかな電子音とともに、俺は闇の中に取り残された。

最後の声にすら、失われていなかった優しさ。帰れるはずがない、もう力を使い果たしたのだから。目さえ開けられなかった。頭を抱えてうずくまる。ずっとそうしていた。

間奏――物語

世界中の物語が少年を待っていた。

幼い頃。目の前で待ちかまえている本の山は、少年を素晴らしい別世界へ連れていってくれるものだった。見たこともなかったものを見せてくれる。叡知《えいち》をもたらし、世界観を広げて大きな人間にしてくれる。恋することの切なさと愛することの歓びを、失うことの悲しみとつながり合えない虚《むな》しさを、それ以外のありとあらゆる感情を教えてくれる。数々の悲劇と祝祭に引き合わせ、この世の凄さを、生きることの奥深さを思い知らせてくれる。

だが成長するにつれ、少年はそう感じることができなくなる。満足のいかないものばかりに出会うようになる。さも価値があるように見せかけて、いざ読んでみると大嘘だったことが分かったときには傷ついた。行く手には、無価値なものもたくさん紛れ込んでいる。そうわきまえなければならなかった。

ただ、少年が物語そのものに絶望することはなかった。ほんとうの物語が欲しかっただけだ。掛け値なく素晴らしいと思えるもの。つらいときに思わず手に取る本。やるせないときに読み返してしまう場面。酔いたいときに酔わせてくれる魔法のような文章。

ある人物の言葉は自分がここに存在している意味を教えてくれる気がしたし、ある人物の振る舞いは何度辿っても胸を震わせ、涙を呼び起こした。自分にそっくりな、いろんな壁に阻まれて未来を信じられない哀れな少年にも出会えた。打ちのめされてもなんとしてでも前に進む力を分けてくれるような人物にも。そう、ほんとうの物語の中では。

彼らを、生きている人間のように愛した。まるで現実のように物語を愛した。

もちろん事実を描いてはいない。だが優れた物語は真実を語る。それが分かっていたから。ご都合とごまかしだけでできているもの。読んでいる間は楽しいけれど読み終わったら手元に置いておく気がしないもの。数限りないできそこないの中で、たしかに輝いている稀有《けう》な物語は、かけがえのないなにかを宿しているように思えた。一度見つけたら決して離さず、この手に握っていたいと思った。

それらが、深い深い根っこのところでは同じことを言っている。凄く遠くかもしれないが同じ方向を見ている。そう感じるのはなぜなのか。そのまま明日を生きる力になってしまうようなものは、異なる声で同じ歌を唄っている。一緒の大地に根を生やして同じ養分を吸っている。そんなふうに感じられた。

遥かな昔からいまに至るまで、この地上に生きてきた無数の語り手が、時代を超えて真実である黄金の言葉を、耳を傾ける者へ宛てて、敬意と真情を込めて、祈りにも似たやり方で、語り続けてきた。

この世にある悲しみの総量を減らしてくれるようななにかを、死ぬまで捜し続けようとする人間はいつの時代にもいて、その捜している者にこそ見つけてほしい。できることならば、不屈の捜索者たち全員に手ずから届けたい。そう夢見ながら、声は物語を語る。誰かが待っている、ひたすらにそう信じ、会うこともできない人々へ向けて……世界の鼓動に耳を澄ませ、途方もない時の流れをも背景に溶かし込みながら。ほとんど奇蹟とも思えるような力を奮って、物語を紡ぎ続けてきた。

その列に連なる者になりたい。

それは、なんと大それた、叶わぬ望みだったろう！

——あたしのお兄ちゃん、病気なんだ。

暗がりの中、生まれてから見たこともないほど美しい生き物が言葉を紡いでいる。

少年は、ふっと夢を見ていると信じそうになる。暗闇に慣れた目が一秒も休まず少女を賛美し続けていた。こんなことは生まれて初めてだった。もてあましていた。あまりに巨大な歓びは、悲しみに似ていた。痺れに似ていた。

――心の病気なの。高校も、初めはふつうに通ってたんだけど……だんだん考え込むことが多くなって、元気がなくなって……去年から、ほとんど学校へ行ってない。もともと人がいっぱい集まるところは苦手だったんだけど、ますます、無理になっちゃったの。でも最初は、お母さんもお父さんも、お兄ちゃんのつらさが分からなかった。ちゃんと学校へ行け、まともになれとか、人並みに生きろとか……それができるんだったら、家にこもったりしないのにね。お兄ちゃん、ほかの人に比べれば少し変わっていたかもしれないけど、優等生でとおってたし、怖かったのね。ふつう、から外れることが。どんどん、ふつう、から離れていってしまうことが。お兄ちゃんは頑張ってた。親に心配かけまいとしてた。優等生の役をうまく演じようとしてた。でもそれが限界を超えちゃった。暴れることもあったわ。でも、ひとを傷つけたりしないんだ。たいていは、自分の部屋で暴れるの。ステレオも蛍光灯も目覚まし時計もキーボードもみんな壊しちゃって、何回買い替えたか分かんない。優しいからよ。だれも傷つけられない、自分しか傷つけられないの。

なにが言えただろう。なにを言っても上滑りする。少女の気持ちを簡単に自分のものになどできない。なぜなら、少年が少女に出会ったのはほんの二時間ほど前だった。そしてこの少女とは、決してうわべで語り合いたくなかった。

——病院にも、行ったの。

隣の市の精神病院の名前を聞いて、少年はたじろいだ。たじろいだ自分を押し隠すのにせいいっぱいだった。

少年の近所にも、あそこに通っている、と噂になっている人がいた。その人と道ですれ違うこともたまにあった。早足になってしまう自分がいた。頭が変になるってどういうことなのか。もしそんなことになったら、家族には、周りの人にはなんと説明したらいい？　だが、少女はそんなことを恐れてはいなかった。

——なにがつらかったって、お兄ちゃんのつらさが本当には分からないことがつらかった。心のどこかで、途方に暮れてるのね。もうお兄ちゃんは一生このままじゃないか、治そうなんて無理じゃないのかって。でもね……

お兄ちゃんて、おかしいのかな？　最近よく、そう思うんだ。おかしいのは、もしかしたら、お兄ちゃんじゃなくて周りのほうじゃないかって。もちろん、あたしも含めた、この世界全体が。ううん、どっちがおかしいって言い切れるってわけでもなくて……お兄ちゃんだって、傷つきやすすぎるし、好き嫌いがすごく激しかったりとか、ひとに向かって怒鳴っちゃったりとか……そう、悪いところがないなんて言わない。でも……治す、なんて違う。お兄ちゃんはお兄ちゃんでしかない、きっと素直すぎる、そのせいなんだ。そんなふうに思ったり……

この少女が自分と同い年とは思えなかった。
言葉にできない、強い予感のようなものが、少年の中で膨れ上がっていった。

——お兄ちゃんはよく言っちゃうの、『馬鹿ばっかりだっ！』って。すごく乱暴な言葉だし、人を傷つけてしまうのは分かってるんだけど……でも、思ってしまう。周りの人たちがもっと優しかったら。頭が変だと決めつけたり、白い目で見たりしなければ。お兄ちゃんがなにに苛立ってるのか、ほんとはなにを伝えたいのか、もう少し、分かろうと思ってくれたら。お兄ちゃんはあんなに、イライラしたり怒鳴ったりしないと思う。

すごく、分かる気がする。お兄さんの言うこと……どうにかそんなことを言うしかなかった。だが本当に、お兄さんの苛立ちを自分のものにできるような気がした。もしかすると自分は、彼に似ているかもしれない。のちに少年は、少女の兄と実際に会うことになる。そして、自分の感じたことが間違いではなかったことを知った。

でも。大変だね……少年の、言ったそばから後悔してしまうような貧しい言葉に、少女は優しく微笑み返す。


——大変だなんて……そんなことない、ぜんぜん。

あたし、幸せ。ときどき、こんなに幸せでいいのかな、って思うくらい。たとえば、ピアノがウソみたいにうまく弾けたりとか。だれかがだれかに、優しくしてるところを見かけたり。お母さんに抱きついたら抱きしめてくれたりとか。暴れたあとのお兄ちゃんが、謝ったり、優しくしてくれようとしてるときなんか、ほんとにそう。涙が出るくらい。

そんなときね、自分だけじゃなくて、み・ん・な幸せなんだ、って思うの。変かな？　うまく言えないんだけど、でも……幸せはあるんだ、間違いなく。そう信じられるの。

少年は、声も出せずただ頷く。

——そんなとき、どうして自分が、この世に生まれてきたのか……ほんの少し、分かるような気になるの。自分がいま、ここで生きてることは偶然じゃない。この幸せを味わうためにここにいる、この幸せがあることを確かめるために、ここにいるって。

きっとみんなに、幸せになる力がある。なにもしないで、なにも感じないで生きていたら難しいけど、ただ流されて、まるで眠ってるみたいにして生きていたら、うまくいかないと思うけれど……お兄ちゃんは、目が覚めた人なんだと思う。たぶん、だれよりもはっきり目が覚めたっていうか。そうしたら、優等生でいることは少しも幸せじゃないって分かった。お父さんやお母さんの言うとおりにしてることは幸せじゃない、お父さんやお母さんが思ってる幸せは、ほんとの幸せとは違う。もっとぜんぜん違うことなんだって、お兄ちゃん、分かっちゃったから辛くなったんだって思った。でも、お兄ちゃんも自分が感じてることをうまく伝えられなくて、板挟みになって、結局自分を傷つけてしまって……すごく考えてる人ほど、すごく悩むんだと思う。すごく、感じる人ほど。


少年は、首がおかしくなるほど頷くしかない自分が馬鹿みたいだと思ったし、返す言葉のない自分は実際に馬鹿だと思った。でもどんなに頑張っても、口がうまく動かない。ふさわしい言葉が見つからない。

ごめんなさい。ひとりでべらべら喋っちゃって……

少女はだしぬけに両手で自分の顔を隠し、少年に謝った。

——変なことばっかり。よく分からないよね？　自分でも、よく分かんないのに。なんだか恥ずかしい。ごめんなさい……でもお兄ちゃん、いまはすごく落ち着いてるの。あたしといろんなことを、ずっとずっと、話して来たんだ。いっしょにいろんな本を読んだりして、すっごくたくさん話して……そうしたら、少しずつだけど、元気になってきた気がするの。いまは学校に戻ることも考えられるくらい。

少年は痺れを振り払いたかった。喋りたい、無限に近いたくさんのことが口まで上るのに、結局形にならない。

この世にいた。心の底で求めていたものを引き出してくれるひとが目の前に。どんな大人相手にも、こんな話はできなかった。この子は同い年だ。

——あたしって、変？

怯えたような表情が浮かぶ。草の上に座った少女のそばで、控えめに距離をとっていた少年は、つんのめるほどに身を乗り出した。少女に届けるべき言葉を見つけようとした。

へ、変なもんか！　俺も、いつも、同じようなこと考えてる。と思うよ。たとえば、風がすごく優しいときとか。この世界は、俺たちのために存在してくれてる……そんな感じがしたりして。季節が変わるとき、たとえば、夏の最初の風のなかに、自然の言葉がまざってるようような。ええと……

なにもうまく言えなかった。少年は夜空を見上げて星の話を始める。必死だった。

見てよ、あの星。そう、あの明るい銀色の星。シリウスっていうんだ。あんなに明るい星だけど、光の速さでも地球から八年以上かかる。でも宇宙ではご近所さんさ。だって、同じ銀河系のなかの星だからね！

銀河系って、どういうものなの？　少女はそう訊いてくれた。

星が集まってできた、円盤状の固まり。凄いんだぜ、端から端まで光で十万年かかる。おんなじ集団なのに、そんなにかかるんだ！　いくつ星が集まってると思う？　二千億。そう、に・せん・おく。しかも銀河は回ってる。回転してる。二億年に一度、いいかい二億年に一度だよ、ひとまわりするんだ。

——すごい……それって、銀河って、ひとつだけ？　もっとたくさん？

うん、数百億あるっていわれてる。だから星なんて、無限にあるわけだ。無限って言っちゃうと簡単すぎてつまんないけど、ほんとにとんでもない数がある。ねえ、なにか感じない？

生き物が住んでる星って、地球だけじゃないいんじゃないかなあ。そんな気がしない？　小さすぎるよ。地球は小さすぎる。死ぬまでここから出られないなんて、悔しいね。

——そんなふうに考えたことなかった。でも言われてみると、ほんとにそうね。

少女は楽しんでくれているように見える。遥かな世界に心を漂わせるとき、決まってやってくるあの恍惚《こうこつ》とした気分を、分かち合ってくれている気がする。だがそれでは満足できなかった。言いたいことの一パーセントも言えていない。少年は悪あがきを続ける。

でも宇宙ってさ、信じられないほどでっかい。光の速さで百億年かけても、果てまで辿り着けないんだよ?!　しかも宇宙は膨張してる。ますます大きくなってるんだ。聞いたことあると思うけど、ビッグバンだよ。想像もできないくらい凄い大爆発が宇宙をつくった。

でも、そのビッグバンより前ってさ、想像できる？　時間も空間もない、なんにもない世界なんてさ。色もない、光も闇もない……

必死に言葉をつないでゆく。いま少年にできるせいいっぱいのことだった。どうなってるんだろ、宇宙って——と問うことは、どうして自分はこの世に存在してるんだろ？　という問いに似ている気がした。うまく重なるわけではない、ただ、重なることを祈りながら喋り続けた。

あっ、でもさあ、宇宙の果てを想像できる人間も凄い。宇宙はむちゃくちゃ広いけど、人間てさ、その広さを想像することはできるんだよね。宇宙の外側、とかさ、宇宙の始まる前、なんて……それって、宇宙を越えちゃってるんだよ。何百億年もの宇宙の歴史を、たった何十年の命なのに、理解しようとする。百億年を自分のなかに入れようとする。それができるんだ。すごいよ、人の心ってさ……

この尻すぼみの結論はなんだ、完全に失敗だと思った。なんにも言えてない、バカすぎる、力が足りなすぎる。

なのに少女は楽しそうに笑った。ほんとうに楽しそうに。

少年は嬉しかった。瞬きもせず、少女が自分を見つめていた。幸せだった。こんなに熱く浸されるような感情は生まれて初めてだった。

少年は味わってしまった、芯からの歓びを。出会ってしまった、ほんとうにつながりあえる相手に。少年はのちに思うことになる。あの夜は、自分の人生がほんとうに始まった夜だったと。

その夜は実際には、湧いてくる思いをどう言葉にするか考えているうちに時間が消えていった。校庭の端っこ、だれの邪魔も入らない魔法のような空間で、出会って三時間も経っていないふたりは一分も休まずに喋り続けて、我に返ったときには篝火が消えていた。校庭のさんざめきもすっかり退き、現実の世界がふたりに押し寄せてくる。過ごした時間はあまりに短く感じられた。地球の自転が急に速まった、そう信じそうになった。一晩かかっても話は尽きそうになかったのに。

生徒も親もほとんど帰ってしまっていた。少年は青ざめた。自分は歩いて十分で帰れるが、少女は家までバスで帰らねばならないという。不当に拘束した気分になって、少年は断固として少女をバス停まで送ったのだった。夜は働きに出ているので、少年の母親はもともと学校に来ていない。でも少女の両親は学校に来ていたはずだ。なのになぜ彼女をひとりで送ることができたのか、少年はあとから思い返しても首を捻るばかりだった。

大丈夫なの？　とバス停への道すがら何度も訊いた。少女は笑ってうん、と頷くだけ。

無事にバスに乗って去るのを見届けても、少年は自分を責め続けて眠れなかった。少女の両親は家に戻ってきた娘を叱りつけ、なにをやっていたのか問い詰めたんじゃないか。自分のせいだ。なんてことだ、彼女はもう自分と話す気にならないかもしれない。恨んでいるかもしれない。

すべてが馬鹿げた心配だった。少女は次の日も、まるで屈託なく少年に接してくれた。それどころか……彼女は明らかに、自分を特別な友達と見なしてくれている。日に日にそう信じられるようになった。嬉しすぎて現実とは思えなかった。だが反面、これは自然なことだ、自分たちは出会うべくして出会ったのだ、という確信もあった。

素晴らしい季節の始まりだった。

だめだ、ぜんぜんうまく言えないや……少女と話をするときはそれを繰り返した。自分の表現の貧しさ、閃《ひらめ》きのなさを思い知らされて自己嫌悪に陥った。

そこまで集中して言葉を駆使したことがなかった。そこまでに厳密な、外れすぎていてはならない言葉をぶつける必要のある人間は、それまでの人生でいなかった。

いったいどれぐらいの時間を費やして話をしただろう。同じクラスではなかったから、毎日お互いを捜さなければならなかった。でもそれが楽しかった。昼休みに会えたら校庭で話をすることもあったが、いちばん多かったのは放課後。人目を気にせず、時間も気にせず話ができた。少女のクラブ活動（吹奏楽部）がない日はたいてい、バス停まで送っていく。公園や河原に寄り道して、ときには暗くなるまでいっしょに過ごす。雨の日だって駄菓子屋の軒先でラムネひとつで粘ったことがあったし、雪の日も雪玉でキャッチボールしながら遠回りして帰った。ふたりとも雪まみれになって、長靴を履いていなかった少年の足の指は派手にしもやけした。少女にはそれを隠した。

そうやって、季節がひと巡りする間、多くの時を共に過ごした。

どうでもいい話だけで嬉しかった。彼女を仲間たちに紹介して、いっしょに遊んだりするようになった。それも楽しかったけれど、ふたりだけで話すことは変わらず格別だった。幾度となく大切な話になった。遥か遠くを望んでいるような、自分が宇宙のどの位置を占めているのか実感できるような、なんのためにここで生きているのか理解できるような、自分はちっぽけな存在なのに実は意外に大きいのかもしれないと思えるような、そんな瞬間を味わえた。自分の進歩のない舌足らずに少年は幻滅したが、それでも少しずつ、思いを伝えられるようになった。

なんのために生きれば、ほんとうに生きることになるのか。どうしたらこの世からひどいこと、悲しいことが減るのだろう。あまりにたくさんの言葉にできない大きな思い、それは相手の少女にとっても同じことで、言葉をぶつけ合い、行きつ戻りつしながら、脱線して笑い合ったりしながら……ときには信じられないほど深いところまで、いっしょに行けたと思った。ごく稀《まれ》に、答えが見えた！　と思う瞬間さえあった。それは興奮状態が呼んだ錯覚かもしれないし、ほんとうに見えたとしても巨大な答えの尻尾でしかない。それは分かっているつもりだった。それでも幸せを味わえた。ふたりでそれを分け合った。

日に日に確かな絆が生まれてゆく。もはや少女のいない人生を想像することはできなかった。少女の方も、自分のことをそう感じてくれている。そう信じて疑わなかった。ところが、いつからだろう。なにかが変わった。

なにかが翳《かげ》り始めた。

少年には分からなかった、なにが原因なのか。ふたりのあいだに隙間ができた。初めは目に見えないほど小さかったそれは、少しずつ、しかし確実に広がっていった。

二年生の秋。少女は生徒会の書記委員に選ばれた。天性の音楽的才能はもちろん、周りから慕われる性格で吹奏楽部の中心になっていた彼女は、生徒会の仕事まで負うことになった。もう、どこにも時間の余裕などあるはずがなかった。少年は諦めた。無理に時間を貰いに行くのはやめよう……そして頭を抱えた。

認めるしかない。素晴らしい季節は、完全に過去のものになったということを。かけがえのない日々は、いつの間にか自分の手から、滴さえ残さずこぼれ落ちてしまった。

あれは間違いなく、少年の人生の絶頂期だった。つまり俺の。

もっと話すべきことがいっぱいあったのに、つまらない話ばかりしてしまった。そんな心残りがある。もっと大切に一瞬一瞬を使うべきだったのに、いつまでも続くとのんきに信じていたから。いつか話そう、もっと深くまで話したい、と思っていたことを一割も話せなかった。

そして俺の中に、確かに芽生えていた気持ち。それを彼女に伝えることはおろか、はっきり自覚することもできなかったという悔い。

こうまで鮮やかにあの時代が去ってしまうと、自分はほんとうに路子の目の前にいたのか。そんな気がしてくる。自分とは違うだれかが、毎日親しげに話をしていた。だってあんなに親密に話せるなんて、いちばん大切な相手みたいにお互いに目を向けられるなんておかしいじゃないか。ぜんぶ夢だろ？　そんなふうに自分を笑うことがある。いかに自分が情けないところまで落ち込んでいるかということ。

路子と俺の人生の軌道は二度と交わりそうにない。離れていく。それはもう、宇宙的な距離に感じられた。

路子よりも大切なものが、俺に残されているだろうか？　つらい問いだ。どこかに癒着してしまった自分の皮膚を、無理やり引き剝がすのに似ていた。苦痛だし、血も滲む。

それでも、俺は断言しなければならなかった。

あるに決まってる。つらさを乗り越えるための言い訳かもしれない、なんとでも言え、だが答えは決まっている。

もっと大きなことがあるはずだ。路子と話すことができなくなってからも、俺は書き続けていた。誰にでも過たず届く言葉を捕まえたかった。伝える価値のある言葉を、正しく相手に伝わる文章を。ときには物語になり、ときにはただの唸りのようなものになった。書いても書いても満足がいかない。大事ななにかをこぼし続けている。だから何度も、めげずに書いていくしかない。そのたびに挫折して、別な日に気を取り直して、また挑む。そんなよちよち歩きを続けてきた。

路子といっしょにいたころの癖は消えなかった。なにかあると話をしたくなった。迷ったときは、路子の意見を聞きたかった。文章が形になると読んでほしくなった。なのにもう相手はいない。だからただ書くしかない。いくら書いたって路子に届くわけじゃない。無力感に負けてペンを机に叩きつけてふて寝してしまうこともあれば、届ける相手なんか問題じゃない、とただ没頭して書けることもあった。そんな熱狂に背中を押されたときは、すべての惨めさを埋めるほどの幸福を感じられた。

路子の気配は去っていかなかった。自分の一部になってしまっていた。ともに過ごした季節は変わらない輝きを放ち、ときには強すぎて俺を痛めつける眩い光だった。

三年生になってからは、後悔や痛みを抱え込んだままでも生きてゆける。そんな自信が生まれたはずだった。あの季節は戻らないんだ。受け入れろ。

だが災厄が降ってきた。学校を襲った。俺たちを直撃した。いままで通りではいられなくなった。路子も、俺も。静かに離れていけばよかったはずだ。そうはいかなくなった。

自分のことはいい。路子の胸中を思うたびに痛みを覚えた。なんでこんな目に遭わせる？　一年以上、だれよりも近くで見つめていたのは伊達《だて》ではない。彼女はだれかの痛みを自分のものにしてしまう。ましてや、すぐそばにいる人間の痛みに耐えられるはずがない。

路子とふたりで歩いていたとき、ある男の子とすれ違った記憶が甦る。九歳か十歳ぐらい。身体にぴったりした鼠色《ねずみいろ》の長袖シャツを着たその子は、たぶん母親であろう女性に手をひかれていたのだが、白い杖を持っており、薄く開けられた目は固まっていたから、目が不自由だと判った。すれ違ってからしばらく、俺はただ黙って歩いた。どれぐらい経った頃だったろう、路子は前を向いたまま呟いたのだった。

――どうして、あたしは、目が見えるんだろう？

そう問うたことを、路子が憶えているかどうかは分からない。だがあの瞬間は、俺の胸にこそ刻まれている。そんなふうに考えてしまう少女だった。だから彼女がどれだけ深いところで血を流しているか、俺には分かってしまう。たとえばアウシュヴィッツの映像を目にしたとしたら、なぜ自分が転がって死んでいるユダヤ人に生まれなかったのかと感じるのはもちろん、どうして虐殺を強いられたドイツ兵の方でもなかったのか、そう考えることをやめられない。あそこでユダヤ人に手をかけるのは自分だったはずなのに、いやあそこに殺されて転がっているのは自分なんだ。なのにどうして自分は生きている。目が見える。身体が動く。生きることを許されている。ならば、自分はいったいなにをしなければならないのだろう。

路子は華やかな人気者ではない。控えめで、目立つことを避けようとする。だが、一度でもきちんと言葉を交わす機会があった者にはたいてい、路子の印象が長く刻まれるだろう。中には、俺みたいに一生消えないやつも出てくる。彼女がいてよかった。あんな人があのクラスにいる、そう思い返すだけで心が明るくなる人間は沢山いると思う。そんな類いの人間だ。俺には見える気がする。路子と多くの人たちを、心の奥の方でつないでいる糸が。路子自身は意識していないかもしれない、だが、大勢がそっと、路子に目を向けている。

一村和人も路子に似ていた。そうでなければ、一村はあんなところでは死ななかった。俺にはそう思えてならなかった。一村が一村だったからこそ、危険な場所へたったひとりで行った。だれかの痛みを止めたかったからだ。その痛みは、自分の痛みだったからだ。

一村が急にいなくなったことで、どれほどの苦しみが路子を苛《さいな》んだのか。どうして死んだのは一村で、自分ではなかったのか。彼の苦しみを、死ぬときの痛みを、恐怖を、孤独をどうして引き受けてやれなかったのか。この世にこんな運命があり得るのか？　一村和人が死ぬ正当な理由がどこにある。狂おしいほど自問したはずだ。

なのに、なんの言葉をかけることもできなかった。励ます言葉、痛みを分かち合う言葉、なにひとつ彼女に伝えられない。その役は古館英明に譲ってしまった。そのことが、日を重ねるごとに、深々と俺を突き刺すのだった。もう取り返しがつかない。路子にとって少しでも意味のある人間になりたかったのに。

いつからだろう。気持ちを溶かすような笑顔や、若さを超えた包容力や優しさや、そのすべてを俺は欲しいと思った。きっとそれがいけなかった。男として路子を求めてしまったのだ。きっと言葉の何割か、眼差しの何割かに雄が混じった。その瞬間から路子の心は硬くなり、閉ざされた。最近はそう信じるようになっていた。

生徒会の中で、路子は一村と古館という話し相手を得た。共通の仕事、果たし甲斐のある目標も得た。俺だけがはじき出される格好になった。路子は仁木徹也を過去として片づけたのだ。要らなくなった——

たとえようもなく大切な日々だった。

たとえようもなく大事だったのだ。路子と話した言葉たちは。

——徹也くんて、お話を書いてるの。小説を。挿し絵も自分で描いてるのよ。でも、実はまだ……ちゃんと見せてもらったことはないんだけど。

路子はあの日、いたずらっぽく言った。俺は真っ赤になっていただろう。まさかそんな紹介の仕方をするなんて思いもしなかった。

たしかに、その頃から書いていた。描いていた。いろんなことを。ガキの遊びのようなものだ、それが分かっていたから路子に見せたりしなかった。できるだけ、触れないようにしていたのだ。でも路子は知っていた。たぶん、仲間のだれかから聞いたのだ。

いつか満足なものができたら、見てほしい。読んでほしい。心のどこかでそう思っていた。だが、そのころはほとんど毎日いっしょに話すことができたから、満たされていた。それ以上になにを望むことがあっただろう。

ちょうど二年前の夏休み。俺は路子の家に行った。そして路子の兄、橘智志《さとし》と会った。

橘家は、方波見町の南方にある小さな町、沓沢の山裾にあった。一村家ほどではないにせよ、大きな二階建てのお屋敷で、斜面に建てたためか横幅が広く、とても縁側が長かったのが印象に残っている。庭には、小さいが蔵のようなものまであった。

家の中の白くて涼しい印象が消えない。その日両親は不在で、がらんとした物淋しい空気があった。たぶん俺はぽかんと口を開けていたのではないだろうか。その頃は一村和人ともそんなに親しくなかったので、こんなに立派な家に入るのは生まれて初めてだった。

広い広い板敷きの部屋にピアノがあった。路子の愛用品だろう、恥ずかしがって弾いてはくれなかったが。障子で仕切られた和室の高価そうな壺《つぼ》と古そうな掛け軸。縁側は家の中から見ると、光があふれていてとても明るかったこと、居間にはキジの剝製が羽ばたいていたこと。どれもこれも、俺を萎縮させるには充分だった。落ち着いてものを見られないので、路子の姿ばかり追っていた。ここで生活している彼女をイメージできなかった。遠い感じがして、ぼんやり悲しかった。それは路子の部屋に入ることがなかったせいかもしれなかった。俺の方から行きたい、なんて決して言うまいと思っていた。

二階へ続く階段の下に、物凄い数の本が積まれていた。これ、すごいね……思わず指さすと、お兄ちゃんが読んだ本。路子は言って、階段の上を見て笑った。つられて見上げると、ちょうど背の高い男の人が下りてくるところだった。

だが人見知りが激しかった自分が、逃げたくなった記憶はまるでない。その、太い黒縁眼鏡をかけた青年の顔がとても穏やかだったからだと思う。俺は、橘智志の笑った顔しか憶えていない。

路子がお茶を淹《い》れてくれたこと。居間で座っていっしょに飲んだが、なにを喋ったらいいのか分からなかった。でも智志は、機嫌よさそうに厚いレンズの奥の眼を細めて、妹と俺を見比べていた。路子も含めて、居間ではほとんどだれも喋らなかった気がする。

背は高かったが、智志の顔には幼さのようなものが残っていた。路子よりも五つ年上だということは知っていた。顔はあまり似ていない。でも間違いなく、どこかが似ている。

暴れることもあったわ。でも、ひとを傷つけたりしないいんだ――路子の言葉を思い出したが、実感が湧かなかった。いったいどんなとき我を失うのか。これほど穏やかな人が、もし荒れ狂ったらどんなふうになるのか。

あたしといろんなことを、ずっとずっと、話してきたんだ。そしたら、少しずつだけど元気になってきた気がするの――。路子はそうも言っていた。もう、治ったのかもしれない。いや、治るという表現は正しくない。路子という妹がいることが、彼を幸せにしていないはずがない。そのおかげではないのか。そんなことを思った。

そのあと三人で外に出て、山を登った。橘家の裏にあたる、方波見町と沓沢を隔てる山だ。だれが言い出しっぺだったのだろう。智志の細長い四肢がぎくしゃくと先を行くのを追いかけながら、ちょっとしたハイキング気分で嬉しかった。路子も満面の笑顔だった。思い返すと、なにかが滲むような感じがする。仲良くしていられればそれでよかった。不安や恐れで胸をつぶす必要はなかった。いつか大切な誰かが殺されるなんて考えもしなかった。それは、まだ俺たちの仕事ではなかった。

てっぺん近くには平らな場所があって、小さな祠《ほこら》が祭られていた。振り返ると、この切り立った山と、ここから二キロと離れていない岬のあいだが穏やかな湾になっているのが見える。この沿岸一帯に共通する特徴で、長い年月による浸食と地盤沈下がこんな起伏に富んだ眺めをつくった。この沓沢に浜はほとんどない。コンクリートで固められた港に漁船が多く並んでいる。ここの住民は漁業に従事するか、あるいは渡里の街に出て働く、そのどちらか。ほんとうに小さな町だった。

祠の横の土塊《つちくれ》に座ると、景色を眺めるのにちょうどよかった。涼しい日だった。薄曇りの空が景色に優しかった。記憶の中では、湾はひたすらに静か。波ひとつ見えなかった気がする。

そのとき路子が、智志に向かって、あんなふうに俺を紹介したのだった。たぶん、智志が沢山の本を読んでいるということと、俺が物を書くまねごとをしている。それを結びつけたい気持ちだったのだろう。智志の方だって、そんなふうに紹介されても相手はまだ子供。どう答えたらいいか困ったはずだ。ところが彼は、その柔らかい笑みをいっそう柔らかくした。そして言ったのだった。

——あるひとにとっては、この世界は不充分すぎるから……だから、自分の手で世界を創ろうとして、物語が生まれる。

この世界はほんものじゃない、ほんとうの人はほとんどいない。もっとほんとの、素晴らしい世界があるのかもしれない……ぼくも、そう思うことがあるよ。

彼は俺に向かって言った。けれど、まるで詩を吟じているような、心の中にある本を読み上げているような、不思議な言い方だった。面食らってもおかしくなかったのに、俺はそのとき、自分が子供扱いされなかったことが嬉しかった。いきなり一人前に取り立てられたような怖さも感じた。

——もしかすると、ほんとうに凄い物語ならば、人の心に根を張って、生き続けるのかもしれない。

そうしたら、その物語は、ほんとうになる。この世界、そのものになる。

細かい言葉遣いまでこの通りだったかどうかは自信がない。だが、こんな意味のことを言われたことだけは間違いがない。物語。彼はたしかにその語を使った。それほどに自分を直撃した。それでも、言われたそのときは、自分が衝撃を感じていることも分からなかった。彼になんの言葉も返せなかったし、長い間はっきりと思い出すことさえなかった。時間が経つにつれて、智志の言葉は強い力を持った。皮肉なことに、路子と離れて、ひとりで考えたり書いたりするようになってからだ。自分の中で力を増していったのは。たぶん言葉が放たれたとき、あまりにも透徹しているので、しっかりと捕らえる力はまだなかった。だが太古に放たれた星の光のように宇宙を飛び続けていた。存在し続けていた。そしてようやくいま、自分に届いた。そんな感じだと思った。

記憶の中の智志の声が俺を力づけた。自分が挑んでいるのは価値があることだと信じられた。ときには戒めになった。ほんとうの物語を伝えられないぐらいなら語るな。口を閉じていろ。そんな厳しいトーンとして響くこともあった。

時間が経てば経つほど、彼に会いたくなった。橘智志の大きさを確かめたくなった。ところが、彼の穏やかな顔、少し鼻にかかった声なんかはよく憶えているのだが、彼が話した内容の多くをいまは思い出せない。時間が経つごとに遠ざかった。理解できないことが多かったのだと思う。智志は相手にはお構いなしに喋るところがあった。難しい語彙《ごい》も織りまぜて、思ったことはできる限り厳密に表現しようとした。聞きながら、彼の熱がこちらまで熱くした。予感はしていたが、やっぱりふつうの人とは違う空気を吸って生きている。そう感じて嬉しかった。彼がくれた言葉の多くは記憶の網から漏れて消えてしまったが、聞いている間は理解したような気分になったし、自分の中に残って、年月を経て発酵する言葉もあった。

路子はあの日のことを憶えているだろうか。まるで、俺までが家族の一員みたいだったあの日を。

確かめたい。橘智志に会って問い質《ただ》したい衝動に駆られることもある。あなたはほんとうに、俺に向かってあんなことを言ったのだったか。あなたの眼には、可愛い妹と、おどおどした貧相なガキが並んで笑っている姿がどんなふうに映ったのだろう。ほんの少しでも、あなたを幸せにしただろうか？　あなたの穏やかな笑顔を思い出すとき、俺はどうしても、そんな思い込みに捕らわれてしまう。

だが橘智志は、いまや世界で一番遠い場所――路子の家に住んでいる。もしかするととっくにこの町を出て、遠いところへ行ってしまったかもしれない。もう、会うこともない。

ほんとうのなにかを綴《つづ》りたい。人が生きるときに必要とされるようなものをこの世に紡ぎ出したい。自分を慰めるためでなく、限られたときを楽しむものでもなく、常にそばにあるような、死ぬその瞬間まで胸の底に残っているような、受け止めたその人の一部となって見分けがつかなくなるような、そんな揺るぎないものを、この世に連れてくることができるなら。

そんな途方もない、身の程を知らない夢を見るとき、決まって浮かび上がってくるあの場所にはもう、戻ることができない。あの穏やかな笑顔の青年にも、あの日の、俺だけの路子にも決して会えない。

あの日の少年はひとり彷徨《さまよ》っている。泣くのをこらえて、兄妹を捜して、あの場所に戻りたくて、闇を迷い続けている。

第四章　瞋怒雨《しんどう》

1

「おい、徹」

諭すような声が聞こえた。

「起きたか？」

「……ああ」

汚くて狭い俺の家の、布団を敷くのがやっとのスペースに、さらに自分の身を強引に押し込めて、柿崎が俺を見下ろしていた。どうして俺の家にいるのか判らないが、たしかにいた。

「おまえ、なんで」

俺はなんとか身を起こそうとした。

「落ち着いてきけよ」

柿崎は落ちつくヒマをまるで与えなかった。

「校長先生が、やられた」

「ああ？」

「殺されたんだよ。ゆうべ」

毛布をはねのけ、俺はしばらく、百年の眠りから覚めたように放心した。柿崎は黙っている。寝起きの頭に事実が浸透するのを待っていた。

「……いま何時だ？」

俺はようやく言った。

「まだ七時前。学校はまだ始まらないよ」

「校長が？　殺されたって？」

それは、まだ言葉であって、事実ではなかった。

「いつだ？」

「ゆうべ。二時ごろらしいよ。やった奴はその場で捕まったってさ。さっき由夏ちゃんが電話くれたんだ」

「はあ？……ちょっと待て」

俺は布団から出て台所へ行った。顔を洗う。まずちゃんと目を覚まさなければ、こんな話は理解できそうにない。

台所の黒ずんだ窓ガラスから外を覗くと、俺の母親が機嫌のよさそうな顔で、玄関のすぐ外に並べてある花やサボテンにじょうろで水をやっている。俺がまだ寝ていたので、柿崎を家に入れてよこしたのだ。苛立ちと哀れっぽさが混じった妙な気分になる。この町は嵐のただ中にあるのに、それをまったく意識していない人間もいる……それも大勢。母親はそのひとりにすぎない。同じ家に住んでいながら、まったく違う世界に生きている。いま学校で起こっていること、仲間たちの間で起こっていることを、俺はほとんど母親に話していない。説明できなかったせいもあるし、知ってほしくないという思いもある。心配事を増やしたくない。

いくら水をかぶっても頭の芯に重いものが残った。ゆうべのことが胸を冷やしていた。なかなか眠れず、寝入ってからも眠りは浅かった。柿崎との約束がある。ゆうべのことを報告しなければならないと思うとますます気が重い。

「きょう、やっぱりちゃんと、校長室に立ち会おうぜ」

「なんだって？」

俺は水道の蛇口を止めながら振り返った。柿崎が首を伸ばしてこちらを見ている。居間から台所へ来るまでもえらく狭くて汚いが、彼はもう慣れていた。俺も気が置けない。家族のように気を遣わなくていい彼が嬉しかった。

「あの、校長室の抽出し。開けるって言ってただろ。なにか分かるかもしれない」

「ああ……そうか」

相槌をうって、関心を示そうとした。柿崎はいま、約束については忘れているらしい。このまま触れないでほしかった。

「それで——」

タオルで顔を拭いながら訊いた。

「校長、ほんとにやられちまったのか？」

「ああ」

「でも、護衛をつけてたんじゃ」

「だめだったんだ。やられたんだよ、とにかく」

「でその、やった奴は？」

「由夏ちゃんが言うには、またチンピラらしいよ。だけど、今度は若い。俺たちと同い年ぐらいらしい」

声が怯えている。当たり前だ。寝起きで頭がボケていなければ、俺だってショックで口がきけなかっただろう。どこにでもあるはずの田舎の学校の人間が殺されていく。最初は生徒会長、次に教師。とうとう、校長までもが。やっぱりガキがだれに電話しようが真実を探ろうが、初めから無駄なんだ。分かってたろう。この町は奴の王国だ。好きなようにだれでも殺す。したいようにする。

いや、警察がいる。いくらなんでも藤原に対して手加減しないだろう。それだけが希望だった。警察に望みを託す以外になにができる。

「こりゃもう、俺たちがなんかできるような状況じゃねえなあ」

俺の弱音に、柿崎は答えなかった。懲罰のように。

「ほんとにろくでもねえ、ひでえところに生まれちまった」

「電話は、どうだった？　古館は？」

古館英明。藤原をここまで追いつめているのは、まさに彼なのだろうか？　目を閉じる。どうでもよかった。また眠りたいだけだ。

「おい。約束しただろう？」

俺は素直に感心した。彼はまだ、自分たちにできることをやろうとしている。眩しかった。その声はひどく悲しげに響いて、答えないでいることはできなかった。

「うん、いやまあその――電話はしたんだよ」

「八木に、とかいうギャグはよせよ」

「うん。路子に……さ」

「ほう」

柿崎は少し首を傾げて考えていたが、

「それでもいいや。なにか分かったか？」

「最初はちゃんと古館にかけたんだけど、留守でさ！　それで――」

「いいよ、どっちだって。なにか分かったのか？」

「ああ。それがさ……なにか分かったかな？」

「おい、徹」

「そうそう、あの話をしたよ。連続写真。おまえの死体姿の話したら、ぜひ見たいってよ！」

　でももう、永遠に見せることはできない気がする。

「なんで謎の変質者なんだ？　って呆れて口もきけないって感じでさ。でもウケたよほんと、おまえのおかげで」

「ふざけんなって」

　疲れたように遮られた。俺は自分を鼻で笑う。それから言った。

「だめだ。あの二人はなにも言わない。言えないわけがあるんだとさ」

　かっこつけすぎは判っていた。相手にされなかったなんて言えないだけだ。「さようなら」。さようなら、だ。どうしろというんだ。写真なんか持っていけない。ふいに泣きそうになって、

「あ！　ただ、ほら！」

　大声を出す。自分の空元気に感心した。

「及川とあいつの仲間たち。あいつらが、かなり深く関わってるってことだけは分かった。

ほんとのことを知ってるやつは、案外いっぱいいるんだよ……たぶん」

「でも、絶交されてんだぜ、おれたち」

「野々宮先生が、あいつらに訊いてくれてる」

「野々宮先生か……」

柿崎が表情を失くす。こいつは彼女のことになると、どうしてこうなのだろう。

「そう嫌うなよ。いくらこないだ、授業で怒られたっていってもよ」

「関係ねえよ。でも、当てにできんのか？　いつ分かる？」

詰まる。たしかに、野々宮先生が言い出してから一週間が過ぎた。会うたびにどうですか？　と訊いているが、先生の答えは決まって「もうちょっと待って」だった。彼女にしては意外なことだが、極めて慎重に事に当たっているらしいのだ。手応えをつかんでいるかどうかさえ口にしないのは、難航しているからだろうが。

唸っている俺を見て、柿崎は見切りをつけたようだ。

「とにかく、校長の机からなにが出てくるか。それからだ」

彼は昨日からいやに気合が入っていた。もう、ぜんぶこいつに任そう。そう思った。

「飯は食ってきたのか？」

「いや。由夏ちゃんに電話もらって、すぐ出てきたから」

「そうか、悪かったな。食ってけよ」

「ああ」

だが母親はろくなものを用意していなかった。キャベツの千切り。あとは冷蔵庫にあった納豆と漬物、ゆうべ炊いたご飯と即席の味噌汁のみ。ふだんはたいして不満に感じない献立が、いまは悲しかった。柿崎が気にしていない様子なのがありがたい。わき目もふらず、映りの悪い十四型テレビに見入っていた。だが校長の死は報じられない。マスコミはもともと移り気だ。一村の告別式以来、テレビも新聞もできるだけ見ないようにしていたが、騒いだのはほんの二、三日で、すぐに別の話題にとって替わられたらしい。めでたいことだ、もうこの町のことは忘れてほしい。たとえまたなにが起ころうと。どうせだれも、この町で起こってることを理解も表現もできやしない。

そのあと俺たちは、ふだんからは信じられない時間に学校へ向かった。俺にせよ柿崎にせよ、八時前に学校へ行くなんてことはあり得なかったのだ。空はまたもや泣き出しそうな色に戻っていた。薄寒く湿った空気が疎ましい。

なにかの拍子で学校に早く着いてしまったときの、損したような得したような気分をずいぶん久しぶりに味わった。いかに遅刻すれすれに慣れきっていたかが判る。人気の少ない昇降口をくぐって教室に向かいながら、毎朝いちばん早く来るのは誰なのだろうと思った。いったいどんな気分で、閑散とした学校へと入っていくのか。

すぐ八木準に会った。こいつは仲間うちでは、路子を別にすれば一番遠いところ、町の西の果ての延坂台《のぶさかだい》団地に住んでいるくせに登校時間がやたらに早い。それは知っていたが、実際に目にするのはほとんど初めてだった。なんと、机に向かい予習らしきものをしていた。

「よう、早いじゃん！」

俺を見てえらく嬉しそうな声を上げた。ぎこちなく手を挙げて答える。俺らしくもなく、八木に優しい言葉をかけたくて仕方ない。底抜けに明るい彼の表情を眺めながら、結局黙って席に着く。建一郎が学校に来たら、由夏がこの３Ａまで知らせに来てくれることになっている。校長室に行かねばならないのだ。気が重かった。おまえに任せたいんだけど――柿崎にそう伝えることばかり考える。そんなことを言えるかどうか測りかねながら。

校長が殺されたことは職員には伝わっているかもしれないが、たぶん生徒はまだ誰も知らない。もしかすると、建一郎も抽出しを開けるどころではないのではないか。校長室検分はあえなく中止になるのではないか。心のどこかでそう期待してしまっている。身体が落ちつかなくて衝動的に立ち上がってしまい、仕方なく小便にでも行くことにした。Ｄ組の向こうにあるので、ぼんやりしながら廊下を歩いて、トイレまで来て用を足し、戻ろうとした。廊下にずいぶん生徒が増えているのに気づく。もう八時を過ぎたのか。いやな予感がした。足取りが速くなる。だが予感通りになった。いまいちばん会いたくない顔に出喰わす。Ｂ組から出てきた古館と路子に。

強い防衛本能が起動した。とっさに心の殻を閉じて無感動になる。いちいち傷ついてられん、会うたびにショックを受けていたら身が持たない。それに、もう彼らの方が俺を入れる気がない。視界からできる限り路子を逃がした。おはよう、と意地でも笑って挨拶しようとした。

「なあ、校長の机の鍵を開けるんだって？」

古館が先に、こっちより数倍は自然で、数十倍は爽やかな笑みを浮かべて俺の前に立った。役者が違いすぎた。

「ああ――」

顔が熱くなった。またポカをやった……路子にそのことをもらしたのは誰でもない、俺だ。観念してうんと頷く。

「由夏のお父さんが来しだい、開ける」

「いつごろ？」

「朝のうちって言ってたから、もう来ると思うんだが……」

「おれも、立ち会わせてもらえないかな」

いたずらっぽい言い方だった。つられて頬がゆるみそうになったほどだ。すぐ戦慄に変わる。何度も瞬きをして対抗した。それしかできなかった。

「徹も、立ち会うつもりだったんだろう？」

「そりゃ、そうだけど」

「とにかく、桐島さんが来たらおれも行くよ」

「……ああ」

「じゃ、また」

ふたりが俺をおいて去ってゆく。路子は一言も発さなかった。思い切って目をやると、顔を伏せて俺に背を向けるところだった。とっくに知ってるのか、校長が死んだことなんて？　訊く元気はない。ひとり残された構図を許せなくて、全速力で自分の教室へと走る。A組の扉のところで、目が自然に、気を紛らわすものを捜した。いまのショックを越えるなにかを見つけようと泳ぎ続ける。ところが、信じられないことにそれに成功した。あのふたりには見覚えがある——そんな感覚が湧いてきたのだった。あのパターン、あの状況。以前たしかに、同じ場面に遭遇した……それがどうしたたいしたことじゃねえ、瀕死のような自分を笑いながら、機械的に自分の席に腰を下ろした。その途端、分かった。

あの朝だ。仲間から逃げて廊下を走り抜けたあの朝。一村の死を知る前の日の、最後の無邪気な朝だ。バカが路子にぶつかった。そして路子の後ろから古館も現れた。それを下から見上げたじゃないか。ふたりが現れたのは……どこからだった？

あっ、と思わず声が出た。弾かれたようにクラスを飛び出し、隣のB組に顔を突っ込む。図に当たりすぎて眩暈が襲う。及川悠子とふたりの仲間が顔を集めていた。

及川悠子が俺に気づいて、物騒な眼差しを送ってよこす。絶交どころか、同じ人間とも見なしていないような視線。すごすごとA組へ戻った。心底怖くなったのだ。及川悠子が怖かったのではない。藤原光弘が怖いのでもない。すべてが物凄い勢いで変わっていること、人と人とが隔てられてゆくようなこの町の流れそのものが、それを止める術がまったくないということが——もう、二度と腹の底から笑うことはできない。そんな予感が絶望を呼ぶ。俺の席のそばにやってきた柿崎と八木をすがるような思いで見た。心もとない。この二人では。残念なことに。

おはようございます、と桐島由夏が入ってきた。少し明るさが射したが、それだけだった。仲間たちは役に立たなかった。子供の集まりだ。ふん、小賢《こざか》しいガキどもが。子供は子供らしく、よけいなことは考えずおとなしくしてろ……

「父が着きました。これから、校長室の机の抽出しを開けます」

おお、と柿崎が声を上げて立ち上がる。八木もおっかなびっくりの顔のままそれに続き、由夏とともに教室を出ようとした。戸口のところで振り返る。腰も上げない俺のことを、怪訝な顔で。

そこへ行っていいのか。すべてを知るべきなのだろうか？　卑屈な負け犬が笑う。意味ねえよ、どうせまたなにもできゃしない。

「徹也さん？」

由夏が気遣って戻ってくる。俺はよっぽど血の気の失せた顔をしていたらしい。由夏を気の毒に思った。だが足が萎えていうことをきかない。

「行かないのか?」

気配がやってきた。強い気配が。

古館英明。A組の扉に手を添え、涼やかな声で、揺るぎない眼でこっちを見ている。

柿崎が戸惑いを隠さずに俺を振り返った。

意外にも、それは救いだった。助かった……古館の顔こそが怖じ気を振り払ってくれた。いま俺の求めるすべてが、彼には備わっていた。彼のようにならなければならない。

古館に向かって頷き、息をひとつ吐いて立ち上がる。立てた。力がある。俺には力がある。廊下に出た。互いに肩を並べて歩き出す。遅れないぞ、古館に遅れない。

進んでゆくと、はるか前方に路子の姿が見えた。D組の廊下。俺は何百回目になるか分からない、彼女への賛美を心のなかで叫んだが、顔の筋肉に伝わることは頑として避けた。どうせ彼女は古館を見ているはずだった、俺の姿は、彼女の視界を横切るだけだ。

だが、いま校長室に向かっているのは古館と俺で、路子はそれを見ているしかなかった。古館と、俺が、向かっているのだ。直面するのは俺たちだ。

　職員室の前まで来ると、校長室のドアはすでに開いていた。焼け焦げた内部を覗くと、桐島建一郎と若い刑事が机のそばで喋っている。お父さん、と俺たちの後ろから由夏が声をかけた。

「おお。来たね」

　建一郎の目が、鋭く古館を捉える。古館は涼しい顔のまま言った。

「あの、僕も覗いてもよろしいでしょうか？」

　建一郎は、それと分かる迷いの表情を一瞬だけ見せた。昨日よりも憔悴の色が濃い。きっと寝ていないのだ。由夏が古館を見つめている。驚きを隠すつもりがない。

「いいよ」

　建一郎は小さく言い、手のほこりを払った。

「ただし、証拠品には触らないように。指紋も採るからね」

「分かりました」

　俺たちは煤だらけの部屋へ踏み入った。床にできた池にたくさんの雑巾が載せられて埋められている以外は昨日のままだ。職員室の方からもざわめきが近づいてきた。見ると古館と柿崎以外はみんな戸口の辺りで立ち止まっている。

　奥では例の大きな机が、窓際でひとり頑固そうに待ち構えている。建一郎が鍵を取り出し、みんな注目した。あとで聞いた話だが、校長は昨日机の鍵を開けることに同意し、今日は自ら学校に出てきて抽出しを開けるはずだった。鍵だけは昨日のうちに建一郎の手に渡り、だが本人はもう、この部屋に戻ってはこられなかった。

建一郎は校長がどうなったか口にしなかった。古館がいることで神経質になっていたのかもしれないが、この抽出しを開けることですべてを終わらせたい。そんな思いだったのかもしれない。回り込んで身をかがめ、鍵を差し込む。若い刑事が建一郎の背後に立ち、古館は左側から、俺は右側から回り込んで建一郎の作業を見守った。柿崎は俺の後ろでじっとしている。

ふと戸口の方を見た。由夏や八木、菅谷さんなどの顔が並んでいる中に、ふいに及川悠子の顔が現れる。その思い詰めた顔は、俺と目が合うとすぐ消えた。啞然《あぜん》として、思わず建一郎を見るが彼は鍵を開けるのに夢中になっている。

「開いたぞ」

建一郎がくぐもった声をよこし、ゆっくりと抽出しを滑らせた。思わず顔を近づける。いっぱいに詰まった書類や封筒の束が見えた。俺は古館の顔色を窺う。

古館は抽出しを見てもいなかった。入り口の方を見据えている。つられて視線の先を追った。鈍い、なにかが壊れるような音が聞こえた。だがどこから響いてきたのか自信がなくて柿崎の顔を確かめる。表情が変わっていた。俺の空耳ではない。

由夏が廊下の方を向いて、はっと両手を口に当てた。菅谷さんがダッと駆け出して視界から消える。八木がなにか言いたそうにこっちを見た。廊下でなにか起きているのだ。どうしたらいい？

「あの、すいません……なんか」

　俺は曖昧な声を出した。建一郎は、抽出しの中に手を入れたまま顔を上げたが、そこで押し殺した悲鳴が聞こえた。娘の声だと察するやいなや、

「どうしたっ」

　建一郎は凄い勢いで校長室を飛び出ていった。若い刑事もそれに続く。おいやめろ！　萱谷さんの怒号まで聞こえた。たまらず全員が廊下に向かった。柿崎がまず戸口に辿り着き、俺はその後ろから様子を窺う。古館の手が、一瞬背中に触れた。そうだ……そのとき古館は確かにそこにいたのだ。俺のすぐ後ろに。

　どう見ても、及川がバットを握っていた。木刀を振るっているのは横田みきか。加藤友恵は……鉄パイプだ！　彼女たちはどうやら、廊下の大きなガラス窓に闘いを挑んでいた。その光景を頭がなかなか納得しない。どんな動機があればあんな行動になる？　もろくも砕け散る窓ガラスの破片を浴びて、加藤友恵が悲鳴を上げた。ただの女の子だ。だが振り回す凶器と飛び散るガラスに、だれもうかつに近寄れない。若い刑事が近づくが、

「くんじゃねえこらぁ！」

　及川がすごい形相でバットを構えて足が止まる。由夏も両手で口を押さえてすくんでい

た。

ぐるっと回れ右して、桐島建一郎がこちらに戻ってくる。完全に血相が変わっていた。その瞬間、彼の気持ちが正しく俺に伝播《でんぱ》した。ぐい、と首にロープをかけて引っ張られたみたいに、俺は校長室の中を振り返った。

誰もいない。

火事のとき取っ払われた大きな窓枠から、外の風景が見える。だがどこにも人間の姿はない。

「しまったっ」

建一郎が机へと殺到した……抽出しの中を覗き込み、土橋《どばし》！ と部下の名を叫ぶのを背中に聞きながら、俺は窓から飛び出していた。古館がそうしたように。飛び出した瞬間に古館の姿が目に入った。なにかを腕に抱え、疾駆する優美な後ろ姿。その迷いのなさに感動さえ覚える。俺は地面に着地すると全力で走った。なにも考えないようにして、ただ彼の背中を目指す。

古館は雑木林に向かっていた。まるであの日のように――古館その人が、藤原光弘に飛びかかったあの雨の日を辿るように。だがあの日とは違う、古館は金網越えに手間取っていた。あの日は手になにも持っていなかった。俺は追いつけると確信した。だがふいに心がぐにゃりと曲がる。ああまでして必死に隠そうとしているものを、俺なんかが暴いていいのか？　古館を捕まえていいのか？

熱いものがその問いを吹っ飛ばした。また負けるのはごめんだ。この手で彼を捕らえ、責め、なじりたかった。金網を飛び越える前に、俺はちらりと後ろを振り向いた。

愕然とする。誰も追いかけてこない。なぜだ？　あとで知ったことだが、ちょうどこのとき及川たちが校長室まで乱入して大活躍している最中だった。みんな古館どころではなかった。要は、彼らの連携は完璧だったということだ。

古館が斜面を登り始める。俺はふと足をゆるめた。

「古館」

声をかけた。

「行くぞ！」

古館は足を止めて振り返り、はっきりと俺に笑いかけた。

見なかったことにして、俺は猛然と駆け上がる。古館は軽快なステップで木々を避け、山の上へ達した。距離が少し開いてしまったが、俺も頂上にさえ着けばあとは下り斜面。すぐ追いつけると踏んでいた。頂上を越え、さあ下り坂だと思った瞬間血の気がひく。古館が見えなかった。左右に目を配ってもっと驚いた。俺の右側、つい五メートル先にかがんでいるのだ。要するに、意表をついて下ではなく横に移動していた。

俺は自分の目を疑う。古館がいきなり斜面を下り始めたのだ。そのスピードが異常すぎた。彼の先には河しかない。幅十五メートルほどのゆったりした水の流れが行く手を塞いでいる。古館は気が狂ったのだと思った。でなければあんなふうには走れない。跳び上がったとき、古館は河を飛び越えてしまう、そう信じた。それほど踏み切りに迷いがなかった。

だが、四角い紙袋を携えた細い身体は、やがて足の先からきれいに水面に突き刺さった。その一部始終が見えた。

遅れること数秒。古館が浮いてくるのを待たずに、俺は彼に続いて宙を跳んだ。

2

着水する前も後も、古館に追いつく。ただそれだけを考えていた。運よく、水を吞むこともなく頭を水面から出すことができた。だが最も肝心な古館が見当たらない。

泳ぎが得意なわけではないが、浮いていることぐらいはできた。頭だけを出したまま、ゆるやかな流れに押されるままにしていた。水は思ったほど冷たくない。ただ、河の深さと大きさが不気味だった。少し潜って古館を捜したかったが、長雨のせいで水は濁っていたし、服の間にますます水が入って浮き上がれなくなりそうな気がして、できなかった。馬鹿みたいにじっと流されていく。

ふいに彼を見つけた。少し下流を気持ちよさげに抜き手を切って、岸に向かっている。俺は泡を喰い、手足をバタつかせて身体を岸の方へ向ける。うまくいかない。古館が岸に上がったころ、俺は諦めて、近づいてきた小さな中洲へと上陸した。岸からはだいぶ距離がある。見ると、古館がワイシャツを脱いでギュウギュウ絞っている。いやにのどかな光景だ。鼻歌でも唄っていそうだった。しまいには俺に向かって手を振ってくる。

「おまえ、なに考えてんだよ！」

声を張り上げたが、笑顔が返ってきただけだった。絞り終えたワイシャツを、大事そうに後ろの木の枝に干す。しまいにはTシャツまで脱ぎ出した。

「俺だけ、こんなとこに来ちまったぜ！」

やけくそに笑った。自分を笑うぐらいしかやることがないのだ。古館がもうなにも持っていないことには気づいていた。河に葬ったか？　とにかく彼は、あれを消してしまった。

「そこで助けを待ったほうがいい」

古館が涼しげな声で言ってよこした。

「こっちまで泳げないいんだったら」

「バカぬかせ」

一矢報いないと気がすまない。俺はまた河へ飛び込んで、根性だけで泳いだ。息継ぎを無視したパワー・クロールのおかげでなんとか岸に辿り着く。古館が手を貸してくれる。

俺は這い上がりながら、怒鳴りつけようか、飛びかかって殴り倒そうか迷った。結局、おとなしくワイシャツを脱ぐ。

「うん、そのほうがいい」

分別くさい声が聞こえて、また飛び込んで驚かしてやろうかと思った。

「おまえ、流しちまったのか、あれ?」

訊いても、古館は肩をすくめただけだった。川面を見やる。岸や、いくつかある中洲に恐ろしい数のゴミが引っかかっている。長雨が運んできたものだ。古館が持ち出したものはあの中に? いや河の底か、それとも……

「あれ、なんだったんだ?」

古館は笑っているだけ。

「あれが机の中にあること、知ってたんだな」

古館はやれやれ、という感じで土の上に腰を下ろした。

「おまえ、捕まるぞ?」

古館は初めて、こくりと頷いた。

「仕方ない。覚悟のうえだよ」

「どうして、俺たちになにも言ってくれないんだ?」

最も訊きたかったことを、ようやく訊けた。パトカーのサイレンが響いてくる。山の向こう側に着いたところだろう。少し焦る。

「知らないほうがいい」

　古館の顔から笑みが消えていた。

「苦しいよ」

「……路子はどうなんだ？」

　なんで路子だけは特別扱いなんだ、という言葉を呑み込む。

「路子は、最初からいた。仕方がない」

「なに……」

　ぶざまに言い淀む。必死に言葉を探す。

「おまえ、証拠を捨てちまいやがって……なんでそんな真似を」

「証拠なんて要らない。じきにケリがつくんだ」

「ケリ？　どうやってだ?!」

　古館はまた肩をすくめた。

　どうしても、この男の壁を破ることができないのか？　俺は思わずにじり寄っていた。

「馬鹿にすんなよ。俺にだって、分かってることはある」

「そろそろ警察がくるかな」

「鍵は、及川たちだ。あいつら、きっと藤原と関わったんだ。そうだろ？」

「風邪ひくよ。シャツも脱いだほうがいい」

「それも、最悪の関わりだ。たぶん……でなきゃここまでやらないだろ」

「おれはなにも答えないよ」

古館は、自分の膝に顔を埋めた。

どう訊けば正しいのか。傷口にじかに触れるかのような、ひりつく痛みを覚えながら俺は訊いた。

「及川は……なにか、弱み……を握られてるのか？」

ふっ。鼻で笑われる。

「考えすぎだよ。及川たちに弱みなんてない」

「ここまできて、なんでごまかすんだよ」

諦め悪く食い下がった。俺たちを呼ぶ声が聞こえてきたのだ。

「藤原をなんとかしねえ限り、まただれかが殺される！　なんでその邪魔を」

「いや、もう奴はだれにも手を出せない」

宣言が返ってきた。

「なんで分かる？」

答えはなかった。

「おまえだけで、なにができるっつうんだ？」

古館はもう眼さえ動かさない。俺の中で、なにかが切れた。

「路子を巻き込むな！　危ない目に遭わせたら許さねえぞ」

古館は、俺を哀れんでいいはずだった。路子が自分の意志で古館と行動を共にしているのは百も承知だ。だが古館は初めて表情に険を覗かせた。俺を睨みつけ、なにか言いかけて、黙った。

少し気圧されたが、意地が勝った。

「くそ、今度こそ路子から訊き出してやる。及川にも。絶対に」

「だれにも弱みはないし、路子も及川もなんの関係もない。おれが盗んだものも、なんでもありゃしない」

古館は抑揚のない声で言った。完全に殻を閉ざしてしまった。

「おまえたち！」

見知らぬ警官が斜面を駆け下りてきて、怒鳴った。俺は無視して古館に詰め寄る。

「ひどい。おまえは、ひどいよ」

言ってる俺の方がひどい、俺は泣いていただろうか。古館が顔色を無くして俺を見つめた。だが、彼が見ていたのは俺の背後に迫る警官だったかもしれない。

「こら、おまえ黙らんか！」

いきなり足払いをかけられて地面にのびた。とことんついていない。別の警官が、おとなしく頭を下げた古館を連れていく。

「おい、待て……」

弱々しい声しか出ない。警官に乱暴に立たされて歩かされた。古館とは引き離され、その日は再び、顔を見ることさえかなわなかった。


「ほんとに申し訳なかった」

桐島建一郎が頭を下げる。タオルケットをかぶった俺はあわてて手を振った。及川のバットを避けて校長室の窓から変なふうに落ちてしまったとかで、建一郎は少し足を引きずっている。別の警官をよこすしかなかったのだ。そしてあんな非常事態の中、下っぱの警官が事情も知らず、不良中学生をただ引っ張ってくればそれでいいと思っていたとしても、まったく仕方のないことだ。

古館がとりあえず会議室に連行されたあと――あのあと、急におとなしくなった及川悠子たちもそこに押し込めてあるという――、俺は弱音を吐いて保健室へ転がり込んだ。建一郎が古館を尋問する前にこっちへ立ち寄り、俺の受けた扱いを知ったというわけだ。

「それで、古館くんは盗ったものを、河に流してしまった？」

「と思います。とにかく、河から上がったときには消えてましたから……」

「河さらいするしかねえか」

桐島建一郎は、掌《てのひら》のふくらみの辺りで自分の額を何度も叩きながら言った。己の失態に打ちのめされている。だが、古館があんな行動に出るなどと誰が予測しただろう。

「あの、ちょっと訊いてもいいですか」

出ていく前に建一郎を呼び止めた。

「校長は、死ぬ前になにか話さなかったんですか？」

「きょう抽出しを開けたあと、ぜんぶ話してくれる。そういう約束だったんだ。警備もつけてあったんだが……その警官も切られたよ。両手でドスをふり回しやがった」

壮絶な話だ。刺客は初めから捨て身だった。

「そいつ……ずいぶん若かったとか」

「十五歳だ」

顔がいっそう暗くなる。

「学校には一年以上行っていなかった。まあ、学区はこの中学ではないんだがね」

同級生だった。どんな顔をしているんだろう。なにを望んで、藤原光弘についてゆくことに決めたのか。幸せだろうか。藤原のために命を懸けられて嬉しいか。建一郎は額を押さえてじっとしている。俺はただ待ちかまえた。お互いの立場は、たいして変わらないような気がした。手足をもがれたような気分だ。

「実はね……ほんとうはこんなことは、言うべきではないんだが」

苦悩には底がない。彼の顔を見れば分かる。

「岩切組の、上の連中に圧力をかけ続けてきたんだ。藤原光弘を引き渡せ。そうすれば組までお咎めは受けない。そう言ってね……要するに脅した。ところが、組は奴と縁を切った、もう一切関係ないと言ってきた」

「え？」

「岩切もさじを投げたんだ。藤原は気が狂ってる。だれも抑えられない、ってことだ」

藤原のあの蒼白い顔。刺すような目。なぜいるのだろう。だれが奴の存在を許した。どうやって、奴が生まれて生きている意味を汲み取ればいい。古館英明なら知っているだろうか。なぜ藤原がいるのか、知っているか。

最悪なのは、藤原が本気で校長を殺したかったのか分からない、ということだと思った。俺は建一郎の前でそんなことは言えなかった。口にするのも嫌だった。奴は遊んでいるだけではないのか。わざわざ子供を送り込んでくるなんて……面白いから、町中が騒ぐから、震え上がるからやった。それだけじゃないのか？　空が翳り出すんじゃないかというぐらいひどい可能性。奴は——悪だ。

「徹也くん、ぼくはねえ。もう、子供が悲しい目に遭うのを、見たくないんだよ」

腹の底から吐き出したような建一郎の言葉。彼のいう「子供」が、娘の由夏に限らないことは明らかだった。

「じゃ、行くよ。古館くんと、じっくり話すとするか……」

覚悟と諦めが入り交じったような表情だった。俺は同情を込めて頷くしかできない。足を引きずっているせいもあって満身創痍《まんしんそうい》、といった感じの彼の後ろ姿を見送った。

保健室が耐え難いほど静かになった。どういうわけか、ここの主《ぬし》の芳本さんもいない。仲間たちも教室に戻されたか。授業は始まっているのか？　みんな心配しているだろう。なにが起こったのか、俺と古館の追いかけっこの顚末《てんまつ》がどうなったのか、知りたくて気をもんでいる。俺には合わせる顔がない……またなにもできなかった。

保健室の扉が開いた。野々宮妙子女史が神妙な顔つきで入ってきた。

「先生……どうも」

「だいじょうぶ？」

俺に楽にするように促してから、

「なにがあったの？」

勢い込んで訊いてくる。俺は、ちょっとした行き違いで……と笑った。赤いタンクトップ姿の妙子女史は、教師にはとても見えなかった。目の前に突き出している胸に面食らって顔を伏せる。

「それにしても古館くん、やってくれるわね」

口調が妙に嬉しそうだった。裸の腕を組み、左手の指を顎にあててしかつめらしい顔をする。

「いったいだれの影響かしら？　彼の尊敬する人物ってだれ？」

「ええと……一村和人、です」

それしか思い浮かばなかった。

「あいつは、他人に助けを求めない。一村と同じです。ぜんぶ自分で背負うつもりなんだ」

「そりゃ困ったもんね」

彼女は軽く言ったが、本当に困っているようだった。

「彼が盗んだものっていうのは……」

「たぶん、及川たちの、なんか、その……」

「そっか」

彼女は察した。たぶん俺と同じ道筋で、同じ考えに辿り着いている。

「で、彼はそれを捨てちゃった？」

「ええ。河に」

さすがに険しい表情になった。俺は訊く。

「先生。及川たちから、なんか聞けたんですか」

期待が声にこもった。ところが、

「……ごめん、忘れてた」

先生は低く言ったのだった。

「ええ？」

思わず声を上げてしまう。先生は俺を睨みながらぐっと顔を近づけてきた。そのとき、先生がまたそのへんのクリップで髪を留めているのに気づいた。なのに甲斐もなく、毛先があっちこっちに飛び出している。

「もうちょっと待ってよ。ちゃんとやるから！」

俺は悟った、もう訊いたのだ。そして失敗した。いちばん打ちのめされているのは彼女自身だった。先生は目をぎゅっと閉じ、こめかみを指で押さえた。

「ごめん。見当はつく。でも、あいつらからはっきり、聞くことはできなかったの」

黙るしかない。彼女でも太刀打ちできなかった。それぐらいに深い闇が横たわっている。だれも立ち入ることはできない。校長が死に、証拠は消され、及川たちもさんざん暴れたあとは岩のように押し黙っている。残されたのは、鋼のような古館ばかり。処置なしだ。

野々宮女史がため息をつく。

「徹也、あんたどうするつもり」

静かに訊いてきた。

「俺は……」

決意がぐらつく。だが、なんとか踏みとどまった。

「自分の責任を果たしますよ。先生の言ったとおり」

「どうするの？」

俺は頷いただけだった。見てろよ、古館。やると言ったら本当にやるぞ。おまえはできないと高をくくってる。でも絶対に……

チャイムが鳴る。俺は立ち上がった。

3

「ちょっと、どきどきしてます」

背中から桐島由夏の声が聞こえて、階段の途中で俺は振り返った。正面から目が合う。

「野々宮先生って、すごく……頭のいい人だから」

本当は、容赦なくて怖い、と言いたいのだろう。俺は笑った。

「だいじょうぶ。いい人だよ、ああ見えて」

「はい。でも……」

「なに？」

「相手してもらえるかなって思って」

また笑った。まったく、野々宮女史も罪な人だ。

人気のない校舎別棟の階段を上っているところだった。一歩一歩、女史の根城に近づいている。俺は言った。

「先生も、きみのことは好きなんじゃないかなあ」

「ほんとですか？」

由夏の自然な笑みが嬉しかった。俺は頷き、また階段を上った。美術室まであと二階分ある。熱っぽい頭を振った。足を上げるのが少ししんどかった。

「具合、大丈夫ですか？　ほんとに？」

由夏が気遣ってくれる。うん、振り返らずに答えた。


「よォォ」

美術準備室の扉を開けると、変な声がした。八木準がなにか持って手を挙げている。

「なんだおまえ、来てたのか」

刷毛《はけ》で木材にニスを塗っていたようだ。八木も呼ばれたのだろうか。

「先生に頼まれてよ」

由夏に気づいたのか、八木は言い訳のように呟いた。ちょっと申し訳ない気分になる。

内緒というわけではないのだが、仲間には告げずにここへ来た。柿崎にすら言っていない。由夏だけを連れてきたのだ。もっとも柿崎の場合、頼んだって来てはくれなかっただろうが。

「いらっしゃい」

妙子女史は顔だけを美術室の方から覗かせ、すぐ行くと言って頭を引っ込めた。由夏をいつもの俺の指定席に座らせ、俺はゴミ缶にスケッチブックで蓋をし、そこに座った。膝に力を入れていないと後ろにひっくり返りそうだった。八木は刷毛で作業を続けている。用途不明の掌《てのひら》大の木材は、すでに充分すぎるほどのつやを得ていたが。

相変わらず山ほどの美術用具であふれかえっている、俺にとっては居心地のいい小部屋。それはもちろん馴染んでいるからで、そう感じるのはあとは八木ぐらいだろう。少し蒼ざめた由夏の緊張をほぐしたかったが、どうしたものかと思っていると、

「だれがそんなに塗れって言ったの！」

俺まで蒼ざめた。怒鳴り声が部屋に入ってきたのだ。

「残り少ないんだから！　もっと要領よくやんなきゃだめでしょ？」

先生は粘土の箱を両手いっぱいに抱えたまま八木を叱った。八木はちょっと口を尖らせるだけで言い返さない。先生の短気には慣れているのだった。俺は素早く先生の荷物を受け取ると、入り口近くの棚の上に積み上げる。嵐をやり過ごすにはおとなしくしているに

限る。先生の方は礼も言わずに手をパン、パンとやってから、所定の位置についた。窓際の椅子。眼の辺りにまだ怒気が漂っている。まずい。八木より由夏の方がよっぽどすくんでいる。

「それで——及川は、みんな話したわけね。古館くんも？」

移り気が幸いした。いきなり穏やかな表情になって先生は言ったのだった。

古館と俺が酔狂な水遊びをしてから二十四時間以上が経っていた。あれは昨日の朝。いまは翌日、七月十日の昼休みだ。

あれからの展開は、呆気ないと表現するべきかもしれない。結果だけを述べるなら、古館があそこまでして消そうとしたものが、桐島建一郎警部補指揮による県警察の懸命な捜索——要するに、河さらい——によって、昨日のうちに見つけ出されてしまった。事態は劇的に変わったのだ。

「聞かせてくれる？」

先生は由夏を見た。警部補から直接状況を聞ける立場にいる彼女に、スポークスマンとして来てもらったわけだ。

「おねがい」

先生は声を和らげる。由夏がひどくナーバスになっているのを見て取ったのだ。当たり前だと俺は思った。怖い先生の前だからじゃない、口に出すのも苦痛なことばかりだからだ。八木も目玉を落ちつきなく動かしながら、両手で刷毛を握り締めて突っ立っている。

「じゃあ、ことの始まりから教えてくれる？　及川たちは、どこで藤原と関わったのかな」

ふだんからは信じられない先生の気遣いぶりだった。八木が不服そうな顔をしているのは気のせいだろうか。

「はい。ええと……五月の半ばごろのことだったそうです。清水先生が、居残り学習で及川さんたちを集めた。それで……」

早くも由夏は言葉に詰まり、俺が後をひきとった。

「その日居残りにさせられたのは、及川悠子と、いつもいっしょにいる例の二人。加藤友恵と横田みきです。で清水は、及川たちを自分の車で、学校の外へ連れ出したんです」

「どうやって？　どんな口実で」

先生が訊く。八木も目をキョロキョロさせる。そう、八木はまだ知らなかった。林孝太も。

「実験に使う微生物を、河まで行って採るのを手伝えと。そうすれば居残りはしなくていい。そう言ったんだよね？」

「は、はい。そうらしいです」

由夏が小さく言う。ふーむ、先生が喉の奥で唸った。

「それで?」

「要するに……」

由夏に負担をかけるわけにはいかない。だが俺もさすがに詰まった。

「清水は……及川たちを、まっすぐ藤原のところに届けたんです」

由夏が、長く、震える息を吐き出す音が聞こえた。

「あの人がね……」

さしもの野々宮女史も呆然としていた。うっすら見え始めていたこととはいえ、やはり実際に耳にするのとではわけが違う。

「藤原は、前から清水を脅してたらしいんです。でも、おまえの教え子を……しょ、紹介してくれれば、貸しを帳消しにしてやるって」

「しーみーず」

不気味な唸りが、先生の口からもれた。

「人間じゃねえな」

乱暴な言葉に、俺も由夏もためらいなく頷いてしまう。本気で怒っている先生は珍しい。さっきは平然としていた八木も、いつのまにか怯えた顔になっている。

「そこで……及川たちは……」

俺はそこまで言って、どうしても先を続けることができない。由夏がはっと両手で顔を覆った。八木が変な動きをして、積んであった画材を崩してしまう。先生はそれに眼もくれなかった。

「うん。だいたい分かる。あの、古館くんが隠そうとしたやつ、やっぱり写真とかビデオテープとか、そんなのだったんじゃないの？」

俺は頷いた。由夏がこみあげるものをこらえ、前を見ようとする。ふいに先生が手を差し出した。由夏の手をとって強く握り締める。俺は胸が熱くなった。この人はたまにしかこんなことをしないから、効くのだ。

「それにしても、貸しってなに？　清水はなんで脅されてたんだろ？」

「それがまだ……及川さんたちも、はっきりとは知らないらしくて」

「ふーん」

先生は鼻で合いの手を入れた。

「おおかた博打《ばくち》の借金だろうって、父は言ってましたけど」

この場ではそれが判明していなくてよかった。やりきれないというか、強烈に白けるというか、なんともいえない気分になってしまうところだったからだ。渡里の街の裏通りにある、いわゆる性風俗店——店の種類は知らない——に通い詰めていた清水昭治が、そのたびにトラブルを引き起こしていた。それが発端だったという。店の女性のサービスがなってないと難癖をつけたり、金なんか払えんとごねたり、そんなことだろうか。深く知りたくもない。とにかく手を焼いていた店側は、思いあまって顔役に相談した。やってきたのはよりによって最悪の男。

　脅す相手が、自分がかつて通っていた中学の教師。それを知って藤原はなにを考えたのだろう。あんな男の頭の中は到底分からない。だがもし、清水が渡里東中の教師でなかったら、これだけのことをしでかそうと思い立っただろうか。清水が別の中学の教師だったら藤原はどうした？　仮定の話など無意味だと分かってはいるが、そんな問いが頭から離れなかった。

「藤原が、校長先生を訪ねてきたということがありましたよね？　五月の下旬のことですけど。あれって、清水先生が情緒不安定になって、藤原に楯突《たてつ》いたことがあったらしくて。藤原のところに押しかけて、食ってかかったりみんなばらすって騒いだり……したんだそうです。及川さんたちにも、泣きながら謝ったりしたそうです」

「ばっかじゃないの」

　先生がぶすりと言う。俺がひきとった。

「ええ。それで藤原は、校長を巻き込もうとした。ということらしいです。おまえの甥っ子がなにをしてるか知ってるか、とかなんとか言って。藤原も焦ってたんでしょうね、警察に自首でもされたらまずいと思ったのか。あの写真やらなんやらは、そのときに校長に手渡されたんです」

「そっか、萩原さんやっぱりぜんぶ知ってたのか……まったく」

先生は吐き捨てた。これもあとで判ったことだが、萩原校長は甥を渡里東中に入れるために相当の苦労をしたらしい。情緒不安定で協調性に欠ける理科教師は、県内のいくつかの学校で問題を起こして行き場を失っていたらしいのだ。清水を知る人間だったら誰だって納得する。あれほど人に好かれない才能を全開にしている人間は滅多にいない。

「ほんと、及川たちはよく耐えたわ、いままで」

由夏が強く頷く。八木も激昂した。

「クソだな、あいつら!」

「ほんとに、こんなことが隠せると本気で思ってたんですかね、藤原も清水も。阿呆にもほどがある」

つい俺もまくしたててしまい、先生がニヤッと笑った。

「阿呆よ。そのとおり。クソで阿呆」

由夏までがくすっと笑う。先生の凶暴なユーモアは、たいていの場合相手を寄り切れる。

「で? 一村くんは、どうやって奴らのことを知ったの?」

「一村さんは、校長室で……ちょうど、校長先生が清水先生を怒鳴っていたところに鉢合わせして」

「それが、藤原が学校に来た次の日のことです」

思わず補足する。そう、その日の放課後が運命を決めた。もう外は真っ暗だったそうだ。学校にほとんど人気がない時間だったせいか、激昂して清水を問い詰めている間、萩原校長は一村和人が廊下からノックしていることに気づかなかったらしい。一村の方も、生徒会の報告どころではなくなってしまった。

「やっぱり、ふつう不思議に思いますよね？　いくら校長先生っていったって、部下を息子みたいに叱りつけてたんですから」

その前の日、一村は藤原──そのときは名前なんか知らなかったが、見るからに異様な男──が学校を訪れていたのを見ていたので、そのふたつをつなげて考えることは易《やさ》しかったようだ。意識してかどうかはともかく、一村はドアの向こうのやりとりを聞いてしまった。そして尋常ではないことが起こっていると悟った。及川悠子たちの名前もそこで聞きとったらしい。そして生徒会室に戻り、迷った末に、古館英明と橘路子に相談した……

「そうか。それで、あの子たちが知ったというわけね」

先生は軽く納得したが、俺の顔は強張ってしまう。三人の苦悩はそこから始まった。三人だけの苦悩が。

「相談したのは、あの二人だけなのかな？」

先生の問いに、

「だと思います」

俺は言った。確信があった。

「信頼できる、ふたりにだけ……でもあいつは、だれにもそのことを気づかせなかった。自分だけが表に出るように行動したんです。古館と路子に、害が及ばないように」

及川たちに初めて接触するときも、一村はひとりで行動したという。自分だけが事実に気づいたという素振りで。

「いま思うと、及川たちが一村に素直に事実を打ち明けたのは、やっぱり……一村の人徳としか思えません」

親にも教師にも一言も打ち明けなかった彼女たちは、救いを求める相手に一村和人を選んだ。ほどなく、古館と路子も加わった。特に路子の存在が大きかったと俺は思う。単に同じ女性だということより、彼女という人間そのものが及川たちの支えにならないはずがなかった。

「警察に知らせるべきかどうか、及川たちとは何度も何度も、話し合ったようです。ことがことだから、一村たちも悩み抜いて……」

彼らはすでに子供ではなくなっていた。だが俺たちはなにも知らず、朝は追いかけっこをし、昼は馬鹿笑いし、放課後は遊んでいた。仲間が信じがたい重みに耐えていたとも知らずに。

「一村さんは、校長室で校長先生に詰め寄ったこともあったそうなんです。せめて、清水先生を学校から追い出すようにって」

一村らしい潔癖さだと思った。少女たちのためにしてやれること。それをひとつひとつ、できることからやる。それしか頭になかった。

「しまいには、清水と直接話をしたんです。それが、あの夜です」

「一村くんが……刺された日ね」

先生が頷いた。

「なんで夜の学校なんかで待ち合わせたのかしら？」

「分かりません。あの場所に、あの夜行った人間は、一村さんと清水先生だけらしいですから」

古館の告白を信じるならそうなる。その晩、一村と電話で口論に近いことになっていたというのは、一村の父親、古館の妹の証言によってもはっきりしていた。やっぱり一村は古館にさえ黙って、ひとりで清水に会いに行った、ということになるのか。

「……しかも、ふたりともそこで殺された。ということは」

「ええ、たぶんそこに藤原が来た。手下も連れてきてたかもしれません」

と俺。

みんな口をつぐんだ。分からないことはまだあった。藤原はだれに知らされてそこへ来たのか。それとも……藤原が仕組んだのか？　二人がそこへ来るように？　そして、自分の所業を知る人間を一度に葬ろうとしたのか。

いや、ならばどうして、一村は旧校舎に放置され、清水の方は山に隠されなければならなかったのか。筋が通らない。あの夜なにがあったのか、正確に知る者は藤原以外にはいないのだろうか。いや、藤原がいたかどうかも、いまは断言はできないのだ。どの答えも完璧には遠かった。

あの夜は、いまだ闇に閉ざされている。まだ雨が降り続いていて、一村の身体も冷たくあそこに投げ出されたまま。そんな幻想が胸を締めつける。

「それに、その次の日にも」

由夏が続けた。

「藤原は、一人で学校に……校庭の外に来ました。どうしてなのか、よく分かりません」

「古館が飛びかかっていったという、あれです」

俺は言い添えた。憶えてるわ、先生は遮るように掌を向けた。

「なにかを、自分の目で確かめにきた?」

こめかみに指を当てて先生は言う。

「そうかもしれませんね」

由夏が言ったが、だれも後を続けられなかった。

「ま、いっか。指名手配されるんでしょ?」

「はい。今日」

由夏がきっぱりと言った。恐喝。未成年者への暴行。性的虐待。ということに、なるのだろうか。だが殺人と放火については、まだなにひとつ立証されてはいない。

部屋が明るくなった。八木準が蛍光灯のスイッチを入れたのだ。ほっと息をつく。少しでも場を明るくしようとする、八木なりの心遣いだっただろうか。まだ、知らなければならないことは数多い。だが一息つきたかった。なにより、古館英明と橘路子がいままでなんのために行動してきたのか、どうしてひとに打ち明けることができなかったのかは分かったのだ。一村の意志を継いで、ふたりは及川たちを護りとおすつもりだった。それは叶わなかったが……どんな形であれ、区切りがついたのだ。いまは息をつかせてほしい。

「あんたたち、聞いた？」

だが次の先生の発言のおかげで、あっさりそれもできなくなる。

「菅谷さんから、藤原の話……」

「え？　なんですかそれ」

頭がついていかない。なんで菅谷さんの名前がここで出てくるのか。

「菅谷さんは、藤原に教えてたのよ」

全員が絶句した。特に八木の口の形は、いまにも悲鳴がもれてきそうだった。藤原がこの中学のＯＢだったことも知らなかったから無理もない。菅谷さんはこの中学で最古参の教師だ。だがまさか……六年前に藤原が教え子だったなんて。

「それがねえ……菅谷さんも口が重かったんだけどね」

訥弁《とつべん》な菅谷さんを表現するために、先生は絶妙の方法を使った。断片的な物言い、もっさりした口調をそのまま使って、物真似で伝えてくれたのだ。先生らしい不謹慎さだが、みんな合いの手も入れず聞き入った。笑うどころではなかった。

成績はともかく、間違いなく頭の良い生徒であったこと。当時から同級生はおろか教師ですら簡単に話しかけられないほどの、独特の落ち着き、凄みを持っていたこと。転校生だったし、素性が噂になっていたせいもあっただろう、だれともうち解けることなく卒業を迎えたこと。ただし、ほんの数人の例外はいたということ。菅谷さんによると、同級生よりも下級生が多かったらしい。もしかするとそのころ知り合った人間も、いまの手下に含まれているのか。それとねえ、先生が口の端を歪めた。地に戻る。

「女の子にもてたそうよ。すっごく」

「はあ……そうですか」

「なんかはっきり言わないんだけど、どうも、すごかったらしいわ」

俺になにを言えというのだろう。藤原光弘を実際に見たことのない野々宮先生は、奴への興味を抑えられないらしい。

あの鋭利な顔は、女の子から見たら訳ありげな翳りに見えるのか。あの長身、なにか無造作な、おれはひとりで歩いているとでもいうような足取り、人を寄せつけない雰囲気が、かえって気を惹くのか。独特の色気を醸しているのか。分かるような気も、しなくはない。それが俺を痛めつけた。

「いまでも、中学生が好きなのかしらね」

先生の呟きを聞いたとたん、俺は襲ってきた悪寒に呑み込まれてしまった。朝からずっと調子が悪かったが、いきなり限界を超えた。藤原が及川たちになにをしたのか知らない、曖昧には浮かぶがイメージでしかない。先生の台詞は、それを鮮明な映像にしてしまった。及川悠子の、はすっぱだが美しい容姿と、男の長い四肢が頭の中で絡み合ってわめき出したい気分になる。自分がよく知っている人間たちだということ、自分の一部が下世話に反応しているということ、路子が彼女たちの苦しみを知りながらただ抱え続けなければならなかったこと、ぜんぶ気に喰わなかった。及川は本当に藤原のことがいやだったのか、気持ちのぜんぶで抵抗したのだろうか、そんなことをちらとでも考えてしまう自分をぶっ飛ばしたい。すべてのきっかけになった大馬鹿クソ清水をぶっ飛ばしたい、だがもうぶっ飛ばせないし、たとえぶっ飛ばせてもまるでどうにもなりゃしない。

一方で、妙な安心感もあった。路子が藤原光弘と直接関わっていないという事実。たぶん姿さえ見たことがないし、藤原も路子を目にする機会などなかったはずだということが途轍もない恩寵《おんちょう》に思える。あのふたりは常時三〇〇キロは離しておきたい、路子の無垢《むく》な魂に藤原の毒など一瞬でも触れさせたくない。

ところが、だ。ここで熱が出るほど思い込んでもなんの意味もなかった。古館がすでにそれをやっているからだ。初めから絶対に藤原に近づかせないつもりだ。そんなことは分かっていた。いつも自分が表に立って、目に触れやすい過激な行動に走るのもすべて路子のため。極論だろうか。でも外れてはいない。

とどめに、きのうの路子の泣き顔が浮かび上がってきて全身の汗穴が開いた。なんと俺は河っぺりで古館に宣言したことを実行した。すなわち路子をとっちめに赴いたのだ。やけくそでなければできるわけがなかった。あとで野々宮女史に喝采を浴びたが足りない、路子に単身で挑むなんてどれほど勇気を要したかだれも想像なんかできない。

一限目の終わりを告げるチャイムが鳴った。保健室にいた俺はまっしぐらに3Dに飛び込んだ。席に近づく前に、路子は悲しそうに俺を見ていた。どんな責めでも受け入れるというように、まっすぐに見ていた。おかげで、彼女の前に立っても俺は唸るしかできなかった。

教室がざわざわし出した。無理もない、濡れネズミだったし、俺の形相は尋常ではなかっただろう。

「——知ってたんだな？」

声は出てくれた。だが低すぎる。どうしてこうも弱くてまぬけなのか。俺から眼を外さない路子に感嘆するしかない。

「どうして止めなかったんだ?」

路子が初めて、眼を伏せた。俺の方が悪いみたいだ。

「なにが、どうっ……なにができるんだ。なにをするんだ古館は。なんで隠してばっかり……」

意味不明な言葉の羅列でも、伝わっていた。今度は路子は、顔を上げようとしない。肩が震えている。ああ……久しぶりに、面と向かって喋ったと思ったら泣かしてしまう。教室のどこかからヒューという見当違いな冷やかしの声。意味がなさすぎて反応できない。俺はでたらめな言葉を並べ続けた。ただ一言、

「このままでいいのか、ほんとうに?」

多少なりとも内容のあることが言えたとすればそれぐらいだ。

ゆっくり、路子は顔を上げた。薄く開かれた眼が黒々と潤んでいる。

「河に飛び込んだんだね……」

路子は呟いた。誰に向かって言ったのか分からなかった。古館を案じているのだとすぐに胸落ちする。路子のなかに、愛情、と呼ぶべきものがあふれていることが感じられた。慣れたつもりだった、なのに泣き出しそうな自分がいた。ふたりして泣いていたら世話はない、そこまでまぬけなことはできない。必死で自分に言い聞かせた。路子はなにか言い

かけて、口を結んだ。席を立つ。

「古館くんと、話します」

声は静かだった。だが揺らぎはなかった。どっと力が抜けた。ほんとうに、身体中の血が消え失せて、その場にくずおれるかと思った。それは、責任を果たしたからとかではなくて、路子のそばに来る理由がなくなってしまったからだった。なんという馬鹿者。あいつまだ会議室にいると思うよ、いなかったら警察か……そう告げただけで路子に背を向けた。置き去りにしたのだ。最悪だった。自分を護るしかできなかった。あまりのダメージに、どこかにへたり込むことしか考えられなかった。保健室へ戻ってベッドに倒れ込んで、眠ってるんだか気を失ってるんだか分からない状態のまま、気づいたら昼近くだった。俺は誰に告げることもなく家に帰った。信じがたい無責任ぶりに、いま思い返しても冷や汗が出る。しかしどうしても、学校に居続けるだけの強さがなかった。家へ帰ってからも、この世そのものから逃げ出すようにほとんど寝て過ごした。自分の意識を消したかった。

「徹也、具合悪いの？」

野々宮先生が怒ったような顔で訊いた。あわてて先生に顔を向ける。その通りだった、さっきも弁当を残したし、授業ではほとんど寝ていた。朝から学校に出られたこと自体上出来だった。きのうヒューズが飛んでしまった自分が許せなくて、意地で出てきただけだった。真っ先に由夏に会って、古館も及川たちも、ついに建一郎に話をしたと聞いた。証拠品が見つかってしまったのが大きいのはもちろんだが、路子の力もあっただろう。そう思った。そのあと職員室の野々宮先生のところへ行って、昼休みに話そうということになった。菅谷さんのところへも、きのうの無断早退を謝りに行ったのだがなんのお叱りもないどころか、大丈夫か、無理すんなよとねぎらわれた。気遣いが嬉しかった。

「熱っぽいそうなんです」

由夏が言ってくれている。なあに、カゼ？　先生がますます気に喰わないという声で言う。この人の前では許可なく病気になることもできない。

「河で泳いだから？」

「いや……そういうわけじゃないと思うんですけど」

「ふん。まあ、疲れが出たんでしょう。無理しないで、早退すれば。で、あしたは休んじゃえばいいじゃん」

命令だ。彼女なりのいたわり。お言葉に甘えて、俺はこのあとすぐ早退することになる。今度はちゃんと、菅谷さんにも断って。

ところが、体調は戻らなかった。それどころか熱が上がって、図らずも野々宮女史の命令通りに学校に来られなくなった。

熱に浮かされて、沢山の人々が頭の中にやってきては去り、またやってきた。藤原光弘、古館英明、及川悠子とその仲間、萩原郁郎校長、清水昭治、橘路子。一村和人。生きている者と死んでいる者の区別はなかった、ただ、生きているとしても俺からは遠い人ばかりだった気がする。

4

彼らはなにか喋っていた。内容は憶えていない。記憶の網ではすくい取ることのできない、意味をなさない言葉の羅列。冷静な顔をして、この世のものとは思えない思考法のもとに交わされる会話。錯乱した俺の脳が作り出した純粋に無意味な世界だ。そのさなかには意味があると思えたものも、熱が冷めたあとではまるっきり価値が失われた。狂った世界にいるあいだ俺は幸福だった。そうだ、一村が殺されるなんて馬鹿なことがあるはずはないし、見ろ、藤原は意外にいい奴で、思慮深い人間のように喋っていたじゃないか。及川悠子たちはひどい目になんか遭わされていない。性的な辱めやら虐待はなかった。そもそも清水なんかに彼女たちを連れて行けたはずがない。あんな奴にはなにもできやしない。清水だけは狂った世界の中でも、吹けば飛ぶよな役立たずだった。わざわざ殺される価値さえない！　みんな馬鹿げた夢だ、だれもひどい目に遭っちゃいないし、仲間たちはみんな元気で互いに溝なんかなくて、相変わらず子供みたいに仲良くしてるんだ。よかった……

金曜の夜からずっとそんな調子だったから、土曜の夜になって熱がひいてきたころには、かえって布団から出られなくなった。正気が怖かった。狂った幸せな世界に逃げ帰りたかった。現実などどうでもよかった。このまま戻らずにいられたらどんなにいいだろう。まだ少し、ぐるぐる回る低い天井の下で、俺は声を上げて泣いたと思う。一村は死んだ。及川たちがひどい運命にさらされたのも、古館と路子がふたりして俺から遠い場所へ行ってしまったのも現実だった。自分が、生皮をはがれて赤むけしたまま外気にさらされたような、いまにも死にそうな存在に思えた。なんの意地も元気も湧いてきそうにない。また狂いたかった。だれひとり意味の通ることを喋らなかったが、あの世界では全員が生きていた。

ところがひとりだけ、なにも喋らなかった人物がいた。俺は宙を睨んで拳を握りしめる。多少なりとも自分をしゃんとさせる力があったとすれば、その人物のおかげだった。

一村和人が海にいた。たったひとりで。ひとけのない綺麗な浜を、波打ち際に沿って歩いたり、砂を少し掘って遊んだり、波に触ったり足まで浸かったりしていた。それは実際に一村が経験したことだったかもしれないし、夏のキャンプにいっしょに行きたかった俺の願望が生み出した幻影かもしれない。なんでもいい、ただ、なにかが引っかかった。ひとりきりの彼の姿が、熱が去ったあとも自分の中にくっきりと残った。消えずに残ってくれたことに感謝した。どうして自分は彼に話しかけようと思わなかったのだろう。ずっと、彼の姿は見えていたのに。そんなことは無理だと分かっていたからか。それとも、話す必要がなかったからか。

あれだけは意味があるように思われた。あれだけは、狂気の地獄に置いてきてよいものではなかった。

柿崎が何度も見舞いに来てくれたらしいが、俺は昏睡《こんすい》していて話ができなかった。ようやく顔を合わせることができたのは、寝込んで三日目、嘘のように熱が下がった日曜の朝だった。いつも通り、いやいつもより布団や着替えだらけで惨状を呈した部屋に入ってきて、布団の上にじかに座り込みながら、彼は話をしてくれた。

金曜も土曜も、古館は学校に来なかったという。自宅謹慎という形を取らされているらしい。いずれにせよ、証拠はなくならなかったし、結局は警察にも素直に話をしたわけで、建一郎の人柄を考えてもやはり法的に罰せられるとか、そんな心配はしづらかった。藤原光弘は全国に指名手配された。いくつかの情報から、それらしき長身の男を含む一団が、駅やガソリンスタンドで目撃されていて、それは少しずつ町から遠ざかっていた。もう近くにはいない、どこかへ高飛びする気だ、警察はそう見立て足取りを追っているという。

「ところでよ」

柿崎は思いついたように口調を変えた。

「由夏ちゃんが、見舞いに来たいってさ。どうする」

今日いちばんの深刻なニュースだった。気遣いに感謝する。できるだけ家に人を呼びたくないことをよく知っていた。ましてや女の子だ。

「あしたは学校行くから……もう大丈夫だって、言っといてくんないかな。もし電話で話すんなら」

「分かった。でも大丈夫か？　ほんとに来られんのか？」

「ああ。行くさ」

熱は去った。このままでいるとこの汚い家に由夏が来てしまうかもしれないし、野々宮先生に根性なしとどやされるし、古館にも笑われる。路子にも忘れられる……その方がいいのかもしれないが。

「クソ、でも参ったなあ、ほんと」

「ああ？」

「いや、なんつーかさ……」

俺は素直に弱音を吐いた。起き抜けに病み上がりが重なって、よけいなものがみんなはがれ落ちた状態だったのだろう。

「なに話したらいいんだ？　古館と」

フッと鼻で笑われた。むっとして柿崎を見ると、彼は笑みを引っ込めた。

「言いたいことを言えよ」

わざわざ口にするのも馬鹿らしい。そんな口調だった。

「怒りたきゃ怒れ。怒鳴ってやれ。殴ってやれよ。おれは、止めない」

そう言って、また笑った。

俺も笑えた、と思う。


「徹。許してくれ」

古館が俺に頭を下げている。

許すつもりはなかった。路子を俺から奪ったことを。

——自分の暗く茹《ゆ》だった感情に鳥肌が立つ。一瞬前には、鮮やかに後ろに下がって、古館と路子を祝福するつもりだった。次の瞬間には、路子を得るために駆け出しそうになるのだった。眉間の辺りに気を集中し、残っている理性で自分を律する。

「みんなも。……すまなかった」

八木準があわてて手を振っている。みんな笑顔だ。

そう、古館は俺に謝ったわけではない。

「古館もしんどかっただろ」

柿崎が古館の肩に手を置いた。霧が晴れるように視界が広がった。俺は、自分で思っていたよりも緊張していたようだ。久しぶりに古館に会うのだから無理もない、と自分を甘やかす。

七月十三日、月曜日。理由は違えど、互いに休んでいた古館と俺は久しぶりに学校へやってきて顔を合わせた。追いかけっこと水遊びから、もう四日が経っていた。いまは昼休み、A組。この場にいないのは路子と由夏だけだった。

古館はまたやった。たった数分で、俺たちとの間にあった溝を埋めてしまった。我慢できず根掘り葉掘り聞こうとする林孝太を、柿崎が苦笑まじりに制していた。なんだおまえ、古館を殴ってもいいんじゃなかったのかよ？　思わず言いそうになる。この場には、古館が帰還した嬉しさしかなかった。もとどおり、気の置けない仲間に戻るのだ。

俺は言葉もなく古館を見返す。この場に自分がいられることが申し訳なくて、でもどうしようもなく嬉しい。そんな思いがよく伝わってくる顔をしていた……ふいに気づく。俺はいまでも変わらず、古館を好きだと。

古館を許したい。優しい言葉をかけたいと思ったし、いや許せない、簡単に認めてはならない、そうふてくされている自分もいた。まだ終わってはいない、そんな警告も聞こえる。とにかく、ただぶすっとしていたくない。声をかけなければという思いがこんな台詞になった。

「おまえ、夏休みのキャンプのこと忘れてないだろうな」

自分の子供っぽさに泣きそうなほどホッとする。古館はにっこり笑って頷いた。おおっと歓声が上がり、堰《せき》を切ったように騒ぎ出す。きっとみんな、いままで口に出すことをためらっていたのだ。

「集まって話そうよ……今週末にでも」

古館の方から提案した。

「どこで?」

林孝太が訊き、少ししんとした。こんなとき、いつも集会場になる一村和人の家にもう彼はいない。

「おれんちにするか。どうだ?」

責任を取るかのように、孝太が言った。みんな頷く。彼の家なら一戸建ての二階屋だから充分広い。

「徹、そういえば」

古館が俺に顔を向けた。

「え?」

「路子も来られるよ」

そうか。声が出たことに感謝する。

「だから……由夏ちゃんも、来られるかな。どうかな？」

女の子が一人では可哀想だ。それは当然の気遣いだった。全員が納得した。いつから由夏の担当と決まったんだとむかっ腹を立てたのは一人だけだ。できるだけ顔に出さないようにした。自分でも嫌になるほど冴えない言葉しか出てこない。

「まだ訊いてないんだ……訊いてみるよ」

「ありがとうございます！」

眩しい。最近、会うたびに桐島由夏が違って見える。いっしょにいる時間が増えて、なんというか、馴染んできたからだろうか。交わす言葉も表情も、ひと月前に比べればどんなにか種類が増えたことだろう。微妙な表情も読めるようになってくる。それがお互いに分かるのだった。悪い気分ではなかった。

放課後になって、由夏を捕まえようと思い、しかし彼女の教室まで上がっていくのは気が重く、煮え切らないまま昇降口でうろうろしていた。するとちょうどよく階段を下りてくる。友達といっしょだったが、こっちに気づくとすぐに手を振って別れた。そしてまっすぐ俺のところまで走ってきた。嬉しい話だ。こうも自分を優先してくれるというのは。

いつもそれを期待してしまうところが、不健全だと承知してはいるのだが。

「もうお身体は大丈夫なんですか？」

「うん」

俺は礼と詫びを言った。見舞いに来てくれるって言ってたんだって？　ごめん、見せられるようなウチじゃないからさ……開けっぴろげに喋る自分がいる。家のことなんか口にする気もなかったのに。由夏はひとしきり俺の身体の調子を気遣ったあと、

「どこかで座って話しましょう」

と俺を引っ張っていった。そしてここ、学校近くの小さな公園にやってきたのだ。

あまりに鄙《ひな》びているおかげで子供も寄りつかないという、ゆっくり話すには絶好の場所だった。地中に半分埋まっているタイヤのアーチをすり抜けて、湿った砂がまるでセメントみたいに見える砂場の横にある、汚いベンチにわざわざノートを破って敷き、腰を下ろした。さっそくキャンプの話を切り出したところ、なんだか内側から光ってるんじゃないかと思うような笑顔で礼を言われたわけだった。

「ごいっしょできたら、嬉しいなって思ってたんです」

言葉遣いをほとんど間違えない利発さに、いつも感心していた。敬語を忘れないし、ときどき言葉遣いを崩してもタイミングがよくて気になったことがない。後輩としての分をわきまえて、差し出がましいことは言わないと自分に課しているようだった。今までキャ

ンプの話を聞いても自分から具体的なことを訊こうとしなかった。申し訳ない気分になる。キャンプそのものの存続が危ぶまれていたわけだから話をしなかっただけだが、いざやるとなると彼女に声をかけないことは考えられない。もう仲間であって、外すこと自体おかしかった。それにキャンプにはもうひとり、女の子が加わる。古館によれば。

「あの、もしよかったら、考えてほしいんですけど」

するとと由夏の方から、思いがけない提案があった。

「実は浪越に、親戚の旅館があるんです。もしみなさんがそこでもいいんだったら、そのほうが安心かもしれないんですけど。料金も格安にしてもらえると思うんです。もしかすると、キャンプより安くつくかも」

浪越という町は県で三本の指に入るリゾートの名所だから、海沿いにたくさんの旅館や民宿やホテルがある。そのなかに、彼女の親戚、伯母《おば》さんが女将《おかみ》をしている旅館があるというのだ。

まだ俺たちは中学生であって、本来なら保護者が同伴せずに外泊、しかもキャンプするなんて駄目に決まっていた。ましてや由夏は警察官の娘だ。気を遣うのは当たり前だった。そこまで頭が回らなかった。

「すごくありがたい話じゃないかなあ」

俺たちは、俺たちだけの夏休みを持とうとしていたのであって、キャンプそのものにこだわっていたわけではない。そう言おうとして急に自信がなくなる。何人か、特に八木準には確認する必要があると思った。間違いなくあいつはテントを立てるとか、自炊するとか雑魚《ざこ》寝《ね》するとか、そういう〝楽しい野外生活〟にこだわっている。

「あした、みんなに相談してみよう。でも俺は大賛成。お父さんも、それで許してくれるわけでしょ？」

「やった！　ありがとうございます！」

また笑顔が弾ける。この顔を目にするだけで、自分は間違っていないと信じられるのだった。でなければこんなに可愛い笑顔は生まれない。精神安定剤のようなものだった。

俯いて、自分が座っているベンチを見つめる。もとは緑色だったはずの塗料がほとんどはがれ落ちている。二年前は、きれいな緑だっただろうか。思い出せない。

このベンチに、路子とふたりで腰掛けていたことがあるなんて嘘のようだった。もうすでに夢と同じだ。執着が、偽の記憶を作り上げてしまったのかもしれない。俺ならあり得る、そう考えて疲れた笑いが浮かぶ。

「徹也さん」

呼ばれて、由夏を見た。出会った笑顔の優しさにうろたえてしまう。

「どうしてあの日、逃げたんですか？」

意味が分からなくて、俺はまばたきを繰り返した。

「ほら、先週の火曜日だったと思うんですけど……あたし、気づいたんですよ。徹也さんが、２Ｃの教室まで来てたの」

「ああ――」

思い出した。クラスメートの男子たちに囲まれている由夏の背中。自分から赴いたくせに、逃げ出した自分。由夏は気づいていたのか。

「分からない」

正直に言った。

「そうだなあ、あのときは急に話したくなって……でもさ、みんなで楽しそうにしてたから。なんか、邪魔するようで」

「そんな、邪魔だなんて」

肩がしたたかにぶつかってきて、俺は目をつぶってしまう。

「呼んだらすぐに行ったのに」

由夏は目の前で睨んでいる。いい香りがした。ああ、ごめん。息継ぎもろくにできない状態でなんとか言った。

「いつでも呼んでください。ほんとに」

ああ、俺はこの子に甘えすぎている。こんな優しさを受ける資格があるか。

「いつもありがとう」

言葉でしか報いられないことを悔しく思いながら、言った。

「ほんとに、感謝してる」

「そんなあ。なにもしてないじゃないですかあたし、それよりいっつもつきまとって勝手なことばっかり言って、申し訳ないなって……」

俺はできるだけ毅然と首を振った。

「とんでもない。いてくれてよかった。みんなもそう思ってるよ」

「そんな、誉められようと思ってるわけじゃないのにな」

悲しそうに見えた。俺はまた間違えたようだ。とにかくこの子に優しくしたい。

「俺にもなにかできりゃいいんだけど。ごめんね……なんのお礼もできなくて」

「そんなみずくさい。あたしと徹也さんの仲じゃないですか！」

どんな仲だか分からなかったが、由夏が笑ってくれたのでいっしょになって笑った。ほころびだらけのスクールバッグに手を突っ込む。由夏を笑わせることに徹したかった。今日という日に満足するまで、家に帰したくなかった。あの連続活劇写真を使うときが来た。路子に見せて旧交を温めるというもくろみが見事に消滅、そのうえ熱でひっくり返っていたから、せっかくの宝が持ち腐れるところだった。

「わ……すごい」

のっけの雪まみれの柿崎から、由夏は誰はばかることなく大口を開けて笑う。飾らないところがまたすごく嬉しい。俺も説明する端から笑っているので最悪の解説者だったが、笑うしかない、それこそが最高の解説かもしれなかった。ついには由夏もお腹を押さえ、涙を拭った。

活劇のゴールは例によって、一村の笑顔だ。

「お父さんも、一村さんに会いたかったたって言ってました」

じんとした。実際に会ったことがなくても、あの告別式。生徒たちの話、俺たちの熱。すべてを感じていただろう。いいお父さんだよね、そう言うと由夏は笑った。

「もう、きのう本部に戻っちゃったんです」

驚いた。いままで考えもしなかったが、そうか、桐島建一郎は県警本部に勤めているのか。県庁所在地、つまり県警本部がある市はずっと内陸寄りで、渡里から列車で行っても二時間以上かかる。都会に比べたら列車の本数は桁違いに少ないので、渡里市は通勤圏の遥か外側に位置している。つまり建一郎は単身赴任というわけだ。ただ、時間の許す限り渡里の家に帰ってくるらしい。一村の遺体が見つかった日はちょうど建一郎が渡里にいたので、あんなに早く現場に入れて、朝から事情聴取を開始できたというわけだった。彼はそのままこの事件の担当となり、図らずも家族のそばにいられることになった。まあ、終始飛び回ってばかりでゆっくり水入らずとはいかなかっただろうが。

「ああ、俺、礼も言わなかった……」

また失態だ。

「いいんですよ。伝えておきますね」

由夏は笑った。

「中学を卒業したら、あたし、お父さんのところへ行くかもしれないんです」

笑顔のまま言うので、初めは意味が分からなかった。

「だからたぶん、渡里から引っ越します。家族全員でいっしょに暮らすことになると思います」

「あ、そうなんだ……」

だんだん意味が浸透してくる。まだ二年生だから、あと一年以上の猶予はあるにせよ……由夏はこの町を離れてゆく。

やっぱりな。口には出さなかったが、そんな思いが湧いてきた。一村が去り、路子も去り、由夏も。形こそ違えど、みんな俺の人生から去っていく。かけがえのない人間ばかりが。どうせそんなもんだ。いままで何度となく、自分には「幸薄い」とか「縁遠い」とか「いかさない」という表現がしっくりくると思っていたが、今度こそ決定打だった。

「なにか言ってくださいよっ」

由夏が元気な声を出した。俺があまりにも長いあいだ絶句していたせいだ。頭を振り、由夏の眼を見据えた。

「俺さ……泣いてもいい?」

直後、ふたりして笑った。息が合ってよかった。冗談にできるうちに笑っておこう。いずれ本当に泣くことになるから。

「どうぞ泣いてください。淋しいでしょう? ねえ徹也さん、ほんとに淋しいでしょ?」

また身を乗り出してくる。今度は俺はたじろがなかった。膝をばんばん叩こうが、抱きつかれようが笑っているつもりだった。むろん由夏はそこまでしなかった。代わりに俯いて小声になった。

「徹也さん泣いたら、可哀想だから……行くのやめようかな」

聞こえてほしいけど聞かれたくない、そんな声だった。熱いものが胸を満たす。なのにどうしてこんなに悲しい気分になる。俺は求められている。由夏という人間に大事に思われている。もう疑えないと思った。自覚しないのはただの馬鹿だ。なのに悲しい。

「徹也さんはどうするんですか、進路は? 卒業したら、来年は?」

由夏が首を傾げて訊いてきた。

「うん。なんにも考えてない」

言い切る。本当だった。前から進路のことを考えるのは億劫だったが、ここ最近はなおさら進路どころではなかった。

「でも、市内の高校へ行くんですよね」

「まあ……そうなるのかなあ」

ぜんぜん実感がない。野々宮妙子女史は、たぶん人生で誰よりも、俺自身よりも先に俺の進路のことを言い始めた人物だが、すでにどこそこの高校へ行け、あそこはやめろ、とかアドヴァイスをくれている。ところが俺の方は真剣に受け止めていない。鬼が笑っているとしか思えなかったし、どこへ行こうが重要ではない気がしていた。先生に言わせるととんでもない話らしいが、田舎の中学生の進路観なんてのんびりしたもので、俺だけが特にだらしないわけではないと思う。

言葉が途切れた。ふたりして俯く。

子供時代の出会いや別れなんてありふれたものだ。ケンカしては仲直りし、クラス替えであっさり前の友達と疎遠になりごっそり仲良しが入れ替わる。転校などしようものなら、それは永遠の別れを意味する。いままでは、それでよかった。

そんなことで別れたくない友達がいる。死んだからといって、別れを認められない人間も出てくる。距離が開いても、その距離を越えられるようになる。ものともしなくなる。

そう祈りたかった。もちろん口だけなら簡単なことだ。

いつ、始まったのだろう。もうごまかすことはできなかった。

俺は由夏が好きだった。

いや、ちがう。大好きだった。

きっとずいぶん前から、少しずつ始まっていた。でも特定の日を挙げるなら——校長室が燃えたあの日。由夏が、その小さな身体を盾にするようにして、島本辰美の前に立った日だ。あれ以来、由夏がいままでとは違って見えるようになった。それぐらい、由夏の意志は明確だった。その姿は雄々しく美しかった。

そうやって、考えれば考えるほどいとおしくなる。一村が去り、路子や古館の前で自分がいないも同然だった日々に、由夏がそばにいてくれなかったらどうなっていただろう。俺の中に路子がいなかったとしたら……ずっと早く、もっと近くに由夏を引き寄せていた。ありがとう——また、まぬけな台詞を口にしそうになる。だが他の言葉を思いつかなかった。必ず存在しているはずの、彼女に捧げるにふさわしい言葉すら、いまの自分には捻り出せない。歯嚙みするほど悔しい。こんなにも力がない。

それでも……顔を見合わせる。お互いの思いは同じだと思った。うまくは言えない。言っていいのかどうかも、分からない。いっしょにいたいね。また会えるといいね。いや、会おう。必ず——

言う必要はなかった。肩のところで触れ合っている。いまは、この感触だけでよかった。

翌日、由夏の提案をさっそく仲間に諮《はか》ったが、意外にもキャンプそのものは敢行することに決まった。八木以外にも、柿崎、林孝太と、野外生活（俺流に翻訳するなら〝男の生きざま〟）にこだわる人間が多かったのだ。行き先は浪越のキャンプ場に変更。ただし、女性陣にテント生活を強要することはしない。ふたりは旅館に泊まってもらう。昼間はキャンプ場や海でいっしょに遊べばいいし、男連中もテントに飽きたら旅館に転がり込めばいい。とにかく親に対しては、全員が「旅館に泊まる」ということにする。死角はどこにもない。こういうのを完全犯罪と言うのだろう。

「でっかいテントひとつでいいよな？」

話は決まったというふうに、八木が揉み手をする。やっぱり一番こだわっていたのはこいつだった。頼んでもいないのに、貸し道具の手配はぜんぶやると張り切っていた。

「あと、花火代。あとで集めるから」

ぜんぶ任せ切りにしたのは失敗だった、と後悔することになる。三日かかっても使い切れないほどの花火を買い込んでくるとは想像もしなかったのだ。まあ、八木が責任をとってほとんど自己負担したので、結局はこれも万々歳だったが。

拍子ぬけするぐらいに平穏な日々が戻ってきた。ほんとうにこんな時間が、以前は俺たちを包んで流れていたのだろうか。そう思わせるような。でも、じっと立ち止まってみれば、やっぱりどこかがちがう。一村がいない。それだけでは説明のつかないなにかが、日々に織り込まれている。ただ、口に出しても仕方がない。みんなそれをわきまえていた。

夏の匂いだけが、ほどなく本物になった。期末テストも大量の宿題も物の数ではなかった。うざったいはずの中学生の義務が現実味を失った。まだ進路も決めていないが、だれもそんなことを気にしていなかった。夏休みだ。ひどい雨に塗りつぶされて、芯まで冷え切った季節を通り抜けて、子供に還れるときがようやく来た。この夏休みを迎えられなかった者もいるのだ、いったいなにを心配したり悲しんだりしろというのだろう。夏だった。思う存分遊ばなければならない、俺たちのための季節だった。

七月二十五日が終業式。その翌日からは夏休みだ。そして浪越遠征決行は八月一日と決まった。

出発までの半月、夏休みが始まる前からほとんど毎日のように、俺は桐島由夏といっしょにいた。桐島家の近く、延坂の河原で遊んだ。キャッチボールでは暴投しないように、バドミントンではラリーを途切れさせないように気を遣った。ミスるのはたいがい俺の方だからだ。

自転車であちこち遠出した。ある日など、照りつける陽の下で汗だくになって方波見川と並行に走る市道を遡った。源流は遥か何十キロも先だろうし、なにを探してということもない、ただいっしょにいるために、民家がだんだんと少なくなって、夕暮れが来て心細くなる寸前までひたすら山道を登っていった。

海まで走った。地元の秋浜《あきはま》海岸までは自転車で十分もかからない。泳ぎはせず、砂浜を歩いただけ。本番は浪越にとっておくのだ。生まれてから毎夏ここで泳いできたが、今年はたぶんここでは泳がない。

俺の好きな場所、河と海が交差するあの堤防へは連れていけなかった。夜に行かなければ意味がない。あの暗い流れと、水面を走る水銀灯の光と、遠い潮騒が溶け合う夜でなければあの場所は完璧にならない。今年やっと十四になる女の子を夜中に連れ出すわけにはいかなかった。相変わらずあそこは、俺だけの場所のままだった。

バスで渡里の街まで行った。人生で初めて、という経験をいろいろした。ウィンドウショッピング、ハンバーガー屋、ピザ屋。極めつきは服屋だ、由夏に付き添われて、俺は初めて自分で、ちゃんとした私服（並んで歩いても由夏が恥ずかしく思わないだろう、と思う服）を買ったのだった。濃密な二週間だった。いままでの狭すぎた世界観が革命的に拡がった。ところが思いがけないことが起きた。嬉しい日々が、少しずつ澱《おり》が溜まるように、胸に痛みをもたらし始めたのだ。

由夏といっしょにいるときほど、路子のことが強く思い出された。ひどいときは、由夏の隣で上の空になった。由夏とどこかへ行くたびに、むかし路子と来たことがあれば必ず思い出す。まったく関係ない場所であっても、いま隣にいるのが路子だったら……と勝手に考え始める。すると決まって、巨大な喪失感がぶつかってくる。それは立っていられないくらいの眩暈に似ていて、大袈裟に言えば世界が終わってしまうような感じだ。

でも会わずにはいられない。由夏がいるから俺は笑えるのだ。いなくなったら……考えるだけで恐ろしい。罵られても仕方ないと自分で思う。由夏のことが好きな下級生たちはあんな仏頂面したムサい先輩のどこがいいんだと腹を立てているだろうし、島本辰美はこれだけで俺を殴るに充分だと思っているに違いない、仲間たちですら内心は「なんで徹なんだ？」とか首を捻っているに決まってる。その通りだ、俺が真っ先に頷いてやる。だれがどう見ても仁木徹也は果報者だ。不平を言うような舌があるなら抜いちまえ。

ケリをつけなければならない。ますますそう思うようになった。はっきりさせなければ。他人に寄りかかって、自分だけ楽でいるなんて、これ以上は許されない。

訊けばいいんだ。直接。それですべて終わる。自分の中に残っているわずかな希望の光を踏み消して、新しい自分になるしかない。そんな光は初めから幻。分かっているくせに。海にいる間に訊け。でなければ一生訊くことはできない。そうだ決まった、なにもかも、少し離れた町で終わらせる――

由夏とは、とどめでいっしょに映画を観に行った。浪越行きを二日後に控えた七月三十日、ここのところ小遣いをせびってばかりの息子に口も利いてくれなかった母親を、脅したり泣きべそをかいたりしてどうにか映画代をふんだくり、池神のバス停で待ち合わせて渡里の街へ。買ったばかりの黒のジーパンと青い半袖のシャツという一張羅を着込んで。途中、路子の住む沓沢を通るのも慣れた。車窓から橘家を捜す余裕すらある。もちろん由夏には一言だって言わない。それに、バスから路子の姿を見つけたことは一度もない。

渡里に着いたが、映画の時間には半端だったので喫茶店に入った。どうでもいい話をしながら、学校で見るのとは違う由夏の顔に見惚れる。このちょっとした時間がいとおしい。

「そろそろ時間ですね。出ましょうか」

「あっ、うん」

一カ月前には想像もしなかった生活をしている。まだいまいち現実感がないことに苦笑しながら、もうすぐ潰れる、という噂が二年も前から続いている、街で唯一の映画館に向かう。

すれ違う人たちを眺めながら歩いていると、何事かと思うくらいの強い力が腕にしがみついてきて声を上げそうになった。見ると、由夏の水色のノースリーブから伸びた細い腕が、さりげなく俺の腕に巻かれていた。足並みが自然に揃い、前に進めるのが奇蹟に思えた。ふっと気を抜くと足がもつれる。由夏が俺を見上げた。平然としていた。彼女の決意が、その当然だと言わんばかりの表情をつくっていると知って、ものすごい愛情を感じる。それが恋人に向けられるものか、それとも妹のような存在に向けられるものなのか、兄弟のいない俺には判別がつかない。

あさってからは、仲間たちと大騒ぎだ。二人きりでいられるいまのうちに……そんな気持ちが、由夏を大胆にさせているのか。学校の誰かとすれ違うのではないかと思ったが誰にも会わなかった。アスファルトから夏が立ち昇っていた。街に来たら必ず寄るレンタルCD屋を素通りして、映画館に着くまで言葉を交わさない。ひたすら続くアーケードの下を歩いているうちに、ふと頭をよぎる。この街のどこか裏通りにあの店がある。なんとかいう、性風俗の店。清水昭治が通った、そして藤原光弘を呼び寄せることになった呪うべき場所が。

腕に幸せな熱さを感じたまま、顔から温度が抜けていった。やらねばならないことがある。ずっと前から頭に浮かんでいたことだった。そして、ちょうど今日、ここへ来る前に意を決したばかりだった。また苦手な電話に向かって、迷いを振り切ってある番号をプッシュした。出発はもうあさってだ。そこで、俺は……ほんとうにできるのか？　考え出すととめどない不安に押し流されそうになるので、頭を振って前へ進むことに集中する。すべては浪越にいるうちに、だ。

映画館に着き、席に座る。始まったのはハリウッド製冒険アクション大作だった。それしかやってないから選択の余地がなかったし、周りはうるさい小学生ばかりだったが、これが面白かった。もしかしたら大味でご都合主義で、何年かあとに観たらなんでこんなに興奮したんだろうと思うような代物かもしれないが桁外れに楽しくて、それは由夏も同じだったようだ。帰るすがら思い出し合いながらストーリーを最初から復習してしまった。方波見に帰ってきて桐島家の近くまで送ったのに、名残り惜しすぎていっしょに河原へ行って真っ暗になるまでずっと喋っていた。ようやく腰を上げて、帰ろうかと言い出すまで路子のことは一度も頭をよぎらなかった。

「あの……徹也さん」

暗闇の中、河原を道路の方へ上っているとき、背中からためらいがちな声が届いた。

「言おうかどうか、ずっと、迷ってたんですけど」

「えっ?」

由夏の声が違う。振り返って目を凝らした。今日一度もこんな声は出さなかった。なんだろう。胸の動悸が高まる。

「でも、やっぱり……言います」

「う、うん」

「お父さんが、きのう、教えてくれたんです」

そして動悸が止まらなくなった。

藤原光弘とおぼしき男が捕まった。三日前。隣の県。四人の手下とともに。

早速、建一郎が確認に向かったが……別人だと判った。よく似てはいるが、違う人間だった。藤原の手下のひとりに過ぎなかった。

追跡捜査は白紙に戻った。藤原の足取りは、ぷっつりと途絶えた。

瞬時に辺りの闇が、深さを増して俺たちを呑み込む。一度去っていったと思っていただけに、不意を突いて舞い戻ってきた影は、あまりに濃かった。思わずその場にへたり込んでしまいそうなほど。

俺はこんなにも無力なのか、あの男の前で。痛感する。

二度と藤原に会うことはないと思っていた。最大の悪役は、その邪悪さを、直接俺たちの目の前では披露せずに退場する。そう思い込んでいた。

ただの願望だった。もうなにも起こらない、と思いたがっていただけ。

もし舞い戻ってきたら。その姿を目にしただけで俺たちは震え上がる。あの男がもたらした恐怖は町の住人の胸に巣喰ったまま。俺たちは、この町ごと人質にとられているようなものだ。

あんな奴を向こうに回してひとりで闘ってきた古館が信じられない。いったいどれほどの勇気があれば足りた？　そんな畏怖の念はむしろ、ことが一段落して、藤原が町から姿を消してから強くなった。いったいどんな気持ちだっただろう。藤原を殺したいほど憎みながら、藤原の犯した罪を隠蔽するというのは？　相手の命を奪うことになんのためらいもない男に、どうやって挑みかかったのか。ひたすらに、自分が変質してしまうほどに奴を憎む、それ以外にどんなことができた。

古館は俺たちを護ってくれただけだ。俺なら無理だった、すぐ誰かに助けを求めていた。奴にはどんな言葉も行為も通用しない。どんな人間にも敬意を払うことはない。少女を玩具《おもちゃ》のように扱い、少年の死を愚弄し、学校に火を点け校長を子供に殺させ……そしてこれから、なにをする。

影武者を使って時間を稼ぎ、その間にはるか遠くへ逃げる。もしかしたら外国へ。そうだったらどれほどの幸いだろう。もう永久に町に戻ってこない、誰かがそう保証してくれたらどんなにか、深く息をつけることだろう。

「あいつは、まだ――」

思わずもれた声は、震えていたかもしれない。

戻ってくるなんてあり得ない。馬鹿げてる。笑ってそう言うことが全然できない。また悪夢を見せる。仕上げを始める。奴がやり残したなにかをなすために。そんな最悪の予感が拡がって、ありとあらゆるものに影を落とす。どんなひどいことでも起こり得る気がする。

古館はどうする、古館は……あいつは知ってるのか、藤原がまんまと足取りを消したことを。どこにいるか誰にも分からないということを。深い闇の中に隠れてしまって、町を、住人たちを、じっと見ているかも知れないことを？

「そうか……そうなのか」

ただありのままを受け止めるしかできなかった。

「徹也さん……」

「教えてもらって、よかった」

言ったことを後悔しているように見える由夏に、はっきり伝えた。こんなことを胸に秘めたまま、迷い続けて、一日の終わりまで我慢していたなんて。苦しかったはずだ、すぐに言いたかったはずなのに。今日という日に水を差すまいと、この子はいまのいままで耐えていた。

俺は知るべきだった。強く自分に言い聞かせる。今朝決断したことは間違いではなかった。なにも終わっていない、だからやらなければ。

「でも、お父さんはあらゆる手を尽くしてる。そう言ってました。きっと捕まります」

「うん。そうだね――」

恐れすぎることも間違い。それこそ、奴が望んでいることだ。藤原の運命など誰に分かる。あっさり捕まって終わりかもしれない。すでにみんなが自分にできる限りのことをやっている。この由夏だってそうだ。あとは天に任せる以外に、どうしようがあるというのか。

できるだけ明るい顔をしようとした。ほんの少し頬をゆるめられただけだが、それでも。影に怯えるのはやめだ。目の前に夏の海が待っている。そこまで引きずってゆきたくない。俺たちだけのための特別な場所で、俺たちは取り戻せるかもしれない。傷を癒やせるかもしれない。今度こそ、すべてを……終わらせられるかもしれない。

第五章　神立《かんだち》

1

早々に浜へと引き返した。我ながら情けなかった。俺が最初の落伍者か。いや、すぐ後ろを林孝太が泳いでいたはずだった。浜に姿が見えないところを見ると、もうキャンプ場まで戻ったのだろうか。お馴染みの膨れっ面が目に浮かぶようだった。

光る空の下、波が次から次へと入り江の中に押し寄せていた。音がしそうな強烈な陽射しに、海面《うなも》も深くて綺麗な青さで応えている。この浪越海岸の波は「片寄せ波」といって、寄せる波はあっても返す波がない。二つの半島に挟まれるようにして、陸がえぐられた部分に浜が位置しているから、寄せる波は勢いがあり、しかし粗い砂が返す波を吸収してしまう。波打ち際は常に白く泡立っていて静かになることがない。だから、休まず遊び続けなければならない気分になる。

一時間前に着いたばかりだった。なのにもう、誰からともなく遠泳が始まっている。先頭は水泳部コンビ、八木準と桐島由夏。そのあとを古館英明が、そして柿崎彰が追っていた。俺もついていこうとしたが、もともと絶望的にスピードが遅い上に、捻挫ぐせのついた右足首に不安を感じ初め、海の中をどう目を凝らしても底が見えないことに怖じ気づいて、早々にUターンを決めたのだった。

火傷《やけど》しそうに熱い浜の砂を踏みながら、準備体操もしていなかったことに気づく。緩んでいた顔がこらえ切れずに溶け出した。はあはあと息だけで笑う。大笑いしたいところだが、海水浴客が山ほどいる。

海を見やると、仲間たちはどの海水浴客よりも沖へ進出していた。遊泳ラインを示すブイはどこだ、越えちまってるんじゃないか？　いくら箍《たが》が外れた気分だって、ちょっとやりすぎじゃねえかおい？　だが笑顔は少しも押し殺せない。休むところを捜して歩いた。砂浜の南の端は岩場になっていて、切り立った岸壁へと続いている。岩場へ着くと手頃な岩の上に座った。

ついに八月になった。人生の休み。遊びの月だ。俺と仲間たちのために世界が存在する季節。路子すら、ちょっと遅れるにせよやってくる。足りないのは一村だけだった。

波しぶきが岩にぶつかってきて、少しよろめいた。おいおい、こんなに波が高いなんて聞いてねえぞ……ますますニヤニヤする。それにしてもあいつら、どこまで行く気だろう。沖の四人の頭が依然むこうを向いている。視力がいい方の俺でも、四人の頭の誰がだれだか判らなくなってきた。監視員のスピーカーがいつがなり立てるか気が気ではない。頭を巡らせてライフセーバーの姿を探した。

息を呑む。瞬時に沖の仲間たちのことが消し飛んだ。逃げ出そうと思った。ところが後ろは断崖絶壁、退路は皆無。ただただ、彼女が近づいてくるのを待つしかなかった。こんなに早く来るはずがないとか、なぜ俺の方に向かってくるのだろうとかまともな疑問が湧いてこない。なぜなら彼女は水着を着ていた。橘路子が水着なのだ。大変だった。目にするのは生まれて初めて。悪意に満ちたクラス分けのおかげで水泳の授業で一度としていっしょになることがなかったし、だがその水着の模様なんか分かりゃしない、濃いブルーがかろうじて認識できるだけ。水着が覆っていない身体の部分はあまりに痛ましい白、白。その腕の、足のなんという細さ。炎天下にさらしていていいはずがなかった。庇護《ひご》するものもなく、しかし彼女は、俺のいかれた心配をはるかに超えてたくましく、素晴らしい笑顔とともに目の前に立った。

「おそくなりました」

礼儀正しく頭を下げる。声には笑みがあふれていた。そうか、彼女も仲間たちに追いつけて嬉しいんだ、幸せなんだ。他人事のように思った。

「みんなは？」

こんな問いが、俺には残酷に響いた。誰でもいいのだ。俺以外の誰かがいても、彼女は同じ問いかけをしただろう。黙って沖を指さした。あっ、さすがに路子も声をもらす。身体の向きが変わったとたん俺の視界いっぱいに火花が散った。意外な胸の膨らみと腰の厚みが後頭部をハンマーよろしくどやしつけたのだった。息継ぎをする。眼球運動の速度は八木準の絶好調時を上回っていただろう。沖に目をやっても、捜すべき仲間の名前さえ思い出せない。

「……げっ」

まぬけにも、俺は口に出していた。路子にも聞こえただろう。四人をようやく見つけた。と思ったら、そのうちのふたりが顔を浜の方に向けているのが判ったのだ。あれはなんてやつらだっけ？　ああ、柿崎と……古館だった。平泳ぎのふたりが、遠目には黙々と修行でもしているように見える。ようやく引き返すことにしたらしい。当たり前だった。それにしても、まだ沖に向かっている残りのふたりはいったいどこの誰だ？

「徹也くん、みんな大丈夫なの？　あんな遠くまで」

また仲間たちのことがどうでもよくなった。徹也くん。言葉の響きが胸を握り潰す。こんなに愁いのない彼女の声は、聞いたことがないと思った。

「無茶するのね。びっくりしちゃう」

柔らかい笑顔。弾んだ声。彼女も魔法の中にいた。仲間たち全員を包む魔法の中に。孤《ひと》り、俺だけがあえいでいた。もうすぐふたりが戻ってくる。古館がやってくる！　まだ沖にいる彼が、俺たちに気づくことはないと思った。だいぶ遠いし、浜の外れの岩場に俺が移動しているなんて思いもしないはずだからだ。

いまが、そのときかもしれない。気力を奮って路子を見つめた。

「テントは、無事にできたの？」

出端を挫かれる。ぶざまな返答だけはだめだ、それだけは……

「うん。八木がひとりで全部やっちまった」

不必要に攻撃的な口ぶりになる。うろたえて声が震えるよりはマシ、という程度だ。

「ほんと！　あとで連れてってね」

「ああ」

どう見ても、俺はただの不機嫌小僧だった。相手を怯えさせないように、笑みを浮かべようとした。馬鹿みたいなのですぐやめる。

「海のなか、冷たくない？　波、すごい高そうだけど平気かな」

路子は初めからこっちの様子など気にかけていなかった。掌で陽射しを避けながら海を見つめる。古館を探している。

「徹也くんは、どうしてここにいるの？」

掌で顔に影をつくったまま、路子は俺に顔を向けて訊いた。本当に知りたそうだった。

「あ、いや、俺ぜんぜん遅くてさ。足も痛いし」

事実を伝えるしかない。

「あいつらと競争するなんてバカらしいよ、運動神経がいいやつばっかりだから。死にたくない」

奇蹟的に、軽い調子で言えた。ぶしゅっ、最後にくしゃみのおまけまでつける。図らずも。笑ってくれることを期待して路子を見る。期待は破られた。

「足が痛いって、どうしたの」

路子の声がちょっと怖かった。

「あ、いや」

もごもご言ってごまかそうとしたが、路子は捕まえて離さない。

「河に飛び込んだから？　それで怪我したの？」

「いや。違う。もっと前」

「いつ？」

「……清水を見つけたとき」

馬鹿正直に答える。路子が目を見開いた。

「徹也くん、怪我してたの、あの日。知らなかった……」

黒い瞳がまっすぐに俺を射抜く。思いっきりうろたえた。知らなくて当たり前だ、あのとき路子は学校にいなかった。

「ケガってほどじゃないよ……もう、ほとんど大丈夫だし」

路子はしばらく俺を見ていたが、

「うん」

と頷いて、また海を見た。伸びをする。潮風を受け止めるように。その凜々しい横顔が、いつもと違う。なにかが。どこがどうとは言えない。強烈な陽射しを浴びているから、それだけかもしれなかった。だが、ふだんの近寄りがたい彼女が少しだけ、どこかへいっている。

「話するの、久しぶりね」

想像もしていなかったその台詞も、この場にはふさわしい気がした。

「あの晩以来？　ちゃんと話すのは……」

俺はごく自然に、頷くことができたと思う。

「ああ、電話で話したっきりかな……あっ、きみのクラスへ、因縁ふっかけに行ったことはあったけど」

笑ってくれた。ああ、幸せだ。これだけのことで。

「ほんと、久しぶりね……」

目を細めて、思い出に浸るような顔をする。

「淋しいよ。ぜんぜん話せなくなって」

すかさず便乗した。こんなことが毅然と言い渡せるなんて、いましかあり得なかった。

　路子が顔を向けかけた。突然の波しぶきが俺たちを襲う。どんな悪意か知らないが、いまという時を待ちかまえて力をためていた。あっ、目の前の少女が波を浴びてよろめいた。とっさに手をさしのべる。少女は俺の手を取った。強くつかんだ。信じられなかった。だが俺の腕は、強く彼女を引き寄せていた。身体は波に背を向けた。路子を庇っていた。

　波が引いてゆく。ぶつぶつ唸りながら。

「……ありがとう」

　目の前から呟きが聞こえた。頰に触りたかった、次の瞬間には自分をぶちのめしたくなる。二年前にはそんなことは望まなかった。なにが変わってしまったんだ？　路子の表情が変わっていた。俺にはそれが、迷いに見えた。当然俺は自分の目に対する信用を放棄した。一瞬、張り裂けるような哀しさが浮かんだなど、それが俺のせいだなどと、信じるつもりはなかった。手を放す。指がもつれてうまく離れない。彼女の手と俺の手が、路子と俺の意志とは無関係に離れたくないともがいていた。

　ようやく離れる。

　……徹也くん。

　路子はその手を、もう片方の手で自分の胸に押しつけた。波音にかき消されないように声を張り上げる。

「ごめんね」

そう聞こえた。ぜんぜん意味が分からなかった。

「ごめんね」

路子が繰り返した。すべてが分かった気がした。

それも遠くなってゆく。ああ、逃げていく、路子が逃げていく——少しよろめきながら、だがたしかに一歩ずつ、彼女は俺の前から消え去ろうとしていた。

気づくと、爆風で飛ばされたみたいに身体が駆け出していた。踏み切った右足首の鈍痛は脳に伝わらなかった。予感があった。いま路子に追いつかなければなにもかも終わる。左足が地面につく頃にはもう、自分がなにをやっているのか判らなくなった。あれは別れの言葉だ、追わないでくれと言ってるのが分からないのか、そして右足。行け、捕まえろ、だれも来ないうちに。今がそのときだ。気の狂った竜巻のようになりながら俺は進んだ。早く、喋れる距離まで。眼を見て話せる近さまで——

「あれっ、路子さん‼」

目が邪魔者を捕らえた。いたって無邪気な声を発したが地獄で八つ裂きにされるべきだ、それがどう考えてもふさわしい裁きだ。しかし同時に、救われたような気がしたのはなぜだろう。

「もう来たの！」

林孝太の甲高い声はこの世でいちばんのどかだった。なおさら急加速で日常が戻ってくる。栄誉ある遠泳リタイア第一号が砂浜を走ってきた。路子が孝太に向かって何事か答えている。こちらに背中を向けているので表情は見えない。もし万が一、さっきなにかが生まれようとしていたのだとしても、それは海風に飛ばされてちりぢりになった。その場にへたり込んでもよかったが、俺はどうにか歩いていった。路子がにこやかに孝太の相手をしている。俺の方へは眼もよこさない。ほら、なんにもなかった。なあんにも、なかったんだ。俺はニヤニヤと馬鹿みたいに笑った。路子は二度とあんなに近くに寄ってはこない。いや近くなんかじゃなかったんだ初めから。

「おおお、路子さん！」

別の叫び声が届いた。ひとり残らずさん付けで呼ぶのが笑える。波打ち際を柿崎彰が内股で歩いてきた。唇を真紫色にしてブルブル震えていた。こいつはプールだろうが海だろうが、水から上がったときはホルマリンの浴槽から生き返ったみたいになる。それでも口の端がつり上がっているから嬉しいらしい。思ったより早かった……こいつは目がよすぎるから、浜を見渡してすぐ俺たちを見つけてしまったのだろう。

「これで勢揃いだな」

両腕で自分を抱き締めて震えながら、声もやっぱり嬉しそうだ。おそくなりました、と路子が頭を下げる。柿崎の後ろから古館がやってきたのに気づいて、俺は硬直した笑みを懸命に顔に貼りつけるしかできなかった。

申し合わせたように路子と古館は近づき合って並んだ。長年連れ添った夫婦もかくや。俺の頬が派手な痙攣を起こしてやいまいか心配になる。すぐにでも海に飛び込みたい。路子は俯き、古館はただただ明るい笑みを浮かべている。さすがに肩で息はしていたが。おい、せめて言葉ぐらい交わせよ。

「八木はなに考えてんだ?!」

林孝太がわめく。気に喰わないことはぜんぶ八木のせいという悪い癖だ。遠泳の言い出しっぺは彼というわけではなかったし、切りがないという意味なら由夏だって同罪だ。信じがたいことに、二人ともまだ沖を目指しているらしい。

「とんでもないよ、あのふたりは」

古館がおおげさに手を振った。

「意地張ってついてったりしたら完全に死ぬな」

柿崎がガクガクと首を縦に振った。全員で沖を見る。これだけ遠いともう、二人はただ浮いているようにしか見えない。不思議な眺めだった。ほんとにカッパみたいな八木はともかく、あの小さな由夏が自力であんなところまで到達した。本当にすごい子だ。

俺にはなにが成せるだろう?　場違いな悲しみが膨らんでくる。

夢らしきものはある。あまりに漠然と広がっていてどうしたら形になるのか見当もつかなかったが、たしかに。

そしてそれは、路子の求めるものでもある。心の底の方でそう信じてきた。なにかの間違いで路子と俺は別々の場所にいるが、相手が思い出してくれさえすれば。すべてがあるべき姿に還る。どこかでそう信じているからこそ、いままで生きてこられた。

だが路子は古館を選んだ。俺がなにかを、たしかに証す前に、古館のもって生まれたものを、その素晴らしさを選んだ。それを運命だと思い込んだ。

「あ……ひとり脱落」

柿崎が目ざとく呟く。また異常な視力がものを言った。

「勝負あったか」

古館が沖を見つめながら言う。

「どっちが？」

「由夏ちゃんの勝ち」

柿崎が告げ、みんな頷いた。初めから分かっていたような気がした。

「すごいなやっぱり、由夏ちゃんは」

その通りだよ、古館。俺は両手を広げて由夏を迎えたい気分だった。自分が存在していてもいい、という気分にしてくれる少女を。いとおしげな眼で見つめてくれる彼女を。由夏が俺に命を吹き込む。潰れかけた男を救うために遣わされた天使だ。甘ったれと高慢ちきがニヤニヤ笑う。激怒とともに自分を潰したくなるし、違う、違う、小さな悲鳴が聞こえる。どこかが滲むように痛んでいる。この痛みは消えることがない。必要な仕事を成し遂げない限り。

路子を見た。彼女だけは笑っていなかった。みんな笑っていた、古館も。彼女だけが笑っていなかった。

2

テントへ戻ったのは俺が最後だった。チョロチョロのコインシャワーを浴びて着替えたら、もう日がだいぶ傾いていた。なんとなく気が急《せ》くのに、脚が鈍くていうことをきかない。

砂浜と、土の陸を仕切るコンクリートの堤防に付いている階段をようやく上り切ると、もうそこは見渡す限りテントでいっぱいだ。キャンプ場は全体がゆるい斜面になっていて、浜の北端の方に向かってかすかに高さを増している。その高さの果ての辺りに、桐島由夏が立っているのが一目で判った。ひとりでに顔がゆるんでしまう。目指して上ってゆく。

「なんか、すごく楽しそうですね」

ようやく辿り着くと、弾んだ声で迎えてくれた。

「うらやましいです」

これから男五人が押し込まれてむさ苦しい寝所《ねどこ》になる、緑色の四角錐を見ての感想がそれだった。どこが？　とは訊き返さず、テントの中にタオルや海水パンツを放り込む。八木が中でのびているのに気づいたが遅かった。まともに顔を直撃するが彼は気にもしない。遠泳で完全にグロッキーなのだ。海に入る前に、彼自身がテントを張り終えてくれていて助かった。しかしこいつに比べてどうして、由夏が平気で歩いたり喋ったりしているのかは謎だ。

「いいなー……あたしも夜、遊びに来てもいいですか？」

「そりゃ、いいけど」

と言いながら柿崎の顔色を窺ってしまった。柿崎は、テントの横で黙々と竈《かまど》を仕上げている。死体の紫色はすっかり醒《さ》めて、血色よくいきいきと動いている。

「あんまり遅くならなきゃね」

分別ある俺の発言に、柿崎がうんうんと機嫌よさそうにする。どうせ信じていないだろう。

「ほかの連中は？」

訊くと、

「買い出しです。駅前のスーパーに」

「ああ……」

食材は持参してきたものもあるが、足りないものが沢山あった。男二人に女一人だけで人手は充分だろうか。うじうじと、しても仕方ない心配をしていると、数分後その心配に拍車をかける事態が発生した。三人のうちの一人が、先に戻ってきたのだ。

「あっ、路子さーん！」

由夏が嬉しそうに手を振ったので俺は固まった。迎えに下ってゆく由夏の先におそるおそる目をやる。開けっぴろげな感情表現がうらやましい。女子ふたりが話しているのを見るだけで少し幸せになる。絵面《えづら》が綺麗なうえに、どれだけ愛すべき女性たちか知っているから。駆け寄った由夏に、路子は微笑みながら答える。彼女は買い出し部隊の一員ではなかったのか？　とにかく、目の前にいる。現実に対処しなくてはならない。なんてこった、さっきの岩場での出来事がまだ手つかずで、頭のうしろにふわふわ漂っているのに。

「いっしょに遊びに来ましょう」

路子の声が近づいてくる。

「男の子ばっかりに、楽しい思いさせることないでしょ」

ちらりとこっちを見た。そのいたずらっぽい笑みを直視できない。よろしくお願いします、由夏が元気に頭を下げている。

「徹也くん？」

「はい」

呼ばれたので背筋が伸びた。

「夜、由夏ちゃんと遊びに来てもいいですか？」

返事が当たり前すぎて言葉が出てこない。

「十二時ぐらいまでなら、大丈夫だろ」

助けが入った。

「みんなで送ってけばいいし」

ここにいるのが柿崎でよかった。ついでに、古館がいなくて本当によかった。醜態をさらす心配をしなくてすむ。

「あれ、そんなにいていいんですか？　だいじょぶかな」

路子も俺も同じタイミングで笑った。由夏が首を傾げたからだ。旅館の人たちに気を遣っている。遅くなりすぎても心配をかけてしまうから。

「大丈夫、この人たちといれば。あとで旅館に、みんなであいさつに来てもらいましょうよ」

「そうですね！」

「うん。今日のうちにあいさつに行ったほうがいいと思ってた」

小賢しくも俺が言い、路子が頷く。変な感じだ。妙に息が合ってるじゃないか？

だがお礼に行くのは大事。なんと由夏の伯母さんはこの一番のかき入れ時に、由夏と路子の部屋の他に、大部屋をわざわざ一晩空けてくれたことが判明したのだ。明日の晩に限って、男どもも旅館にお世話になることになった。

「あ、路子さん、旅館にまだ顔出してないんだ」

柿崎の問いに、うん。すぐこっち来たから、と応じる路子には、たしかに悪いことをした。来たころには全員が遠泳でくたくただった。彼女はまったく泳がずに、俺たちと一緒にキャンプ場まで来た。個人的にはホッとした、いつまでも水着など着ていてほしくなかった。この海にさらすには、路子の肌は白すぎてこっちの神経が保たない。

「花火は何時ごろからやるの？」

嘘みたいに俺に話しかけてくる路子は、飾り気のない白のTシャツと若草色のスカートを穿いている。

「……晩飯のあとってだけで、時間は決めてないんだけどね」

しかと目に焼きつけようとしながら答えた。路子の私服姿を見たのはいつ以来だろう。ところが見続けられなくて、結局いちばん記憶に焼きついたのは黒のビーチサンダルと、綺麗に並んだ足の指だった。

「じゃあ、八時ぐらい？　あ、由夏ちゃん、今日の晩ごはんはどうするんだっけ。親戚の方とは」

「あ……話してないや」

由夏が舌を出す。路子と姉妹のように笑い合った。こんなに息の合う仲だっただろうか？　大掛かりな詐欺にひっかかっている気がしてきた。買い出し部隊がどこかからニヤニヤして俺のことを見てるんじゃないか。辺りに目を配ってしまう自分が情けなかった。

「こっちでいっしょに食べたいね」

「そうですね！」

「英さんもそのつもりのはずだよ。たぶん野菜とかちゃんと七人分……」

と柿崎。

「大丈夫かな、親戚の方に迷惑かけない？」

路子が由夏に気を遣う。

「あ。食事用意しちゃってたりすると、まずいですもんね。電話してきます」

旅館は、キャンプ場から歩いて十分ちょっとらしい。電話の方はすぐ近く、キャンプ場の管理事務所にあった。

「あたしも行ってきます」

ふたりは仲よく去って行った。見送っていると、女子たちはこの世でいちばん愛すべき存在にしか見えなかった。彼女たちと一緒にいられるだけでいいじゃないか。我が身の幸せを噛みしめる。少しでもこの感覚を保っていたかった。痛みから逃れる道が見える気がした。

急に静かになる。ここに残ったのは寡黙な柿崎と、ひっくり返った八木ばかり。俺は辺りを見渡した。夏休みの真っただ中とあって、キャンプ場はテントで埋め尽くされている。青、黄色、濃い緑、オレンジ。見ているだけで楽しくなった。しかも俺たちのポジションは特別だ。少し高台になっていて、見晴らしがよく浜も見渡せる。ほかのテントからも距離があって静かだった。これも、由夏の親戚が俺たちのためにわざわざ場所を取っておいてくれたおかげだ。なんと旅館の若い従業員に座り込みをさせたらしい。とめどない感謝の念——それは旅館の人たちに限ったことではなくて、海そのもの、夏そのものに対する——がさっきから湧きに湧いて、すっかり俺を酩酊《めいてい》させていた。まだなにも終わってはいない。やるべきことがある。めいっぱい遊ぶことも仕事だが、他にも仕事が……いまは考えたくない。

柿崎が高台の端、堤防のコンクリートに手をかけて海を眺めている。薄闇が覆い始めた海は、見たこともない紫色に煙っていた。陽の光がどこをどう通り抜ければあんな色になるのか。こんな不思議な綺麗な海は、それとも、きょう一日だけのことなのだろうか。路子と由夏はこの色に気づいていただろうか。戻ってきたらすぐに知らせたい。柿崎の横に並んで腕を堤防にもたせかけると、息を吐いた。

「いい風だなー……」

呟いた柿崎を見ると、目を閉じていた。満ち足りた穏やかな表情が俺まで幸せにした。

そうだなあ、とだけ言って、あとはいっしょに黙っていた。ちっちゃい子のはしゃぐ声が、浜辺から波音にまじってかすかにここまで届いている。波音は打ち消し合ってひとかたまりになっている。この浜の性質が、はっきりしたリズムを刻むことを許さないのだ。おかげで目を閉じると、ひとつの巨大な波が永遠に進んでいるような感じに包まれる。

俺も彼のように満ち足りていたい。他の連中がそのうち帰ってくるという事実が、少しだけ心に重たく感じられた。

「徹、おまえ」

ふいに柿崎が言った。

「路子さんと仲直りしたみたいだな」

愕然として柿崎を見る。

「あれ？」

柿崎は単純に驚いていた。俺が窒息しそうな顔をしていたからだろう。

「……仲直り、って」

俺がようやく言葉を押し出すまで、気長に待っている柿崎も柿崎だった。

「俺、ケンカなんかしたっけ？　路子と……」

「っていうか、昔みたいに話さなくなったじゃん。でも今日は、浜で喋ってたろ？　昔みたいに」

昔みたいに。そう、柿崎とのつきあいは路子より長い。路子といっしょにいた中学一年の頃を、彼はよく知っている。もしかすると、あの頃の最も確かな証人かもしれない。

「俺と路子って、やっぱ昔、仲よさそうに見えた？」

夢のような時代が実在したことを確かめたくなる。

「いつもいっしょだったじゃん。おれ、相手にしてもらえなかった」

柿崎はすぐ笑った。

「ウソだよ。仲間に入れてもらったこともあった。でも、遠慮しちまうぐらい、気が合ってたからな」

俺は申し訳ない気分になり、それ以上に嬉しくて、すぐに哀しくなる。やっぱりあの幸せはあった。あの季節はかけがえのないものだった。

だが路子にとっては、そうではなかった。俺の半分もあの頃を大切に思っていない。ただの思い出にしてしまった……また情けない堂々巡りが始まる。ところが、柿崎が言い出したのだった。

「古館は、路子さんに会ってからずいぶん変わったよな……なんつーか、もっとおとなしいやつだったのに」

軽くボディーを入れられたような感触。柿崎の台詞は、それでなくとも重みがあるのに。たしかに古館は、小学校の頃はあまり目立たなかった。口数も笑顔も少なかった印象がある。リーダーシップもある方ではなかった。だが俺たちは若い。ちょっとしたことで、みるみる変わってゆく存在ではあると思う。古館も成長とともに自分に目覚め、一村や路子とつきあう中で、いまのような深みと存在感を得てきたのだと思っていた。いささか増しすぎのきらいはあるが。

仲間が古館を呼ぶやり方も、それを表している気がする。昔はみんな古館と呼び捨てていたが、いまや俺以外は「英さん」だ。柿崎でさえ両方を使っていた。昔といまの意識が混じるからだろう。

いま柿崎は「古館」の方を使っていた。なにか、彼の中の気持ちを表現したい。そんな気配を感じた。俺は不穏なものを感じて注目する。

「おれ、路子さんと古館が、あんなにくっつくなんて思わなかった」

いきなりストレートをぶち込まれた。まったく同感だ！　と叫びたくなる。柿崎は続けてなにか言いかけて、口をつぐんだ。すっかり引き込まれていた俺は、いつまで経ってもなんの言葉も出てこないので腰が砕けそうになる。

「なんだ？　なにか言いたいのか」

思わず急かすが、

「いや……」

柿崎は渋い顔のまま。その頭の中を駆けめぐっている言葉を聞きたくてたまらなかった

が、

「なんでもない」

彼は先を続ける気がなかった。こんなときは食い下がっても無駄だ。諦めて、俺は海を見る。繊細な紫色はまだ水平線に留まっていた。青から黒に至る全ての色が海面を覆っている。一瞬で賛美の念が走り抜ける。間に合え。あの子たちに届け。

願いは叶った。たちまち、花のような気配が近づいてきた。

「こっちで、晩ごはんごいっしょさせてください！」

由夏の声が弾んでいる。電話の結果は上首尾だったようだ。分かっていた。いま、仲間同士がいっしょにいることを邪魔するものは存在しないのだ。黙って海を指差す。

由夏が息を呑んだ。うっとりした顔で立ち尽くす。俺は、夕暮れの精妙な光を全身に浴びたその姿を、見つめた。

「台風が、けっこうやばいみたいだ」

柿崎の声がひどく遠くから響いてくる気がした。見ると、家から持ってきた小さなラジカセを手にしている。

「天気予報。どうも、あした……」

「台風が来んのか？」

「いや。直撃じゃないんだけど、こっちのほうもかなり天気が不安定になるんだと」

そういえば朝、だれかが接近中の台風を話題にしていたことを思い出した。俺は気にも留めなかった。ご存じのように、天気に興味がない。濡れるときは濡れっぱなし、それでいつも後悔する。

避難場所はあったからみんな本気で心配はしていなかった。由夏が柿崎に言う。雨が降ったらすぐ旅館に来てくださいと。そう、みんなの中で誰ひとり、いまさらあわてることはない。俺たちはいつも雨に追っかけられている。逃げたと思ったらまた追いつかれる。

コンクリートにもたれかかるようにして、今度はキャンプ場全体を見渡す。夕餉の支度に忙しそうな気配があちこちから伝わってくる。遠く、路子が戻ってくるのが見えた。俯き加減で、ゆっくり斜面を登りながら、買ったばかりらしい麦藁《むぎわら》帽子を両手で押さえている。顔は帽子に隠れて見えない。広がる薄闇の中で、彼女の表情はどうしても確かめられない。

「俺もちょっと、電話してくるよ」

路子がテントのそばまでくるのを待ってから言った。誰も、なんのための誰への電話か訊いてこない。訊かれたら、もしかすると正直に答えていたかもしれない。だが訊かれなかった。由夏が少し口を開けて俺を見ていた。テントの中でひたすらに死んでいる八木準。林孝太を連れた古館英明は、まだ戻ってこない。戻ってくる前に。彼の顔を見る前に。

急《せ》くな。やるべきことをするだけだ。勝ちたいんじゃない。

3

夜闇の中を全員が走っていた。海に向かって。すっかり浮かれきったガキどもの顔を想像されるなら、少しだけ訂正差し上げる。本物の恐怖と緊張に顔を歪めている者もいた。無理もない、恐るべき男が追いかけてくる。やつは本当になにをしでかすか予想がつかない。

柿崎の前、古館の後ろを、横っ腹を押さえながらかろうじて走っている俺といえば、もちろん浮かれきったクソガキに違いなかった。すぐ後ろの柿崎といっしょで、笑いが止まらなくて死にそうだ。

もう、ずいぶんと長い時を経てしまったことに呆然としながら、あのただ一度の夏に心を漂わせるとき。夜の中をみんなで走っているあのときが、永遠に続いているような感触につかまれる。あの数十秒が、コンマ一秒ごとに自分に刻み込まれている気がする。あたかも、瞬間のひとつひとつを、狂いなく取り出すことができるかのように。

思い返して初めて分かる。人生の素晴らしい時間というのは、往々にしてそういうものだと思う。だがそのときは違った。その瞬間瞬間を嚙みしめていた。いまが絶頂、自分たちがものすごく幸せだと分かっていた。みんな最高の顔をしていたし、同時に淋しい顔をしていたような気がする。みんな、いまが終わることを知っていたから。感傷に彩られた記憶の中では、そうなのだ。いい顔だった。「いま」にすべてをつぎ込む健気《けなげ》さの固まりだった。

夜が下りてきて、全員が揃った。考えると、学校ですら珍しいことだ。野郎どもが不器用に取り組むはずだった炊事にふたりの大いなる助《すけ》っ人《と》が加わって、食材のすべてが見事なカレーライスとサラダとスープに変身した。こんなに美味いカレーはみんなにとって初めてだったし、それが、いまこの場でいっしょに食べるからだとみんな分かっていた。頰いっぱいに詰め込みながら絶え間なく喋り続けた。俺も自分を抑えられなかった。仲間たちが好きでたまらなかった。

「八木おまえ、いつまでも泣きそーな顔してんじゃねーよ」

「筋肉痛なんだよ！」

「由夏ちゃんほんとに大丈夫なの」

「あ……いまになってちょっと。腕あがんなくて」

「そらそうだよなー」

「八木は立てねえってよ。おまえなさけねーぞ」

八木準が場のサカナになるのは定番だが、ふだんより突っ込み役が多いせいか本人は言い返す呼吸さえつかめずキョロキョロするだけ。えらく哀れなのだが、笑いが止まらない。彼さえいれば必ずオチがつく。林孝太が隣にいれば完璧だ。

「あーっ、ジャガイモおとすなよ！」

手もとも怪しい八木に全員が突っ込む。ただしそのジャガイモ、妙に大きい。

「す、すいません、路子さん」

八木は野菜を切ったのが女子だと思い込んでいた。落としかけたのを謝られて、路子が目をまるくする。

「ちがうね。俺が切ったんだって、それ」

と俺。

「うっそ！　おまえできんの」

「どうりででかすぎると思った」

「うそです。わたしが切ったんです！　すいません」

と謝ったのは由夏だ。

「アー、徹ホラふいてんじゃねえ」

「うるせェ文句ゆうな。なんだっていいだろが美味けりゃよ」

だれにでも不得手はある。あまり見たことのない由夏のしょげた顔を可愛らしく思いながら、素知らぬふりで昔話をした。

「そういや去年はよ、食い意地張ったやつが夜中にひとりで食って、鍋のフタ開けっ放しにしといたもんだから朝、蟻《あり》が入って大騒ぎだったよな！」

男どもが残らず爆笑した。

「だからひとりで食ってんじゃねえって言ったんだよっ」

林孝太が犯人に向かって、まるでさっきやったみたいに叱りつける。また話題を八木に戻してしまった俺は、申し訳ない、と思いながらやっぱり大笑いする。

「八木おまえ、そのころはダイエットしてなかったん」

むっふふっ、言い終わる前に自分で笑い出した。柿崎だ。口の中の咀嚼物《そしゃくぶつ》が飛び出すのを防ぐため、真上を向いて大口を開ける。俺の隣に座っている彼も、さっきから目を爛々《らんらん》と輝かせて対面の八木を逃がすまいとしていた。笑いへの貪欲さは並大抵じゃない、おかげでダイエット話まで漏洩《ろうえい》した。女性陣に。

それをきっかけに前回のキャンプのエピソードが堰を切ったように飛び出してくる。貝採りに夢中になっていた林孝太が変なおやじにつきまとわれたこととか。どうやら孝太の貝を分けてほしかったらしいのだが、顔がずっと笑ってるくせに口をきかないので不気味で仕方なかったらしい。最後は砂を投げつけて弾丸のように逃げてきた。

なにせ地元の秋浜だったから、ほとんど全員の親が様子を見に来て落ち着かなかったこと。家まで帰って、また戻ってきたり（俺が一回、孝太が二回も）。気楽と言えば気楽だったが、夜にならないとなかなか盛り上がらなかった。ところが夜は盛り上がりすぎて、ろくでもないことばかりしでかしたから女の子の前では言えない話になる。柿崎が勢いで、

「おまえら、あの……女のテントに入って……」

と思い出すそばからひゃっひゃっと笑い出してしまって、取り返しがつかなかった。仕方なく俺ができるだけ穏当な話にして伝えたのだが、古館が顔を赤くしているのを女性ふたりとも見逃さない。食い入るように見ているのがおかしかった。もしかすると、彼が近年いちばん取り乱した場面だ。

挙げ句には、うるさかった他人のテントにロケット花火をぶっ放した話まで明るみに出た。完全に犯罪の領域に入っていたが、結局だれかが喋り出してしまうのだった。ええっ、とさすがに驚いた女性陣にみんな蒼くなって弁明に努めた。物凄く焦ったが、やっぱり物凄く楽しい瞬間だった。男どもが健気にもひとつになったのだ。悪くない気分だった。やっぱり男どうしでなけりゃ。どうしようもなくそう感じてしまうときはある。

だれもが突っ走っていて抑えがきかない状態だったのに、だれひとりとして破らなかった禁忌がある。一村和人。話せば話すほど、彼がいたころに思いを馳せることになる。そのたびごとに、ああ、一村はもういないんだった、と躓《つまず》きながらも、極力それを意識しないで前のめりに走り続ける。全員がうまくそれをやっていた。おかげで笑顔が絶えなかっ

た。一村を忘れようとするのではない、まったく逆だ、みんな忘れられないからこそ、強靭に笑いながら前に進めた。

公共のキャンプ場なのだからもう少し周りにはばかるものだろうが、いかんせん場所がいい。ほかのテントと離れているから大騒ぎしても迷惑はかからない。なぜだか子供がふたり、テントのそばまでやってきたのが印象に残っている。まだ幼稚園ぐらいの男の子と女の子だった。兄妹だろうか、好奇心いっぱいの顔で斜面の下の方からこっちを見上げていた。口をぽけっと開けていてかわいらしかった、もしもっと歳がいっていたら、お兄ちゃんたち、だれ？　とか、なんでそんなに笑ってるの？　とか訊いてきたかもしれない。うるさいなあ、と思って見に来たとは思いたくない。彼らは、自分も仲間に入れてほしいと思っていたのだ。いまに至るもそう決めている。

笑ったり喋ったりだから、腹いっぱい食べるまでにずいぶん時間がかかった。古館が一息ついたところを見計らって、目の前に大きめの封筒を突き出す。

「うっわーっ」

待たせたな、と俺が言い終わる前に古館は中身に気づいたようだ。

「徹、持ってきたのかよ！」

嬉しかった。古館が本気で歓んでいるのが判ったからだ。路子とどっちに先に突きつけてやろうか迷っていたのだが、古館に渡せばどうせ路子のところに持っていく。さっきから珍しく隣同士に座っていなかったのだが、すぐに思った通りになった。

わあ……路子も気づくと、俺に眼を向けてきた。ウソの陽気さで手を挙げて答える。他の仲間は全員、学校で見ていた。見ていなかったふたりは、だれよりもしみじみ見る資格があった。いちばんの親友の姿に、いきいきと笑う顔に、久しぶりに出会える。

俺は立ち上がって浜辺を望む。闇の中を、泡立った白い筋がぼんやりと光って波打ち際を教えてくれる。あそこを、一村和人は歩いただろうか。もしそうだったとしたら、六月の下旬。海開きの遥か前だ、波打ち際には人っ子ひとりいなかっただろう。あの夢に見た浜と、実際の浪越の浜はずいぶん違っていた。夢の浜はもっと狭くて、いかにも楽園みたいに光が強く、波はひたすら透明だった。だからといって、あそこに出てきた一村がまるっきりの幻だと思っているわけではなかった。かえって意地のように、彼はここに来たんだ、あそこにいたんだ、そう決めていた。

たったひとりで一村はここへ来た。ほんの一カ月とちょっとののち、ここに仲間たちがやってくると想像しただろうか。同じ海を眺めるなんて、夢にも思っただろうか。

聞こえてくるのは笑い声だ。路子も笑っている。あの冬の連続活劇を見て。届けばいい
……たった一カ月かそこらのずれがなんだというのだ。重なればいい。彼には聞こえただろう。そのときはなんだか分からなかったかもしれない、でも聞き覚えのある声を聞いただろう。大好きな仲間の気配を感じて、抱えていた苦悩を少しでも晴らしただろう。よか

ったなあ……だれにも気づかれないようにその場にうずくまる。だめだ、俺は気が狂っているだけだ。どうして輪の外に出た？……戻れ。ただ笑い続けるんだ。それだけでいいのに。

路子の顔を見るのが怖かった。写真の一村を見て、路子が笑い続けられるわけがない。やっぱり間違いだった、ここで出すべきではなかった。

ところが、助かった。

「あっ。テントの金、あとで回収ね」

せめてもの逆襲のつもりなのかどうか知らないが、よけいな一言が自分にどう跳ね返ってくるか気づいていない男がいたのだ。タイミングよく、自ら人間サンドバッグに戻ってしまう。

「おまえそれきょう何回言ってんだ？」

「あと花火の金もー！」

魂の叫びを誰もとりあわない。

「しつけーんだよ。誰も踏み倒したりしねえって」

「いま回収しちゃえば？　忘れるぞ」

「食事中にか？」

「やめろよ食ってるときに金の話は」

「ぶわっはははは」

「ぶわっははは」

「そりゃそーだ」

「じゃあ妹の話でもすっか?」

「うわっ出た」

「それだけはやめろって……」

「そうそう! 八木の妹はよ」

「えっなんですかそれ」

また周りが勝手に盛り上がる。八木の積年の恨みは察するに余りあった。浪越へ来る列車の中でも、

「旅館、おまえの部屋はねえってよ。おまえだけずっとテントな」

と孝太に意地悪を言われ続けて、「いいよそれで」と強がる八木を見ている。秘密のはずのダイエット話に、いちばん嫌がる妹の話題まで飛びだしてしまった。なぜだか知らないが妹(現在、方波見小六年)の話をされると問答無用で怒り出すのだ。いったいだれがこんな集中砲火に耐えられるだろう? いつのまにか目玉が不気味に据わっている。

「……おめーら、そんなこと言ってっと」

「なんだよ」

八木の顔つきが変わった。分かるやつには、分かったと思う。これぱっかりは長年のつきあいが必要だ。

「火ぃつけっぞ」

言うが早いか、夏の海でだけは聞きたくない下卑た笑いが波音をかき消した。火だ火、ひーひっひっひっひっひっ!! たぶん、全員あわせると優に三〇〇は血圧が下がった。考えたくない、でも考えようによってはあまりに鮮やかな先制攻撃だ。凍って動けない者が続出している。なにしろ得意のレパートリーが「橋が走った」「カレーはかれえ」「飴《あめ》は甘え」「草はくさい」「コーラは凍らん」「爪を詰めろ」などなど超強力な不発弾ばかり(なぜ二語しか使わないんだ?!)、なんとあの野々宮妙子女史を完璧に脱力させた場面すら俺は目撃したことがある、動じない彼女が完全に絶句したのを見たのは後にも先にもあれきりだ。あやうく、彼女は八木を出入り禁止にするところだった。ダジャレで。ある意味、八木準は最強の男なのだ。

「……はじまったよ」

孝太が吐き捨てた。顔が青ざめている。後悔しても遅かった。魔術のように八木の背中からチャッカマンが現れて俺はひっくり返った。どっどっから出した?! 林孝太の目玉が飛び出そうになっているおかげで発作が止まらない。

「いつも持ち歩いてるんですか? それ」

さすがに呆れた由夏の声が発作に拍車をかける。先輩もなにもあったもんじゃなかった。見ると柿崎もすでにひきつけ状態だ。路子ですら手で口を押さえて笑いを押し殺している。はは、はは、はは、古館が指差して笑っていた。古館を無邪気に笑わせるだけでも大したもんだと、一瞬だけ八木を尊敬してしまった。こういうときこそ虚ろな目の本領発揮だ、なにをやり出すかまったく予測がつかないのだ。俺といえば、進んでやつに火薬を手渡したいくらいだった。

「うほおおおっ」

むろんその必要はなかった。古館が笑いか悲鳴かはっきりしない声とともに飛び上がり、ばかやろうっと叫びつつ林孝太も遁走《とんそう》した。きゃあっ、叫んだふたりの女性を庇う余力が誰にもない。いつのまにか極小のダイナマイトが導火線をバチバチいわせながら出現。俺はひっくり返ったまま動けない。みんなのパニックを骨の髄から楽しんでいた。火傷したってかまやしない。犬にも劣る扱いを受けてきた八木が、瞬時にこの場の支配者に成り上がっていた。導火線が燃え尽きる時間を熟知していて、逃げ遅れた女性陣に害が及ばないような配慮すら見せつける。すなわち、林孝太の背中に投げつけたのだ。ＢＡＮＧ！

「ずわぢっ」

熱した鉄板の上にでも載ったみたいな林孝太の跳びはねに、ついに全員が遠慮なく大笑いした。チャンスを見つけては、林孝太にふだんの復讐をしようとする八木がおかしかった。

「こっ、このっ………」

孝太本人は怒りと衝撃でまともに口もきけないようだった。あとから見たら、孝太のシャツとスニーカーが少し焦げていた。八木は完全に本気だった。

「やばい、本気だ……」

腹を抱えながらようやく言った古館は、もちろん聡《さと》くそれに気づいていた。八木はいやに悠々と立ち上がりテントにもぐり込むと、ひと抱えもあるビニール袋を持って出てきた。もうたまらない、仲間に滅多なことはしないと信じたいがやつの目はどうにもそれを信じさせてくれない。逃げろ！　みんな口々に叫んだがひとり残らず駆け出したのは冗談が分かるというよりは、本当に八木のそばにいたくなかったのだと思う。満足げに鼻の穴を広げながら、袋の中を無造作にかき回す様は人間離れしすぎていた。遠泳の後遺症はどこへやら、火を目にすると関係ないのだろう。脳内麻薬が出まくっている。

林孝太を先頭に大脱走が始まった。女性陣が手を取り合って立ち上がるのを確かめてから、古館が。そのあとに俺、しんがりはずっと腹を押さえてヒックヒックいっている柿崎だ。走っているというよりは踊っているような感じでついてくる。キャンプ場のゆるい斜面をどたどたと駆け下りた。浜に着くまで誰も他人のテントにぶつからなかったのが奇蹟だった。

うおおっ、とかきゃあっ、とか、恐怖の雄叫びが浜を埋めた。

堤防の上に立ちはだかったまま砂浜に下りてこようとしない八木は、いまや人外の存在だった。つと、小さく灯がともり……火花が無造作に、全員の目の前に落ちてくる。ZBBBBBAAAAAAAAAAANGG！！！……すごい量の光と音が炸裂《さくれつ》して鼓膜が破れるかと思った、容赦なく火薬の量が増えている。もう悲鳴すら上がらない、蜘蛛《くも》の子を散らすように浜全体を逃げまどうだけだ。砂につっぷしてしまった柿崎を除いて。ついに八木は火のついた手持ち花火を振り回しながら駆け下りてきた、あとで確かめたとき本人は否定したが、俺は間違いなく「ひょ〜〜〜」というやつの鳴き声を聞いたと思った、その気配は八つ墓村の何十人斬りなんて目じゃないぐらいの怖さだった。ジューと飛び散る火花自体はうっとりするほど美しいからますます怖い。冗談でも路子には近づかないでくれ、気を失われたら困る。そう思いながら無責任に逃げ回った。

どれくらい経っただろう。どうにか怪物の怒りが静まると――ついに林孝太が、わけも分からず土下座して謝った――、みんなは袋をあさり、各自好きな花火を選んで、かわるがわる八木に火を分けてもらいにいった。柿崎はロケット花火マニアで、砂に棒を差すのももどかしく次々と海に打ち込んでいる。あーいい匂いだ、八木が煙の中でときおり呟くのがまだ怖かった。濃いもやとなって俺たちを取り囲む火薬の成れの果て。古館が波打ち際に設置したドラゴン花火が闇の中で光の樹のように咲いた。ふいに大波が襲ってきて樹が倒れる。惜しむ間もなく八木が次の火をつける、光の樹が次々に増えてゆく。身銭を切って需要をはるかに上回る物量を用意しただけはある。たったひとりの戦争だ。邪魔はどこからも入らなかった。というか、キャンプ場の人たちは堤防の上からこの光景を見ていたに違いないのだが、発狂したガキの群れには関わりたくなかったのだろう。

「あぢっ」

右手と左手に三本ずつ手花火を持って、波に向かって能天気に振り回していた俺は驚いて振り返った。誰かが背中に火花を散らしたのだ。笑い声とともにその火は一歩下がった。

俺は声もなかった。それは……橘路子だった。路子が、驚いたように目を見開いて俺を見上げていた。それぐらい近くにいた。ずいぶん長く感じられたが、たぶん実際は三秒――そして彼女は、煙の向こう側へと消えた。

なんだ？　背中をさすった。間違いない、俺は襲撃を受けた。笑い声も聞いた。なのに路子はあんな表情だけを残して去っていった。いや、どんな顔だった？　もう分からない。誰かと俺を間違えたのだろうか？　いや、誰にであろうと、あの路子がすることとも思えない。ひとに火花を浴びせるなんて。単に間違ったか、それとも、よっぽど相手が憎いか。それしか考えられない。いや……いまのはほんとうに路子か？　化生《けしょう》した浜の魔物ではないのか。古館はどこだ。見つからない。路子の首に縄でもつけておけよ！　無茶苦茶を叫びそうになる。彼に見られることを恐れた。いまの俺たちを、見られるのを恐れた。それともあいつは、すべてを承知して煙の向こうで笑っているのか？　次はあいつがやってきて、俺に火花を浴びせるのか？

　今夜という夜のせいだ。そんな気がした。今日はみんななにかが違う。**ヒュオオオオオオ――――ッ**、気がつくと遠くの波打ち際を、林孝太が声を裏返しながら走っていると思ったら、波をはね散らかして頭から海へ飛び込んでいった。メガネをかけたままだ。続いたのは古館英明。真っ黒な海の中へ、柿崎もすごい勢いでふたりを追いかけていったと思ったら腰まで入ったところですぐ引き返した。当たり前だ。みんな無茶苦茶だった。じゃあ俺は、どうしたらいいだろうか。周りに目を凝らすが路子が見えない。どっちへ進めばいいだろう、誰を追っかけたらいいのか。動けなかった。またこれだ。いつもこれだ。俺はこんなに自信がない。正しく行動した例《ため》しがあるだろうか。あした、俺がしようとしていることは果たして正しいのか。もう百回考えて決断したことが、他愛なく揺らいでいる。いいかげんにしろクソ！　闇雲に駆け出す。海に向かって。

　波音しか聞こえない。

月は空にかかっていたが、新月に近くて細い光の筋でしかなかった。

桐島由夏とふたりで、浜の南の端にいる。海に突っ込む寸前に由夏と鉢合わせたのだ。線香花火しません？　そうささやいて先に立って歩かれたら、ついて行かないわけにいかなかった。

長い間歩いた気がした。だがどこまでだってついて行っただろう。今夜俺は運命に逆らうつもりがなかった。身に降りかかることはすべて受け入れるつもりだった。路子の襲撃は二度となかった、代わりに由夏が、俺を仲間から離れたところまで連れてきた。昼間、路子と話をした岩場まで。

由夏がマッチで火をつけ、蝶《ちょう》の卵より小さい光の玉を散らすのを、俺は岩にもたれて眺めていた。

「なんか、すごく楽しい……」

しゃがみこんだ由夏は、くすくす笑いながらミニチュアの稲妻を見つめている。真っ黒いTシャツにデニムのバミューダパンツは一見男の子みたいだが、こんなに色気をまとった由夏を見たことがなかった。それは、身なりのせいではないのだろう。俺はじっとしていた。自分の中でなにかが猛烈に変わろうとしている。できるだけ静かに、それが終わるのを待っていた。

俺の汚いサンダル履きの足の横に、かわいいスニーカーの紐が行儀よく結ばれて並んでいる。宝物に見えた。この細い四肢が、昼間の彼女を遥か沖まで連れていった。パワーは重要ではないのだ。バランスこそが世界で最も強力なもの。配分のよい動き、一切の無駄のない美しさ。それこそが世界を制する。しかし彼女の場合、姿形まで美しいのはどうしたわけだろう。宇宙のあらゆるバランスのよさが桐島由夏のところで交差している。ゆえに彼女は、気立てもいいのだろうか。心まで綺麗なのだろうか。

「ずっとこっちにいたいな……」

ちょっと考えて、こっちというのがキャンプ場のこと、つまり旅館に戻りたくない、という意味だと判った。俺はなにも言わない。遠くを見た。闇に目が慣れている。ずっと先に、路子と八木という珍しい取り合わせを見分けてしまった。ほかの連中がトチ狂ってすっかり水浸しになり、着替えに戻っているらしいからしようがない。八木準に路子の相手が務まるとは思えなかったが、祈るしかなかった。彼女を退屈させないでほしい。心に空白をつくるのを阻止してほしかった。決して、虚しさが訪れないように。

あっ。火の玉が落ちるたびに由夏は声をもらし、俺を見て微笑み……それからまた火をつける。その繰り返し。激しい波音のそばで、俺たちはほとんどのあいだ、無言だった。

俺は由夏の顔か、遠くの路子か、どちらかを見ていた。噴き上がってきたものに身体を乗っ取られて、岩を弾いて二本の足で立つ。俺はどちらにも捨てられなければならない。見捨てられて、それから生きて行かねばならない。呆れるほど強くならなければならない。

空を見上げた。

　水平線の辺りは雲が迫っているらしく真っ暗だったが、ある線から天頂に向かって星々が敷き詰められている。そのすべてが太陽だった。その多くが、自前の太陽系をもっているはずだった。呆れるほど多くの惑星が宇宙に散らばっている。この事実はどんなときでも胸を満たしてくれる。何年も前に、同じように星空を見上げながら、生硬な知識を披露したことを思い出した。あのとき彼女は、まくしたてる小わっぱに痺れも切らさず耳を傾けてくれた。あんな真似はもうしたくない。あの月にすら光が届くのに一秒以上かかるとか、あの蠍座《さそりざ》の赤い星は太陽の二百倍以上の直径を持つ年老いた星なんだとか、あの星の河の先が銀河の中心でそこにはとんでもない大きさのブラックホールがあるんだとか、でもこの銀河もほんの泡みたいなもので、銀河は他に何百億個もあるとか……それはただの言葉だった。ほんとうに感じたいだけだ、この膨大な距離、とてつもなく離れているということ。どんなに頑張ったって命あるうちには辿り着けないんだということを。距離、頭がパンクするほどの広がり、自分が消し飛んでしまうほどの膨大さ、そのものがいとおしかった。孤独を証《あか》すもの。同時に、永遠の存在を証すもの。

「凄い星ですね――」

　いつのまにか、由夏がいっしょに見上げている。俺が顔を向けると、

「花火、終わっちゃいました」

そう言って泣きそうに笑った。

もう、いっしょに見るものはなくなってしまった。星か、お互いぐらいしか。

こんなに近くにいるのに、人と人の心は星ぐらい離れている。それが分かったと思った。手を触れられるぐらい近くにいても、一生交わることはできない。近くに来れば来るほど、お互いがひどく違っていて、絶望的にずれていて、死ぬまで孤独でいるしかないと分かる。それが悲しいのではなかった。それでも幸せなのだ。少なくとも、相手がそこにいることは分かる。それはなんて祝うべきことだろうか。

目は向けない。それでも、橘路子の存在を感じた。手は触れられない。心も触れ合わない。それでも、彼女がそこにいる。必ず俺はそちらを向いてしまう。軌道を変えられない。欲しいとかいっしょにいたいとか、そんなことではない。彼女がいることがもう、俺を規定してしまう。たとえ彼女が死んでしまったとしても変わらない。

「ごめん」

白状していた。

「俺、だめだ」

由夏が静かに、俺を見返した。

「……路子さんのこと？」

俺は驚かなかった。この子は知っている。知らないはずがなかった。俺の顔を見ていれば誰だって分かる。

「仕方ないと思います」

なんということだ。彼女は笑った。とっくの昔に、俺は由夏に負けていた。

「でもあたし、徹也さんのことが好き。たぶん、ずっと」

傷口に染み込む海水のように、声が俺を浸す。

やっぱり見捨てられなければならなかった。海岸に流れ着いた流木のようにうち捨てられたかった。小賢しい仁木徹也の価値も能力もささやかな魅力も踏み潰されてしまえばいい。そこから這いずり、立ち上がって、生きていきたい。それがまた甘ったれな、思い上がった望みだというのも情けない。

「徹也さん」

聞いたこともない毅然とした声が俺を撃った。目の前の少女も、この数瞬で眩暈がするような勢いで変わってゆく。

「キスしていいですか」

それは命令だった。いままで決して越えようとしなかった先輩後輩の、男と女の、仁木徹也と桐島由夏の境界線を越えると決めた。勇気を奮い、すべてを壊してしまう覚悟で、一歩足を踏み出した。対して、俺はまるで窮地に追い込まれた乙女だった。簒奪者《さんだつしゃ》の前に屈する、たおやかな娘よりも弱い哀れな生き物。路子を捜す。見つけられない。ああ、この娘はすぐになにかが欲しいのだ。いまここでなければ駄目なのだ。めちゃくちゃに正しいと思った。そのとおり！　と叫びたいぐらいに。だができることといえば、身動きを止めることぐらいだった。相手はタイミングを逃さなかった。唇に感触が重なる。

　なんて不自然な接触。こんな不器用なつながりがこの世にあるなんて考えたこともなかった。由夏も同じことを思ったのか、両手で頭を抱え込まれた。細い指が、強い力が、互いの唇をひとつの生き物にしようとする。確かさを求めてこの少女は全力を使っている。俺のことが欲しいのだ、なによりも俺を欲しいのだ、まるで八つ裂きにされたように嬉しかった。気づいたら由夏を抱きしめていた。両腕できつく、しがみつくように。腕は彼女を庇護するように巻きついていたかもしれない、しかし護られていたのは間違いなく、俺の方だった。

　由夏の頬が濡れていることに気づいた。唇が離れた途端、ごめんなさい、そう口を動かしたのが分かったが、気づかないふりをして言った。

「ごめん」

　できるだけ強く。

「ごめんなさい」

　由夏が、今度は声に出した。

「ごめんなさい！」

「いや、ごめん」

こんな二人組がいるだろうか、唇を押しつけ合ったあとに。同時に笑った。息は合ってるぞ、うん、息は合ってる……心臓があまりにもドカドカいってるので全身が痙攣を起こしてるんじゃないかと不安になる。

ほんの数センチ前の泣き顔に、笑みが浮かんだのを見て、幸せになった。自分でも怖いほど幸せを感じた。彼女への愛情が揺るぎないものに思えた。

突如、槍で胸を突かれたような感触。目が勝手に浜の向こうへ泳いでいった。路子は目に入らない。見つからなかった。捜せない。見たくなかった。見つけたい。見つけられなかった。ああ……無理やり目を閉じる。これでいいんだ。これでいい。


国道四十五号線は海沿いに走っている。南に向かって降りてゆくと、左手が松林で、その向こうにキャンプ場。更に先に太平洋が広がっている。右手は民家、小さな旅館や民宿が並び、その向こう側は地面が高い。そのまま山へとつながってゆく。ここまで波音も海風も届くし、松林から蟬《せみ》の声も響いてくる。街灯の列の下にもう人通りはまったくないのに、淋しい感じはしない。ここをずっと歩いてゆけば、我らが故郷、方波見に辿り着く——何時間かかるか知らないが——ということが信じられない。今夜のこの町が、方波見と地続きだなんて。

「徹也さん……怒ってます？」

「怒ってないよ」

　本心を告げるだけだ。

「そんなこと、あるわけない。嬉しかった」

「あたし、勘ちがいしてませんから」

　由夏という人間に、頭を下げるしかない。

「なんにも……徹也さんが自分のものだなんて思ってませんから」

　いままで、桐島由夏という人間の半分も見ていなかった。目をそらし続けていた。

　だが俺はいま、みんなに一言も断ることなく、由夏を旅館まで送っている。知ったことか、いま由夏より大事なひとはいない。路子には他に送ってくれるやつがいる。胸に痛みを感じながら、それが心地よかった。決めた。いや……決まっていた。これが運命だ。

　分かってる。橘路子は常にそこにいて、俺は懲りもせず彼女の周りを回り続けるだろう。放っておけ！　できる限り由夏を見ればいい。どこにいようと、いちばんに由夏を探せばいい。

　ずっと手をつないでいた。舗装されたゆるい下りの道を、できるだけゆっくり歩いた。

「ほんとはわたしって、すっごくいやな女なんですよ。好きになればなるほど……どんだけ意地悪言いたかったか、お尻をつねりたかったか分かります？　一日に何度も、もうだめだって諦めそうになるんです。会ってるあいだなんか何十回も、なんかこう、自分があふれ出しそうになってぐっとこらえて……こんなに我慢したの、人生で初めてです。自分でも、よく我慢できたなあ、なんて」

なんて優しく喋ることができるんだろう。手に負えない朴念仁に向かって。いっそ尻を蹴飛ばしてくれればよかったのに。

「でも結局は、怖かっただけなんです。徹也さんが離れていっちゃうと思うと、怖くて変なこと言えなかった」

同じだ。気のいい先輩に徹する以外にできなかった。でなければすべて壊れてしまう。

「路子さんのことも、あたし、分かっちゃったからなおさら言えなかった。やっぱりなあ、絶対かなわないな……って思って」

まるで嫌みがない。路子のことを好きだからだ。

「あんなに綺麗なひとがいるなんて。信じられませんよ、もう。あたしなんかやっぱり子供だなあ、なんていつも思うんです」

綺麗なひと。やっぱり由夏も、路子のことをよく分かっていると思った。

「……ずっと徹也さんのそばにいられるんだったらそれでいいや、我慢しようって決めたつもりだったんですけど。だめでした。どんどんいっしょにいたくなって、ぜんぜん止められなくて。ほら、来年町を離れることも決まりそうで、焦っちゃったんですよね。玉砕しちゃいました」

笑った。勢いで使った言葉の方が伝わる。

「玉砕って――」

手を強く握りしめることで答えた。

「俺だって。いっしょにいたい」

「ほんとですか？」

静かに訊く彼女に、卑しいところが少しもない。きみはすごいよ。手をゆるめて、またぎゅっとした。

「俺はほんとに、だめなやつだ」

言ってもしようがないことを、由夏が困ると分かっていても、呟かずにはいられない。すぐに後悔して、意味もなくぱっと道を振り返った。ほんとひといないねー、できるだけ重要じゃないことを矢継ぎ早に喋った。蟬は寝ないのかなあとか、日の出は何時頃だろうねとか、きみは疲れてないのとか、燃え尽きた八木はあした廃人になってるんじゃないかとか、しかしあいつら、ふつう服着たまま飛び込むかね？　とか、そんなことを。

歩いている間に、車は一台しか通らなかった。街灯もまばらな舗道の上に、ふたりきりの影が俺たちを追い越しては、薄くなって消えてゆく。

やがて道路の先に見えてきたのは、真っ白な六階建てのリゾートホテル。通り過ぎようとしたら腕を引かれた。それで、そこが今まで「旅館」と呼ばれていたものだと知った……

「なんか、凄いね」

啞然と見上げた俺に、

「泊まっていきます？」

と由夏。冗談だと判っているのに絶句してしまう。あははは っ、由夏が身体全体を使って笑った。

「おとしまでは、ほんとに旅館ぽい、古い建物だったんだそうです。でも改築しちゃって。こんなになっちゃいました」

「あっ、そういえば、みんなであいさつに来るつもりだったんだな——」

「あしたでいいですよ。大丈夫です」

「ほんと？」

「ええ、ほんとに」

「うん……分かった」

由夏の手から手を離した。思いがけず心細くなってうろたえる。

「みなさんによろしく伝えてください。黙って帰っちゃって、ごめんなさいって」

「うん。分かってる」

「路子さんにも――」

その名前が出たとき、風も蝉の声もぱったり止んだ気がした。

「できたら、伝えてください。先に帰っちゃってすいません。待ってます、って」

俺は変に固まってしまったが、由夏の声から明るさは少しも消えなかった。

「お願いしてもいいですか？」

「――うん」

だが路子に声をかける自信はなかった。

「由夏と路子って、同じ部屋なの？　いっしょなの？」

「ええ。ツインルームですから」

また黙ってしまう。今夜、二人は隣どうしのベッドに入って、どんな会話を交わすのだろう。やっぱり俺は二人から捨てられるべきだ、とまた思った。

「徹也さん。路子さんも、ここまで送ってくるんですか？」

「まさか」

即座に言った。俺じゃないよ。きみも知ってるだろ。

由夏はにっこり笑う。

「おやすみなさい」

まっすぐに、ホテルの正面玄関へ。自動ドアが開く。振り返らない……彼女は振り返らない。そのままエレベーターの方へと消えてゆく。かっこよかった。

しばらく突っ立っていた。身体の熱が冷めるのを待つ。右の掌だけがいつまでも熱かった。

歩き出す。一刻も早く仲間のところに戻りたかった。しだいに駆け足になる。そのまま突き抜けていきたかった。強い男にならなければならない。賢い男にならなければならない。ただ生活していては駄目だ。ただ生きるためだけに一生を使うのでは駄目なんだ。自分のためだけに生きるのでは駄目。なにか、ほんとうの生き方があるはずだ。ほんとうにかっこいい生き方があるはずだ。そんなとりとめのないことばかり考えながら、足が道を強く蹴ってゆく。ぜんぜん淋しさを感じない、来るときはそう思った道がいまは耐え難いほど荒涼としている。でも俺はひとりで走っている。どんなことがあっても、ひとりで走り続けなければならない。やるべきと信じたことをやり遂げなければならない。

4

真夜中を回った。

寝つけなかった。テントが狭いせいではなかった。たしかに暑苦しかったたし、林孝太の鼾《いびき》はうるさかった。だが、そのせいだけではなかった。

古館英明が戻ってこないのだ。

俺が息せき切って戻ってきたとき、思ったよりも非難を浴びなかったのは、古館も同じようにキャンプ場を出ていたおかげだった。路子を送ると言っていっしょに出ていったという。ちゃんと仲間に断ったわけだから、俺よりよっぽど礼儀をわきまえている。

いや、すまんほんと。声かけそびれちゃってさ……苦しい言い訳をしたが林孝太が少し機嫌が悪かったぐらいで、有り難いことに柿崎はいつもの調子だし、八木は思ったとおり完全に燃え尽きていてまたテントの中に転がっていた。こいつは、動いているときとそうでないときの差が極端すぎる。残された男二人で、やることもなくつまらなかっただろう。本当に申し訳ない気分になった。

俺もいっしょになって、なす術もなく古館を待った。旅館、改めグレイトホワイトオーシャンヴューリゾートハイツ——ホテルの名前を見逃したがたぶんこんな感じ——から戻ってくる間、古館と路子のふたりとはどこでもすれ違わなかった。すんなりホテルに向かったわけではないのだ。どこでなにをしているかなど俺が関知することではない。奇妙な震えがずっと、俺の背筋に沿って上下していた。

ついに真夜中を過ぎ、事前の計画では起きていられるだけ起きてトランプでもやるつもりだったのだが、待機組のだれひとりとしてそんな気にならない。寝るしかなくなった。

ところが、横になっても眠気のねの字も訪れない。

あのふたりはいまもいっしょにいる。きっとこの同じ波音を聞きながら、ふたりの間でしか使われない言葉を使っている。俺たちの知らない一村和人の思い出を語り、俺たちの知らない謎の答えを話し合っている。

路子はそこにいる。姿を捜すことすらできないが、そこにいるのが分かる。手が届かない。

いつものことだ。だが仲間といっしょにいる夜は、なおさら身に堪える。はっきりと、ふたりを恨んだ。みんなに失礼じゃないか？　私情だった。俺が気に喰わないだけだった。ホテルの由夏のところへ戻りたくなって、自分を笑う。だれかを非難する資格なんかねえじゃねえか。他に慰めを求めるな。いまをひたすら耐える以外にないんだ。寝返りばかり繰り返していると、柿崎がときどき身を起こして声をかけてくれた。

「大丈夫か？」

いちばん困る質問だった。しかし他に声のかけようもない。生返事したり、返さなかったり。今夜、彼には感謝するばかりだった。

寝静まったキャンプ場から灯りはほぼ消えた。寝る直前に見た海はひたすらに真っ黒で、昼間に比べて風が湿っていた。雨雲が近づいているせいだ。星々がどんどん食われていた。

空は明日までもつだろうか。なんのために？　明日、俺たちは今日と同じように遊べるのか。何百キロ彼方からここまで伝わってくる嵐の気配を、俺は歓迎した。誰かがいつも雨を呼ぶのだ。雨と風に打たれたかった。ただ洗われたい。吹っ飛ばされて流されたかった。

耳を澄ます。遠い呼びかけに、声ならぬ声に、耳を傾けるように。

本当にそう望むなら、世界と話すことができる。そうじゃないか？

雨が降り続けていた。ほんの何日かをのぞいて、俺たちが通り抜けた物語の背景にずっと降り注いでいた。馬鹿げた思い込みかもしれない。でも、自分がもっと空を意識していたなら。空が映しているものの意味を感じていたら。風がなにを予告しているのか知ることができたら。天がどこへ水を注ぎ続け、いったいなにを洗い流すつもりなのか、理解することができれば。なにかを変えられたのかもしれない。

ちっぽけな町のちっぽけな出来事に、無理やり意味を与えようとしている。ガキの安っぽい感傷が——その通りかもしれない。だが振り返るとそれこそが論理的に思えた。天候を含めたすべての出来事が連なり、奔流となって物語を織り上げた。俺が目にしてきたことは、どこまでが起こってしまったことで、どこからが起こるべきことだったのか。すべてが定められていた。そこには俺たちが、どうしてもいなければならなかった。一村を見舞いに行ったあの日の雨。告別式の空に広がる、沁みるような青……あの連続写真が、手の中に転がり落ちてきた瞬間。俺はなにを感じただろう。どうして俺は冬の一村和人に再会せねばならなかったのか、その理由が、俺には分かったのではなかったか。列車が走り抜けてゆく、俺たちのそばを悠揚と、いつまでも遊び続けていろと言わんばかりの優しさでガタゴトと。

いくつもの夢の中で出会った一村和人。運命の前では、俺たちの意志など無意味だと思っていた。だが瞬時にその位置は逆転する。親しげに絡み合ってどっちがどっちだか見分けがつかないことさえある。倒木と泥に埋まって死んでいった清水昭治。嚙みついてきそうだった及川悠子の激しい顔には、いまだったらはっきりと、深く傷ついた色が見分けられた。どうしてあのとき、分からなかったのだろう。見たことも会ったこともない、だが渡里東中にたしかに通っていた、中学三年生の藤原光弘。奴は戻ってきた。母校へと、恐ろしい日々を携えて。

あのひどい朝、誰もいない教室で泣き崩れていた古館。河原で膝を抱えて座りながら、俺を睨んだ古館。声を上げて笑っていた今日の古館。幾重にも重なった仮面のような古館英明の顔。俺は彼の本当の顔を見たことがあるはずなのに。もう分からない。俺が馬鹿なせいで。目が曇っているせいで。

一村家に、息を切らせて現れた橘路子。一村がいない教室で、毎日ひとり一村の不在に耐えていた橘路子。電話の向こうの橘路子。電話ボックスに飛び込んだあの夜、古館は家におらず、路子はいた。もしかすると俺は、それを知っていたのではないか。路子と話すことになっていたのを。「さようなら」という言葉に胸を砕かれることすら、承知していたのではなかったか。昼間、路子と俺を襲ったあの激しい波。つながれた手。ごめんね。ごめんね。路子の顔、いま俺が持つ言葉では言い表せないなにかを宿した、それでも、会った頃と少しも変わらない顔。その顔が笑みを浮かべ、俺の背中に鮮やかな火花を散らす。果たしていま俺は、芯から世界を受け止めているだろうか？

なぜ一村は去り、俺は生きているのか。それさえも、俺は知っていなければならないのではないか。すべてが途方もない綾織りの一筋だった。世界は迷える自分の目の前に、幾度となく救いの手をぶら下げていた。分かるはずだった。感じられるはずだったのだ。なのに俺には、世界の声を聞き取ることはできなかった……深い悲しみが、慈悲深い眠りをもたらそうとしたその瞬間。

風がバタバタとテントを打った。俺は目を開けて身体を起こす。口の端がつり上がった。見よ、我が頼もしき仲間たちを。気にもせずに高鼾だ。特に林孝太のそれは、生まれつき鼻の内部がホルンそこのけの構造になっているとしか思えない。ところが、ずいぶん前に死んだ状態の八木はともかくとして、柿崎も平気で寝入っている。まあ、よっぽど疲れているのだろう。彼の場合は笑い疲れだ。

なにせ蚊も追っ払えない。申し訳程度に蚊取り線香は燃えてはいたが、湿気っていて効果がない。線香の担当者も林孝太、こいつは俺の安眠を妨げるために持てる能力を出し切っていた。あとでどやしつける決心を固めながら、また横になる。

気配が近づいてきた。午前一時を回っていた。

「遅くなってすまん」

古館は言った。八木も孝太も爆睡中で、柿崎がひとり気がつき、

「おう、心配したよ」

小さく返した。

「申し訳ない」

迷ったが、俺はどうにか身を起こし、古館の方を見た。

「起こしたか？　悪い」

テントの入り口で、身をかがめた姿勢で俺と目を合わせる。その眼差しに、どんな非難でも受けよう、という静かな覚悟があふれている気がして、なにも言えない。ただ、

「路子は？」

とだけ訊く。

「ああ。送ってきたよ」

もう話すべきことはない。そんな感じで寝支度を始めたように思えて、俺はそそくさと寝に戻った。だが横になってから思い当たり、また古館の方を向いた。事務報告はしなければならない。

「由夏は、俺が送ってきた」

「そうか。うん」

古館は横になったまま答えた。表情は見えない。

そうして、あとは誰もなにも言わなかった。

キャンプ場全体が深い眠りに落ちていた。俺ひとりだけだ。このキャンプ場で、汗をかきっぱなしで、耳を突く藪蚊の羽音にいちいち脅かされ、じっとしていることに耐えられなくて闇雲に叫び出しそうになって、それでも、どうにか息を潜めていたのは。

夜明けを待つ。ひたすらに夜明けを。

そうしているうちに、俺にも眠りが訪れてくれた。短いが深い、恵みのような眠りだった。気づいたときにはもう夜明け間近。

こっそり身を起こした。少し頭を掻きむしって、自分の決心を確かめる。

古館を見た。

彼は俺に背を向けていた。柿崎、八木の向こう側、テントの入り口のすぐそばで寝ている。寝息が聞こえる、ような気もする。自信がなかった。嵐の前触れが浜から静けさを奪っている。とっくに気づかれているのかもしれない、なにもかも。もしそうであっても、俺は同じことをするだろう。しなければならない。細心の注意を払い、物音を極力抑えて、外へ向かう。

テントから顔を出すと、突風が顔にぶつかってきた。金気臭い不穏な風だ。まだ暗い。が、浜を見やると沖がわずかに白んでいた。雲が厚いせいか光が鈍い。夜明けが来てしまった。日の出は何時頃だろうね。いまなら答えられる、五時……五分前ってとこだ。腕の安時計で確かめる。締めつけるような淋しさが、胸に痛みをもたらした。由夏はぐっすり眠っているだろうか。そうであってほしかった。そのすぐ横で寝ている路子はなにを思っているだろう。なにを願っているのだろう。ただ、深く眠っていてほしい。

今夜は地元主催の花火大会がある。八木準主催の光の競演以上の見物のはず。沖からがんがん上げるらしいから、浜やキャンプ場からの眺めは最高のはずだ。それにあの旅館、もといホテルに移るから、蚊に刺される心配がないだけでも有り難いじゃないか。自分の腕を掻きむしりながら思う。しかもホテルには小さなゲームセンターがあるらしい。トランプもオセロも将棋もカラオケもあるし、なにより全員が一晩中いっしょにいられる。忘れられない夜にできるはずだった。俺は歯嚙みした……嵐の後で、まだ遊んでいられるはずがなかった。これから訪れるかもしれない大嵐のあとでは。だが今日でなければならない。いまでなければならないのだ。

歩き出した。テントから離れる。仲間から離れていく。国道へ出た。場所はきのう電話で確認したとおりだ。このキャンプ場から歩いて十五分ぐらい。まずは国道を北の方、ホテルへの道とは逆方向へまっすぐに向かう。この足を止めるものは、もうないはずだった。

ところが次の瞬間に、俺はもう足を止めていた。

背後に気配を感じた。振り返る前から、誰なのかを正しく察知した。彼女は知っている、俺がなにをしようとしているのか。それを止めるつもりだ。一秒で理解できることだった。

薄紅色のワンピースが目の前で止まる。綺麗なひと。由夏の言葉が浮かんだ。いつも襲うはずの眩暈は起きなかった。妙に冷えたものが俺を落ち着かせている。自分でも不気味なほど、心が凪《な》いでいた。

波と風の音だけが、俺たちの間をかろうじて埋めていた。思い詰めた路子の顔は刃物を押しつけられるより痛い。口を開いたのは俺の方だ。

「行くよ。一村のおじいさんちへ」

路子の顔に蔭が増す。俺は彼女を悲しませている……望むところだ。彼女の泣き顔を見るなんて覚悟の上。

「許してくれ」

思いを届けた。路子の顔を見つめてじっと待つ。

潤んだ瞳が、瞬きもせず俺を見ている。彼女の瞳の中の自分を確かめたくなって、目を閉じる。時間切れだ。路子からなにも言葉がやってこないことを確かめて、静かに背を向けた。任務に戻る以外になにができるだろう。

歩き出す。だが背後の気配は消えなかった。

「あたしも、行きます」

たしかに聞こえた。振り返ると、ひどく無防備な少女がそこに立っているだけだった。ノースリーブの袖からのびる白い腕が痛々しくて、直視できない。

俺は顔を前に戻し、ただ歩いた。

ゆるい登り坂になっている歩道を進む。目印の釣具屋の先を左に曲がる。

山に入る前に振り返ると、やっぱり橘路子がいる。首を傾げそうになった。こんなに不思議なことがあるだろうか。さっきから俺は力を抜いて歩いている。彼女がついてこられるように。

舗装された道が少しずつ、傾斜をきつくしてゆく。何度か立ち止まって、路子が追いつくのを待った。言葉も交わさない、おかしな道連れだ。木々の枝が俺たちの上を覆っている。いつのまにか波音が遠ざかっている。だいぶ登ってきて、舗装が途絶えて地肌が剝き出しになった。振り返ると海が果てしなく広がっているのが目に入って、胸を打たれた。なんの心構えもなかった。まるで絵画だった。あんなに速い波の動きがゆっくりに見える。雲が、すごい勢いで増えている。

すぐ後ろにいた路子が、俺に倣うようにして、海を見た。ああ、これは断じて初めてではない。前にもふたりで高台から海を眺めた。あのときはいっしょになって笑っていた。楽しくてたまらなかった、こんなふうに、いっしょなのに言葉もなく山を登ることになるなんて思わなかった。あの山は遠く、あのふたりは、その片方は昔の自分だというのに果てしなく遠かった。なによりも遠く感じられた。なんのために登ってきたのか分からなくなる。どうしてこんなところにふたりでいるのか、どこへ向かっているのかすら忘れそうになる。お互いに言葉という言葉を失っているというのに、離れることなく登っていた。同じところを目指していた。ずっと、こうやっていっしょに登っていられたら。ただ同じ方向を見ていられたら。ごく静かに思う。

質素な民家が、山のいちばん上に陣取っているのが見えてきた。

家の前に人影が見える。一度しか見たことはない、なのに少し、心を明るくさせるような小さな姿が。

一村の両親に決心して電話したのは、つい三日前。由夏と渡里の街まで映画を見に行ったあの日の朝だった。

あんなふうに、動かない身体になって見つかる前の一村和人は、浪越に住むお祖父さんの家に何日も逗留《とうりゅう》していた。その事実がずっとひっかかっていた。それを決定的にしたのは、一村家で両親と話したときに、突然やってきた路子が発した言葉だった。和人さんの部屋から、なくなっているものはありませんか？　たとえば……日記とか？

そしてもうひとつ。熱を出してひっくり返っている間に浮かんできた風景がいつまで経っても離れなかった。砂浜にひとりきりでいる一村和人。その姿が、ふとしたときに俺のなかに靡《なび》くたびに、しなければならないことがある。そんな思いが強くなった。両親に電話し、浪越にお祖父さんの家があることをいま一度確かめ、そのお祖父さんの連絡先を教えてもらうこと。

なにもないかもしれない。桐島建一郎がそうだったように、なんの収穫もなく終わるかもしれない。だがもし、なんであれ、一村和人の書いたものがそこに残されているとしたら。預かっていてくれと頼んでいたら。確信はなかった。むしろ失敗するに決まってると思っていたが、そんなことは関係なかった。やらなければならない。俺ができることのなかでいちばん大切に思えたから。

迷いを振り切っておじいさんの家に電話した。おじいさんの声は、葬儀の日に聞いた記憶以上に素朴で暖かかった。要領を得ない俺の電話に気を悪くするどころか、いつでも来てくださいと言ってくれた。きのう、キャンプ場の管理事務所から確認の電話を入れたときも、とても丁寧に道を教えてくれた。

その一村忠征が家の前に立っている。こんな朝早くに訪れることを承知してくれた気のいい人は、玄関先にまで出ていてくれた。

「よく来ましたのお」

くしゃくしゃの顔が笑っている。俺ひとりでやってくるはずが、もうひとり増えていることになんの反応も示さない。それどころか歓んでいるように見える。上がれ上がれと手招きしてくれた。

　戸口を入って三和土《たたき》を上がり、板張りの廊下を渡って、六畳ほどの居間に入る。囲炉裏があって、熱が感じられた。五徳の上に鉄鍋が載っていて、木の蓋を押し上げそうなほど湯気が上がって美味しそうな匂いを漂わせている。するとおばあさんが食器を持って居間に入ってきた。おじいさんよりは幾分若いように見えたが、やっぱりおばあさんとしか言いようのない小柄で白髪頭の、これまた柔らかい笑みを浮かべた人だった。なんとなく見覚えがあるのは、やっぱりこのひとも葬儀の場にいたからだろう。

「よく来られました」

もの柔らかく挨拶される。座って座って、忠征に促されて小さな座布団に腰を下ろした。老木の幹を叩くような、くぐもった優しい声音だった。路子を真似てとりあえず正座する。

「食べますか」

おばあさんがお椀を俺たちに差し出し、おじいさんが鍋から柄杓《ひしゃく》で雑炊をすくってよこす。この辺りの山菜と米を煮たものだろう。俺たちは礼を言ってすすった。

「和人が、えらいお世話になりました」

おばあさんが両手をついて俺たちにお辞儀をしたので、あわてて土下座を返した。路子が泣きそうな眼でおばあさんを見つめている。おじいさんが小さく頷いている。口の周りや顎を覆う真っ白なひげは、失礼だがかわいい、という表現がいちばん似合っていた。おばあさんもかわいらしさの質がよく似ている。仲の良い夫婦なのだろう。

なにを言うべきか考える。緊張はなかった。俺は来るべき場所に来て、聞くべきことを聞こうとしている。あとは、言葉をどう正しく使うかだけだった。

「あの……改めて、その……お孫さんのこと、お悔やみ申し上げます」

礼儀を失さないよう、気をつけて言ったつもりだったが、思いがけない言葉が返ってきてぎょっとする。

あれは、血だ。

そう聞こえた。はい？　思わず聞き返す。

「岩切の血だ。むかしからなの、です。この土地に、流れる悪い血です」

訥々《とつとつ》と、言葉の固まりが飛んでくる。思わず背筋が伸びた。岩切組――藤原光弘。奴のことを言っている。

おじいさんは岩切のことを知っている。長い間この土地で歳を重ねているのだろうから、それは知っているだろう。ただ、どの程度知っているのか。藤原光弘、奴のことを直接、知っているなんてことがありうるか？　いや……

孫を手にかけたと目されている男を、どんなふうに思っているのだろう。どこまで知っているのだろう、奴が犯したとされる数々の罪を。当の岩切組から勘当されてしまったことまで、知っているのだろうか。

「ずいぶんと、長い間、なかった。もう、ないかとも思っていたの、です。けども――」

おじいさんは目を閉じた。

「たまに、鬼が出る」

顔にある無数の皺《しわ》がぎゅっとすぼまる。長い時間が、そこには走っている気がした。渡里や北澄の歴史が、明るいものも暗いものもひっくるめて、声に、顔に刻み込まれている。

「和人を獲っていくことはなかろうに……」

声音のあまりの穏やかさに、ほんの少しの息をさえ、吐き出せなくなる。

一村忠征は、遥かな昔からこの土地の光と闇を見てきた。昔、彼自身も何事かを見たのか。いま、俺たちが見ているようななにかを。それは同じものではあり得ない。藤原光弘のような〝鬼〟がそうそういるとは、俺には信じられなかった。にもかかわらず、俺たちが味わったようななにかを、味わったのだろうか。目の前の一村忠征は、なにもかも感じているように見える。藤原光弘が現れたことを理解しているように見える。

俺は頭を振った。訊く術はない。それは、彼らの話。彼らの歴史だ。

俺たちには俺たちの物語がある。

「あの、どうして俺が、きょう、お邪魔したかというと……」

はい、なんですか。こんな子供にも敬語で対してくれる人柄に頭が下がる。だが間違いなく、葬儀のときに息ひとつ乱さずチンピラを投げ飛ばした人物なのだ。

「和人くんが、六月に、ここに来ていた間のことをお訊きしたいんです」

はいはい、と忠征はにこにこしているばかり。

「和人くんは、いろんなことでいちばん悩んでいたころだと思うんです。あの、おじいさんは、その……なにか話を、聞いたことはありませんでしたか。彼から」

あぁ、忠征は深い皺に両眼を埋もれさせて、笑った。

「そうですなあ。申し訳ありませんです。あんまり、そんなに、喋ったりもしなかったんです。いっつもそんなことで、あの子はあんまり、喋らない子供でねェ」

ああ、やっぱり。桐島建一郎もここでもう、参考にならないと判断したに違いない。この笑顔を疑う理由なんてない。忠征は嘘なんかついていない。

「それじゃあ……」

思わず路子を見た。彼女があの日、投げてくれたヒントをそのまま使う。

「和人くんは、ここに、なにか預けていきませんでしたか？　その……日記とか」

路子が俯く。忠征が、笑顔のまま黙っている。考えている。とにかく、俺は喋る。思いの丈を。

「なにができるのか、分かりません。もしかしたら、和人くんは、それを望んでいないかもしれない。ほんとうのことが分かれば分かるほど、傷つく人がもっと出てくるかもしれない。でも、それでも……」

途中から、誰に向かって喋っているのか分からなくなった。

「俺は、知りたいんです。ほんとうのことを」

気がついたら、路子を見ていた。路子も俺を見ている。俺だけを。その顔は、この場でいちばん歳をとった人間のようだ。

一村忠征はしばし黙ったあと、頷いた。

「和人は、知ってましたよ。あんたたちが、来るって」

「え……」

ふいに、この場に一村和人がいるような感じに襲われる。

彼はなにを言い残したのだろう。友達が来るかもしれない、と？　古館という親友が、あるいは路子という同級生が来ると？　俺の名前を言い残していたはずはない。俺はただ、古館が来る前にここに来たい。あいつがまたなにかを消してしまう前に自分の手でしっかりつかみたい、そう祈りながらやってきただけだ。分からなかった。一村は、ここに誰が来ると思っていたのか。

ただ、おじいさんがこうして迎えてくれたことが、来るべき客として俺たちをもてなしてくれていることが、ひたすら有り難かった。

「気をつけてくだされ」

一村もこの優しい声を聞いたのだろうか。同じ言葉に、黙って頷いただろうか。

「死んだら、おしまいだからなぁ」

ばあさーん、忠征が呼びかけて、奥に引っ込んでいたおばあさんから、はいはーい、と声が返ってくる。穏やかな空気に顔が反応してしまう。それでも、動悸がみるみる高まってくる。

「喰って、喰って」

笑顔がますます笑顔になる。逆らえず、俺は雑炊を口に運ぶ。路子は身動きひとつしない。ずっと俯いている。俺は相変わらずなにもしてやれない。俺の方が泣きそうなのに、それも許されない。

おばあさんが戻ってきた。手には一冊の帳面が握られている。おじいさんに手渡す。彼は両手でそれをつかんで、しばらく、捧げ持つようにして動かなかった。まるで神に奉納しているようにも、誰かの声を聞いているようにも見えた。

そして一村忠征は、俺の前にそれを差し出した。

「差し上げます」

路子の視線が手に焼きつく。開けると、小さめの大学ノートは、見覚えのある丁寧な文字で埋まっている。これだ……忠征は、孫の頼みに完璧な忠実さで応えた。死んでしまったからといって、警察にはもちろん、一村隆義にさえ——死んだ孫の親にさえ、渡そうとしなかった。目を通してさえいないのかもしれない。ただ、渡すべき人間が来るのを待ち続けていた。日記。それとも告白録。どんな言葉がふさわしいかは分からない。ただ、あますところのない事実が記されているだろう。限りなく正直に、一村の知り得たすべてが書きつけられているはず。それが、いまだに明らかになっていない真実を教えてくれる。きっと。

それを証明する出来事が、直後に起きた。目の前からノートが消えたのだ。しなやかな力が手からさらっていった。見惚れるほどの速さで居間を飛び出していく美しい姿。信じがたい忍耐力で、いままで自分の存在を消そうとしていたそのひとは、潜めていた力を解き放った。俺はごく反射的にあとを追う。

「路子」

戸口で、もう追いついた。必死に真っ白なスニーカーを履こうとする路子の腕を乱暴につかむ。どうしようもなかった。行かせないというはっきりした意志を伝えなければならなかった。ひんやりとした細い二の腕を虐げる手はまるで罪人のそれだ、こんなことが俺の仕事だなんて。少しもがいたがすぐ力が抜けた。路子はノートを抱えたままその場にへたり込んだ。声も上げず、肩を震わせる。そして……泣いた。

古館を殴ってやろう。本気で誓った。そして思いっきり殴り返されるつもりだった。路子が泣いているのはおまえと俺のせいじゃないか、バカな張り合いなんかやっているからだ。くそ——当の路子は同意しないだろう。悪いのは俺だ。仁木徹也が古館英明の邪魔をしているだけ。彼女の左の腕を右手でつかんだまま、俺も膝をつく。路子の泣き伏した顔を真横から見ることになる。

「ひとりで苦しむのは、もうなしにしてくれよ。頼むから……」

言い終わる前に泣きそうになる。ぐっとこらえた。

路子の腕を放したくない。この腕から、俺がそのまま伝わればいいのに。きみを失うぐらいではびくともしない自分になりたいとか、でもやっぱりきみがいないと生きていけない気がして仕方ないとか、だけどほんとはこんなところを越えていって、大きななにかに思いを馳せていたいほんとうに生きたい、そんな遠くを仰ぐ自分も足もと見つめてぐちぐち弱音を吐く自分も、きみを見続けてきたあらゆる季節の自分がぜんぶ伝わればいいのに。迷いや強さや祈りやらもぜんぶ含めて、言葉にならなくて、自分でさえ気づいていない心の襞《ひだ》のすべてが、そっくりそのまま移ればいいのに。

「荷物を分けてくれ……」

路子が顔を上げた。息がかかるほど近くで、目が合う。

「じゃないと、気が狂いそうなんだ」

願いが通じたような気がした。彼女の顔に浮かんでいる悲しみの少なくとも幾分かは、俺に向けられている。初めて気づいた、ような顔に見えた。後悔しているような表情に見えた。俺がつかんだ手もそのままに、路子はその左手で俺の二の腕に触れてきて、また顔を伏せた。俺に頭をもたせかける格好になった。俺も目を閉じる。苦しみで凭《もた》れ合っているだけだった。だがたぶん、路子と俺がこんなに近くに来たことはなかった。二年前よりもずっと近くにいる。おんなじ場所で途方に暮れている。

どれくらいそうしていただろう。我に返って振り返ると、まるで俺たちはただの親不孝者みたいだった。忠征の笑顔が曇っている。おばあさんが涙ぐんでいた。申し訳なかった。路子に向き直り、身体じゅうにある限りの優しさを手に集めて、彼女を押しやった。そして、彼女が抱え込んでいるノートに手を添える。その荷物が欲しいんだ。路子はもう抵抗しなかった。

「行くよ、俺は」

ひとりで立ち上がった。路子は顔を伏せたままだった。肩を抱いて力づけてやりたい、それが自分の望みであるはずなのに、路子に見せたい俺、はそんなことをしない俺だった。いちばん大事なことのために、自分がそう信じることのために、前に進み続ける俺だった。

路子から目を引き剝がすと、忠征とおばあさんに黙って会釈して戸を開けた。嘘みたいな明るさに目がくらむ。暁闇《ぎょうあん》は消え去った。夏の一日が始まっている。古館に会わなければならない、どこかでざっとでもこのノートを読む必要があるのに、感情はこのノートを古館に突きつけることしか望んでいない。歩き出した。

　ふと振り返る。板戸に手をかけ、ようやく立っている路子の、置き去りにされた子供のような表情に足が止まった。ああ戻りたい、ノートなんか投げ捨てて抱き留めてやりたい、そんな魔が差したのは一瞬だけだ。さっきまで淡い色の印象だった服は、陽を浴びていまや燃えるように鮮やかな桃色だった、駆け寄ってくるその、信じられないほど綺麗で弱い姿。ただそれを待つ間の天国と地獄。俺は大丈夫だ、足は断固として止まったまま。俺は大丈夫だ。

　徹也くん。不思議だった。彼女の声は優しい。まるで俺を大切な存在のように包み込む。自分の口が歪むのが分かる。彼女の優しさはいつも過剰だ。それが災厄を呼び寄せている、そんな難癖が浮かぶ。

　冷たいものが顔に当たった。雨粒だった。気づいた瞬間にはもう、いっせいに山道を叩き出す。弾幕のように路子との間を隔てる。互いの姿を見えなくする。

　ああ、空がついに追いついてきた。すべての雨粒が真っ白に発光している。水平線には奇蹟のように白く輝く球体が浮いていて、まだ雲に隠されてはいないのだった。雨も木の葉もハレーションを起こして視界が光で満ちた。目を凝らすと、路子はまるで少女だった。屈託のない、手にある懊悩《おうのう》に出会う前の。手を伸ばした。彼女も伸ばしてきた……指が触れる。手がつながる。ごく自然に。雨ではぐれないように。

「昔みたいだ」

俺は思わず呟いていた。

「憶えてる？」

説明せずに問いかけた。息継ぎみたいなものだ。いま訊かなければ死にそうだった。

笑みが返ってきた。

「もちろん」

その顔には、同じ懐かしさが浮かんでいるように見える。

「もちろん」

彼女は憶えていた。あの夢の季節を。毎日のように語り合った。今日のように、学校を出てすぐ通り雨に襲われて、ふたりで逃げ惑ったこともあった。雨宿りの小学生でいっぱいの公園の東屋《あずまや》に遠慮して、アーケードすら存在しない田舎町の目抜き通りを右往左往した。結局はスーパーマーケットに駆け込んで、買いもしないのに棚を見てまわった。楽しかった、くすくす笑い合って、雨が止むまでそこにいた。山積みになった果物や野菜。チョコレートやポテトチップス、大瓶のコーラにファンタ、パックに詰まった魚や肉、カレーとシチューのルー、桃や鯖《さば》の缶詰、卵にパンに醬油に砂糖。ひとつひとつ見てまわった。俺は目を閉じる。あのとき試食コーナーにいたおばさんは、ふたりの子供のことを憶えてくれているだろうか。証言してくれるだろうか、間違いなく俺たちがあそこにいたことを。ふたりが手をつないでいたことを。

憶えている限り、初めて手をつないだのがあのときだ。

そして、いままた。俺たちは手をつないでいる。

ため息というには深すぎる息を、俺は吐き出した。

「……また、こんなふうに」

路子はそこで声を消した。眩暈がするほどの懐かしさが襲う。匂いすら甦ってきそうだ。あのときの果物の匂い、野菜の匂い、魚の臭い。雨の匂い、草の匂い、河の匂い。純粋で、柔らかかった時代の匂い。男や女である前に、俺たちは惹かれ合っていた。手が触れるたびに戻ってくる気がする。きのう岩場で手が触れたときから、この手はずっと彼女の手を求めていた。

俺は、この世でいちばん優しいように見える、彼女の細められた目許を見ていた。うれしい。

ぽつり、言葉がこぼれた。彼女の言葉に嘘はなかった。なのに信じられなかった。

一歩、彼女に近づく。

「お願い」

彼女は突然、つないだ手を振り払った。水滴が飛び散り白く輝く。今度は俺の腕をつかんだ。激しく。すぐ目の前に彼女の顔があった。愛している。愛している。いまだ愛とは俺はきみを愛している。

なにか知らない、決して軽率に愛など口にしてはならないと知っているはずだった、だが

「あたしといて！」

俺はそのときだけ、発狂したのだと思う。その言葉を本気で信じてしまったからだ。愛の言葉と信じてしまった。

「お願い、あたしから離れないで……」

腕が路子をかき抱いていた。顔を濡らす雨と涙の見分けがついた。だがその涙が、どうしてだろう、そのとき俺にすべてを思い知らせた。彼女がなにを思い、いま腕の中にいるのか。俺は歓喜に身もだえしながら激怒に震えた。路子は俺を放すつもりがない。古館のためにこそ、ここに俺を縛りつけておく。女としての全力を出し切って引き留めている。俺ならば喜んで言うがままになるということを知っていて、こうするのだ。胸の芯が絶対零度に凍った。夢にまで現れた、路子の柔らかく細い身体がここにある。背中を滑る彼女の指の動きひとつひとつが至福だった。絶頂だった。動けない。俺は屈服する。かまうものか、どんなに卑劣であろうと、どんなに情けなかろうと、この女を離すことはできない。

ところが次の瞬間、俺は世界に凄まじく立っていた。何人《なんぴと》も触れることができないほど間違いなくひとりきりで立っていた。容赦なく降り込める雨も俺を濡らせない。腕が動く。そして路子を振りほどいた。

「だめだ」

自分がなにかした気がしない。なにか大きなものの一部だ、と思った。でなければ、自分の喉からこんな威厳のある声が出るはずがない。

「俺なんか引き留めて、どうするんだよ」

路子は俺の目を見ることができなくなった。

「古館が、なにかするつもりだね？」

路子は顔を伏せて泣き出す。なんて素直な……初めから無理なんだ、ひとを欺くなんて、きみには。

「話してくれ」

でないと、また取り返しのつかないことが起こる。

「そうなんだろ？　古館は、動く。きょうか？」

もう、少しの猶予もないのかもしれない。

路子がまっすぐに俺を見た。

「古館くんは」

強い声だ。心を決めたのだ。

「……藤原と会おうとしてる」

「やっぱり……そうか」

意外に冷静な声が出た。

「古館くんだけは藤原の行方を知ってたの……あたしにも、藤原の居場所だけは教えてくれなかった。でも彼は知ってて、黙ってたの。藤原が捕まらないように」

「あいつはどうやって、藤原と連絡を？」

「容子さんよ」

「ようこ？」

その名前が、俺の知っているどの人物とも結びつかなかった。

「古館くんの妹」

「あ……」

「そう。あの娘《こ》」

もう、路子は容赦がなかった。

「藤原の恋人なの」

「ちょ、ちょっと待ってくれ」

拳で自分の頬を突く。古館容子の顔が像を結ばない。路子は俺の背中に手を添えてくれた。そうやって、衝撃が過ぎ去るのを待ってくれた。

「及川さんたちだけじゃなかったの。藤原のところに連れていかれたのは」

路子はなおも俺をいたわるように、ゆっくり語った。

「でも、容子さんだけは、自分の意志で藤原と会い続けたの。いまも一緒のはず」

「そんなバカな」

俺の声は虚しかった。路子はもう、怒りや諦めや、そんなものは通り越したところにいた。

「容子さんは、本気なの。古館くんにも、どうにもできなかった。藤原と容子さんは、だれにも引き離せなかった」

俺は悟った。古館の行動のほんとうの意味を。一村の無念を晴らすために死に物狂いになりながら、決してだれの助けを借りることもできなかったわけを。真実を明かそうとしながら、決して明かせなかった理由を、今度こそほんとうに。

「その日記にも、きっと書いてあるはず。容子さんのことが。あたしは見なかった、それは古館くんしか見てないから……でも、きっと書いてある」

「殺すのか？」

俺は訊いた。

「藤原を、殺すつもりかあいつは？」

自分の使命を把握する必要があった。路子は唇を嚙みしめる。

「ええ。きっと」

なぜ今日という日が選ばれたのか。考えている暇はなかった。もう始まってしまう。

行こう。駆け出そうとしたが、路子が俺の腕を捕まえて放さない。

「え？」

「ごめんなさい。徹也くん」

また、涙があふれる。

「止められなかったの。何度も止めたの、でも、止められなかった……」

ごめんなさい、ごめんなさい……路子は繰り返した。古館に謝っているのだろうし、一村にも謝っているのだろうと思った。たぶん古館の両親とか、仲間全員にとか、それだけじゃない、世界中に謝りたいのだろう。この子は、なんというものを背負わなければならなかったのか。俺が受けるべき謝罪ではなかった。

「俺だって止められない、だれも止められないよ」

だが今度だけは、死んでも止めなければならない。いますぐ古館を殴りたくてたまらなかった。この子のことを考えてんのか本当に？　おまえの前では泣かなかったかもしれない、だがいま、路子がどんなふうに泣いているか、おまえは分かってるか？

「どこなんだ」

俺は訊いた。雨が痛い。まるで火の粉のようだ。

「あいつと、藤原が会うのは？」

あとでこの日を振り返って後悔したことは様々ある。すぐに警察に連絡していたらどうだったとか、路子を置いてひとりだけで全速力で山を下りていたらとか、先に仲間に知らせていたら、とか。

だがいついかなる場合も後悔は無意味だ。特にあの、全員が海辺の町に集まった日、ひとつの決着に向けてすべてが一点に集まろうとしていたときに、後悔も仮定もなおさら無意味だ。物事はなるべくしてああなった。すべては芽が出て花が咲くように、摂理に従っただけなのかもしれないと思う。ちょうどこのとき、野々宮妙子女史が及川悠子ら三人を連れてキャンプ場を襲撃するべく列車に乗り込んだところだったなんて知る由もなかったし、桐島建一郎がまたもや、家族が恋しくて方波見の実家に戻っていたこと――たぶん、娘が海から帰ったとき自分がいた方が、娘も歓ぶに決まっているとか健気なことを考えたのだ――も知らなかった。こうなるともう、集まることが決まっていたとしか思えない。雨雲までがやってきた、舞台は完璧だった。

山を降りる途中で空が光った。雨は息継ぎするかのようにふっと止み、山を下りたところでいちどきに備蓄を開放した。国道がみるみる真っ黒になってゆく。ゆるい下り坂が、もう河になりつつあった。スニーカーでぱしゃぱしゃと下りていく自分たちに現実味がない。しかも俺は一村のノートが濡れないように、シャツの内側に入れて腹を押さえながら走っていた。こんな朝っぱらから、地元民が見かけたら頭のおかしいガキと思うに違いなかった。

まだ間に合うはず。路子が山の途中で俺に言った。古館くんは午前中に会うって言ってたけど、まだ朝だし、そんなにすぐには……それが当てにならない意見だということは、路子がいちばんよく分かっていた。路子を巻き込まないためなら古館はどんな嘘でもつく。だからこそ、路子もあんな朝早くにキャンプ場を訪れた。古館の様子を見るために。ところがよけいな男のよけいな行動に気づいて予定を変更しなければならなくなった。見ろ古館、俺の邪魔をするためについてきた路子が、いまや俺といっしょになっておまえを止めようとしてるぞ！

だが間に合わなければなんの意味もない。

場所は浪越の浜の北端からさらに北、少し離れたところにある港だという。俺たちふたりが一村忠征の家に行く途中にそのそばを通っている。国道の先に人影を見つけたが凶兆にしか見えなかった。道の真ん中で呆然と突っ立っている、血の気のない顔がいつにもまして蒼白なその女は、雨が降っていることにさえ気づいていないように見える。

「あなた、来てたの？」

路子の叫びが耳を打った。

古館容子が、美しい顔に血の気を取り戻してゆく。藤原光弘の恋人……その顔にはいろんなものが刻まれていた。頽廃《たいはい》の色、瞳の暗さ。女、としか言いようのない、たちのぼる匂いのようなもの。それはもともと彼女の中にあったものだが、藤原によってより強められた。間違いない。

ふたりはどこだっ、容子に向かって怒鳴っていた。容子は膝から崩れ落ち、顔を覆ってしまう。台本どおりに決められた役割を演じている気分になる。だめだ、彼女はなにも喋れない。海へ目をやる。棒状の防波堤が一本海へ向かって伸びていて、古い漁船が何隻か係留されただけの荒涼たる景色が雨に霞《かす》んでいる。終着地にはふさわしい。それぐらい、見捨てられた淋しい場所に見えた。

突然、破裂するような音が耳に届く。こんなときでなかったら、八木準が近くにいてまた爆竹に火をつけたのだと信じてしまったかもしれない。だとしたら、本当にそうだったとしたらどんなによかっただろう。路子が弾かれたように走り出し、俺はあわてて腕をつかまえた。優しくする余裕はない。路子はじっとしている。激しさを増す雨が容赦なく彼女を襲い、長い髪にますます光を与えてゆく。まっすぐに俺を見た。また、この女は俺を愛している、と信じてしまいそうになる。

「ここで待ってるんだ」

路子がこくっと頷いた。抱きしめたくなる。即座に駆け出した。右手でノートを腹に押しつけながら、港へ続く急な土手を両足と左手を使って、駆け降りてゆく。防波堤へとまっしぐらだ。見えた――雨の幕の向こう、防波堤の突端という逃げ場のない場所に黒い人影が倒れている。ふいに空が光った。目の前の構図を過たず網膜に焼きつける。倒れた巨体のそばに立つ白い姿。古館だ、立っているのは古館の方だ、胸の中が狂ったように繰返すが自分が歓んでいるのか悲しんでいるのか怒っているのか分からない。足が前に進み続ける。

古館がこっちを見た。俺の足音が知らせた。とっさに右手に持っているものを向けてくる。それをどうやって手に入れたのか俺は知らない。倒れている男に関わりがあるとは思うのだが、いまはこれっぽっちも重要ではなかった。肝心なのは古館がいま銃を持っているということ、そしてその銃口が俺に向けられているということ。古館の眉の辺りにとてつもなく剣呑《けんのん》なものが漂っている。それがモデルガンなんかじゃない、紛れもない本物の銃だと語っていた。顔に貼りついた前髪を払おうともしない。これほどに悲愴な表情は見たことがない、彼は弾丸を発射したばかりだ。そして俺にも撃ち込む――

「もうちょっと待ってくれよ」

古館の声が耳に届いた。もうそれは、いつもの彼だった。

「いま終わるから」

古館は、俺に向けていた腕を下げた。銃の重量が彼の手を振り回し、少しよろめいた。その凶器の威力が実感できた。倒れている藤原を見る。黒いワイシャツにジーパンという格好、しかも雨に濡れているのでどこに撃ち込まれたのかよく分からない。ただ、生きていることは確かだった。歯を剝き出しにし、剃刀《かみそり》のような凶眼を古館と俺に交互に向ける。倒れても、恐ろしくでかく感じた。

古館が再び狙いを定める。

「やめろ」

無駄と知りながら叫んだ。

「いろいろすまなかった」

古館は、ふらつく右手に左手を添えながら言った。その拳銃は、およそ実用品とは思えないほど巨大で工業的な代物だった。いくら目的のためとはいえ、彼がそれを選んだことが信じられない。

「似合ってねえぞ、おまえに拳銃は」

頭を切り替えた。軽口を叩く。声が上ずったが、古館は少し口元をゆるめてくれた。眼をしばたたかせ、頭を振って前髪から雨滴を飛ばす。

「……あと一発だけ。二度と使わないよ」

軽い口調が古館にも伝染《うつ》っていた。俺は信じなかった。彼がそれを、自分にも使わないと誰が言える。俺はダッシュした、だがまだだいぶ距離がある。藤原がものすごい勢いで立ち上がった、死んだふりをしていた豹《ひょう》だ。古館が引き金を引く。外す距離ではなかったが相手にはなんの衝撃も伝えていない。いや古館は引き金を引いていない、なぜ撃たない？　藤原がなにか持っているのが見えた。尖ったもの。邪悪なもの。間に合わない。巨体が古館にぶつかってゆく。古館の手から銃がはね飛ばされた。

俺の身体が辿り着く。捻挫ぐせのある右足の先が雨を裂き藤原の横っ腹へ突き刺さるのが見えた。いちばん驚いたのは自分だ。肉にめり込む感じがスニーカーを通して伝わってくる。振り抜いた。水しぶきが飛び、藤原はきれいに吹っ飛ぶ。自分の所業とは思えなかった。

古館の脇腹に藤原の忘れ物が残っているのが見えた。駆け寄る。ナイフを抜きたい、でもだめだ雨が傷に染みるじゃねえか、水浸しのコンクリートの上を古館の鮮血が流れてゆく。チキショウっ血が出過ぎだ、その赤い流れはどこまでも延びていって、落ちた拳銃を舐《な》めようとしている。

はあああああああっ――――。

古館が息を吐き出し、顔をくしゃっとやった。

「くそっ、なにやってんだおれは」

その声が、俺の目に涙をどっとあふれさせた。黙ってろ、怒鳴ったつもりがただの泣き声になる。だが古館は喋るのをやめない。

「すまん」

「ええ？」

「すまん。路子のこと」

俺は落ち着きなく陸の方を見た。だれかがやってくる。大変だ、彼女だったら――

「おれは路子を騙してた。いつも……」

涙を流しているのだろうか。雨と見分けがつかない。

「……いつまでも、路子といっしょにいられるように」

その声を聞いている暇が無かった。ぐぐぐという呻きが聞こえたのだ。藤原が動き出した。

「おまえを騙したんだ」

なにを言っているのかさっぱり分からない。藤原から目を離せないのだ。蹴りが思ったより効いているようだが、さっきの藤原の素早さを俺は見ている。この巨体は恐ろしくずる賢い。なにか断固たる処置を下さないと。とどめを刺す？　落ちている拳銃が目につく。バカな、こんなもの……リボルバー式のごつい代物が古館の血に浸って悦んでいる。全身を震えが走り抜ける、撃てない、こんな恐ろしいものは撃てない。また空が光った。

「それ、持ってきたんだな……」

地面から、古館が楽しげに声をかけてきた。なんのことかと思ったら、俺の足もとにノートが落ちている。拾い上げるという発想は頭のどこからも湧いてこなかった。

古館の顔がきつく歪む。痛むのか……早く抱き起こさないと溺れてしまう……飛びつきかけた。

だがそれは、俺の任ではなかった。

「古館くんっ」

もう泣いている。古館の首に差し入れられた路子の腕が震えている。目を背けると、虚脱したような顔でふらふら歩いてくる古館容子が目に入る。救急車だ、警察だ、いやこの藤原をほっとけない、頭がぐるぐる回る。早く決めろ！　藤原に目を当てた。

「待てよ」

俺はまた古館を追い越せなかった。最後まで、出し抜かれ続けた。

「話は終わってない」

なに考えてんだ、いまおまえが話しかけるべきは橘路子、その次に妹であるはずで、俺にはなんの用もないはずだろう。これ以上一言だって投げつけて欲しくなかった。いまの俺は罅《ひび》の入った器で、ちょっとつつけば木っ端微塵《こっぱみじん》になって立ち上がれなくなる。

「おい」

なおも地面から呼ばれて、うるせえな、なんの用だ！　叫びそうになった。しぶしぶ目を向け、すぐ背ける。だから見たくなかったのだ。ついさっきまで俺を愛していた路子が、古館のもとに還っているところなど。彼らを引き裂ける者など誰ひとりいない。今度で千回目の納得だ。古館容子が、幽鬼のような様子で藤原に寄っていくのが目に入る。

「大事なことなんだ」

古館の声には揺らぎがない。俺は泣き声を上げそうになった。

「路子は、おまえのことを」

空が怒っている。閃光を発し風が渦巻く。凄まじい雨音に遮られて、古館の声がおかしな具合に響いた。だが身体が勝手に反応した、気づくと古館の胸倉をつかんでいた。おまえのことを、そのあとに続く無限にあり得る言葉たち。おまえのことを友達以上には見られない、おまえのことをしつこくてたまらないと言ってる、おまえのことをハエみたいに追い払いたい、おまえのことをゴミ以下だと思ってる、おまえのことを絞め殺したいほど憎んでる、おまえのことを。おまえのことを。俺は号泣していたと思う。なんだくそっとか意味のなさないことを口走りながら。失血死する前に彼を絞め殺してしまいそうだった。古館はそれを望んでいた。

路子が古館の顔を見つめている。風が、雨が縦横無尽に彼女を襲っている。彼女を護れる者はだれもいなくなっていた。ばかな、ちがう、おまえが路子を護らなくてどうする……風と雨が横っ面を叩いて倒れそうになる。こんなに弱い。俺は飛ばされそうだ。路子を残して永遠に去るしかない。路子は護れない。俺ごときには。

あっ、と路子が呟く。古館ががくりと後ろにのけぞったのだ。かき乱すだけかき乱して場を退場していった。

「ばかやろう」

声に驚いて、路子が俺を見上げた。

「こいつのこと、好きなのか?」

彼女に問いかけていた。確かめることはないと思っていた。確かめる必要なんてなかったからだ。なのに俺は訊いていた。

「こいつと一緒に生きていきたいのか」

路子は古館を見つめた。

それから俺を見上げて、微笑んだ。

第六章　清露《せいろ》

1

あたしは、徹也くんが思ってるような人間じゃないの。

そんなふうに言わないで。あたしにそんな価値はないんだから……徹也くんは、あたしのことを買い被ってる。すごく、買い被ってる。

あたしなんか、臆病で、弱いだけ。どうしようもないの。

怖かった。怖くて震えてただけ。古館くんにすがってただけ。あたしは、自分の頭で考えられなかったの。なんて馬鹿！　だれの力にもなれなかった。古館くんの力にもなれなかった。止められなかった。ただ、ぜんぶ見過ごして駄目にするだけだった……


——そんなことない。路子が、古館のそばにいること。それがあいつの勇気になったんだ。路子、きみ以外のだれであっても、だめだった。

そうでなければ、あんなこと、やり遂げられなかっただろう。俺には分かる。

……でもあたしは、あのままを望んでしまった。古館くんを助けることが正しいことだと思った。それは、間違いなく、あたしが自分で選んだ道だったから……でも何度も、どうすればいいか分からなくなった。時間が経つにつれて、古館くんは、藤原を殺すつもりだ……ぜったい、口に出しては言おうとしなかったけど、もしかすると、自分も死ぬ覚悟なんだ……って気がついて。浪越に来たころには、もう、どうしたらいいか分からなかった。自分でなにをやってるのか分からなかった。そうして……徹也くん？

――うん？

あなたに、打ち明けようと思った。ぜんぶあなたに話して、荷物をいっしょに持ってほしかった。そんなことばっかり考えてた……ほんとうに、だめなの。自分が楽になることばかり考えてた。そうやってうじうじ考えているうちに、ぜんぶ手遅れにしてしまった……

――でもきみは、結局最後の最後まで、俺に荷物を預けてくれなかったじゃないか。預けてくれれば、どんなにか、よかったのに……あ、恨み言なんかじゃないよ。路子は弱くなんかない、って言いたかったんだ。憎らしいぐらい、強かったよ。きみは。
ねえ、訊きたかったことがあるんだ。
あの夜、花火をやってるときさ……きみは、俺の後ろに立ってたよね？　びっくりしたんだけどさ、あのとき――

ごめんなさい……ごめんなさい！

――そんな！　ちがうよ。びっくりしたけど、嬉しかったんだ。ていうか、いま、嬉しいんだ。あのときみは、俺と話したかったのかなって思って。俺がそれに気づいてあげられなかったんだったら、申し訳ないなって。

分からない。あの夜が、いちばん分からないの、自分のことが……気がついたら、徹也くんの後ろにいたの。ごめんなさい。熱かったでしょう？

――大丈夫だってば！　あの夜はみんないかれてたよ。俺は、なんできみを追っかけていかなかったのか、それを後悔してるだけなんだ。
ごめんよ。謝っていいのなら……ごめん。追っかけていかなくて。話ができなくて。

悪いのは、あたしのほう。怖かったの。徹也くんが。

——え？

こわかった。徹也くんは、ほんとうのことを突きとめてしまう。そう思ってたから。なにがあっても諦めないって、分かってたから。やっぱり、その通りになったね……

——遅すぎたけどね。

徹也くんは、あたしのことを許さない。一生許さないに違いないって、そう思ってた……あなたが言ってくれるぐらいの強さが、ほんとうにあたしにあったなら。そう思う。徹也くん。ごめんね。ありがとう。ほんとに、ごめんね……

眠り続ける古館が、世界を創ってくれた。
路子と俺だけの世界を。

古館が一時退場していなければ考えられない、時限式の儚《はかな》い魔法だ。

路子が俺を見つめている。信じられないほど長い時間、俺だけを。

でも分かっていた。そろそろ古館が帰還する時間だと。微妙な状態だと言われていた。失血がひどく、傷も深かった。だが三日を経過しても、集中治療室で古館英明の心臓は確かに動き続けている。

当たり前だ、死なれてたまるか。そんな安直なケリのつけ方は許さない。馬鹿馬鹿しくてとりあえないのだ。自分で勝手に寿命を決めるなよ。一村がなんと言うかぐらい分からないおまえじゃないだろ？　死はなんにも終わらせない。断じて認めない。

思えば、俺は一村の死に同意したこともなかった。いつかまた会えるものとして、いまは彼方に見ているだけだ。

2

嘘みたいにきれいな陽射しが降り注いでる日だった。

なあ、憶えてるか？

ちっぽけな、でも見晴らしのいい、あの場所。

路子の家のそばだよ。

いまでも、ほんとうにあったことかどうか、分からなくなる。二年と経ってやしないのに、ずっと昔にあったことのような。

あの場所は、ほんとうにこの世界に存在してるんだろうか。ほんの隣町にあるのに。行って確かめるなんて馬鹿げてる。あの場所がどこか、世界の果てまで流れていってほしい。でも、なくなってはほしくない――おれが初めて、自分の意志で、幸せをつかみ取ろうとした場所だから。

そして、初めて友達を裏切った場所だから。

その場所を俺は知っている。そうだ、あれは小さな展望台。駐車場の横におまけのようにくっついてる、屋根とベンチがあるだけの、ほんとに小さな展望台だった。そこから海がよく見えた。沓沢の港。たくさんの漁船。湾を囲むように切り立った山。

古館英明は回復した。

だが、彼は病院のベッドのそばにだれも近づけなかった。だれにも会おうとしなかった。ひとりだけをのぞいて。

ほんの子供が、どこからそんな悪知恵をかき集めてきたのか、感心するしかないよ。少しも心が痛まなかった。いまでもよく憶えてるんだ、徹、おまえの顔を。迷子みたいに辺りを見回してた。待ち合わせの相手がどこにもいなかった。

おれが隠した。おれが攫《さら》ったんだ。おまえを陰から窺ったとき、おれは笑っていただろうか。もう憶えていない。でも、信じてほしいんだが――いや、信じなくてもいい。いまのおれは、胸が痛む。あのときのおまえの顔が、今日のきょうまで、おれのなかにあった。それまでのおれの浮かない顔を、まんまとおまえに押しつけた。

そしておれは、戻っていったんだ。待たせていた彼女のもとへ。おまえの視界に入らないように隠した、路子のところへ。


たったひとりで、彼の病室へ入っていった。俺だけが許された。

半月ぶりに見る彼の顔。痩せていた。蒼白かった。そんなことを抜きにしても、まるで初めて見る顔だった。


なにが悪かったんだ？　おれがしたのは、たったそれだけのことだ。おれはおまえに勝てないと思っていた。おまえたちはまたすぐもとの仲良しに戻るし、おれの卑怯な嘘がばれたら、仲間には戻れない。絶交される。それでもいいと思ってたんだ。

ところがどうだ。おまえが、思っていたよりもずっと深く傷ついて、しかもおれは、自分で思ったより嘘がうまいと気づいたときには、手遅れだった。おれは亀裂を入れることに成功したんだ。

　身体が勝手に動いてた。考えてやってたらこんなにうまくいかなかった。本能の力さ。おまけに二年の秋からおれと路子は生徒会員になった。おまえはそうじゃなかった。運命が味方してるような気がした。いや、味方してたのは悪魔だな。あんな二人を引き離すなんて。おれにそれをさせるなんて。ははっ、ひどいだろ、おれが自分でやったのにな。だれでもないおれが、心の底から望んだことなのに。


　たしかに俺たちは、その展望台で待ち合わせたことがあった。春の穏やかな日だ。仲間たちともずいぶん馴染んできて、路子が俺たちといっしょにいることは時々あった。だが三人で会うのは、そんなにあることではなかった。もしかすると、そのときが初めてか、二回目か。そんなものだっただろうか。古館はまだ、ろくに路子と口をきいたこともなかったのではないか。利発な少年が、路子の前ではぎこちなかった。泣き出す寸前の顔をしていることもあった。ちょうど——いまの俺。路子の前の俺のようだった。

　古館の言うその日が、俺と路子の間に距離が開くきっかけになった。そうかもしれない。でも、そうではないかもしれない。

　不思議に、いままであの日のことを思い出さなかった。無意識に忘れようとしていたのか。約束の時間に路子も古館も現れず、俺は諦めてひとりで帰った。それは憶えている。

帰り道が、とても長かったことも。

そのあとも路子と話したり、古館と三人で話したことはあったはずだが、展望台での待ちぼうけを話題にすることは、憶えている限りなかった。俺は避けていたのか。問い質したくなかったのか。

その日を境に、学校で路子と話すのが怖くなった。断りもなく約束をすっぽかすような人間ではないと信じていたから。よっぽどなにかあったに違いないと怯えた俺は、すくみ上がってうまく話せなくなった。そう、それが真実かもしれない。

でも、それだけのことじゃないか。古館がなにをしたのだとしても関係ない。古館の話を聞けば聞くほど、路子と俺は離れるべくして離れた。そんな気がしてくるのだった。おまえのせいじゃない、どんなことで別れるにしても、ほんとうに別れてしまうならそれまでなのだ。おまえがなんと思おうがおまえのせいじゃない……そんな思いに突き上げられたが、言っても古館は受け入れないだろう。だから黙っていた。


信じて欲しい、おれは本当に一村が好きだった。一生仲間でいたかった。今度のことで、おれの気持ちが持ちこたえられたのもぜんぶあいつのおかげだ、あいつがいなかったら……だが、一瞬でもそう願ったことはなかっただろうか？　死ねばいいのに、なんて？

いつも、あいつは路子と似た人間だって気がしてた。分かるだろ？　綺麗なんだ。生まれつき。

あのふたりがいっしょにいると、怖くなった。自分の卑怯なところが際だってくる。自分の汚さに、自分で気がついてしまう。そんな気がして。おれよりも一村のほうが、路子にふさわしい……自然にそう考えてる。一村が、なにか口に出して言ったわけでもないのにな。あいつの気持ちは分かってた。でもあいつは、恋とか愛とかってのは、自分とは関係のない話だと思ってる節があったけど。それは、路子もそうかな。

結局、ひとりで馬鹿な心配をして、一村を疑ってみたり、けしかけたくなったり……げんなりしたよ、自分に。どんなに馬鹿か自分でも分かってるはずなのに。ときどき止められなくなった。いやな自分があふれてくるのを。

どうやったって、あいつにはかなわないのにな。あんなふうに笑えないよ。まるで、自分をぜんぶ相手に預けるような、あんな笑顔……

分かる、分かるさ！　俺だって同じ気持ちだった、おまえたち三人が、どれだけ眩しかったか、どれだけ羨ましかったか——口には出さず、ただ強く頷く。

でも、それだけに、徹。おまえへの罪の意識も、日毎に大きくなっていった……罰を受けるべきなんだ、おれは。ほんとだ、そんなふうに思ってた。

そしてあの、とんでもないことが始まった。おれは、異常事態を利用したか。どさくさに紛れるようにして、おまえたちとのあいだに線を引いて、そこから中に入れないように望んでしまっただろうか。線のこっち側にいられるのは、路子と一村だけだった。そして一村は、いなくなった。

怖かった。藤原がじゃない。あいつに殺されて路子が泣いてくれるならそれでよかった。おれは綺麗なまま、路子の前から立ち去れる。永遠に憶えておいてもらえる。一村のように。どうも、おれは半分以上本気で、それを望んでいたんだと思う。

怖かった。おまえだ。徹、おれはおまえが怖かったんだ。おまえが本気で、路子を取り戻しに来ることが。おれのなかの悪魔を引きずり出して路子の目の前にさらすことが。おまえをできるだけ路子に近づけないこと、おまえが真実に迫ってくる前に、できるだけ先手を打って動いて、おまえが動く余地を与えないこと。それればっかり考えていたような気がするよ。一村のためには一歩も退かない気だったろう。路子のためならなんでもしただろう？

おれがおまえを裏切り続けてたんだと知っても、おまえはおれを許すだろう。そんなことは分かってた。でもおれはそのとき、永遠におまえに負けるんだと思った。おれは終わる。いや、終わるのは分かってた。

どっちにしろ、おれは藤原を殺すしかなかった。心底憎かったからな。あいつさえいなかったら一村は死ななかった。妹をとられることもなかった。おれは殺したかった。ちょうどよかったんだ、自分が許せなくなっていたから、自分で自分の背中を押すのは簡単だった。

なにも言えない。でもそれは驚きや怒りからではなく愛《いと》しさからだ。立場が逆だったら同じことをしていた。いやもっと卑劣な真似をしていたかもしれない。路子のためなら……そうだ、路子を得るためなら。まあ、俺だったらそれ以前に、まずいやり方ですべてを台無しにしていただろうが。どんな計略だってすぐ露見しただろうが。

死にそうになって初めて、少し突き放して、自分を見られたよ。路子のことも、不思議に恋しくならない。このまま一生会わなくてもいい。いまは、そんな感じだ。合わす顔もないんだけどな。

おれは死ねばよかった。徹、そんな顔するなよ……違うんだ、肉体が死んじまえばよかったっていうよりも、なんかこう、ぜんぶゼロに戻ってくれればいいのに。そんな夢みたいなことを思ってる。虫のいい話だから、恥ずかしいんだけどな。笑ってくれてかまわないよ。おれは本当に馬鹿だ。

やっぱりおまえは追いついてきた。これも、信じなくていい。信じないでほしいんだけど……おれはおまえから逃げ切りたかったけど、追いついてほしかった。物凄く怖かったけど、捕まえてぶっ飛ばしてほしかったんだ。でもおまえは、ほんとにそうしてくれたな！……

俺は首を振った。

追いついた。そう思っていいのだろうか。

たしかにあと十秒でも遅かったら、古館と藤原のどちらかが、あるいは両方が死んでいたのかもしれない。でも——初めからそんなことはあり得なかった。胸の底の方で、そんなふうに感じてもいた。

——話してくれ、ぜんぶ。もう終わりにしよう。今度こそ。

もとより、古館はそのつもりだった。だからだれよりも先に俺を入れてくれた。すべてを終えるためにここへ呼んだのだ。

一村が、校長室で立ち聞きしたなんて大ウソだ。藤原のことを、及川たちのことを……

初めて知ったのは一村じゃない。

そうだ、おれだよ。おれが容子から聞き出したんだ。それが始まりだ……ぜんぶ、俺と妹から始まったんだ。

最初は知らなかった。ぜんぜん。容子が清水に騙されて、藤原のところへ連れていかれたなんて。下手したら死ぬまで気づかないとこだった。ひでえ兄貴だよ、妹が、そりゃ近頃なんかおかしい、って感じてたけど……夜遅く帰ってきたり、休みの日なんかずっといなかったりしたからな。でもおれはあいつに問い質さなかった。おまえ、最近どうしたんだ。だれに会ってるんだって、訊かなかった。

おれはあいつに訊く前に、その相手に会っちまった。そうだ、藤原が学校来て、校長を出せって喚《わめ》いたあの日だよ。おれは見ちまったんだ、立ち去る藤原を、容子が追っかけていくのを。おれにはすぐ分かった。あいつはこっそりやったつもりかもしれない、けど、だれを追っかけてったのかすぐ分かった。家に帰って、どういうことだって問いつめた。自分でもびっくりするほどすげえ剣幕で。なのに……信じられなかった。力が抜けちまった。野郎に本気で惚れてる、とぬかしたんだから。

視界が澄み渡った。

すべての秘密の、最後のピース。それが造りあげてゆく光景を、ただ圧倒されながら見守った。

おれは抜け殻みたいになってたと思うよ。学校で清水とすれ違うのが怖かった。その場で殴りかかっちまいそうだった。生徒会もまるっきり身が入らなかった。絶対に、一村や路子にはおかしいってばれる。そんなの分かってたのに。初めから助けを求めてたようなもんだ……やっぱりふたりはすぐに、なにがあったんだって訊いてくれた。それで、ほんとに救われた。おれがぜんぶ話し終わると、一村は、清水がそんなことしたのは容子にだけなのかってすぐ疑った。ほかにもいるんじゃないか、そう考えて……おれも、改めて容子に問い質して……及川たちに行きあたったんだ。それが、五月の末だった。

及川たちと話した。ああ、おれひとりじゃ絶対できなかった。一村と路子がいたからこそ、あいつらも正直に話してくれた。そうして、いっしょに、苦しみが始まった。

一村はすぐに言った。清水を追い出そう。でも英さんは表に出ないでくれ、ぼくだけが知ってることにしようって。おれなんかが前に出たら取り乱して、ぜんぶぶち壊してしまう。それは自分で分かってたけど、それ以上に、一村はおれが、これ以上生傷を負わないように護ってくれたんだよ。あいつには借りばっかりだ。あいつがいなかったらおれなんかとっくに死んでた！

でも、容子は頑なだった。一村とも路子とも話したがらなかった、できるだけ藤原のところへ行きたがった……悪夢だった。おれは容子を愛してるつもりだよ。健気ないいやつなんだ。ほんとだよ。ただ、生まれつき、少し病んでるだけで……あいつには、すぐそばに男が必要なんだ。途切れたら駄目なんだよ、途切れたら死にかねない。言いたかないが……おまえだから言うんだけど……おれを、男の代わりにしようとしたことがあるくらいだからな。そんなふうに、生まれついたんだ。そうとしか言えない。おれにはどうしようもなかった。無力だった……

藤原。あんな男は、そうはいない。あんな無茶苦茶な、だれにも似てない、とんでもない奴はな。あの野郎のどこがよかったのか、なにが欲しかったのか、知らないし知りたくもない。許せなかった。許せないし認めないけど、何度もケンカして問いつめてるうちに、だんだん、容子の気持ちだけは分かった。あいつはほんとうに惚れてた。あの最悪の男に。なんでわざわざ容子を選んで、藤原のところへ連れていった？　それを考えると、また清水を殺したくなった。よりによって、いちばん会わせてはいけないふたりを……あいつには分かったんだろうか？　あんな奴でも、藤原がどんな女を好きかってことが。だったらなおさら、呪われろ。それを運命だなんて呼びたくない。

でもな……容子も、あいつなりに悩んだんだ。物凄く。

校長が死んでからだ。あいつが、おれの言うことを聞くようになったのは。さすがのあいつも、怖くなったのかな。いやそれとも、ぜんぜん違う理由で、少しずつ気持ちが離れてたのかもしれない。なんにしても、藤原と会うのを止める。縁を切るためにできるだけのことをする、初めてそう言ってくれた。もちろん、無理だった。藤原は容子を離さなかった。奴も本気だったんだ、容子に。許せなかったよ、初めから許せないのに、果てしなく許せないんだ。頭が狂うかと思った。

俺になにが言えるというのだろう。膝に食い込むぐらいに爪を立てながら、ただ聞いているしかなかった。いまさらのように、目の前の男が背負ってきた重量に目を瞠《みは》りながら。

あの夜……おれは、あの場所にいたんだ。旧校舎さ。

一村は、ひとりで行くと言った。そんなことはさせられなかった。絶対にだめだ、そう言っていっしょに行ったんだ。

——その日、電話で話したのは、じゃあ、桐島さんに言ったこととまったく逆だったんだな？　一村が会いたいって言ったんじゃない。あいつは来るなって言ったんだ。どうしても行くって言ったのは、おまえのほうだった……

その通り。で、旧校舎で清水を待っていたとき、おれはひとりで二階に隠れていた。そのへんに転がってた木材を握りしめてな。馬鹿みたいだろう。学校を待ち合わせ場所にしたのに、たいした理由はなかった。ひとけがない場所にしたかっただけだ。

油断したつもりはなかった。いつでも出ていく覚悟だった。

でもやっぱり、おれは甘かったんだよ……清水をなめてたんだ。あんなやつになにができる。怒鳴ったって暴れたって、いつでも相手になってやる。そう高をくってた。

あいつの白衣が見えた。信じられるか？　あいつはまだ先生のつもりだったんだ。少しでもこっちがビビると思ったんだろうか、先生だから敬意を払ってもらえるって？　クソ野郎が、生徒に追い出されそうになってるくせに……おれはひとりでせせら笑ってた。

気づいたときには刺されてた。倒れた音が聞こえた。おれのために、いやおれのためだけじゃないけど、あんなに胸を痛めて……おれの代わりに前に出るって決めた一村が。

なにも考えられなかった。階段を飛び降りて襲いかかったよ。あの野郎はさぞかし驚いただろう、野良猫みたいに逃げようとした。すごい勢いだった。だけど簡単に追いついた。やつの汚ねえ、なでつけた後ろ頭に木材を振り下ろしたときゃいい気分しか感じなかった。そうだ、おれは殺すつもりだったんだ。自分でもわけが分かんないくらい頭に血が上ってた。あっけなく清水が崩れ落ちて、水たまりのなかに突っ込んでから、初めて我に返った。外に出ちまってたことさえ分かってなかったんだな。大急ぎで旧校舎に引き返した。清水が頭を押さえて呻き声を上げてるのが分かったけど、どうでもよかった。

まだかすかに息をしてた。一村は。なにも言わなかったよ、もう、なにも分かんなくなってたのかもしれん。名前を呼んでも、手を握っても、反応がなかった。それで、もう駄目だって分かったんだ。あいつは……すぐに動かなくなってしまった。

　泣いてばかりいたよ。幼稚園児よりひどかった。気がついたら、胸のナイフを抜いてた。もう清水のことなんて忘れてた、おれは闇雲に外に走っていこうとした。路子に会わなきゃ、それしか考えられなかった。そうしなきゃすぐにでも死んじまいそうだった。


教師が、生徒をその手にかけた。

いままで突きつめて考えたくはなかった。だが間違いなく頭のどこかにはあったのだ。ただ、藤原という得体の知れない存在をいいことに、すべてを曖昧にして、目を背けていた。喜んでぼかしていた。だが、教師が生徒を殺した。


なのに、おれは旧校舎を出ることができなくなった。

そうだ、藤原のお出ましだよ。人の気配がしたんで、入り口の陰から覗いたら……あいつはもう、ボーっと、清水のそばに立ってた。ああ、あいつはひとりだった。近くに子分はいたのかもしれないが、とにかく、そこにはひとりで現れた。

ほんとうのところはいまでも分からない。なんで奴が遅れてきたのか、清水が藤原にどこまで喋ってたのか。自分が生徒会長に追い出されそうになってる、おまえのせいだ、そう泣きついたんだろうか？　それで藤原が、清水に殺せと言ったのか。それとも、清水が勝手に殺《や》って、藤原に見せようとした——それは藤原の気に入るようにか、それとも藤原を共犯にして、一蓮托生《いちれんたくしょう》ってことにしたかったのか——分からない。清水はやけくそにな ってた。奴はもしかすると、捨て身で藤原も殺すつもりだったのかもしれない。そこまで思い詰めてても不思議じゃない。だけど命のやりとりにかけては、藤原のほうが上手だった。

清水は起きあがってた、藤原を指さしてなんか泣き叫んでた。もう意味なんかなかったと思うよ、ただ狂ってた。だれもかれも呪って、いっしょに地獄へ堕ちることしか頭になかったんじゃないかな。おれのほうが、よっぽど出てって殺したかった。

藤原は静かだった。恐ろしいぐらいに。迷っているふうには見えなかったよ。もう見切りをつけた。ただ、どうやってとどめを刺そうか、そんなことでも考えてたんじゃないかな。ぶらぶら、そのへんを歩いてさ……なにしてんのか、なんとなく分かった。清水が頭から血を流してるのが見えたんだと思う。だから、仕上げをしてしまおうって気になった。おれはそう信じてる。あいつは手頃な石を捜してたんだ。申し分なく、人の頭を割れるくらいのな。おれのつけた傷に、思いっきり念を押してくれる。清水なんかおっ死ねと思ってた。おれが殺してやる、そう思ってた。なのにもう、見てられなかった。

重い衝撃が、音じゃなくて振動で伝わってきた。思わずまた、陰から見た。あいつは清水の身体を抱え上げてた。焦ったよ。もしこっち来たらどうしようかって。おれは必死で一村の身体を引きずって、なるだけ外から見えないところに隠れた。もし、あそこで見つかってたら……ぜんぶ変わってただろうな。でもあいつは寄ってこなかった。入り口のそばへ来さえしなかったんだ。たぶん、だれかがいるなんて思ってもみなかったんだろう。生徒会長だかなんだか知らないが、清水を殴り倒したやつはもうどっかへいっちまった、そう思い込んでた。無理もないよ、水たまりんなかでひっくり返ってる清水の不様さ見たら、あっさりのされたんだなって笑っちまうもの。まあ、でもほかに理由があったかもしれない。分からんよ……まさか、旧校舎が怖かった、なんてことはないと思うけど。とにかく奴は、清水を抱えて消えちまった。山に入って材木の下に隠したことはおれも知らなかった。暗すぎて見えなかったんだ。奴はとどめを刺したつもりだったろうが、清水が翌朝まで虫の息で生きてたなんて笑っちまうよな。これっぽっちも同情なんかしないけど。

奴の気配がなくなっても、しばらくは動けなかった。ああ、恐ろしかったよ。このまま、ここで朝を迎えられる勇気があれば。そんなことも考えた。でも、ふいに物凄く怖くなって……もう、あのときのことは自分でもよく分からない。冷たくなってく一村の身体が……もうそばにいられなかった。一秒も我慢できない、叫び出しそうだった。おれは学校から逃げ出した。路子のことだけ考えて。

そう、ナイフを持ち去ったのはおれだ。あんまり深くは考えなかった、ただ、一村の身体のそばに置いておきたくなかったんだ。クソちっぽけな、折りたたみのナイフ。あんなものが一村の命を奪ったなんて、いまでも嘘だって気分になるよ。

いまも、おれの部屋にある。捨てられないんだ。

3

あんな悲しい電話は、初めてだった……

——あの夜、きみは？

電話のそばで待ってたの。遅いから、心配はしてた。でも、まさかあんなことになるなんて……あんなに我を失った古館くんは初めてだった。すぐに飛んでいきたかった、彼のそばにいてあげたかった。でももう真夜中で、あたしから動ける方法はなかった。彼が来るのを待ってるしかなかったの。自転車で、山を越えてくるのを待ってるしか。

なんて長い時間！　一生でいちばん長い、時間だった……彼は来たわ、ずぶ濡れになって、すごく、震えて………

——どこで迎えたの？　家の人がいたでしょう。

家の前で。傘さして待ってたの。彼が来てからは、家の前の物置に入ったの。

——ああ、あの、立派な蔵みたいなところだね……憶えてる。

古い毛布もあったから、それをかけてあげた。しばらく、抱き合って泣いたわ……それから夜通し、どうしたらいいか考えた。もう、警察に報せるしかない。あたしはそう思った。でも容子さんのことがあるから、古館くんがどう考えてるか知りたかった。すごく悩んでた。一度は、よし、警察に連絡しようって言ったのよ、彼。でも、あの刃……ああ、ひどい……まだ、ついてた…………

——見たのか、きみは……見たんだね。一村を刺したナイフを。

あたしたち、改めて考えたの。一村くんだったらどうしただろう、って。分からなかった。でも一村くんだったら、少なくとも、及川さんたちと話してからじゃないと、勝手に人に言ったりしないだろう。それだけは確かだと思えたの。
だから翌朝いちばんで、話をしよう。そう決めた。もう遅いから、そうするしかなかった。

4

おれたちは、隠し通すことに決めた。できるだけ、やってみることにした。一村が、命を懸けて守ろうとした秘密だ。もう、自分たちのためっていうより、一村のためにこそ頑張ってみる。及川たちはそう言って頷いてくれた。

古館は、藤原を殺そうとしている。早い時期から、及川悠子たちもそう感じていたのではないか。そう思えてならなかった。及川たちのだれも、藤原が警察に捕まって欲しいなんて思っているようではなかった。自分たちの秘密を守る。藤原から受けた屈辱をなかったことにする。たしかにそういう気持ちもあったかもしれない。だが彼女たちは、古館に賭けたのだ。親友を奪われた。妹まで、ある意味、奪われた。そんな男の激しい憎悪は、自分たちのそれをはるかに越えている。彼にできる限り力を貸すことが、彼女たちの本望だった。古館の苦痛は彼女たちの苦痛だった。

そうか、由夏ちゃんのお父さん、ちょうど方波見に来てたわけか。おまえといっしょに事情聴取を受けることになったとき、おまえにはどう見えたか知らないけど、俺は必死だったよ。もうダメだ、話すしかない。何度そう思ったか。ほんとだ。

でも、皮肉な話だよな。あのとき、隣にいたのがおまえだった。だからおれは踏ん張れたんだ。おまえには負けられない、路子を取り返されないためならなんでもする。それがおれの習性になってた……すまん。ひでえ話だって、分かってはいるんだけど。

藤原のやつ、山んなかに隠せばしばらくばれないと思ったんだろう。ところが翌朝になったら、ばれないどころか大ニュースだ。清水じゃない、生徒会長がやられて騒ぎになってる……だからこっそり様子を見に来た。そこをおれに見つかった、そういうわけだったのさ。おれは奴にあいさつをしておく必要があった。おれは知ってるぞ……おまえのことを。おまえがなにをやったかを。おれは容子の兄貴だ、そう告げる必要があった。いままで一村の背中に隠れてた、だが今度はおれの番だ。でもあれのおかげで、よりによっておまえが、清水を見つけてしまうなんてな。

藤原を殺したかった。だけどそれ以上に清水を殺したかった。清水をもう一度殺せるんだったら、迷わずぶっ殺すね。ほんとにそうだったらよかったのに。ささやかな願いだよ。夢にまで見たんだ。何回も角材を振り下ろした。追っかけて、あいつの頭に……やった、って思うんだ。もう死んでる相手をな。自分でもすげえバカな話だと思うよ。


藤原が学校に乗り込んできて校長を脅したとき、校長に渡った例の写真に、容子のものは含まれていなかった。藤原がすでに、容子を餌食ではなく、情人として扱っていた証だ。

だが古館は不安だった、いくら妹に惚れて特別扱いをしているとは言っても、藤原光弘だ。自分の目で確かめなければならなかった。それで、焼け焦げた校長室から写真を盗んで逃げたとき、俺に追いかけられながら、古館は抜け目なく中身を確かめた。山の頂上を越えた辺りで、俺が古館を見失ったあのときだ。確認を終え、改めてそれを消すために彼は河に飛び込んだ。分の悪い賭けだったことは、彼本人はもちろん、及川たちですら覚悟していたことだった。見つかってもともと。それがあんな捨て鉢の大騒ぎになった。及川悠子があれだけ派手に立ち回れば、及川たちだけが目立つ。古館に頼まれもしないのに、自分たちのことよりも容子の秘密を守る。及川たちはそう決めていたのだった。古館英明のためにこそ。だから事情聴取のときも、容子のことはおくびにも出さなかった。おかげで容子と藤原のつながりだけは露見することがなかった。そして藤原は、捕まることなく行方をくらました。

ただし、古館だけには居場所を知る方法がある。

浪越に隠れてることはもちろん、容子に聞いて知ってた。もともと岩切組のシマだし、夏の間はよそ者がどっと入ってきていいめくらましになる。都合がいいと思ったんだろう。初めから、あいつは方波見の近くを離れるつもりなんかなかった。容子がいるからだ。あの野郎、手下が捕まっていよいよ腹が据わったらしい。時間稼ぎもここまでだ、逃げる。容子を連れて町を出る。ふたりで暮らす……はっ、いじらしいと思わないか？

でも容子は言ってた。それがほんとに、あの人が望んでることかどうかあたしには分からない。ってな。藤原は藤原だ。なにを考えてるのか、分からないよ。容子でさえ、あいつのほんとの底までは、知ることができなかった。なにをしたかったのか。これから、なにをやるつもりだったのか。とにかく、もう猶予はなかった。藤原に連れていかれたら、容子は二度と方波見に戻ってこられないかもしれない。

初めから、ぜんぶ決まってたような気がするよ。いつやろうかと思ってた。でも、どうしてすぐにやらなかったと思う？　怖さもあったさ、もちろん。けどそんなことより、未練があったんだ。海に。おまえと同じさ！　最後にみんなと楽しくやりたかった。子供でいられる最後の日ぐらい、心の底から楽しんだっていいだろ？　一日でもいい、どうしても、みんなと海へ行きたかったんだ。

目が覚めたような気がした。

古館英明は俺たちの仲間だ。当たり前のことを嚙み締める。

もちろん、奴とはひとりで片をつけるつもりだったし、みんなを危険な目にさらす気はなかった。それで、容子に伝えさせた。

浪越まで行く。話をつけよう。最後の話をしよう。

取引をしたい。貴様のことは金輪際、警察にもだれにも言わない。

だから、妹とすっぱり別れて、町を出ていけ——おれがそう言いたがってる、と思わせた。

藤原はきっと応じる。たとえ、おれが殺しに来るんだと疑っていたとしてもだ。思った通り、奴は会う、と返事してきた。

あの銃は、そうだよ、藤原のものだ。容子に持ってこさせた。容子は初めから心配してた、おれがあっさり殺られるんじゃないかってな。そこで思い立ったらしい。藤原が銃をいくつか持ってる。あれがあれば威嚇になる。無理に襲っては来ないだろう。

でも、盗んだらばれるんじゃないか？　あいつは、大丈夫だと思う、こっそり持ち出してみるって言った。で前の日、浪越の駅のそばの病院の裏で待ち合わせた。ちょうど買い出しの時間だよ。孝太を待たせて、行ってみると容子はあっさり持ってきてて、渡してくれた。もう後戻りできないんだと思ってさすがに少し、震えたけどな。だから買い出しの袋のなかに、あの馬鹿みたいな銃、入ってたんだぜ。予備の弾まで。紙にくるんでたからおまえら、だれも気づかなかったけど。

初めは、最後の手段のつもりだった。だけど実物を見たらもう、使わない手はないって思った。あれは……最悪だろう？　あんなもんがあるなんてな。人を殺すのにしか使えねえよあんなもん。あれでも飾るには見映えするほうなんだろうな、トカレフとかじゃなくてさ、あんな、昔の映画に出てくるようなリボルバーなんて。実際に藤原が使ったことがあるかなんて知らない。容子も見たことはないって言ってた。だから、めったに持ち出したりしないって知ってたから、あいつも持ち出せたんだろうな。おれが、それで藤原を殺す、とまでは思わなかったろうけど。容子には隠してたつもりだった。でも、あいつは察したかもしれない。殺せってことだったのかもしれないな……どっちでも同じだ、殺すつもりだったんだから。ちょっとでも目的を達成する可能性が高くなるなら、なんだってよかった。

結末は決まっていた。それは、回避しようのないもののはずだった。

だが、路子がいた。

つねに古館のそばにいて、心をひとつにしてきたはずの彼女は、初めて古館の意に反する行動をとった。破滅の予感に取り憑かれていてもたってもいられなかった。まだ暗いうちにホテルを抜け出して浜を目指した。導かれるように。

そして、そこには俺がいた。


おまえがいてくれた。おれは、感謝してるよ。神に感謝してる……おまえが路子に会わなかったら、路子はおれのところへ来てたかもしれない。危なかった……最悪だ。しかもおれは、それを望んでたのかもしれない。

時間はぼかしてたけど、藤原と落ち合う場所は、馬鹿正直に教えちまってた。来て欲しかったのかも知れない。見て欲しかったのかも……ああくそ、おれはなに考えてたんだ……おまえがテントを抜け出したのには気づいてたよ、もちろん。でも、馬鹿だなあおれは。一村のお祖父さんとこに行こうとしてたなんて、考えもしなかったんだ。ほんとだよ。おれには、一村のあのノートは必要なかったから。百も承知のことが書いてあるだけだったから。実際に何度か、一村に見せてもらってたからな。一村は言わなかったけど、お祖父さんのとこに預けてるってことは、なんとなく察してた。

路子はずっと気にしてたんだ。一村もおれも、路子はできるだけ遠ざけよう、危ない目には絶対に遭わせない。そう決めて、距離を置こうとしてた。路子にはつらかっただろうけど。だから一村が死んでから、その日記をすごく見たがってた。重要な証拠になる。容子のことも書いてある。でもたぶん、そんなことより、路子は一村をもっと感じたかった。

一村の魂を、近くに感じたかったんだよ。あの日記は、路子には特別なものだったんだな。でもおれには過去のことだった。同じ浪越にいて、おれは藤原のことしか頭になかった。あいつをぶっ殺す未来しか考えてなかった。最悪の未来を、夢見てたかったんだ。

朝六時、あのちっぽけな港を指定したのは藤原のほうだった。意外だったよ。まあキャンプ場から歩いていけるし、ひとけがないって意味じゃ完璧だったから、いいだろうと思った。

そこで奴を殺して、あるいは、おれも殺られて、すべて終わり。そのはずだった。

路子はいない。来なかったか……当たり前だ、それでよかった。絶対に巻き込めない。なのにおれは悲しかった。路子がいない……くそ、ぜんぶ自分で決めたつもりだった、もうやるべきことをやるだけだった、なのに……おれは熱にうなされたみたいになって、震えが止まらなくて、でも意地で銃を出した。あのクソ重いリボルバーを。藤原に狙いを定めた。

だけど、奴の顔。おれは挫けそうになったよ、あいつがほんとに修羅場をくぐってきた人間だって分かった。銃を見てぜんぶ分かったんだあいつは、容子が裏切ったってことを。逆に力がみなぎってきやがった、憎しみを喰って生きてきた動物の顔だよ。おかげで迷いも消えたがな。いますぐ殺すべきだと思った。それが正しいことだって。

一発撃った。そこへ、おまえだ。まいったよ——おれはもう、負けたと思った。なんだか知らないけど力が抜けてった。強がってたけどもう撃てなかった。終わったんだ、あそこでおれは。死んでもいいいと思った。

――古館……負けたと思ったのは、俺のほうだ。

おまえは、ぜんぜん諦めてなかった。俺は、おまえがもう諦めたと思いたがってた。馬鹿だった……分かってたはずなんだ、おまえがこのままですますはずがないってことは。なのに、もう少しでおまえを失うところだった。

あのとき、おれには路子が見えなかった。ほんとだ、ぜんぜん憶えてないんだ。おまえしか見えなかった。おまえに伝えなきゃ、もう最後だ、いましかないんだって……死にそうにならなきゃ言えなかった。大馬鹿だよ。それで、藤原もおれも、どっちも生き残ったなんてな。絶対に、どっちかは死ぬはずだったのに。

訊いてもいいか？　おれが気を失ったあと……どうしたんだ、藤原を。やっつけてくれたのか？

――笑うなよ、おまえ。生きた心地がしなかったんだぜ？　やっつけてなんかない、ただ……

あの、流されたものすべてが流れ着くかのような、侘《わ》びしく打ち捨てられた場所。

風雨が荒れ狂っていた。しかし塑像のように、だれも動かなかった。藤原に近寄るかに見えた古館容子ですら、壁に阻まれたように立ち尽くしている。それぞれの理由で、動く力を奪われた五人の姿を、閃く光が少しずつ切り取っていた。動きあるものは、古館の腹からのびる一筋の赤色だけだった。それもみるみる雨に叩かれて消されてゆく。ちりぢりになる。

俺は、路子だけを見ていた。

5

消えてしまいたいと思った——

——どうして？

分からない。あたしが消えてしまえば……古館くんがこんな傷を負うことなんてなかったし、徹也くんが、あんな顔する必要もないから。あんな……

古館くんと徹也くんを、あれだけ長いあいだ引き離してしまったのはあたしなんだって、ぜんぶあたしが馬鹿だからなんだって、あたしさえいなければって……ごめんなさい。こんな、自分勝手な言い草。あの日から、もう分かってたことなのにね。徹也くんが電話をくれた、あの夜。あのときにぜんぶ話してさえいれば、こんなことにはならなかった。あんなに苦しそうに……あなたはひどい怪我をした人のようだった。でも、そんなことにはかまわずに電話してくれた。分かってたのに……すごく嬉しかったわ、いますぐに会えたらって、どんなにそう思ったか。でも、だめだった。古館くんのため。容子さんのためっていうのは、もう、嘘だって分かってたのに……自分に嘘をついてるって、分かってたのに……古館くんの思いを遂げさせてあげたい。藤原を……って、そんなの、あたし自身の怒りだった。古館くんの殺意だった！　なのに逃げてた……ぜんぶ古館くんに押しつけようとしてた。なんて卑怯なの？　古館くんもそれを望んでるんだから、なんて……自分では引き受けられなかったくせに……あたしは間違ってた。あたしは最低……でもそんなこと言っても手遅れ。目の前で古館くんを死なせてしまうんだ。あたしが、ここで、この手で、古館くんを殺してしまうんだって………

そのとき藤原が、自力で身を起こした。

はっとして身構える。奴はたいしたダメージを負っていない。実際、古館の放った銃弾は右大腿部を浅く抉《えぐ》ったに過ぎなかったし、俺の蹴りが少し効いたとはいえ、獣は獣だった。殺らねば殺られる。

銃に目をやった。藤原との距離を測り、俺は瞬時に飛びついた。持ち上げようとして胸が冷える、恐ろしく重い——両手で上半身を持ち上げた藤原が、ゆっくり顔を上げた。俺はあわててひっくり返して砲身を持った。台尻を武器にすることにしたのだ。いつでも殴りかかれるよう、力の入らない足をせいいっぱい踏ん張る。

藤原の目が泳いでいた。なにかを捜している、立ち上がろうとしている。ああ、激しさが足りない！　天に向かって怒鳴りそうになった。いまや雨は堤防を呑み尽くす勢いなのに、まるっきり役不足だった。なにも押し流せやしない。

この男はいったいなにをしたかった？　腹の底から疑問が突き上がる。この田舎町を破壊しようとした、自分の力を尽くして滅茶苦茶にしたかったのか。分からない、だが一パーセントも理解できない、とは言い切れなかった。この男は何事かをやり遂げようとしていた。少なくとも、身を守ることや逃げおおせることだけを考えてはいなかった、でなければここにいない。とうに町を離れていたはずだ。どこかへ行ってしまったなんて少しでも信じた自分が信じられない。目の前の顔を見れば判る、こいつはやり通す気だった。自分の抱える地獄をこの世に広げたかった。

違うおまえは違う、頭を激しく振った。この世は地獄じゃない、おまえに引きずられてたまるか。致命的に間違っているおまえは阿呆すぎる醜すぎる、やってられないくらい、ふっと軽く吹いて飛ばしたいぐらい愚かだ。血が逆流するほどの熱風を感じた、人間の極北を前にして、一片の不純物も混じらない過透明な炎を。それは俺の何割かをも溶かしてしまいそうだった、俺の中にある藤原を、俺の中にある醜いものを、痛い、灼ける、自分でも耐えられないほどの怒りが自分の中で燃えている。持ちこたえられるだろうか。だが捨てたくない忘れたくない、俺は歩いてゆきたい。この烈火を恐れず、灼き尽くされずに歩いてゆく。それが望みだ。

だがこの男がいなければ炎もなかったのか。こんな激痛が存在することすら、知ることがなかったのだろうか。藤原の目が止まった、物凄い眼光で一点を見つめている。それは容子ではなかった、奴のいちばん近くにいるのに容子ではないのだ、頭をのけぞらしている古館の方。その身体を抱きかかえている、少女の方。

頭をどやしつけられたみたいに目の前が暗くなった、そうだ藤原が見つめているのは

――待ってろ貴様！　藤原は口を開こうとしてる、いまにもなにか言おうとしている。それが自分のことのように分かった、藤原光弘という名の男は、視線の先にいる人間に言葉を投げつけようとしている、なにかを伝えようと……

気づけば藤原に肉薄していた。喋らせてはならなかった、なにも耳に入れてはならない。直感は神の拳のように俺を直撃して変えてしまった、力の限り振りかぶり、銃の台尻を振り下ろす。外した、肩に当たった。すかさずもう一度振り下ろす。今度は首に入った。手

応えはなかった。まるで象を相手にしているような徒労感があった。だが目の前で藤原は崩れ落ちた。手から銃が滑り落ちて、とどめのように藤原の背中を直撃した。

雷鳴さえ耳に入らなかった。数秒ずつ記憶を遡ってようやく、凄まじい轟音《ごうおん》が天と海の間を駆けめぐっていたことに思い当たった。

自分が怖くなった。なんでこんなことができたのか。それより銃が暴発しなかったことを喜ぶべきだ、とあとから思った。恐ろしく乱暴なやり方で、蒼ざめるような非情さで、俺は藤原を封じたのだった。

6

そうか……やってくれたんだなあ。

——おい。笑うなって言ってるだろう。大変だったんだぞおまえ、救急車呼んで……容子ちゃん、危ないから目を離せなかったし………

ありがとう。容子のこと、ずっと見ててくれたんだな……恩に着るよ。

それで、藤原の奴、なんにも喋ってないのか。

——ああ。桐島さんは、そう言ってた。

でも、一村のノート。あれはどうした？

——渡したよ、桐島さんに。せっかくの日記、水浸しにしちまったけど。一村は鉛筆を使ってくれてた。だから助かった、ほんとに最後まで……あいつには、助けてもらったな。

うん。やっぱり、そうなっちまうんだよな……なにをしたって、どんなに頑張ったって、あいつにはこれっぽっちも及ばない。初めから分かってた気がするよ。

容子のためにせいいっぱいやるつもりだった。及川たちのことも一緒に考えて、みんなができるだけ傷つかない方法を探したつもりだった。

一村が目の前で死んでからは、あいつのために。あいつの死を、埋め合わせるものを捜して……そんなものはありゃしない、分かってはいたけど……復讐、という言葉はしっくりこないんだ。とにかく、消さなきゃならない……ぜんぶの底にあるものを潰してしまいたかった。なんか、それだけだったような気もする。

でもな、やっぱりおれは、路子が見てるから無茶しちまったんだと思うよ。路子の考えることを必死で考えて、路子の眼に醜くないように、決して間違いをしないように。嫌われたりしないように。そうやって、路子をいつまでも、おれのそばに引き留めておけるように。そればっかり考えてたような気がするんだ。はっ、一村にはどうやっても顔向けできない。こんなんじゃさ。

もちろん、おまえにもだ。

おれには、当たり前だけど、一村の真似ができなかった。あのあったかい、ひとを安心させるような力は、おれにはなかった。おれは及川たちを安心させてやることができなかったんだよ。それどころか、あいつらのほうがおれを護ってくれた。なのに無理しちまった、それで傷口を広げちまったんだからな。ひでえもんだ……おれのせいだ。路子を逃がさないためには何でもやる。そんな汚ねえ心が、ぜんぶ悪くした。おれが悪いんだ、だから自分のことも潰したかった。でもなにひとつ、満足にやれなかった。

なあ、おれは、このまま死んだほうがよかったと思わないか？

――馬鹿を言え。

生きててよかった。おまえが生きててくれて、ほんとうに、よかった。

俺はおまえが好きなんだよ。騙されたなんて思っちゃいない。俺のほうこそ馬鹿だった。ぐじぐじ泣きごとばかり言ってた。勇気がなくて、おまえらになにも訊けなかった。思い切ってぶつかればよかったのに。それができなくて、もう少しでぜんぶ失うところだった。

ああ、ひとつ言わなきゃいけないことがあった。

――なんだ?

ずっと言いたかった、でも言いたくても言えなかったんだ。言える日が来るとは思わなかった。ああ、よかったな……

釣り、行けなかったろう、一村。

――ええ?

ほら、一村がおじいさんち行っちゃって、おまえらと約束してた釣りさ。行けなくなっただろう。申し訳ないって、最後の日まで気にしてた……連絡できなかったこと。約束を守れなかったこと。

――そんな、

おまえら、みんなで一村んちに見舞いに行ったんだろう。あのとき、あいつはもう家にいたんだよ。でも出ていけなかった。みんなに、顔を合わせられないと思ったんだって。顔を合わせたら、みんな喋ってしまいそうな気がした……そう言ってた。

涙が止まらなくなった。あんなつまらない約束を気にかけるなんて。あんな、年に百回も交わされるどうでもいいガキの約束を、死ぬその日まで……間違いじゃなかった。あのとき一村は家にいたのだ。窓からこっそり俺たちの姿を見ていた。どんな気持ちで見ていたのだろう。もう二度と会えなくなるなんて分かるはずもない。でも、予感していたただろうか。いや……

こんな無念はない。いま、彼に話しかけられないなんて。たった一言も伝えられないなんて。

ほんとうに話したいときに、相手がいない。

でも、悲しみを悲しみのまま受け入れない。全員がなんとかしようとした。やり方はぜんぜん違ったし、お互いがお互いを助けられたとは言えないが、それでも。ただ無力に、世界の前でうなだれることを、だれひとり良しとはしなかった。自分なりのやり方で、世界の扉を叩こうとした。

もし、俺たちがひどく間違っていないのであれば、彼がいまどこにいるか、過たず感じることができるのだと思う。町を歩いていて彼に似た人とすれ違っても、はっとして振り返ったり、胸を痛める必要はない。彼に会いたいがために、少しだけ死にたくなったりすることもない。

——そうだ、俺からも、言っておかなきゃならん。
旧校舎は、なくなったよ。おまえがここにいるあいだに。パワーショベルとブルドーザーで、ぶっ倒された……瓦礫《がれき》の山になった。

……そうか。これで、ようやく一村に別れが言える。かな……
どうだろう、徹？

——ああ……そうだ。そうだと思うよ。

笑い合った。泣きながら笑った。
長い間、おかしな立ち回りを演じてきた俺たち。いつ終わるとも知れなかった。長雨に降り込められてずぶ濡れになって、見たこともないような濁流に押し流されて溺れながら、目の前のこの男と、子供のようにつかみ合って転がってきた。

だが永遠に降り続く雨はないのだろう。流れは、もう流れの果てまで辿り着いた。俺たちはまた出会うことができた。命からがら、あるいは命を捨て損なって、同じ場所へと。同じ思いを抱いて、なにもかもさらけ出せる場所で、生きてまた出会えた。

停まっていた時間が流れ出す。ひとりの友の死が、時間を進めることを拒ませていた。きちんと呑み込むことができるまで、時計は止めておいたのだ。だがもちろん、いつまでも止めておくわけにはいかなかった。

これから、一村和人という人間を思い出す時間は、どんどん短くなってゆく。それは力に変わってゆくからだ。しかも遠ざかることを意味しているのではない。いちばん遠かったのは、彼が去った日。それからあとは、少しずつ近づいてゆくだけだ。

ほんとうは、別れなんて存在しないのかもしれない。もしかすると。

一村和人を知っているのは俺たちだけだった。彼をそのまま力にできるのは、俺たちだけだ。

結――秋霖《しゅうりん》

微細な水の粒子が、かすかな風の中を舞っている。

しかも粒子はだんだん細かくなっている。限りなく、霧に近づいている。いちど開きかけた傘を閉じて、また歩き始めた。灰色の空の下に校舎が見えてくる。

再び、雨の季節が訪れた。

夏は転がり落ちるように去っていった。あの朝、あの小さな港で、激しい雨と一発の銃声が俺たちの夏を終わらせてしまった。

雨とはもう顔なじみだ。舌打ちひとつせず傘を携えて歩く俺は、うまく折り合えている。いつも雨が降っていた。雨が俺たちの物語に、注がれていた。

今日の雨は、憶えている限り今年いちばん優しい雨だった。顔に触れる感触が心地いい。目を閉じて口を開けてみる。こんなに軽々とした気持ちで、雨と戯れられる日が来るとは。

ひとけのない校門をくぐり抜けてゆく。

校舎別棟へ入ると階段を上る。だれにも会わなかった。俺はひとりきりだった。

美術準備室のドアを叩く。返事がないが、ドアを開けた。約束の時間に十分ほど遅れている。野々宮妙子女史が来ていないはずがなかった。

だがいない。首を傾げ、奥へ入ってゆく。美術室の方にいるのかもしれない。通じるドアを押し開けた。

驚いて立ちすくんでしまう。

なぜ彼女がここにいる？　表情に、ほんの少し微笑を滲ませて。教壇の横にある椅子に座り、きれいに膝を揃えている。組まれた両手がその上に置かれている。長くて綺麗な髪が、床に向かって滑らかに落ちていた。白い、小さな顔。潤んだような黒い瞳が俺を見つめている。よくもこう、いつになっても彼女の美しさに慣れないものか。いままで何百回も食い入るように見つめたのに。耐性ができてもよさそうなものだ。なぜって、このところ俺たちはずっといっしょにいる。昔のように長い時間、ふたりきりでいることができている。

「くっくっくっ」

びくっとして振り返る。……やられた。教室の後ろの方に、先生がお客然と座っているのを見つけた。休日の昼下がりに、わざわざ呼び出してなにをするかと思ったらこれだ。またよからぬことを企んでいる。

顔を戻すと、路子も笑っている。悪事の片棒を担いだわけだ。きっと、自ら進んで。彼女は立ち上がって俺のためにパイプ椅子を開いてくれた。あっいいんだよ、俺はここで。机の上にじかに座った。片膝立ててかっこつけてごまかす。先生は特等席でニヤニヤ笑ったまま近づいてこない。舌打ちして、路子を見た。

穏やかな顔。柔らかい笑み。俺がここに来て嬉しいみたいに見える。だが緊張の色もあった。無理もない。

ここで、古館英明を待つことになっていた。今日の主旨はそれだ。

彼はおととい退院した。入院している間に警察の事情聴取をほぼ終え、妹とも再会した。おまけに、その間に藤原光弘も起訴された。まだいろいろと面倒なことが残っている。学校へ復帰できるのはまだ先だろうが、もうひとりで出歩くことも可能だという。さっそく、野々宮女史が会いたいと気まぐれを言い出した。無理をさせたくはなかったのだが、訊いてみたら古館はふたつ返事で快諾した。よって今日、学校にて待つことになったわけだ。

いちど病院で会うことのできた俺とは違い、路子はもう二カ月近く顔を合わせていない。緊張するのも当たり前だった。いま、路子に向かって、俺はなんと声をかけるべきだろう。正しい言葉を見つけられない。

でも、よけいな言葉は要らないのかもしれない。

もう俺たちは同じ場所にいる。仲間のいる場所に、戻ってきたのだから。

古館英明を待っている。ひたすらに、古館を。


中学生活もあとわずかだ。由夏をのぞいては、あと半年足らず。それを思うと、淡い悲しさと、かすかな焦りを覚える。いま自分はなにをしたい。仲間たちはどうする。これからいっしょにどう過ごせば、俺たちは、幸せになれるだろう。

知らない。ただひとつ、心に決めていることがあるとすれば――夏をもう一度やり直すこと。必ずもう一度、夏の海辺で遊ぶこと。俺と古館がふたりしてぶち壊したみんなの夏を、おんなじメンバーで、おんなじ場所で。今度はあのファビュラスホワイトシーサイドトロピカルホテル――だっけ、今度ちゃんと由夏に確認しよう――にも泊まるし花火大会もゆっくり、最初から最後まで堪能する。中学を出てからの進路は分かれてしまうだろう。だけどそんなことは関係ない、俺たちのほんとうの進路にはまったく関わりないことだし、どこにいようが少なくともあと何回か、俺たちには天下御免の夏休みが用意されている。いや、ほんとうに望むなら毎年、死ぬまで、夏休みは巡ってくるのだ。

古館にも絶対にうんと言わせてみせる。ひとりも欠けてはならない。今度こそ最後まで全員が楽しむ。

野々宮女史がついに腰を上げて、そばまでやってきた。

「ぱーっと打ち上げやろ、打ち上げ。みんな、お疲れさんてことで」

酔狂を言い出す。路子と俺は声を合わせて笑った。近頃の俺たちなら、こんなことはお手のものだった。相手がなにを考えているのか分かる。顔を見ただけで、どんな気持ちでいるか、だれのことを考えているか分かってしまう。

そうだ、先生には改めて謝ろうと思っていたのだ。せっかくあの日、及川悠子たちを引き連れて浪越までやってきてくれたというのに、もうその頃にはテントを畳まねばならなかった。藤原の逮捕騒ぎでキャンプどころではなくなり、しかも藤原も古館も病院へ運ばれたあとだったから、派手な立ち回りに遭遇できたわけじゃなし。見るものといったら黙々と撤収作業をする八木準と林孝太、それに柿崎彰、というあまり景気がいいとは言いかねる面々だけ。俺も路子も病院や警察を回らねばならなかったし、由夏も父親といっしょに動いていた。女史が癇癪《かんしゃく》を起こしても無理はない。八木によれば「それほどでもなかった」というから、柿崎をつつけばたぶん罵詈雑言《ばりぞうごん》が飛び出してくる。なので怖くて、あの日のことは柿崎の前では触れないようにしていた。まあ、彼にも黙ってテントを抜け出したわけだから、顔向けできないというのもあったのだが。

「八木に、ほかのみんなも集めるように言ってあるから」

今日の先生は奇蹟的なまでの機嫌のよさだった。梅雨の晴れ間より貴重だ。あとは八木準の健闘に期待するしかない。注目は、はたして柿崎の牙城を崩せるのかどうか、だ。

由夏も来る。きっと来るだろう。夏が終わってから、路子とも、由夏とも、いっしょにいる時間は多くあった。路子と由夏と俺の三人になることだってあったのだ。難しいことではなかった。たぶん、途方もない夏の余韻がいつまでも、みんなを包んでいたからだと思う。

ただ、どれだけ仲間たちといっしょにいても、ごまかすことのできない思いがある。足りない。穴が開いている。そんな感触を全員が抱いたまま、多くを語ることなく、今日まできた。

そして古館が帰ってくる。

離れたくない。でももう、昔のままではいられない。

だれもどうしたらいいか分かっていなかった。ただ、全員が揃いさえすれば。

心のどこかでそう信じていた。確信はなかったが、路子の顔を見ているうちに、今日ほんとうになにかが始まる。そう信じられた。決して深い考えが動機とは思われない、言ってしまえば先生の私利私欲によって企画された今日の集まりこそが、いい機会となってくれることを、望んだ。

古館英明を待っている。ひたすらに。

路子を見る。あんなにも遠かった姿がここにある。ずいぶん迷って、見失ってきた。でもいまはこんなに近くにいる。

古館はここに路子がいることを知らない。だが路子を見つけても、帰りはしないだろう。会わなければならない。それはあいつがいちばんよく知っていることだ。必要なら俺は席を外そう、先生を引っぱって。だがどうだろう。その必要はない気もする。

古館英明を待っている。

橘路子はいま、なにを思っている。古館にどんな言葉をかけるだろう。彼女の顔には、いままで見たことのない表情が宿っている。いろんなことがありすぎた。みんな変わった。変わらなければ、無事にここまで来られなかった。路子はどんなふうに変わっただろう。その魂にどんな色を加えたことだろう。

「徹也くん。戻ってきたの」

路子が口を開いた。その声、俺だけに向けられる声。もうそれは、俺の頭の中だけで鳴り響くときの切ない色合いは帯びていない。ほんとうの彼女の声だ。昔、いっしょにいた頃に聞いた声よりもずっと、彼女の声だ。

「お兄ちゃんが。もう一年も、町を離れてたんだけど……戻ってきたの」

世界の扉を叩く音が聴こえる。またつながった。手繰り寄せてゆくその先に、もう何年も胸を離れなかった面影が、限りなく遠かったはずの面影が瞬時に俺を捕まえて、まだ会ってもいないのにもう目の前にいて、実際に言葉を聞けるような気さえしてしまう。

「徹也くんに会いたいって。話を、したいって」

そうだ、知っていた気がする。彼はいた。たしかにこの地上に。呼んでいる。会うことができるのだ。彼もこの町で生きてきた。この中学を卒業した。そして、彼がこの中学にいた頃――藤原光弘もここにいたのだ。俺はそれを知っていた気がする。

「徹也くん。お兄ちゃんに、会ってくれる？」

ふと、目の前のこのひとと俺は、永遠に結ばれることはないという予感がした。それは急に悲観したとか、自信がなくなったとかいうことではないし、俺の内部になにか変化が生じたというわけでもなかった。ただ、運命の河を遥か上から見下ろしたらそんなふうに見えるだろう。ごく客観的に、ただあるべき姿としてそれが見えた、ような気がしたにすぎない。それが悲しいとか悔しいとかいうのではなくて、摂理の一部でしかなかった。ゆえに心は波立たなかった。

だが、俺の勘はよく外れる。それも忘れてはならない。いちばんの幸いは、男と女として結ばれるとか結ばれないとか、そんなのは重要でなくなっていることだった。これからも近くにいる。そして、どこかへ――それはいまだに、言葉では捉えられないぐらいに漠然としていて、大きすぎて、それでも間違いなく、お互いには分かっている――、どこか同じ方向へと進もうとしている。同じものを仰いでいる。そのことが分かっていれば充分だ。そう思った。

俺たちが生きた物語は、なにを語っただろう。いったいこの物語は、世界をどこまで呑み込むことができたというのか？　単なる誇大妄想や、自らの虚言と現実を区別できない者でないんだとしたら、たまたま語り手となった俺は、出会ったすべてを伝えたいと欲したこの者は、いったいなんと名付けられるべきなのだろう。

綴っているあいだ何度も、世界に対して手紙を書いているような気持ちになった。どうしても伝えたくて、知ってほしくて……世界中のだれが読んでも、自分宛てに書かれたのだと思ってほしい。そんな馬鹿げた祈りを込めて書いた、手紙だ。だから、この物語はきっと、あなたに宛てて書かれたのだ。

綴ることを終えるのが、こんなにつらいとは思わなかった。いちばん大切な季節を語り終えてしまうことが、こんなにも胸を締めつけるとは。去っていった友に、本当に別れを告げるような気持ちに満たされるとは。

だがこの物語を抱えたまま、死ぬわけにはいかなかった。これは決して俺のものではない。その思いがようやく自分をここまで連れてきた。最後まで書き記すことを、語ることを終わらせるのを、可能にした。

この物語は、ほんのわずかでもいい、だれかに芯から受け止めてもらえるのだろうか。いみじくもずっと昔に橘智志が言ったように、だれかの心に少しでも、根を張ることができるのか。

なにかを捜し続けているひとがこれを見つけたとき、そのひとの大事なものだけを収めた鞄《かばん》に、そっと詰めてくれるだろうか。これは自分のものだ、と思ってくれるだろうか。たいしたもんじゃない、とがっかりさせてしまったしても、とりあえず捨てないでとっておこうという気分にさせられるか。寝言ぬかしてんじゃねえ、激怒して即座に捨ててしまったとしてもどこかが心にひっかかって、だれかの一言、ほんの一瞬の場面でも、また思い返してくれるのだろうか。

そして――この物語に出会い、読んでくれた人の中にも、忘れられない大切ななにかが、色褪せることを頑として拒む日々が、大事なひとにどうしても届けたい言葉が存在しているのだとして、それらを、決してただ朽ちさせることなく、できるだけ間違いを入れず、伝えたい、なんとしてでも届ける。そうしようとする力の、ごく一部にでも、なることができるのだろうか。

そんなことは、俺には与り知らぬことだし、気にするのも無意味なことだ。

綴り終えてしまえば、語り手とは関係がなくなってしまう。俺の手すら届かない。物語が自らにふさわしく振る舞うだろう。いつの時代も語り継がれる物語が存在したように、この物語そのものがもう、自らの運命を負っている。

俺にできるのはここまでだ。

願わくは、俺の筆がすべてを台無しにしていないように。物語を、代わって語らせざるを得なかった仁木徹也という人間のこの声が、あまりにも力ないことのないように。無力に祈るだけだ。

雨は降り続けている。目に見えないほど小さな粒子になって、白く、優しく、この町を包み込んでいる。北の早い冬が、雪へと変えてくれるのが待ち遠しい。残りわずかな中学時代に、現実的な関門がまだ山ほど残されていた。ついこの間までは夏休みの宿題、そして当面は、進路相談だ。信じられるか？　勉強や宿題をやらないと日々をやり過ごせない。そして、絶対に卒業してゆかねばならない。俺たちは天下の中学生だ。できるならもう少しの間、なにも考えないでいたかったのに。

だが、なにを恐れることがあるだろう。

やってくる。もうまもなく、声が近づいてくる。ここに沢山の気配があふれる。いつのときも心を躍らせる、にぎやかで、底抜けに明るい、いつまでも忘れたくない顔が、集まってくる。

古館英明を待っている。仲間たちを、待っている。

霧雨の中を抜けて、ここへ向かってくる仲間たちを、ひたすらに。

謝辞

この物語は私にとって二十冊目の著書に当たり、十八年前に刊行されたデビュー作の文庫版です。

ノンフィクションではありませんが、あまりに長く私の中に生き続けてきたが故に、登場人物や舞台となった町が現実に由来しているが故に、まるで事実のように感じられる特別な物語です。

十五歳の夏に一度書き上げられ、名前の一部や性格を使わせてもらった友人たちに回覧されました。先生方の目にも触れました。母親も読んでくれました。最初に世に出す作品はこれしかない。そう思い定めた私は、二十代を通してこの物語を改めて書き、二十九歳の秋に出版に至りました。

さらに年月を経、四十七歳となった沢村の手によって新生。再び読者の皆さんの元へ届けられることになりました。

十五歳の夏にも、二十九歳の秋にも故郷の町に変わりはありませんでした。しかし四十歳の春に津波に呑まれました。物語に登場する中学校の校舎も波を浴び、今は取り壊されてスタジアムに姿を変えています。来年行われるラグビーワールドカップの試合もそこで開催されます。

いまも新生し続けている故郷にこの物語を捧げます。


私の最初の本を文庫版として上梓するにあたり、感謝したい方は大勢います。とりわけここで御名前を記したいのは次の皆さんです。

重松清さん。松浦理英子さん。栗澤順一さん。池上冬樹さん。

中央公論新社の高松紀仁さん。金森航平君。

そしてもちろん、この物語に血肉を与えてくれた故郷の人々に。十代から私を見守ってくださっている先生方に。今も会える同級生と、もう会えない友人たちに深い感謝の意を表します。

沢村　鐵

二〇一八年八月

解説

池上冬樹

まずは、今年出た沢村鐵《さわむらてつ》の新作『あの世とこの世を季節は巡る』(潮文庫)の話からはじめよう。

この作品はホラー短篇集で、プールの中に潜む何者かを探ったり、中三の少年が六道の世界を周回する山手線に乗り込んだり、学校の開かずの部屋で恐怖を体験したり、地下駐車場で迷子になった少年の霊と出会ったりする話である。四篇に共通するのは日下慎治《くさかしんじ》という青年で、おもむろに物語に登場して彷徨《さまよ》う霊達を導いていく。その手続きは繊細で、とても説得力がある。慎治は真摯《しんし》に霊と向き合い、最愛の存在を教えて、進むべき道筋を示してくれるのである。しかも興味深いのは、エピローグでは第四話の結末の種明かしをしながら、人物たちが集いあう構成にしているところだろう。怪異譚《かいいたん》とはいえ、とても温かで心地よいのは、作者が恐怖と悲しみの浄化をおこない、生きることの切なさと喜びを捉えているからである。

沢村鐵というと、「警視庁墨田署刑事課特命担当・一柳《いちやなぎ》美結《みゆ》」シリーズ(『フェイスレス』『スカイハイ』『ネメシス』『シュラ』)や「クラン」シリーズ(『クランI 警視庁捜査一課・

晴山旭《はるやまあきら》の密命』ほか）などスケールの大きな警察小説の優れた書き手として知られるだろう。警察小説に謀略小説や冒険小説の要素も加味して、ひじょうにスリリングな小説を生み出しているが、その一方で、『あの世とこの世を季節は巡る』や、その前に発表された同系譜の『封じられた街』『十方暮の町』などのホラーやファンタジーも得意としている。さらには、劇団を舞台にしたドタバタ喜劇『運命の女に気をつけろ』、編集者を主人公にして理想の作家と物語を思いめぐらすお仕事小説『ノヴェリストの季節』などもあり、なかなか引き出しの多い作家である。

さて、本書は、そんな沢村鐵のデビュー作である。二〇〇〇年に刊行された、作家沢村鐵の出発点だ。もう十八年もたつのかと思うし、本書が文庫化されなかったのも不思議でならないが、当時、通常のように単行本から三年後に文庫化されたとして、果たして注目されたかどうかは疑問である。あとで詳しく述べるけれど、十八年たったいまの文庫化のほうがずっといい。一周回って、いまこそ本書は、若い人に読まれて愛される本になると思うからである。

主人公は中学三年生の仁木徹也《にきてつや》。ひそかに同級生の橘路子《たちばなみちこ》に思いをよせていたが、路子は、生徒会の仕事で古館英明《ふるだてひであき》や生徒会長の一村和人《いちむらかずと》と親しく付き合っていた。ところが夏になって状況に変化がおきる。まず、一村が登校しなくなり、徹也たちが心配して、一村の家を訪れても不在。いったいどうしたのかと思っていると、旧校舎で一村が遺体で発見される。見れば、古館と路子の様子がおかしい。何か知っているのではないか。やがて第二の殺人事件が起きる……。

まず、各章の見出しが目にとまった。雨濯《うたく》、天泣《てんきゅう》、半夏雨《はんげあめ》、瞋怒雨《しんどう》、神立《かんだち》、清露《せいろ》、秋《しゅう》霖《りん》と雨に関する言葉が並ぶ。タイトルが『雨の鎮魂歌《レクイエム》』なのだから、当然であるけれど、沢村鐵ファンなら「一柳美結」シリーズを思い出すのではないか。第一作『フェイスレス』は烽火《ほうか》、焙火《ばいか》、煽火《せんか》、烈火《れっか》、神火《しんか》と「火」尽くし、第二作『スカイハイ』は突風、逆風、旋風、暴風、風輪際《ふうりんざい》と「風」尽くしで、第三作『ネメシス』は（詳細を省くが）「流」尽くしで第四作『シュラ』は「光」尽くし。てっきり『雨の鎮魂歌』にならったものかと思ったが（十八年前に読んでいるが章の構成まで覚えていない）、編集部によると今回文庫化にあたり、新たにつけたものだという。

馴染みのない雨の言葉が並び、奇異に映るところもあるが、辞書をひけば、雨濯は六月に降るすべてを洗い流すような大雨、天泣は上空に雲がないのに降る雨、瞋怒雨は神の怒りのような雷鳴を轟《とどろ》かして降る雨などを知ることとなり、それが物語と密接に絡んでいて象徴的な意味合いをもたせていて、作品の奥行きをぐんと深めている。

とはいえ、甘いことは甘い。饒舌《じょうぜつ》だし、いくらでもカットできるだろう。だが、そうなると沢村鐵の良さが失せるかもしれない。魅力が薄れてしまう。その魅力とは、少年たちの堂々たる迷い、苦しみ、不安といったものの輝きである。愛や希望だけに輝きがあるのではない。いやむしろ当然輝いているものと思われるものの輝きなど糧《かて》にはあまりならない。マイナスの感情、つまり人を暗く悲しくさせてしまいがちな感情に光をあて、苦しむことこそ少年であることを生き生きと訴えていて、ときに胸をうたれてしまう。

おそらく読者の多くが、主人公が中学生には見えないと感じるかもしれないが、これはあくまでも過去を回想する者の視点であり（「間奏——物語」の章を読めばわかるだろう。ネタバレになるので詳しくは書かないが）、老成化した見方によって支配されている。大人が少年時代を回想しているがゆえに、当時の混乱や絶望などが整理されて、直截《ちょくせつ》的に伝わってくるのである。

紹介したストーリーから、本書を学園ミステリのひとつと捉えるかもしれない。実際学校生活が詳細に語られるし、ミステリとしてはきちんと伏線が張られ、プロットも練られているけれど、ミステリの部分は重要ではないだろう。繰り返しになるが、作者が重視しているのは、事件を通して少年たちが何を得て、何を失ったのかという点である。つまり青春小説としての完成度なのだ。少年時代に体験する友情、恋、孤独、絶望などを丁寧に掬《すく》いあげ、読者が忘れている未知の世界と触れ合う恐怖、人間関係の重さ、繋がりあうことの困難さと喜びを、実に抒情《じょじょう》豊かに謳《うた》いあげているのである。

この眩《まぶ》しさがいいではないか。気恥ずかしいけれど、懐かしい日々がここにある。若き日々を作者は鮮やかに喚起させ、もう一度青春のただなかへと読者を連れ戻すのである。もがき苦しみ惑う〈生〉をダイレクトに感じさせる。正直言って、ミステリの部分は弱いかもしれない。でも、これほど熱く激しく青春を謳いあげた作品はなかなかない。これほど語るべきものをもち、小説に対して溢れんばかりの情熱を抱いて出てきた作家もまた珍しいのではないか。十八年前に本書を書評したことがあるが、そのときも、この語らざるをえない衝迫をもつ新人作家に熱きエールを送った記憶がある。ある雑誌で僕はこう書いた。〝断言しよう、「沢村鐵」は今年出た新人のベストだ〟と。「一柳美結」シリーズや「クラン」シリーズが成功するまで苦労したようだが、よくぞここまで作家として育ったものだと思う。

実はいささか個人的な話になるが、作者とはデビュー以前に、ある作品について感想を交わしたことがある。第五回日本ホラー小説大賞にノミネートされたものの落選した高見《たかみ》広春《こうしゅん》の名作『バトル・ロワイアル』である。残酷すぎるという理由で日本ホラー小説大賞の選考会では落とされ、評判をきいた太田出版が打診して、『バトル・ロワイアル』は一九九八年に太田出版から出版されて大ベストセラーになった（そして数年後幻冬舎文庫に入り、僕が解説を担当した）。僕も当時の沢村鐵氏も、この作品を読んだとき、ものすごく感動したのだが（それは僕の場合、強烈なテーマ把握、卓越したストーリーテリング、カラフルな人物描写など）、まさか二年後の二〇〇〇年に、彼が本書『雨の鎮魂歌』でデビューするとは思ってもみなかった。中学生がクラスで皆殺しをする『バトル・ロワイアル』は過激で凄惨なイメージが強く（もちろんそんなことは表面的な見方だ）、映画でもそれが強調されて（だが映画化された『バトル・ロワイアル』は原作の十分の一の魅力も表現しきれていない）圧倒的な人気を博したけれど、そういうときに中学生が殺される話をまったく地味に描いた『雨の鎮魂歌』に目は向けられなかった。

ついでに当時のエンターテインメント状況を振り返ると、馳星周《はせせいしゅう》が『不夜城』でデビューしたのが一九九六年で、それ以来、日本でも精神の暗黒を抉《えぐ》るノワールが主流となるが、『バトル・ロワイアル』の人気もその流れの中にあった。そしてこの流れは、人間の暗い衝動や欲望を強烈に捉える嫌な味わいのミステリ、通称イヤミスとつながり、沼田《ぬまた》まほかるの『九月が永遠に続けば』（二〇〇五年）、湊《みなと》かなえの『告白』（二〇〇八年）などが注目されて、ジャンルが活性化して、こちらも継承者が続々出てきて、暴力や死がいっそうエスカレートしていく。

つまり人間性の暗黒の部分は、二十数年にわたって書かれ、読まれてきたのである。その一方で、ネットの発達により、人々（とくに若者たち）は生のコミュニケーションをとりたがらなくなり、濃い関係性を忌避《きひ》する傾向になり、草食化に拍車がかかり、性的なものを敬遠するようになってきた。二十年以上、新人賞の下読みや小説家講座の講師、さらに数年前から女子大での創作表現の授業などで若い人たちの小説を毎年たくさん読んでいるが、恋愛に関しては性を描かないのが主流である（性は汚らしい、不潔なものとして捉える向きも少なからず存在する）。むしろ繋がり合えない人間関係、その苦しい葛藤《かっとう》、切ない思いこそ重要で、それをいかに書くのかに腐心している。

冒頭で、僕は、〝一周回って、いまこそ本書は、若い人に読まれて愛される本になると思う〟と書いたけれど、まさにそういう状況を見ての思いである。これほどロマンティックで、エモーショナルで、そしてこれが大事だが、清潔なたたずまいの小説はまれだからである。ぜひ読んでいただきたいと思う。

（いけがみ・ふゆき　文芸評論家）

『雨の鎮魂歌』二〇〇〇年十月　幻冬舎刊
文庫化に当たり大幅な加筆修正を行いました。

中公文庫

雨《あめ》の鎮魂歌《レクイエム》

2018年10月25日　初版発行

著　者　沢《さわ》 村《むら》　鐵《てつ》

発行者　松 田 陽 三

発行所　中央公論新社

〒100-8152　東京都千代田区大手町1-7-1
電話　販売 03-5299-1730　編集 03-5299-1890
URL http://www.chuko.co.jp/

DTP　ハンズ・ミケ
印　刷　三晃印刷
製　本　小泉製本

Published by CHUOKORON-SHINSHA, INC.
Printed in Japan　ISBN978-4-12-206650-2 C1193

各書目の下段の数字はISBNコードです。978－4－12が省略してあります。

中公文庫既刊より

さ-65-5 クランI 警視庁捜査一課・晴山旭の密命 沢村鐵
渋谷で警察関係者の遺体を発見。虚偽の検死をする美人検視官を探るために晴山警部補は内偵を行うが、そこには巨大な警察の闇が――！ 文庫書き下ろし。
206151-4

さ-65-6 クランII 警視庁渋谷南署・岩沢誠次郎の激昂 沢村鐵
同時発生した警視庁内拳銃自殺と、渋谷での交番巡査銃撃事件。警察を襲う異常事態に、密盟チーム「クラン」がついに動き出す！ 書き下ろしシリーズ第二弾。
206200-9

さ-65-7 クランIII 警視庁公安部・区界浩の深謀 沢村鐵
渋谷駅を襲った謎のテロ事件。クランのメンバーは「神」と呼ばれる主犯を追うが、そこに再び異常事件が――書き下ろしシリーズ第三弾。
206253-5

さ-65-8 クランIV 警視庁機動分析課・上郷奈津実の執心 沢村鐵
包囲された劇場から姿を消した「神」。その正体を暴く鍵は意外な人物が握っていた。警察に潜む悪との戦いは佳境へ！ 書き下ろしシリーズ第四弾。
206326-6

さ-65-9 クランV 警視庁渋谷南署巡査・足ヶ瀬直助の覚醒 沢村鐵
警察閥の大量検挙に成功した「クラン」。だが「神」の魔手は密盟のトップ・千徳に襲いかかり――。迫り来るクライマックス、書き下ろしシリーズ第五弾。
206426-3

さ-65-10 クランVI 警視庁内密命組織・最後の任務 沢村鐵
非常事態宣言発令より、警察の指揮権は首相へと移った。「神」と「クラン」。最後の決戦の行方は――。シリーズ最終巻、かつてないクライマックス！
206511-6

さ-65-1 フェイスレス 警視庁墨田署刑事課特命担当・一柳美結 沢村鐵
大学構内で爆破事件が発生した。現場に急行する墨田署の一柳美結刑事。しかし、事件は意外な展開を見せ、さらなる凶悪事件へと……。文庫書き下ろし。
205804-0